MICHAEL SCHRECKENBERG

DER FINDER

ENDZEIT-THRILLER

Impressum

© 2010 Michael Schreckenberg

Alle Nutzungsrechte dieser Ausgabe bei
Gardez! Verlag
Michael Itschert
Richthofenstraße 14
42899 Remscheid
www.gardez.de

JUHR Verlag
Waldweg 34a
51688 Wipperfürth
www.juhrverlag.de

Lektorat
Daniel Juhr

Satz
Daniel Juhr

Titelbildzeichnung
Anna Czajkowska, Wipperfürth

Titelreinzeichnung
Reprosatz Neumann GmbH, Remscheid, www.reprosatz.de

Alle Hauptfiguren und Handlungen sind frei erfunden.
Ähnlichkeiten mit lebenden Personen sind rein zufällig.

Druck:
AALEXX Buchproduktion, Großburgwedel. Printed in Germany.

Das Werk ist vollumfänglich geschützt. Jede Verwertung wie zum Beispiel die Verbreitung, der auszugsweise Nachdruck, die fotomechanische Verarbeitung sowie die Verarbeitung und Speicherung in elektronischen Systemen bedarf der vorherigen Genehmigung durch die Verlage.

ISBN: 978-3-89796-221-7

Wer einen Roman verfasst, muss der Geschichte lauschen und sie niederschreiben. Und er braucht Freunde, Verbündete und Kritiker, um die Geschichte zu pflegen und zu ihren Lesern zu bringen. Ich bin meinen Freunden, Verbündeten und Kritikern zu tiefem Dank verpflichtet.

Danke:

Claudia

Stefan
Elke
Peter
Steffi
Sarah
Daniel

Ich gehöre zu der Sorte Autoren, die beim Schreiben einen Soundtrack braucht. Ohne die Musik wäre die Geschichte nicht die, die sie ist. Den Soundtrack zu diesem Buch lieferten vor allem:

16 Horsepower
Bad Behaviour
Black Sabbath
Calexico
Guano Apes
Leonard Cohen
Nick Cave and the Bad Seeds
The Boozehounds
The Stranglers
XTC

Prolog: Die Leere

Where is Mona?
She's long gone
Where is Mary?
She's taken her along
But they haven't put their mittens on
And there's fifteen feet of pure white snow
(Nick Cave, Fifteen feet of pure white snow)

Als die Leere mich schließlich überkam, dachte ich, ich würde wahnsinnig. Jetzt doch – erst jetzt. Ich hatte lange ausgehalten, immerhin. Aber dann hatte ich die Schlösser gesehen, und auf ihre Weise waren die Schlösser schlimmer gewesen als alles andere. Sie hatten der Leere Namen gegeben.

Bis dahin war es ein vergleichsweise normaler Tag gewesen, ein guter sogar. Ich hatte im Bergischen Land, gar nicht so weit von unserem Hof entfernt, eine Spur gefunden und folgte ihr jetzt seit ein paar Tagen. Die letzte Nacht hatte ich in einer Kirche verbracht, ich war vor dem Morgengrauen aufgestanden, hatte das Pferd gesattelt, meinen Hund gerufen und mich auf den Weg zum Fluss gemacht. Ich wollte ihn auf einer der großen Brücken überqueren und auf der anderen Seite weiter suchen. Ich war abgesessen und hatte mein Pferd auf die Brücke geführt. Es war später Herbst, fast schon Winter, und der Wind über dem Fluss stach mir ins Gesicht. Aber der lange Mantel hielt mich warm. Alles lief gut, und ich war zuversichtlich. Die Leere war da, aber ich kannte sie ja. Ich hatte mich daran gewöhnt.

Dachte ich.

Und dann sah ich die Schlösser. Menschen hatten sie an den Zaun gehängt, Liebespaare hatten ihre Namen oder Initialen darauf geschrieben und die Schlüssel in den Rhein geworfen. Ewige Liebe …

Ich stand vor dem Zaun und starrte die Schlösser an. So viele Schlösser. So viele Menschen. Ich taumelte weg vom Zaun, blind, prallte gegen das Brückengeländer und schaffte es gerade noch, mich festzuhalten, bevor ein plötzlicher Brechreiz mich zusammenklappte. Ich übergab mich nicht.

Statt dessen begann ich zu schreien. Die Leere! Sie war um mich, hinter mir, in Leverkusen, Hilden, Wuppertal, überall. Und vor mir lag die Silhouette der größten Stadt weit und breit, der Dom, der Bahnhof, der Fernsehturm, Groß St. Martin, Straßen, Häuser … Und es war alles leer. Ich befand mich mitten auf der Hohenzollernbrücke, und kein Zug war hier, und kein Schiff auf dem Rhein und kein Auto auf den Straßen und kein Mensch weit und breit, und es würde auch keiner kommen. Nur ich. Und mein Pferd. Und mein Hund. Ich schrie! Und schrie!

Kein Mensch hörte mich. Und die Leere kroch in mich, sie breitete sich aus und begann mich zu fressen. Und es war natürlich Esther, die sie aufhielt. Meine Liebe. Denn es gab noch Menschen. Hinter mir, jenseits des Rheins, einige Tagesmärsche entfernt, gab es einen Hof, und dort lebten Menschen. Ein kleiner, übriggebliebener Rest. Und vielleicht auch vor mir. Ein weiterer Rest. Denn ich hatte eine Spur gefunden. Und der musste ich nun folgen.

Aber die Leere war so groß und so mächtig und ich fürchtete mich vor der Stille der Stadt. Vor dem, was einmal eine Stadt gewesen war, noch vor Kurzem, als dort eine Million Menschen gelebt hatte. Denn es hatte diese Menschen gegeben, und es war noch gar nicht lange her, da war die Welt voller Menschen gewesen.

In einer warmen Nacht im Frühsommer, wenige Monate bevor die Leere mich auf der Hohenzollernbrücke auf die Knie warf, da war alles noch so gewesen, wie immer, auf diesem Planeten mit seinen sechs Milliarden Bewohnern. Und meine Freunde und ich, wir hatten in dieser Nacht gefeiert …

ERSTER TEIL: NACH DEM ENDE

> I see a bad moon rising
> I see trouble on the way
> I see earthquakes and lightnin'
> I see a bad time today
> (John Fogerty, Bad Moon Rising)

> You're one microscopic cog
> in his catastrophic plan
> Designed and directed
> by his Red Right Hand
> (Nick Cave, Red Right Hand)

1

Ich stolperte aus dem Wagen auf die Straße, warf die Tür hinter mir zu, fingerte nach dem Schlüssel und rettete mich in die Dunkelheit des Hausflurs. Dunkel. Gut. Nur kein Licht. Kühl war es hier. Gut. Ich öffnete die Augen vorsichtig weiter als einen Spalt, stellte fest, dass nichts Schlimmes passierte und öffnete sie ganz. Dunkel. Gut. Immerhin hell genug, ein wenig zu sehen. Ich hob meinen Arm in Augenhöhe und starrte eine Weile auf meine Armbanduhr, bis ich verstand. Zehn Uhr. Besser nach oben. Besser nochmal ins Bett. Ich dachte kurz an den Schlafsack und das ganze Zeug. Im Auto. Draußen. Schlecht. Ich zog mich zwei Treppen hoch bis vor meine Wohnungstür. Wieder Schlüssel. Ich schleppte mich durch die Tür, warf sie hinter mir zu, stellte fest, dass die Jalousien vor allen Fenstern halb runtergezogen waren, stolperte durch den Flur ins Schlafzimmer, zog mir dabei die Schuhe von den Füßen, kickte sie in die Gegend und fiel ins Bett. Noch ein letztes Mal durchzuckte mich ein Rest von Energie, ich schaffte es, den Gürtel aufzumachen und mir die Jeans vom Körper zu schütteln, dann lag ich einfach schlaff und bewegungslos da, starrte an die Decke und genoss die fast vollständige Abwesenheit von Licht. Ruhe. Kühle. Dunkelheit. Gut. Draußen raste ein brüllend heller Tag im heißesten Frühsommer seit Jahren dem Mittag entgegen. Oh mein Gott. Was für eine Party.

Was für eine Frau.

Esther.

Meine Augen fielen zu, und ich wollte schlafen. Es ging nicht. Bilder von gestern Abend im Kopf. Die Party im alten Bunker. Zehn Jahre Abi. Natürlich war ich hingegangen. Was ist aus dem geworden, wen hat die geheiratet, was machen die heute … es war egal. Es war völlig egal, wer Arzt geworden war, wer Banker, wer Bildhauer, wer immer noch studierte. Natürlich sprachen wir darüber. „Nein, toll, dass du auch da bist, was machst du denn so …" Nach zwei Stunden waren trotzdem wieder alle die Alten. Ich habe zum ersten Mal seit etwa acht Jahren wieder Karikaturen auf Bierdeckel gezeichnet. Ich zeichne fast gar nicht mehr, schon gar keine Karikaturen (weil ich keine Karikaturen kann, ich habe das mit etwa zwanzig eingesehen). Ich fotografiere. Ich bin Fotograf und seit etwa zwei Jahren der neue Name für Friedhöfe, Kathedralen und ähnlich heimelige Orte. Ich zeichne nicht mehr? Ich habe fast die gesamte Gesellschaft schlecht karikiert und sie haben gejohlt und gejubelt. Sie wollten sogar noch die alten Lehrerportraits. „Mach doch nochmal den ..., kannst du den noch?" Natürlich konnte ich sie noch, abgesehen davon, dass ich sie nie gekonnt hatte. Ich karikierte sie alle, und sie liebten mich dafür, wie sie Carmen dafür liebten, dass sie immer noch Gitarre spielte (sie hatte das wirklich gekonnt) und Jan dafür, dass er wieder den dämlichen Clown gab, den er neun Jahre lang gegeben hatte. Im wirklichen Leben war er inzwischen Oberleutnant. Vor wenigen Monaten war er noch in Afghanistan gewesen.

„He, du hast Esther noch nicht gemalt. Mal mal Esther!"

Esther? Esther wer? Esther Brandt. Ganz entfernt sagte der Name mir was. Ich schaute suchend von meinen Bierdeckeln auf ... und sie fängt mich mit ihren Augen.

Ich starre sie so lange an, dass sie unsicher wird und ihr erwartungsvolles Mädchenlächeln (wir waren ja alle plötzlich und wunderbar zehn Jahre jünger geworden) sich verzieht.

„Ist was?"

Ich fange mich und schüttele den Kopf. „Nee, warte mal."

Bierdeckel, Bleistift, zwei, drei Striche, nein, neuer Bierdeckel, Striche, nein, dritter Bierdeckel, nein, Bierdeckel wird geknickt und in die Ecke geschmissen, ich stehe auf und zucke mit den Schultern.

„Geht nicht. Ich kann nicht malen."

„Quatsch, du malst toll." Sie lächelt wieder, aber immer noch unsicher. Ich bin nicht mehr neunzehn, ich bin wieder neunundzwanzig und alles in mir schreit nach meinen Kameras, das heißt, alles, was nicht nach ihr schreit. „Du bist zu schön."

Jetzt lacht sie wieder richtig. Sie meint, ich scherze. *Thank God for little favours.* Wo sind eigentlich die anderen? Ich sehe mich um, und sie sind natürlich alle noch da und starren mich an. Inmitten ihrer Party ist plötzlich ein Geist aufgetaucht. Und für mich sind sie mit einem Mal Gespenster aus der Vergangenheit. Mich gruselt und ich drehe mich wortlos um, gehe die Treppe runter nach draußen, lehne mich an die kühle Betonwand und atme durch. Wie schön ruhig die Sommernacht ist. Wie angenehm kühl und rau die Wand des alten Bunkers. Ein Auto fährt vorbei, die Musik, die durchs Treppenhaus nach unten kommt, stört kaum. Ich atme noch einmal durch, schaue in die Sterne und fummele die Bensons aus meiner Brusttasche. Zigarette an, zwei Züge, schmeckt köstlich. Was ist eigentlich passiert?

Schritte auf der Treppe. Oh, bitte, bitte, bitte. Ja, sie ist es. Kommt um die Ecke, sieht mich und lächelt wieder unsicher. Wunderschöne Augen, wunderschöne Haare, wunderschöner Körper, wunderschöne Frau.

„Was war denn?"

Ich schüttele den Kopf. „Nichts, wirklich. Ich kann nur nicht malen."

„Natürlich kannst du das. Du hast alle gemalt. Fast alle."

„Ja, ja." Jetzt ist es an mir, unsicher zu werden. „Aber eigentlich kann ich es nicht."

„Wieso?"

„Esther, bitte …", ich fuchtele mit den Armen herum, meine Zigarette fliegt in hohem Bogen durch die Luft. Ich schaue ihr verständnislos nach. Sie lacht, und ich gewinne einen Rest meiner Fassung wieder. „Nein, ich kann es eigentlich wirklich nicht. Guck dir die Sachen doch mal an. Ich meine, mal eben Jans Nase, gut und schön, aber dich … Das wäre ein Verbrechen."

Sie lacht wieder und diesmal versteht sie mich und freut sich wirklich.

„Danke."

„Bitte."

Wir stehen eine Weile nur rum und gewöhnen uns aneinander. Sie taucht ganz auf und ist bei mir, in der wirklichen Welt.

„Du bist jetzt Fotograf, oder?"

„Ja."

Sie nickt. „Und was fotografierst du? Ich meine, Werbung oder Mode oder sowas?"

„Nein, hauptsächlich Gebäude. Und Friedhöfe."
„Friedhöfe?"
„Ja."
„Wofür fotografiert man Friedhöfe?"
„Für Agenturen. Ich kann ganz gut so Stimmungen fotografieren. Gruselige Atmosphäre. Solche Sachen sind gefragter, als man denkt. Und ich habe schon zwei Bildbände gemacht." Oh Himmel, ich fange an anzugeben. Sie merkt es aber nicht und lacht wieder.
„Bildbände über Friedhöfe?"
„Ja, der zweite. Der erste war mit Kirchen."
„Kirchen?" Sie grinst.
„Ja." Ich fange auch an, es lustig zu finden. Warum?
„Und die verkaufen sich?"
„Wie bescheuert." Jetzt grinse ich.
„Bist du so gut?"
„Ich bin in Mode. Aber ich kann schon auch ganz gut fotografieren. Ich kann nur nicht malen."
Sie überlegt einen Augenblick. „Nee, kannst du wirklich nicht."
Jetzt lachen wir beide, und in diesem Moment ist alles perfekt. Gehen wir gemeinsam durch die nächtliche Stadt spazieren, und ich nehme beiläufig ihre Hand? Nein. Ich zünde mir eine zweite Zigarette an, biete ihr auch eine an, sie schüttelt den Kopf und wir starren beide eine Weile in die Gegend. Dann schmeiße ich die Kippe auf den Boden, trete sie aus und frage, ob wir wieder hochgehen sollen. Sie nickt, und wir tauchen wieder in die Party. Wir werden beide angesprochen, verlieren uns, ich fange an zu trinken. Und höre nicht mehr damit auf. Gegen fünf beginnen alle, ihre Schlafsäcke auszurollen, ich auch. Ich fühle mich ungeheuer wohlig und schwer und krieche hinein. Dann entdecke ich, dass sie direkt neben mir liegt. Sie schaut mich an, zwinkert und wünscht mir eine gute Nacht. Ich versuche zu antworten und schlafe stattdessen ein.

Am Morgen (nein, Vormittag) um halb zehn war es brüllend hell, und ich wachte auf. Sie war weg. Ich rollte meinen Schlafsack ein, sprach ein paar Worte, schüttelte ein paar Hände, klopfte auf ein paar Schultern und war draußen. Fand meinen Wagen. Warf mein Zeug auf den Beifahrersitz, klemmte mich hinters Steuer und fuhr mit etwa dreihundert Promille Restalkohol nach Hause. Das war's. Ende der Geschichte.

Ich lag auf meinem Bett und versuchte zu schlafen. Ging nicht. Wegen Esther. Ich setzte mich auf den Bettrand, zog Zigaretten aus der Nachttischschublade, zündete mir eine an und versuchte nachzudenken. Es konnte eigentlich nicht schwer sein, ihre Telefonnummer rauszukriegen, oder? Es sei denn, sie hieß jetzt anders. Weil sie zum Beispiel verheiratet war. Wer hatte die Party organisiert? Denk nach! Wer hat die Einladung unterschrieben? Kerstin, Matthias, David. Die mussten es ja wissen. Und was, wenn sie jetzt am Arsch der Welt wohnte, Australien zum Beispiel oder München? Nun, ich war freier Fotograf, oder? Von wo aus ich meine Bilder schickte, war wirklich egal. Ich stand auf, ging ins Bad, warf die Kippe ins Klo und pinkelte hinterher. Ein Mundvoll kaltes Wasser, ausspucken und zurück ins Bett. Matthias anrufen. Morgen. Sofort. Ich schlief ein.

Ich wachte auf, tastete nach meinem Wecker, fand ihn, hielt ihn mir vors Gesicht und öffnete die Augen. Viertel nach vier. Ich fühlte mich wach und gut. Im Zimmer war es immer noch grau, weil ich den Sommer wirksam ausgesperrt hatte. Ich ging ins Bad und zog mir mit einem gewissen Ekel die verschwitzten Klamotten vom Körper. Dann putzte ich mir die Zähne und duschte ausgiebig. Ich fand in meinem Schrank eine Unterhose, ein T-Shirt und eine lange Sporthose, zog alles an und griff mir ein paar Landkarten und meinen Laptop. Auf dem Esstisch wartete eine Flasche Cola auf mich. Ich breitete die Karten aus. Friedhöfe suchen. Es klingelte. Ich hatte keine Lust auf Leute und ließ es klingeln. Etwa achtmal. Dann fluchte ich, ging zur Tür und drückte den Summer. Ein paar Sekunden später stand sie vor mir. Haare, Augen, Top, geblümter Rock, Beine und sagte: „Hallo."

Ich sagte nichts. Ich konnte nicht. Nicht mit dem Mund. Aber während ich schwieg, führten unsere Augen eine fröhliche Unterhaltung. Ich nahm sie bei der Hand und zog sie rein. Sie küsste mich, und während mein Kopf noch versuchte zu registrieren, was eigentlich gerade passierte, hatten meine Hände längst begriffen, was unsere Augen beschlossen hatten, freuten sich unbändig und versuchten, überall gleichzeitig zu sein, Po, Beine, Bauch, Brüste, Haare, Gesicht, alles. Ich war, glaube ich, zeitweise im Besitz von mehr Zungen, Lippen, und Händen als mir zustanden, dafür hatte ich kein Gehirn und keine Sprache, aber wen störte das? Ich weiß nicht wie und warum, aber wir schafften es irgendwie in mein Bett, und sie nahm mich so weich und leicht auf, als gehörte ich nur dorthin und nirgendwo sonst. Wir kamen schnell und fast gleichzeitig und nichts explodierte in meinem Kopf, mein Kopf explodierte einfach selbst.

Wir lagen teilweise neben-, teilweise übereinander und japsten. Dann bekamen wir beide einen Lachkrampf und ich nahm sie in den Arm und küsste sie, und das war fast das Schönste. Dann rangen wir wieder ein wenig nach Luft. Mein Gehirn und meine Sprache kamen vorbei, fragten schüchtern nach, und ich ließ sie gnädig wieder ein.

„Schön, dass du vorbeikommst", sagte ich.

„Ja, nicht wahr?" Sie schaute mich an, schmunzelte mit dem Mund, sprühte mit den Augen vor Lachen und ich liebte sie. Gestern hatte ich mich verliebt, eben hatte ich den Sex meines Lebens gehabt, jetzt liebte ich sie.

„Ich hatte überlegt, ob du wohl verheiratet bist oder in Australien wohnst", sagte ich. „Ich wollte Matthias anrufen und fragen, aber ich bin eingeschlafen."

„Ich war schneller. Ich habe David gefragt, bevor ich gegangen bin. Ich bin nicht verheiratet und wohne in Opladen." Sie kicherte.

„Warum bist du vorbeigekommen?"

„Ich wollte früh weg nach der Party und habe dann ehrlich befürchtet, dass du dich an nichts mehr erinnerst. Du warst dermaßen besoffen."

Sie schob sich auf mich und küsste mich auf den Mund. Ich spielte ein wenig mit ihren Haaren und genoss das Gefühl ihrer Haut auf meiner Haut.

„Und warum bist du also vorbeigekommen?"

„Habe ich doch gesagt, weil du so beso …"

„Das meine ich nicht."

Sie schaute mich nachdenklich und ein wenig misstrauisch an und ich verfluchte mich.

„Weil ich mich in dich verliebt habe, das weißt du doch."

Ich prüfte meine Erinnerung und fand nichts Entsprechendes.

„Nein, wusste ich nicht. Ich wusste nur, dass ich mich in dich verliebt hatte."

Sie lachte, alles war wieder gut. „Das wusste ich auch."

Aha, so offensichtlich war es also gewesen. „Wieso?"

„Ich wusste es, als du deine Kippe durch die Gegend geschossen hast. Das war klasse." Sie lachte wieder, aber so lieb, dass mir Bilder von Ewigkeit durch den Kopf schwammen. Sie hatte mich voll erwischt, entwaffnet und annektiert. Ich hakte gedankenverloren ihren Rock auf, den wir beim Kleiderentfernen irgendwie übersehen hatten, warf ihn weg und streichelte ihren Po und das Stück Rücken darüber. Sie floss um mich. Diesmal dauerte es sehr, sehr lange.

Später lagen wir nebeneinander und tranken abwechselnd aus der Colaflasche. Esther hatte sie geholt, während ich auf dem Klo war, und meine Karten gesehen.

„Willst du verreisen?"

„Nein. Ich suche neue Friedhöfe."

„Ach ja, die Friedhöfe. Ich habe mir ja einen berühmten Fotografen geangelt."

In meinem Kopf führte ich einen wilden Freudentanz auf. Sie hatte *geangelt* gesagt.

„Ja, Deutschlands neuen Stern am Gruselfotografenhimmel. Nicht, dass es da allzu viele Sterne gäbe."

Sie schaute mich mit schräg gelegtem Kopf an. „Verdienst du viel?"

„Führen wir Verhandlungen über einen Ehevertrag?"

„Nein, ich bin nur neugierig. Habe ich jetzt einen reichen Liebhaber?"

„Hast du dich in der Wohnung mal umgesehen?"

„Kaum. Der Inhalt hat mich mehr interessiert."

„Du würdest enttäuscht sein."

„Na, vielleicht hast du ja alles in dein Haus auf den Bahamas gesteckt."

„Ich kann davon leben und nicht schlecht. Das ist alles."

„Ist egal. Du musst nicht reich sein. Du bist ja dafür im Bett wie ein …, nee, egal."

„Ich kann mich auch nicht beklagen."

„Wir sind schon toll."

Jetzt hatte sie *wir* gesagt. Ich genoss es eine Weile still, dann begann sich in mir Neugierde zu regen.

„Und was machst du jetzt so?"

„Ich habe einen Hostessenservice."

Ich prustete eine Ladung Cola über die Bettdecke.

„Was?!"

„Messehostessen, Mann!" Hatte ich sie beleidigt?

„Klar. Nur, weil du … ich meine, wie du angezogen warst …" Ich stammelte noch ein paar Dämlichkeiten und hielt dann meinen Mund. Sie schaute mich mitleidig an.

„Meinst du, ich laufe deshalb jetzt mein Leben lang im Kostümchen rum oder was?"

„Entschuldige, ich bin ein Idiot."

„Du bist gerade noch zu ertragen." Sie hatte mir schon wieder verziehen und küsste mich. Ich konnte mein Glück kaum fassen.

„Wie kommt man zu sowas?", wollte ich wissen.

„Wie kommt man dazu, Friedhöfe zu fotografieren?"

„Ich habe zuerst gefragt."

„Okay. Ich war erst Krankenschwester und habe dann Medizin studiert. Das Studium habe ich mir unter anderem als Hostess finanziert. Irgendwann haben ein paar Kunden angefangen, mich direkt zu buchen, nicht mehr über die Agentur. Und ich habe gemerkt, dass ich dazu entschieden mehr Talent habe als zur Medizinstudentin, habe abgebrochen und mich mit zwei Freundinnen selbstständig gemacht. Meine Kunden blieben bei mir, wir haben ein paar Mädchen und Jungs unter Vertrag genommen, die anderswo unzufrieden waren, *voilà*. Inzwischen gehe ich fast gar nicht mehr auf Messen, ich mache den ganzen Kundenkontakt."

„Und, bist du denn reich?"

Sie grinste. „Ich kann davon leben und nicht schlecht. Aber wir haben natürlich noch Schulden am Arsch."

Ich fühlte vorsichtshalber: „Nein, da ist nichts."

„Blödmann. Und, warum fotografierst du Friedhöfe?"

„Ein Freund von mir, Sven, schreibt Kurzgeschichten. Horror, Grusel, so'n Kram. Und weil ich nun mal Fotograf bin, hat er mich gebeten, sie zu illustrieren. Ich habe alte Häuser fotografiert, Wasserspeier, Grabsteine, alles auf unheimlich. Hat Spaß gemacht. Wir haben das Zeug an Verlage geschickt, irgendwer hat irgendwem die Fotos gezeigt und ich war im Geschäft. Nie wieder Hochzeiten. Ich hatte einfach Glück."

„Du musst auch gut sein, sonst klappt sowas nicht."

„Hm."

„Und dein Freund? Haben sie seine Geschichten auch gekauft?"

„Nein."

„Ist er noch dein Freund?"

„Ja."

„Du hast echt Glück."

Ich wühlte ein wenig in alten Erinnerungen.

„Ich konnte mich gestern fast nicht an deinen Namen erinnern. Ich habe dich in der Schule kaum wahrgenommen."

„Ich dich schon. Ich fand dich langweilig."

„Wieso?"

„Weiß nicht. Ich fand dich eben öde."

„Aha."

„Tut mir leid." Sie drehte sich zu mir und begann, von meinem Hals abwärts zu wandern. Etwa auf Höhe meiner Brust murmelte sie: „Außerdem habe ich mich, glaube ich, geirrt."

Wieder etwas später stand ich am Fenster, rauchte und schaute hinaus. Ich dachte, sie schlafe. Ich hatte die Jalousie hochgezogen und genoss die Nachtbrise. Es musste etwa vierundzwanzig Stunden her sein, dass ich es nicht geschafft hatte, sie zu zeichnen. Nachts mag ich den Sommer fast so sehr, wie ich ihn tagsüber verabscheue.

„Es ist so ruhig", sagte ich zu niemandem.

„Ach ja, darüber wollte ich mit dir noch reden, als ich angekommen bin", kam es schlaftrunken vom Bett.

Ich lächelte aus dem Fenster. „Ich hatte nicht den Eindruck, dass du reden wolltest."

„Wollte ich dann auch nicht mehr."

Dann sagte sie wieder lange nichts, ich schaute hinaus und dachte wieder, sie sei eingeschlafen.

„Ich liebe dich, Daniel."

„Ich liebe dich auch, Esther", hörte ich mich sagen und erschrak. Und dann merkte ich, dass die Antwort kein alberner Reflex gewesen war. Es stimmte. Ich begriff nicht, warum, ich kannte das gar nicht, so schnell, so zweifelsfrei – aber es stimmte. Ich war glücklich.

Ich legte mich wieder ins Bett, betrachtete eine Zeitlang ihren Rücken und streichelte sie.

„Worüber wolltest du mit mir reden?"

Aber sie schlief schon.

2

Wir fanden Zutaten für ein fast komplettes Frühstück in meiner Küche. Ich würde ja gerne erzählen, wie ich ihr das Frühstück ans Bett gebracht habe, aber sie war zuerst wach und ich konnte sie gerade noch davon abhalten, mich zu bedienen. Sie stand entzückend nackt in der Küche und suchte den Kaffee. Ich holte ihn aus dem Wandschrank.

„Ich trinke fast nur Tee", erklärte ich.

„Ach so. Ich finde mein Höschen übrigens nicht."

„Oh."

„Hast du eine Ahnung, was du damit gemacht hast?"

„Gefressen vermutlich. Ich wollte alles fressen."

„Nein, ernsthaft. Es ist etwas", sie zuckte mit den Schultern, „etwas blöd so."

„So viel zu Männerphantasien."

„Tut mir leid, dich zu enttäuschen."

„Ich schlage vor, du suchst es, und ich mache das Frühstück."

Sie fand es nicht, aber als sie aufgab, hatte ich den Tisch fertig gedeckt. Ich bot ihr an, sich bei meinen Shorts umzusehen und sie fand welche, die halbwegs saßen.

Wir saßen einander gegenüber und schauten uns lange an. Ich fand nichts in mir, das zweifelte, und langsam regte sich die Angst.

„Stimmt alles noch?"

„Ja."

Natürlich sah sie den Felsblock, der mir vom Herzen fiel. Sie lächelte, beugte sich über den Tisch und küsste mich. „Guten Morgen, Liebster."

Als ich wieder zu mir kam, strich sie gerade Marmelade auf ihr aufgebackenes Brötchen und sah sehr zufrieden mit sich und der Welt aus.

Ich saß wieder über meinen Landkarten, als sie kreischte. Sie war unter der Dusche und sie schrie dermaßen laut, dass ich vor Schreck meinen kalt gewordenen Tee über den Tisch schoss. Die Tasse fiel auf der anderen Seite polternd aufs Parkett, aber das hörte ich nur noch am Rande, weil ich in Rekordzeit im Bad war. Sie stand in der offenen Duschkabine, tropfte und schaute den Duschkopf anklagend an.

„Das Wasser ist kalt. Ganz plötzlich." Sie zitterte. „Tut mir leid, wenn ich dich erschreckt habe."

„Ich kenne das. Aber ich dachte, dir wäre sonstwas passiert."

„Kommt sowas hier öfter vor?"

„Eigentlich nur, wenn jemand gleichzeitig am Waschbecken heißes Wasser anmacht."

„Hmmhm." Esther probierte das Wasser erneut aus – es blieb kalt. Sie seufzte. „Muss wohl so gehen."

„Ich kann dich wärmen."

Sie lachte. „Später."

Immerhin durfte ich ihr ein Handtuch bringen. Während sie sich abtrocknete, starrte ich durch die Badezimmertür auf mein Faxgerät im Flur. Fax. Fax. Irgendwas stimmte nicht mit dem Fax. Ach ja. Keine Uhrzeit. Keine Uhrzeit. KEINE UHRZEIT. Ich ging zum nächsten Lichtschalter. Knipsknipsknips. Nichts. Radio. Auch nichts.

„Wir haben Stromausfall."

„Was?" Sie kam gerade aus dem Bad.

„Stromausfall. Deshalb ist das Wasser plötzlich kalt gewesen."

„Das Wasser wird doch nicht kalt, wenn der Strom ausfällt. Du hast doch keinen Durchlauferhitzer, oder?"

„Nein …"

Ich fühlte mich ziemlich trottelig. Ich hatte keine Ahnung von Strom. Ich war Fotograf, kein Elektriker. Sie vermittelte Messehostessen. Trotzdem fand sie blitzschnell den Sicherungskasten und untersuchte ihn auf eine Weise, die mir sehr fachmännisch vorkam.

„Die Sicherungen sind alle in Ordnung."

Ich ging ins Bad und probierte den Heißwasserhahn. „Das Wasser ist immer noch kalt."

„Hm."

„Wir können ja Wasser kochen und mit kaltem mischen. Dann kannst du warm baden."

„Kochen? Ohne Strom, du Genie?"

„Ach ja."

„Hast du Nachbarn, die du ein bisschen kennst?"

„Ja, Lebers unten."

„Wenn es dir nichts ausmacht, gehe ich mal eben runter und frage, ob die Strom haben."

„Ziehst du dir vorher was an?"

Sie schaute mich erstaunt und belustigt an. „Nein, ich tanze nackt durch euer Haus, Daniel, das mache ich gerne. Was ist los mit dir? Habe ich dir den Verstand rausgevögelt?"

Ich seufzte. „Ich glaube schon. Frag sie ruhig, ich halte derweil meinen Kopf unter Wasser. Kalt genug ist es ja."

Sie lachte und gab mir einen schnellen Kuss auf den Mund. „Stell dich ans offene Fenster, du Gemüse, ich bin gleich wieder da."

Sie tanzte schnell durch meine Wohnung, sammelte ihre (meine) Shorts, den Rock und eins von meinen T-Shirts ein, zog alles an und verschwand winkend durch die Tür.

Ich war zum ersten Mal seit gestern Nachmittag wieder alleine und atmete durch. Anstatt mich ans offene Fenster zu stellen, ging ich ins Bad, setzte mich auf den Boden und lehnte meinen Rücken an die wunderbar kalten Kacheln. Was war eigentlich passiert? Ich hatte mich verliebt und betrunken, hatte sie gehen lassen, sie hatte mich gefunden, ich hatte mehr Sex gehabt als in den letzten zwölf Monaten zusammen, und? Ich prüfte mich, so ruhig wie möglich und mit großer Vorsicht.

Mein Verstand war mit Macht zurückgekommen. Es änderte nichts. Ich war glücklich.

So fand sie mich, im Badezimmer, mit geschlossenen Augen an den Kacheln lehnend.

„Alles in Ordnung, Daniel?"

„Ja, klar. Wie bist du herein gekommen?"

„Ich hatte die Tür nur angelehnt. Wirklich alles in Ordnung?"

Ich öffnete die Augen und sah, dass sie ehrlich besorgt war.

„Wirklich."

Sie kniete sich neben mich. „Und weshalb siehst du so traurig aus?"

„Sehe ich traurig aus?"

„Ja."

„Ich bin so glücklich wie lange nicht." Es war die Wahrheit, und sie merkte es.

„Das ist schön. Ich auch. Deine Nachbarn sind nicht da."

„Nicht? Komisch."

„Sie werden einen Ausflug machen oder so. Nicht alle verbringen komplette, schöne warme Sommertage im Bett, so wie wir."

„Nein, wir sind klüger als die. Und es gibt keine schönen warmen Sommertage. Entweder sie sind schön oder warm." Ich grübelte ein wenig. „Aber es ist wirklich komisch, dass Lebers nicht da sind. Sie haben eigentlich ein ziemlich eingefahrenes Leben. Feste Gewohnheiten. Sonntags wird mittags gegessen. Es ist schon ein paar Mal vorgekommen, dass sie mich einladen wollten und dann wach geklingelt haben."

Sie sah plötzlich sehr nachdenklich aus, ging zurück ins Wohnzimmer, setzte sich aufs Sofa, zog die Beine an und starrte aus dem Fenster. Ich wartete.

„Daniel, hast du seit gestern, seit du von der Party zurück bist, jemanden gesehen?"

„Ja, dich. Von vorne, hinten, oben, unten …"

Sie griff nach einem Bleistift, der auf der Fensterbank lag, und warf ihn in meine Richtung, ohne vom Fenster wegzugucken.

„Außer mir, meine ich."

„Ich bin nicht vor der Tür gewesen."

„Du bist vom Bunker hier hingekommen."

„Da habe ich auch nur dich gesehen. Vor meinem geistigen Auge."

„Du bist sehr süß, mein Schatz, aber hör bitte für einen Moment mal auf, mit deinem Schwanz zu denken. Hast du jemanden gesehen? Es ist wichtig."

Ich kramte in meiner Erinnerung, aber das Ergebnis war sehr unergiebig.

„Tut mir leid, Esther. Ich war müde, noch etwas betrunken, und es war mir viel zu hell. Ich glaube nicht, dass ich jemanden gesehen habe. Aber ich könnte es nicht beschwören."

„Kam dir nichts komisch vor?"

„Genau genommen war ich froh, dass ich es in mein Bett geschafft habe und nicht auf der Treppe umgefallen bin. Eine lila Kuh in meinem Wohnzimmer wäre mir nicht komisch vorgekommen."

„Dann will ich dir mal was erzählen. Ich wollte es dir eigentlich schon gestern Nachmittag sagen, als ich die Treppe hochkam. Und dann wollte ich es dir gestern Abend erzählen, als du am Fenster gestanden bist, aber dann war ich zu müde."

„Und?"

„Ich bin mit dem Rad zu dir gefahren. Gestern am helllichten Nachmittag. Ich hatte es sehr eilig, okay, aber ich habe keinen einzigen Menschen gesehen. Am Samstagnachmittag."

„Wo bist du denn hergekommen? Durch die Stadt?"

„Nein, aus Quettingen durch den Bürgerbusch."

„Ja, siehst du, durch den Wald. Und es war sehr heiß."

„Es sind nicht alle so lichtscheu wie du. Und noch was: Ich habe unterwegs mindestens drei Autos gesehen, die mitten auf der Straße standen. Einfach so."

„Hm." Ich versuchte, mir einen Reim darauf zu machen. Erfolglos.

„Ich habe ein komisches Gefühl, Daniel."

„Was für ein Gefühl?"

„Komm doch bitte mal her und sieh aus dem Fenster."

Ich schaute aus dem Fenster und sah meine Straße. Häuser. Fenster. Ein Stück Brachland. Am Bürgersteig ein paar Autos.

„Was siehst du?"

„Ich weiß nicht, was du meinst. Ich sehe nichts."
„Genau. Nichts. Keine Menschen."
„Das ist eine sehr ruhige Straße, Esther. Ich weiß nicht, was du ..."
„Nichts, Daniel. Keine Menschen. Keine Menschen auf der Straße, keine Menschen auf den Balkonen, niemand am Fenster, kein Auto fährt durch, nichts, gar nichts."

Sie sprang plötzlich auf, griff an mir vorbei, öffnete das Fenster, lehnte sich hinaus und brüllte aus Leibeskräften: „Haaaaallooooo! Ist da jemand?!"

Ich zog sie peinlich berührt zurück. „Esther, bitte ..."

Sie drehte sich heftig zu mir um. Ihre Lippen waren fest zusammengekniffen, weiß. Ihre Finger deuteten aus dem Fenster, sie schubste mich vor die Fensterbank. Ich sah hinaus.

Nichts.

Alles so wie vorher. Kein Kopf reckte sich aus irgendeinem Fenster, um zu sehen, welche Irre da so schrie. Keine Balkontür ging auf. Niemand schaute hoch zu uns.

Nichts.

„Daniel, da ist niemand", sagte sie, und ich sah die mühsam unterdrückte Panik in ihren Augen.

„Das kann nicht sein." Aber langsam kroch in mir das Gefühl hoch, dass sie Recht haben könnte. Ein sehr, sehr kaltes Gefühl.

„Komm mit mir runter. Bitte."

Ich nickte, zog mich schnell und wortlos um und verließ mit ihr die Wohnung. Wir traten aus dem Haus und spürten es.

Es war gespenstisch.

Alles war leer.

3

Wir gingen über viele Umwege zu ihrer Wohnung in Quettingen und es war, wie sie gesagt hatte. Wir begegneten niemandem. Auf den Straßen standen Autos herum. Wir sahen sie näher an und stellten fest, dass alle Schlüssel steckten. Ein paar Radios liefen noch, aber die meisten

Batterien waren leer. Es war, als wären die Fahrer einfach während der Fahrt verschwunden. Wir klopften an Fenster und Türen. Wir schrieen. Als wir in ihrer Straße ankamen, waren wir verzweifelt dazu übergegangen, Steine in Fensterscheiben zu werfen. Wir wären glücklich gewesen, wenn uns jemand angezeigt hätte. Aber nichts regte sich. Nirgendwo.

Sie öffnete die Haustür, wir klopften bei all ihren Nachbarn, ohne Erfolg. Schließlich führte sie mich in ihre Wohnung. Als sie die Tür öffnete, kamen ihr zwei Katzen entgegen. Mit einem lauten Schluchzer nahm sie beide in den Arm und rief in die leere Wohnung.

„Andy!? Andy!?"

Richtig, sie hatte mir erzählt, dass sie mit einer Freundin zusammenwohnte. Eine von denen, mit denen sie den Hostessenservice aufgezogen hatte.

„Andy! Wo bist du?" Sie starrte in die leere Wohnung. Und brüllte. Die Katzen sprangen erschrocken aus ihrem Arm.

„Andy, wo bist du?! Bitte, Andy, ich habe einen neuen Freund, ich möchte, dass du ihn kennen lernst, Andy, bitte, bitte!" Sie schrie am Ende ihrer Kraft und brach weinend zusammen.

Ich kniete mich neben sie und nahm sie in den Arm. „Sie ist weg, Esther."

„Vielleicht hat sie mir einen Zettel da gelassen. Sie lässt mir immer einen da. Sie ist wahnsinnig lieb, du musst sie kennen lernen …" Sie konnte kaum noch atmen.

Ich konnte nichts sagen. Die Kälte lähmte mich. Ich hatte nicht gewusst, wie kalt Angst sein kann.

„Wo ist sie?", wimmerte Esther. „Wo sind alle, Daniel?"

„Ich weiß nicht", sagte jemand von weit her. Ich merkte erstaunt, dass ich es gewesen war. „Ich weiß es nicht."

„Hast du Eltern, Geschwister? Hast du Freunde? Den mit den Geschichten, diesen Sven?"

„Ja." Oh mein Gott. Es war so kalt.

„Sind die auch alle weg? Wie meine liebste Freundin?" Ihre Stimme kippte, sie stand kurz vor der Hysterie.

„Ja … ich glaube …" Oh Gott, oh mein Gott.

„Ich habe Angst, Daniel", flüsterte sie gepresst. Ich schwieg. Und hatte auch Angst. Angst!

Sie presste sich an mich und ich hielt sie so fest ich konnte. Weil mir so kalt war, begann ich, sie zu streicheln und sie streichelte mich. Ich trug sie durch die Wohnung, fand ein Bett und legte sie darauf. Sie zog mich zu sich. Es war die Art von Sex, die man nach Beerdigungen hat. Wir schliefen miteinander, um uns zu beweisen, dass wir noch da waren. Und um zu vergessen, was wir scheinbar verloren hatten.

Sie schlief, und ich taumelte durch die Wohnung. Ziellos. Ich kam am Telefon vorbei und fand einen großen, gelben Klebezettel an der Wand.

Andy,
endlich zu Hause?
Es ist kurz nach vier, ich fahre nochmal weg. Ich nehme das Rad. Ich habe jemanden kennen gelernt (oder wie nennt man das bei Klassentreffen – wiedergetroffen?). Er heißt Daniel und war in der Schule völlig lahm.
Ich glaube, er hat sich verändert.
Mach dir keine Sorgen, wenn ich heute Abend nicht nach Hause komme.
E.

P.S.: DRÜCK MIR DIE DAUMEN!!!!!!!!!!!!!!!!!

Ich betrachtete den Zettel eine Weile, knüllte ihn zusammen und warf ihn in den Papierkorb, der neben dem Telefontischchen stand. Dann sank ich an der Wand zusammen und zitterte und heulte, bis ich vor Panik und Kopfschmerzen bewusstlos wurde.

Es war schon dunkel, als wir auf ihrem Bett saßen und versuchten, eine Erklärung zu finden. Die Angst und das Entsetzen hatten uns so betäubt, dass wir stumpf genug waren, das Ganze wie ein Rätsel zu betrachten. Ich hatte mehr Vorschläge, denn ich hatte mehr Science-Fiction gelesen. Aber nichts klang irgendwie logisch. Schließlich kam ihr eine Idee.

„Vielleicht sind wir tot."

„Was?" Mir war nicht sofort klar, was sie meinte.

„Ja, wäre das nicht vernünftig? Ich meine, dann sind nicht alle anderen verschwunden, sondern nur wir."

„Hm." Der Gedanke breitete sich in mir aus, er war so unsagbar tröstlich, dass er mich wärmte. Zum ersten Mal seit Stunden konnte ich denken, ohne die Kälte zu spüren, von der ich gedacht hatte, dass sie mich umbringen würde. Natürlich – wenn wir tot waren, dann war eigentlich gar nichts geschehen. Die Welt, wie ich sie gekannt hatte, war gar nicht leer. Nur ich hatte sie verlassen. Gemeinsam mit dieser wunderbaren Frau. Wie schön. Esther schien die Idee ebenso zu gefallen, sie begann zu erläutern: „Es gab da mal einen Film. Da war die Welt auch plötzlich leer, ich weiß nicht mehr, irgendwas ist passiert, und danach waren nur noch die da, die in dem Moment, als es passiert ist, zufällig gerade gestorben sind."

„Du meinst, wir sind tot?", fragte ich, zunehmend begeistert.

„Ich meine gar nichts", sagte sie. „Aber es wäre logisch, oder?"

„Keine Ahnung", meinte ich aufgeräumt. „Ich war noch nie tot. Ich weiß nicht, wie das ist."

„Vielleicht bin auch nur ich tot." Sie grinste. „Ich bin tot, im Himmel. Du bist mein persönlicher Engel."

„Erbarmen", sagte ich, zog sie zu mir und gab ihr einen langen Kuss. Sie knuffte mich.

„Komm, trag' zur Lösung des Problems bei."

Ich bemühte mich. Ich wollte diesen großen Trost unbedingt logisch untermauern. „Also, wenn jemand tot ist, dann wir beide, denn ich weiß, dass ich noch lebe."

„Das ist großer Quatsch, den du da redest", sagte sie freundlich.

Ich hatte es gerade auch gemerkt und versuchte zu präzisieren. „Also, ich weiß, dass ich noch hier bin. Weil ich bin. Also, weil ich es weiß. Ich bin ja da ...", ich brach verwirrt ab.

„*Cogito, ergo sum*?"

„Ja, so in etwa."

„Ich will dir mal glauben. Jedenfalls: Es ist viel angenehmer, mit dir tot zu sein als alleine." Sie küsste mich lange und warm.

„Also", sagte ich, als ich wieder sprechen konnte, „sagen wir mal, wir sind tot. Wann sind wir gestorben?"

Sie zuckte mit den Schultern. „Keine Ahnung. Gestern oder vorgestern."

„Nicht später, als du zu mir gefahren bist?", überlegte ich. „Denn da war ja schon alles leer. Wann bist du von der Party nach Hause gefahren?"

„Ganz früh. So gegen sieben." Sie dachte nach. „Ich habe niemanden gesehen. Aber ich glaube, es waren auch noch keine leeren Autos auf der Straße. Ich weiß es aber nicht." Sie zog gedankenverloren an ihrer Unterlippe. „Ich kann mich ehrlich nicht erinnern. Ich glaube aber, ich habe auch kein fahrendes Auto gesehen. Aber das kommt vor, am Samstagmorgen."

„Also irgendwann in der Nacht oder Samstag am Morgen." Ich dachte nach, immer noch auf morbide Weise verliebt in den Gedanken. „Ich vermute, wenn du Recht hast, sind wir in der Nacht gestorben. Wahrscheinlich, als wir unten standen."

„Oh, wie schade." Sie lächelte mich an. „Das war so schön."

„Ja, aber ist doch logisch", führte ich aus. „Wenn wir zusammen gestorben sind, muss es ein Unfall oder ein Verbrechen gewesen sein. Wir sind zu jung und gesund, als dass es wahrscheinlich ist, dass wir gleichzeitig einen Herzinfarkt bekommen, oder sowas."

„Ja, du bist jung und gesund." Ihre Augen glitzerten.

„Jetzt denkst du mit dem Unterleib."

„'Tschuldigung."

„Wenn nämlich auf der Party etwas passiert wäre", überlegte ich weiter, „dann wäre es nur logisch, dass ein paar von den anderen auch noch da sind."

„Ja, und?", fragte Esther erstaunt.

„Wie, und?"

„Spricht irgendwas dagegen, dass sie noch da sind?"

Ich überlegte eine Weile. „Nein, du hast Recht. Sie könnten noch da sein."

Ich merkte, dass ich langsam schläfrig wurde, und ihre Hand, mit der sie meinen Bauch streichelte, wurde auch immer langsamer.

„Lass uns morgen nach ihnen suchen", schlug ich vor.

„Gute Idee", murmelte sie.

Sie küsste mich auf den Arm, der gerade in Reichweite ihrer Lippen war, und schlief ein. Ich betrachtete sie noch eine kleine Weile und glitt in die Dunkelheit.

4

Wir brauchten nicht zu suchen. Wir wurden geweckt. Ich wachte von Glockengeläut auf und dachte zuerst, was für ein irrer Traum das gewesen war. Dann sah ich, dass Esther senkrecht neben mir im Bett saß – ihrem Bett – und wusste, dass ich nicht geträumt hatte. Die Kälte kam zurück und ich rief mir den tröstlichen Gedanken von gestern Abend ins Gedächtnis zurück. Niemand war fort – außer uns.

„Daniel? Bist du wach? Was ist das?"

„Glocken", sagte ich. „Kirchenglocken."

„Ja, klar. Aber so komisch."

Ich sah sie unschlüssig an. „Sollen wir hingehen?"

Sie überlegte eine lange Weile, während die Glocken nervtötend läuteten. Kein angenehmes Dong-Dong, Dong-Dong, sondern Pong, Pong, Pong, Pong. Dann nickte sie.

„Ja. Was auch immer das ist, ich will es wissen."

„Gut, ich auch."

Wir wuschen uns kurz und zogen uns schnell an. Zwischendurch hörten die Glocken einmal auf, aber gleich darauf ging es wieder los. Pong, Pong, Pong, Pong, es war grauenhaft. Aber es gab keine Musik, die ich in diesem Moment lieber gehört hätte. Da war jemand. Wir waren nicht ganz allein. Bevor wir die Wohnung verließen, schaute Esther die beiden Katzen lange an, nahm jede für sich auf den Arm, drückte sie an sich und öffnete mit einem schnellen Rundgang durch die Wohnung alle Fenster und die Balkontür. Dann nahm sie mich am Arm und zog mich hinter sich her, aus der Wohnung. Als wir auf der Straße waren, hörten die Glocken wieder auf, aber Esther hatte das Geräusch schon lokalisiert. Sie zeigte auf den weißen Kirchturm, der über die Häuser ragte, und begann zu rennen. Mir blieb gar nichts übrig, als hinterherzulaufen. Sie war schnell und ich konnte gerade so mithalten. Keine zehn Minuten später standen wir vor der Kirchentür, keuchend. Als sie vorging, um die Tür zu öffnen, hielt ich sie zurück.

„Warte."

„Was ist?"

„Lass mich zuerst. Wenn da irgendetwas Gefährliches …"

Sie schaute mich wieder mit diesem lieb-mitleidigen Blick an.

„Du bist süß und wunderbar und mein Held, aber wenn da irgendwas Gefährliches drin ist, werden wir zusammen sicher besser damit fertig als du alleine, oder?

Wir öffneten vorsichtig die Tür und gingen in das kühle Kirchschiff. Da saß jemand mit dem Rücken zum Eingang. Breite Schultern, kurze blonde Haare. Neben ihm, im Mittelgang, lag ein großer Vorschlaghammer. Daher also das komische Geräusch.

„Hallo?" Sie war wieder schneller als ich. Mist, ich wollte doch ihr Held sein.

Er drehte sich um und ich erkannte ihn sofort. Vor zwei Nächten und einer Ewigkeit hatte ich Esther erklärt, dass seine Nase leichter zu malen sei, als sie. Es war Oberleutnant Jan Müller, der Klassenclown. Er kniff die Augen zusammen, klar, wir kamen aus der Sonne hinein.

„Wir sind's, Esther und Daniel."

„Ah." Er war etwas kurzatmig, kein Wunder, er hatte lange den Hammer geschwungen. „Hallo, Daniel, schön dich zu sehen. Richtig schön. Esther?"

„Esther Brandt", erklärte ich. „Wir hatten auf der Schule nicht viel mit ihr zu tun. Dumm von uns."

„Ah, Esther, ja. Entschuldige. Ich konnte mit dem Namen gerade kein Gesicht verbinden."

„Sowas Ähnliches hat mir dieses Wochenende schon mal jemand gesagt." Sie knuffte mich in die Seite. „Dem hier hab ich's ausgetrieben."

Er schaute kurz verwirrt, erinnerte sich dann, verstand und lächelte.

„Ah ja, stimmt. Ihr wart mal kurz zusammen draußen. Genau, du hast dann später alle verrückt gemacht, weil du seine Adresse haben wolltest. Anstatt ihn einfach zu wecken."

„Hast du?", fragte ich.

„Ich war nicht sicher", erklärte sie, ohne mich zu beachten, „dass er seine Adresse zu dem Zeitpunkt wusste."

Er lachte, hustete und setzte sich. „Schön für euch, herzlichen Glückwunsch. Entschuldigt, aber ich bin etwas kaputt."

„Schon klar", sagte ich. „Wir haben …"

„Hallo?"

Noch ein Gesicht von der Party, der Name fiel mir nach ein paar Sekunden ein: Daniela Pracht. Sie schwebte wie ein Geist in die Kirche, den Blick starr an uns vorbei gerichtet. Schließlich drehte sie sich zu uns und lächelte. Das heißt – ihr Mund verzog sich zu einem Lächeln. In ihren Augen glänzte leeres Entsetzen. „Ich habe das Läuten gehört", flüsterte sie. „Wart ihr das?"

Eine halbe Stunde später saßen wir zu neunt vor der Kirche. Außer Daniela hatten sich noch Lars Brandhorst und Eva Lupzig eingefunden, die ich beide kaum kannte, Matthias Belchart und David Renner, Mitorganisatoren der Fete, und Susi Pferch. Matthias war zu Schulzeiten ein guter Freund von mir gewesen. Lars und Eva waren, wie ich den Gesprächen entnahm, seit der Schulzeit ein Paar und wohnten schon lange in Quettingen. Susi war eine Freundin von Esther. Eigentlich wohnte sie neuerdings in München, aber die beiden waren in regelmäßigem Mail- und Facebook-Kontakt. Sie war in einer ähnlichen Verfassung wie Daniela in die Kirche gekommen, zitternd, mit verweinten Augen, aber dann hatte sie Esther gesehen und sich auf sie gestürzt, wie eine Ertrinkende auf einen Rettungsring. Und im selben Maße, in dem immer mehr Leute in die Kirche geströmt waren, hatte sie sich beruhigt. Sie war, so erfuhr ich, schon vorher ziemlich alleine gewesen, Single, neu in einer fremden Großstadt, beide Eltern schon gestorben, keine Geschwister … als sie sich dann gestern morgen im Hotel wortwörtlich alleine wiedergefunden hatte, hatte sie zuerst an einen Traum geglaubt – und dann an eine Strafe, an irgendeine große, bösartige Macht, die sich vorgenommen hatte, sie ganz persönlich zu quälen. Die offensichtliche Tatsache, dass zumindest diese Befürchtung nicht richtig war, war eine Erlösung für sie.

Daniela aber war ein Wrack. Sie wohnte in Opladen noch bei ihren Eltern – beziehungsweise hatte bei ihnen gewohnt, bis sie verschwunden waren. Seither war sie durch die Straßen geirrt. Sie war die Verstörteste von uns allen. Die anderen schienen, nach ihren Erzählungen, Ähnliches durchgemacht zu haben wie Esther und ich. Unglauben, Panik, Angst – und dann irgendein tröstlicher Gedanke, an den sie sich geklammert hatten, um zu überleben und geistig gesund zu bleiben. Wahrscheinlich waren diese tröstlichen Gedanken überhaupt der Grund, der es uns möglich gemacht hatte, hier zusammenzukommen, viel mehr als Jans Geläut. Irgendwo in mir pochte der dumpfe Gedanke, dass es nur zwei Gründe gab, aus denen ich noch lebte: Esther und unsere Idee vom Leben nach dem Tod. Ohne dies hätte ich mich wahrscheinlich umgebracht oder würde jetzt wahnsinnig durch die leere Stadt stolpern, bis ich von irgendeiner Brücke fallen, von der Hitze niedergestreckt oder sonst irgendwie erlöst würde. Ich hatte so eine Idee, dass Daniela nicht weit von diesem Schicksal entfernt war.

Wir waren vor die Tür gegangen, Esther, Susi und ich hielten uns etwas abseits, weil ich im Schatten bleiben wollte. Ich hatte meinen Kopf in Esthers Schoß gelegt und döste vor mich hin. Jan lehnte in der Kirchentür, gab seinen Kräften Zeit, zurückzukommen und unterhielt sich leise mit David, der neben ihm stand. Die anderen saßen in einem lockeren Halbkreis vor dem Kirchtor. Matthias, Lars und Eva diskutierten die Frage, die uns von nun an in unendlichen Gesprächen beschäftigen sollte: Was ist passiert? Lars und Eva waren zu der Annahme gelangt, wir seien in eine andere Dimension gewechselt. Matthias hatte eine komplizierte Erklärung, in der mehrere Parallelwelten vorkamen. Daniela klammerte sich wie eine Stürzende an den Gedanken, dass sie träume. Ich schlug von unserem Platz aus vor, dass wir alle tot seien. Die Idee wurde aufgenommen und diskutiert.

Susi griff in ihre Tasche, zückte ein iPhone und betrachtete es bitter. *„All persons I've called are temporarely not available.* Du übrigens auch nicht, Esther."

Esther nickte. „Ich wollte mein Handy gestern ausprobieren. Aber der Akku war leer." Sie lachte gallig. „Endgültig."

Ich sah auf. „Wann war das?"

Sie strich mir übers Haar und küsste mich. „Da hast du geschlafen, süßer Mann."

„Ich habe alles versucht, echt", fuhr Susi fort. „So lange es Strom gab, und dann so lange der Akku von meinem Netbook und dem iPhone noch Saft hatten. Alles. Alle Mailadressen, Facebook, Xing … Facebook war ziemlich bald unten und kam dann nie wieder hoch, Twitter war auch schnell weg, trotzdem … Ich habe wirklich Kontakte überall, in den Staaten, in Frankreich, Schweden, in Korea, Japan, Australien … Nichts. Gar nichts. Niemand hat geantwortet. Die ganze Welt …" Sie stockte. „Die ganze Welt …", wiederholte sie dann leise.

Esther legte einen Arm um Susi, aber in dem Blick, den sie mir zuwarf, stand dasselbe Entsetzen, das mich ergriffen hatte. Wieder. Und nicht zum letzten Mal, ich begann zu ahnen, dass es immer da sein würde, von nun an. Die ganze Welt …

Vor dem Kirchentor wurde die Diskussion über die Frage nach dem *Was?* und *Warum?* derweil immer schwungvoller, bis das kam: „Es ist mir, ehrlich gesagt, scheißegal. Deshalb habe ich euch nicht hergerufen."

Jemand hatte Jan gefragt, was er glaube. Das war die Antwort. Sie starrten ihn verständnislos an. Matthias fing sich als erster.

„Aber wir müssen doch wissen, was passiert ist."

„Später vielleicht. Erstmal nicht."

Das klang interessant. Ich setzte mich auf. Jan grinste zu uns hinüber.

„Ah, auch wach?"

„Erzähl", sagte ich, „wir sind ganz Ohr."

Er nickte. „Gut."

Jan setzte sich in die Tür. Wir kamen etwas nach vorne, so dass wir nun fast einen Kreis bildeten.

„Es ist offensichtlich, dass alle verschwunden sind", begann er. „Also, fast alle. Ich denke, dass wir erstmal planen müssen, wie wir überleben. Nicht warum. Es wird hier bald sehr gefährlich werden. Wir müssen aus der Stadt raus. Und wir müssen uns zusammentun, so viele wie möglich. Deshalb die Sache mit der Glocke."

Jan hatte länger als wir alle darüber nachgedacht. Er war etwa im selben Zustand wie ich von der Party gekommen und hatte auch erstmal geschlafen. Aber dann war niemand gekommen, um sein Leben zu bereichern, wie bei mir, sondern er hatte sich entschlossen, das Wochenende in der Kaserne zu verbringen und ein bisschen zu arbeiten, Papierkram zu erledigen. Sobald er nach draußen gegangen war, hatte er gemerkt, was passiert war. Er hatte wenig Leute gehabt, um die er hätte trauern können und niemanden, um Theorien zu besprechen. Also war er auf eine andere Überlebensstrategie verfallen – Pragmatismus. Er hatte die Situation überdacht und war zu einigen beunruhigenden Ergebnissen gekommen. Die größte Gefahr, so erklärte er uns, war Feuer. Solange noch Strom da war, mussten Kochplatten und vielleicht auch ein paar Bügeleisen an gewesen sein. Zigaretten waren auf den Boden gefallen. Flugzeuge abgestürzt.

„Ich glaube", erklärte er, „dass schon jetzt überall in der Stadt Brände schwelen. Über kurz oder lang wird Feuer ausbrechen und solange brennen, bis es keine Nahrung mehr hat. Und denkt an das Bayer-Werk."

Er hatte sich einen Plan ausgedacht. Und stellte ihn uns vor. Er wollte ins Bergische Land ziehen, mit so vielen Gleichgesinnten wie möglich. Weg von den Städten und ihren Gefahren. Nah an einen Fluss, am besten die Wupper oder die Düssel. Dort einen Hof suchen, ein paar Häuser darum bauen und zu überleben versuchen. Es war unfassbar, wie konkret er alles vor Augen hatte. Er dachte nur an das Wie. Es war zu viel. Das war zu schnell. Oder war es seine Form von Flucht? Radikaler Pragmatismus. Tun. Nur nicht denken. Er fragte nach unseren Berufen. Die Ausbeute war kärglich. Matthias war zum Beispiel Lehrer für Deutsch und Pädagogik, Eva Versicherungskauffrau, Daniela Finanzbeamtin, ich Fotograf.

„Schade", sagte Jan, „nehmt es mir nicht übel, aber wirklich nützlich sind für uns jetzt nur Lars und Esther. Architekt und Krankenschwester, das ist gut. Pädagogen brauchen wir frühestens, wenn wir Kinder haben, wenn überhaupt, und mit Versicherungen, Finanzämtern und Fotografie ist es erstmal vorbei. Mit Armeen, was mich betrifft, wohl auch."

„Aber als Soldat bist du trotzdem nützlich", meinte ich.

„Schön, dass du das so siehst. Ich wüsste nicht, wieso."

„Du kannst im Freien überleben. Du kannst Feuer machen, Flöße bauen, all sowas."

Er lachte bitter. „Warst du beim Bund?"

„Ja."

„Noch Fragen?"

„Na, ich denke, du warst etwas länger da als ich."

Er schüttelte den Kopf. „Nein, wirklich nicht. Wenn es darum ginge, unseren Platz im Bergischen gegen Luftangriffe zu verteidigen, dann könnte ich helfen. Aber das wird wohl nicht nötig sein. Und was meine Survival-Fähigkeiten angeht, schlage ich vor, dass wir aus irgendeinem Trekking-Laden ein paar entsprechende Bücher mitnehmen. Die sind besser als alles, was ich euch beibringen kann."

Am Ende fragte er uns, ob wir mitmachen würden. Wir bejahten alle, erleichtert, etwas zu tun zu haben, ein Ziel, eine Perspektive. Wir beschlossen, uns um acht Uhr abends wieder vor der Kirche zu treffen.

„Bis dahin nehmt alles mit, was ihr für nötig haltet. Nötig, versteht ihr? Ihr müsst es tragen können. Besorgt euch Rucksäcke und Schlafsäcke. Esther, du solltest alles besorgen, was wir deiner Meinung nach als Grundstock für eine medizinische Versorgung brauchen. Oder besser – wir gehen zuerst nach Hilden, zu meiner Kaserne. Da können wir uns mit Werkzeug, Medizin und Waffen ausrüsten."

„Waffen?", fragte Eva.

„Ja, Waffen. Nein, versteht das nicht falsch." Er sah unsere Gesichter. „Wir werden, glaube ich, kein Problem mit anderen Menschen haben. Jeder in unserer Situation wird froh sein, sich einer Gruppe anschließen zu können. Aber die Tiere. Denkt an Hunde. Rudel von verwilderten Haushunden. Die, die überleben, werden gefährlich sein. Und es wird auch wieder Wölfe geben in ein paar Jahren und Bären. Ich halte es sogar für möglich, dass ein paar Tiere aus den Zoos ausbrechen."

„Und wir werden jagen müssen", meinte Lars.

„Aber keine Feuerwaffen", überlegte ich laut. „Bald wird es keine Munition mehr geben."

„Die reicht noch für ein paar Generationen", entgegnete Jan.

„Wir sollten uns nicht dran gewöhnen."

„Besorg dir was anderes, wenn du willst. Ich kann nur Gewehre und Pistolen beschaffen."

„Ich finde ja", sagte David gedehnt, „dass nicht nur die Munition noch für ein paar Generationen reichen wird."

Jan grinste und sah ihn an. „Noch nicht überzeugt?"

„Nicht die Spur", sagte David, ebenfalls grinsend. Wir anderen sahen verwirrt von einem zum anderen.

„Wir haben eben schon eine Weile darüber gesprochen", erklärte David. „Während ihr ... ein spöttisches Lächeln huschte über sein Gesicht, „ähm ... Theorien diskutiert habt."

Matthias schaute ihn säuerlich an, sagte aber nichts.

„Was die Prioritäten betrifft", er nickte Jan zu, „da bin ich ganz bei dir, Jan. Ich will es gar nicht wissen. Ich will auch gar nicht darüber nachdenken, ehrlich. Mir reichen meine Träume. Ich habe gestern Nacht von meiner Freundin geträumt, und ..." er schluckte. „Na, egal. Ihr seht – das führt zu nichts, das macht uns nur fertig. Jan hat Recht: Wir müssen als erstes klären, wie wir überleben. Und ich finde auch, wir sollten zusammenbleiben. Warum wir dafür aber gleich das Mittelalter neu eröffnen müssen, das ist mir nicht klar. Ehrlich, Leute: Hier stehen überall Autos herum. Die Supermärkte sind voller Konserven. Die halten nicht ewig, aber während wir die verspeisen, können wir doch, sagen wir, fünf bis zehn Jahre darüber nachdenken, wie wir weiter machen wollen. Anstatt irgendwo in der Pampa einen auf Bauer zu machen, würde ich erstmal fahren, fahren, fahren um das halbe Land nach Menschen zu erkunden und alle Tanken leermachen, die es gibt. Dabei könnten wir in Villen und den nobelsten Hotels der Welt leben. Warum, in Gottes Namen, sollten wir eine Kommune gründen und uns den Hintern wieder mit Gras abwischen?"

„Niemand will das Klopapier abschaffen", sagte Jan sanft.

„Du weißt, was ich meine."

„Gegenfrage", meinte Esther. „Warum sollten wir mit Autos durch die Gegend fahren? Wohin? Gibt es noch irgendeinen Ort, an den wir schnell müssen? Wir haben alle Zeit der Welt, und wir haben kein Ziel. Es wird viel wichtiger sein, alles genau zu erkunden. Was wissen wir denn über die Welt, wie sie jetzt ist? Gar nichts. Ich hätte einfach

Angst, irgendetwas zu übersehen, wenn ich mit hundertzwanzig Sachen daran vorbeirase. Gerade, wenn ... also falls es noch andere Menschen gibt."

„Aber Esther", sagte David, „mal ehrlich – wie stellst du dir das vor? Willst du im Märzen die Rösslein anspannen? Das ist doch völlig sinnlos."

Sie lachte. „Also gegen einen Trecker hätte ich nichts."

„Hast du schon mal versucht, Auto zu fahren? Seit ... seit alle weg sind, meine ich?", fragte Lars.

David sah ihn erstaunt an. „Nein. Warum, das war nicht nötig. Aber wo soll das Problem liegen?"

Eva schüttelte mit bitterer Miene den Kopf. „Wir haben es versucht. Also ... nicht nur versucht, gemacht. Unser eigener Wagen steht leider völlig unerreichbar in unserer Garage – elektronisches Rolltor. Aber wie du gesagt hast – es stehen ja genug rum. Also haben wir uns gedacht, wir nehmen einfach irgendeinen Wagen und fahren zu meiner Schwester, die Schlüssel stecken ja alle. Das Dumme war nur – wo die Schlüssel steckten, waren fast überall die Batterien leer, weil die Radios noch an gewesen waren oder das Licht oder beides. Und außerdem sind die meisten Autos, die da rumstehen, irgendwo gegen gefahren, ineinander oder in den Bordstein oder in ein Haus oder einen Baum. Die ... die Fahrer sind wohl ... also es sieht aus, als ob die alle während der Fahrt ..." Sie schluckte schwer und atmete ein paarmal zitternd ein, dann sprach sie weiter: „Die meisten sind nicht wirklich schlimm kaputt, aber irgendwie beschädigt und ich traue denen dann jedenfalls nicht mehr."

„Schließlich haben wir doch einen Wagen gefunden, der ging", nahm Lars den Faden auf. „Und damit sind wir dann nach Leichlingen gefahren. Das war übrigens auch nicht so einfach, die Straßen sind an den unmöglichsten Stellen von herumstehenden Autos blockiert. Und dann ...", er hustete und sprach heiser weiter, „na ja, dann sind wir wieder nach Hause gefahren. Ich brauche kein Auto mehr. Ich will auch keins mehr. Mir ist wichtig, dass wir zusammenbleiben. Wenn ihr derselben Meinung seid, wie David, klar, dann fahre ich mit. Aber eigentlich will ich nichts mehr von der Welt sehen. Nicht mehr als nötig."

„Ich will auch, dass wir zusammenbleiben", sagte Susi. „Ehrlich", sie warf einen fast panischen Blick in die Runde, „lasst uns zusammen bleiben. Aber David hat doch Recht. Du redest von Blockhäusern, Jan – und es gibt Millionen von festen, sicheren Häusern und bequemen Betten, in denen wir schlafen können. Lasst uns die Welt erkunden. Lasst uns vielleicht irgendwohin fahren, wo es warm ist, wo es schöner ist als hier. Wart ihr schon mal in Norditalien, oder im Ardèche? Wenn wir uns schon irgendwo ansiedeln, warum nicht da? Klar, irgendwann ist wahrscheinlich das Benzin alle und das Zeug aus den Supermärkten ist vergammelt, aber dann haben wir immer noch Zeit, wieder Bauern und Jäger und Sammler oder sowas zu werden."

„Warum es aufschieben?", fragte Esther leise.

„Esther ...", sagte Susi gequält.

Wir saßen eine ganze Weile still beisammen.

„Ich fürchte, wir werden uns nicht einigen", sagte Jan schließlich.

„Nein", meinte David unglücklich. „Was sollen wir machen?"

„Abstimmen!", sagte Matthias. David sah ihn finster an. Es war offensichtlich, dass er eine Abstimmung verlieren würde. Esther schüttelte den Kopf.

„Quatsch, abstimmen. Wir können David und Susi doch kein Leben aufzwingen, das sie nicht wollen."

„Nein!", rief Matthias erschrocken. „Natürlich nicht."

„Ich schlage Folgendes vor", sagte Jan. „Wir sind so oder so zu wenige, ob wir jetzt Bauern sein wollen oder Nomaden der Landstraße oder was auch immer. Aber es scheint doch so, als ob alle, die noch da sind, auf der Party waren, oder?"

„Das ist Blödsinn", sagte Lars. „Wieso ..." Jan hob die Hand.

„Bitte – wir wollten uns mit dem Wieso doch später beschäftigen. Alle, die hier sind, waren auf unserer Party. Andere Menschen hat keiner von uns gesehen. Es klingt irre, aber es ist nun mal so. Und David und Matthias haben die Party doch organisiert. Also wisst ihr doch auch am besten, wo man die Leute eventuell finden kann, oder? Habt ihr eure Listen noch?"

Die beiden sahen sich an. „Klar", sagte David. „Alles fein säuberlich ausgedruckt, liegt bei mir zu Hause immer noch auf dem Schreibtisch."

„Dann klappert die Leute doch ab. Sucht so viele ihr könnt, erzählt ihnen von unseren Ideen, und dann treffen wir uns heute Abend hier. Vielleicht finden wir dann eine Lösung. Und wenn nicht, können wir ja vielleicht zwei Gruppen bilden, die beide groß genug sind." Er seufzte. „Obwohl ich es besser fände, wenn wir uns nicht trennen würden."

„Ich auch", sagte David. „Was meint ihr, um acht wieder hier? Heute Abend?"

Wir nickten. David wandte sich zum Gehen. „Kommst du, Matthias?"

„Wartet", sagte Susi und sprang auf. „Ich komme auch mit."

Als sie gegangen waren, sah Jan in die Runde.

„Sehe ich das richtig? Nur Bauern hier geblieben?"

Wir lachten, aber nicht besonders fröhlich. Er nickte.

„Also, David hat zumindest Recht, was die Probleme angeht. Ich möchte daraus keinen Glaubenskrieg machen. Mir geht es mehr um das, was Esther gesagt hat: Keine Eile, dafür viel Sorgfalt und besser jetzt anfangen als später. Aufschieben bringt nichts. Aber wenn wir, was weiß ich, schwere Lasten transportieren müssen oder so, dann würde ich auch nicht gerne auf Lkw und all das verzichten. Aber was die alltägliche Fortbewegung angeht ..."

„Was ist mit Pferden?", fragte Daniela. Es war das erste Mal, dass sie etwas sagte.

Jans Gesicht hellte sich auf. „Ja, genau. Kannst du mit Pferden umgehen? Könntest du uns welche besorgen?"

„Ja. Ich bringe Kindern Reiten bei. Am Gut Reuschenberg, nach der Arbeit. Ich meine, bevor ..."

„Schon klar, das ist super. Du wirst uns allen das Reiten beibringen. Aber hol erstmal nur ein oder zwei Pferde, als Lasttiere, okay?"

Sie nickte.

Wir planten und verteilten Aufgaben. Das tat gut. Es stellte sich heraus, dass ich der Einzige war, der die Gegend, in die wir wollten, gut kannte. Auf meiner Suche nach gruseligen Plätzen war ich zu Fuß weit herumgekommen. Ich würde also so eine Art Scout sein. Es tat mir gut, auf diese Art auch eine sinnvolle Aufgabe zu haben, und das sagte ich Esther, als wir später in ihrer Wohnung ein paar Sachen zusammenpackten.

„He, du bist auch so nützlich", lachte sie. „Du musst mir viele starke Siedlersöhne machen."

„Ich meine das ernst, Esther. Du wirst auch gebraucht, bitter nötig sogar. Aber wofür bin ich gut?"

„Ich meine es auch ernst. Ich brauche dich." Sie schloss die Augen, zog die Luft scharf ein und sprach stockend weiter. „Von allen Menschen, die ich geliebt habe, gibt es nur noch dich. Ich habe auf der ganzen Welt nur noch dich."

„Zweckgemeinschaft also?"

Sie wirbelte herum und zischte mich an: „Mach es nicht herunter, du Arschloch. Ich liebe dich, und ich will dich. Egal ob es sechs Milliarden Menschen auf der Welt gibt oder sechzig. Ist das klar?"

„Es tut mir leid, Esther."

„Das sollte es auch." Sie lehnte sich an die Wand und ich sah, dass sie zitterte. „Das sollte es auch." Ich nahm sie in den Arm.

„Entschuldige bitte." Die Kälte war wieder da. Aber bei ihr fror ich nicht. Sie seufzte und schmiegte sich an mich.

„Mach sowas nicht nochmal. Wir sind zwar erst zweieinhalb Tage zusammen, aber du wirst mir schon vertrauen müssen. Wir beide sollten immer zusammenhalten. Willst du das?"

Ich schaffte ein halbes Lächeln. „Ist das ein Heiratsantrag?"

„Von mir aus", sagte sie sehr ernst.

Ich küsste sie. „Ja. Und danke."

„Bitte. Jetzt lass uns packen. Und dann Shoppen gehen."

5

Als wir am Abend wieder zur Kirche kamen, war eine kleine Menschenmenge zusammengekommen. Matthias, Susi und David waren die Liste der Partygäste durchgegangen, denn es war offensichtlich, dass – warum auch immer – nur wir übrig geblieben waren, unser

Abijahrgang. Sie hatten so viele abgeklappert wie möglich und mehr als vierzig gefunden, von denen die meisten froh waren, sich uns anschließen zu können. Aber sie hatten auch anderes gefunden. Einige hatten sich umgebracht. Und einige wollten alleine bleiben. Aus einem Fenster, hinter dem die ehemalige Schlagzeugerin unserer Schulband mit ihrer Familie gewohnt hatte, waren sie mit Geschirr und Messern beworfen worden. Matthias und David luden alle, die nicht mitkommen wollten, ein, nachzukommen. Sie hatten außerdem ein paar Zettel geschrieben und unterwegs aufgehängt. Dann hatten sie sich getrennt – David und Susi hatten noch etwas besorgen wollen, wie David gesagt hatte.

Esther und ich hatten gerade unsere Rucksäcke an die Kirchenwand gelehnt, als wir sahen, was er gemeint hatte. Aus der Maurinusstraße bogen hupend ein gewaltiger Mercedes, ein Abschleppwagen mit Kran und zum Schluss ein wirklich unverschämt komfortabel wirkender, großer Reisebus. Susi steuerte den Mercedes, David den Bus und hinter dem Lenkrad des Abschleppwagens saß Doris Jovic – bis vor wenigen Tagen Juniorchefin des größten Abschleppunternehmens Leverkusens. Ich kannte sie seit dem Kindergarten und war irgendwann, als ich vierzehn oder fünfzehn war, mal einige verlegene Monate mit ihr zusammengewesen. Als sie ihr Gefährt zischend vor der Kirche zum Stehen brachte, trat ich an das Fahrerhäuschen. Sie lehnte sich grinsend aus dem Fenster.

„Na?", fragte sie. „Was sagst du?"

„Ich frage mich, was du damit willst. Ich habe meine Kameras zu Hause gelassen."

„David hat mir von Lars' und Evas Problem mit liegengebliebenen Autos erzählt." Sie zuckte mit den Schultern. „Na ja – kein Problem für mich."

Ich nickte anerkennend. „Gute Idee."

„Willst du wirklich Farmer werden? Klingt gar nicht nach dir."

„Ja, will ich. Ich bin zu platt, um durch die Welt zu reisen, Doris. Ich glaube, ich muss sie erstmal neu kennen lernen. Und das lieber gründlich und in kleinen Schritten."

Sie grinste. „Und eine gewisse rothaarige Dame hat gar nichts damit zu tun?"

Ich erwiderte ihren Blick vielleicht etwas zu ausdruckslos. „Wir sind uns da einig."

Esther kam hinzu und lehnte sich an mich. „Hübscher Wagen", sagte sie zu Doris.

Doris lachte. „Danke. Aber ich bewundere dich. Daniel häuslich zu machen in … wie viel Tagen? Das ist 'ne Leistung."

Esther lächelte sie an. „Ich habe gar nichts Besonderes gemacht."

Doris zwinkerte ihr zu. „Jede Wette."

Jan und David erklärten uns allen noch einmal ihre unterschiedlichen Standpunkte. Es war deutlich, dass es keinen Kompromiss geben würde – unsere erste Handlung als Gruppe Überlebender würde sein, dass wir uns gleich wieder trennten, in zwei Gruppen. Viele von uns waren immer noch so geschockt und verstört, dass sie eigentlich gar nicht in der Lage waren, etwas alleine zu tun oder irgendeine Entscheidung zu treffen, aber jeder und jede von den Geschockten hatte irgendwen gefunden, an den sie sich hängten und dessen Entscheidung sie mitmachten. Bei allen Differenzen waren wir bemüht, uns im Frieden zu trennen. Wir luden uns ein, gegenseitig, scherzhaft und freundschaftlich, einander wieder zu besuchen, falls wir uns umentscheiden würden – wie auch immer das klappen sollte. Aber uns war allen klar, dass die Trennung wahrscheinlich endgültig war. Esther und Susi hielten sich lange im Arm. Sie weinten beide.

„Schick mir 'ne Mail", sagte Susi. „Oder blip mir mal ein Lied."

Esther nickte schluchzend. „Mach's gut."

Hatte David noch am Nachmittag eine Mehrheit gegen sich gehabt, so hatte er nun mehr Leute überzeugen können als Jan. Als sie hupend die Quettinger Straße hinunter in Richtung Autobahn davon fuhren, waren wir, die wir winkend zurückblieben, die kleinere Gruppe.

Von denen, die fortgefahren waren, sah ich keinen je wieder.

Wir waren neunzehn, die gemeinsam aufbrachen.

Es war ein schöner, kühler Abend, der bessere Teil des Sommertages begann für mich gerade erst. Auf meinem Rücken trug ich einen Rucksack, wie alle. Daran hatte ich einen Bogen aus Fiberglas befestigt, den ich in einem Waffengeschäft gefunden hatte, und einen Köcher mit Pfeilen.

„Ah", sagte Jan grinsend, als er mich sah, „keine Patronen."

Ich grinste zurück. „Keine Patronen".

„Kannst du damit umgehen?"

„Ich werde es lernen."

Wir hatten alle so ziemlich dasselbe eingepackt – Schlafsack, robuste Kleidung für verschiedenes Wetter, ein bisschen Proviant, mehr oder weniger umfangreiche Verbandskästen, ein paar persönliche Erinnerungen. Manche hatten Messer, einige Seile, ich hatte einen Kompass. Daniela führte zwei Pferde heran, vier schoben Fahrräder. Unsere Liste der brauchbaren Berufe war um eine Hebamme, eine Botanikerin und einen weiteren Architekten gewachsen – Stefan. Er hatte als Dreingabe auch eine Zimmermannslehre. Als alle bereit waren, es war inzwischen zehn Uhr abends, schaute Jan mich an.

„Du führst uns?"

„Wenn ihr wollt."

„Gut. Dann den ganzen Weg, von hier an. Ich will keine große Marschordnung aufmachen, nur – wer ist schwach? Wer kann nicht gut marschieren und hat wenig Kondition, ganz ehrlich?"

Es gab eine kurze Stille. Dann meldete sich Ben, der bis vor Kurzem ein Computerfachmann gewesen war. Er hatte mindestens zwanzig Kilo Übergewicht und keuchte jetzt schon unter seinem – zugegeben riesigen – Rucksack. Aber er hatte Courage. Ich weiß nicht, ob ich mich gemeldet hätte. Ich grübelte erfolglos, in der Schule war er mir nie aufgefallen. Ich sah Esther an und sie nickte. Offenbar kannte sie ihn.

„Klasse. Danke, Ben." Jan legte ihm die Hand auf die Schulter. „Du gehst vorne mit Daniel und Esther. Du gibst das Tempo an. Daniel wird sich nach dir richten."

Ich nickte.

„Ich gehe hinten. Keiner geht hinter mir. Okay? Dann los."

Wir gingen zur Autobahnauffahrt und auf die A3.

Erst hier, auf der Autobahn, zwischen all den stummen Resten unserer eben noch so lebendigen Zivilisation, wurde mir klar, was wir wirklich verloren hatten. Alles, was gewesen war. Alles, was wir gelernt oder gewusst hatten. Ich hatte meine Eltern verloren und meine Schwester, aber der Verlust an Menschen war so allumfassend und gewaltig, dass ich kaum trauern konnte. Ich hatte wirklich eher das Gefühl, ich sei es, der fort sei, der Gedanke, dass all die Verschwundenen wirklich tot sein könnten, war zu groß, zu unfassbar und irreal. Aber die leeren, wie hingestreut herumstehenden Autos hier, die waren geradezu schmerzhaft real. Hier, über der Autobahn, lag wirklich Friedhofsstille. Wir sprachen wenig und wenn, dann leise. Hier war eine gespenstische, lauernde Stille über allem. Leere Autos. Eine Ratte, die über die Fahrbahn lief. Sonst nichts, nur das Klok, Klok der Hufe und das Quietschen der Fahrräder. Esther nahm irgendwann meine Hand.

Wir waren etwa eine Stunde unterwegs, als Ben unvermittelt sagte: „Ich komme mir vor wie ein Telefondesinfizierer."

„Was?" Ich glaubte, mich verhört zu haben, aber Esther lachte.

„Mach dir nichts draus. Daniel geht's nicht anders." Sie drückte meine Hand und flüsterte mir ins Ohr: „Nicht böse sein."

„Ich bin nicht böse. Was ist ein Telefondesinfizierer?"

„Kennst du *Per Anhalter durch die Galaxis*?", fragte Ben.

„Ich erinnere mich dunkel."

„In unserer Klasse hatten wir einen großen Anhalter-Fanclub, in der Neun oder Zehn", erklärte Esther. „Ben und ich gehörten dazu. Es gab da im zweiten oder dritten Band dieses Raumschiff, voll mit Menschen, die nutzlose Berufe hatten. Telefondesinfizierer waren auch dabei."

„Ach so. Ja, dann bin ich auch ein Telefondesinfizierer, stimmt."

Esther schüttelte lächelnd den Kopf. „Ihr habt beide immer noch nicht begriffen, was das hier bedeutet. Wir sind so wenige, dass jeder irgendwie gebraucht wird, früher oder später. Du, mein Held, bist an einem Nachmittag vom Telefondesinfizierer zum Pfadfinder aufgestiegen."

„Hm."

„Du kannst auch irgendwas", sagte sie zu Ben.
„Was?"
„Keine Ahnung. Wird sich zeigen."
Er lachte. „Weißt du, was du bist?", fragte er mich.
„Na?"
„Ein glücklicher Bastard."
„Ich weiß."
Ich schaute mich um, sah die Schemen der Gruppe hinter mir und fühlte mich plötzlich unsagbar lebendig.

Es war kurz nach halb eins, als wir an der Raststätte Ohligser Heide ankamen. Wir vergewisserten uns, dass von der Tankstelle keine Gefahr ausging und schlugen hinter dem Shop unser Lager auf – wenn man eine Ansammlung von Schlafsäcken so nennen will. Esther und ich nutzten ihren Schlafsack als Unterlage und meinen als Decke und hatten so ein recht komfortables Doppelbett. Kurz vor der Dämmerung wachte ich auf. Ich ging ein Stück die Autobahn hinunter, setzte mich auf eine der Spurmarkierungen, zündete eine Bensons an und schaute in die verblassenden Sterne. Irgendwann spürte ich Esther hinter mir.
„Hast du Sorgen?"
„Ist das ein Traum, Esther?"
„Ich weiß es nicht, was glaubst du?"
„Ich weiß es auch nicht. Es ist komisch."
Ich spürte ihre Hände auf meinen Schultern. „Ich bin so traurig, wegen Andy und allem. Aber ich will auch, dass es echt ist. Wegen uns."
„Ja."
„Dann ist es echt, oder?"
Wir gingen zurück. In meinem Traum sah ich einen Mann über einem Abgrund. Er sah ein bisschen aus wie ich. Aber ich war es nicht. Ich stand hinter ihm. Der Mann hatte keinen Kopf. Den Kopf hielt ich in der Hand. Er sah mich aus schwarzen, sehr lebendigen Augen an. Dann öffnete der Kopf den Mund und stieß einen grauenvollen, heulenden Schrei aus.
Davon wachte ich auf.

Wir beschlossen, erst am späten Nachmittag weiterzuziehen und bis in die Nacht hinein zu marschieren, um die Mittagshitze zu vermeiden. Ein Plan, der mir sehr zusagte. Jan und ich beratschlagten eine Weile über den besten Weg zur Waldkaserne, dann ging er zu Daniela. Die beiden brachen auf einem der Pferde früher auf, um in der Kaserne schon ein paar Vorbereitungen zu treffen und ein paar Dinge herauszusuchen. Ich hatte fünf Bücher mitgenommen – eine schmerzliche Beschränkung, und ich hatte lange gezaudert. Letztlich hatte ich mich für *Zen in der Kunst des Bogenschießens* entschieden, weil es klein war, leicht, nützlich und gut. Dazu *Das Buch der fünf Ringe* aus der Feder des japanischen Schwertkämpfers Musashi, Tolkiens *Herr der Ringe* und *Das Silmarillion*. Das einzige Buch, das nicht aus meinem Regal, sondern aus einem Laden stammte, an dem Esther und ich auf unserer Shoppingtour vorbeigekommen waren, war ein Lehrbuch für Sportbogenschützen. Das steckte ich in die Tasche, hängte mir den Köcher mit den Pfeilen an den Gürtel, nahm meinen Bogen und ging üben. Etwas abseits versenkte ich mich in das Buch und übte die grundlegenden Griffe. Als ich glaubte, diese halbwegs zu beherrschen, nahm ich die fünf Pfeile aus dem Köcher, die laut ihrer Verpackung „Sportpfeile" waren. Die anderen waren „Jagdpfeile", verfügten über scharfe Spitzen und Widerhaken. Die Sportpfeile waren nur konisch zugespitzt. Ich suchte mir einen Baum als Ziel, legte den ersten Pfeil auf, spannte den Bogen und zielte. Dann versuchte ich ruhig zu atmen und wartete, bis der Schuss von mir abfiel, wie ich es in der „Kunst des Bogenschießens" oft gelesen hatte. Der Moment kam. Ich sah den Baum, mein Blick drang in ihn ein, und meine Hand ließ die Sehne wie von selbst los. Der Pfeil schnellte davon.

Es war gar nicht so schwer, ihn danach wiederzufinden, ich suchte nur etwa drei Minuten. Ich hatte den Baum schon mehrmals gestreift und einmal getroffen, als Esther zu mir kam.

„Hallo, Robin Hood. Klappt's?"

„Ich werde besser."

Sie schaute meine Pfeile an. „Immerhin scheint noch keiner kaputt zu sein."

„Danke, du bist ein Schatz."

Sie umarmte mich. „Für dich gerne. Pack mal dein Zeug zusammen, wir wollen los."

„Schon?"

„Es ist fast fünf."

„Oh."

Sie strich mir übers Haar. „Hast du irgendwas für deinen Kopf? Wenn wir jetzt so über die Autobahn spazieren?"

Warum grinste sie so?

„Nein, habe ich vergessen." Ich ärgerte mich, weil ich nicht daran gedacht hatte, aber sie zog zwei große Tücher aus der Tasche. Geblümte Tücher. Sie hatte es ja mit Geblümtem.

„Ich habe dran gedacht. Eins für dich, eins für mich." Sie schlang sich eines um den Kopf, hielt mir das andere vors Gesicht und feixte. „Steht dir sicher gut."

Wir machten uns wieder auf den Weg, Jan und Daniela waren wie geplant auf einem der Pferde vorausgeritten, um in der Kaserne schon ein paar Dinge vorzubereiten und rauszusuchen, das andere Tier führte jetzt Eva. Auf der A46 rochen wir zum ersten Mal Feuer. In Hilden schien es zu brennen. Nachdem wir die Autobahn im Hildener Kreuz verlassen hatten, rasteten wir. Der Anstieg der Straße einige Kilometer vor dem Kreuz hatte sich – mit Gepäck und Hitze – als anstrengender erwiesen, als wir gedacht hatten. Esther und Mark, der Medizinstudent gewesen war (ich hatte ihn hauptsächlich als reichen Sohn und Besitzer eines BMW-Cabrios sofort nach bestandenem Führerschein in Erinnerung), versorgten ein paar Wehwehchen, hauptsächlich Blasen. Carmen, die so gut Gitarre spielte, hatte sich den Fuß verstaucht. Esther sah sich die Bescherung an und kam zu mir.

„Sie sollte nicht weiterlaufen."

„Ja, und?"

„Wir sollten sie auf das Pferd setzen und das Gepäck verteilen."

„Dann macht das doch."

Sie legte zwei Finger über die Nasenwurzel und schaute mich genervt an. „Sie will nicht, Daniel. Sie will laufen. Sag du es ihr bitte."

„Warum ich? Du bist die Medizinerin."

„Weil du unser Führer bist. Du bist für den Marsch verantwortlich, du bestimmst."

„Quatsch."

Sie seufzte. „Menschen sind halt so. Also bitte."

Ich ging notgedrungen mit. Carmen saß auf dem Boden und fluchte. Ich hockte mich neben sie.

„Was ist?"

„Ich bin umgeknickt. Scheiße. Esther sagt, ich soll reiten, aber ich kann laufen."

„Hast du was gegen Pferde?"

„Nein. Aber das ist doch zu blöd."

Ich schüttelte den Kopf und hoffte, dass es entschieden aussah. „Nein, du bist zu langsam. Du würdest uns aufhalten."

Das Wunder geschah — ich hatte Erfolg: Sie ließ sich aufhelfen, hüpfte von Esther gestützt zu dem Pferd (es hieß Django) und ließ sich von Ben und mir rauf helfen. Sie hatte zwei Gepäckstücke, einen Rucksack und die Gitarre. Den Rucksack legten wir vor sie auf das Pferd, die Gitarre nahm Ben.

Wir ließen uns jetzt Zeit, und als wir die Kaserne erreichten, dämmerte es schon. Daniela stand vor dem Tor und streichelte Fjalar, unser zweites Pferd. Sie hatte sich erstaunlich gemacht seit gestern, als sie verwirrt und ängstlich in die Kirche gestolpert war. Sie sprach ruhig mit dem Tier und lachte, als sie uns die Straße heraufkommen sah.

„Da seid ihr ja. Wir warten seit Stunden auf euch."

An diesem Abend, soviel war klar, würden wir nicht mehr viel tun können, geschweige denn weiterziehen. Wir aßen gemeinsam aus unseren Vorräten zu Abend. Um uns herum konnten wir Brände sehen. Feuer in Haan, Wuppertal und Hilden. Ich glaubte sogar, Benzin riechen zu können und nickte Jan zu.

„Du hast Recht gehabt."

„Womit?"

„Feuer. Überall."

„Ja."

Er betrachtete nachdenklich den Feuerschein in der Ferne.

„Meinst du, das kann uns gefährlich werden?"

„Hier? Nein, ich denke nicht. Habt ihr Brände bemerkt, als ihr hierher gekommen seid?

„Ja. Aber nur von weitem."

„Rechts von euch? Als ihr auf der B8 wart?"

Ich überlegte kurz. „Ja."

Jan nickte. „Das war im Westen von Hilden. Das Zentrum scheint zu brennen. Da ist die Autobahn zwischen, sollte mich wundern, wenn ein Feuer die überqueren kann."

Um Mitternacht waren die meisten von uns eingeschlafen. Wir hätten es uns in den Gebäuden bequem machen können, aber nur wenige taten das. Vielleicht aus Scheu, vielleicht auch einfach, weil die Nacht so mild war und die Wiesen zwischen den Gebäuden so einladend. Esther und ich hatten uns wieder unser Zwei-Schlafsäcke-Sandwich Doppelbett gebaut, etwas abseits von den Grüppchen. Ich setzte mich neben sie auf den Schlafsack und zündete mir eine Zigarette an, die erste seit dem Morgen. Ich hatte ein seltsames Gefühl. Ich fühlte mich nicht sicher. Es hatte nichts mit den Bränden zu tun, die ich sehen und riechen konnte, Jan hatte mich von der Qualität der Autobahn als Feuerschneise überzeugt. Ich horchte angestrengt in die Nacht und wartete auf etwas. Ich hörte nichts, was nicht ins Bild passte, aber ich blieb unruhig. Sie merkte es.

„Ist was?"

„Ich weiß nicht. Ich habe so ein Gefühl. Wir sollten Wachen aufstellen."

„Wozu?"

„Ich weiß es nicht."

Sie setzte sich auch auf und horchte. Abgesehen vom fernen, rollenden Geräusch der Feuer, gedämpften Gesprächen und dem gelegentlichem Schnauben der Pferde, die in der Nähe grasten, war es still.

„Es ist genau wie letzte Nacht."

„Nein, das ist es eben nicht."

„Was ist denn jetzt anders?"

Ich versuchte es zu packen, erfolglos. „Ich habe so ein Gefühl. Irgendwas ist ganz anders."

„Meinst du wirklich, wir sollen Wachen stellen?"

„Nein. Die anderen würden mir was husten. Ich weiß ja nicht mal, was mit mir los ist."

„Komm her."

Ich schlief in ihrem Arm ein, aber ich kam nicht zur Ruhe. Im Traum floh ich. Ich weiß nicht, wovor. Es war hinter mir in der Dunkelheit und heulte.

In dieser Nacht geschah nichts und am Morgen kamen mir meine nächtlichen Ängste albern vor.

Später sollte ich lernen, ihnen zu vertrauen.

Wir verbrachten den Großteil des nächsten Tages damit, uns einzudecken. Hier in der Kaserne gab es feste Kleidung, Schuhe, Riemen, Schlafsäcke, Decken, Konserven und allerlei nützlichen Kram im Überfluss. Ich nahm mir ein Taschenmesser, eine Schirmmütze um das Tuch loszuwerden, ein paar Handschuhe, vier Wasserflaschen und mehrere Riemen. Außerdem packte ich mehrere Feldjacken ein und ließ zwei Pullover dafür zurück. Den arg mitgenommenen Gürtel an meiner Jeans ersetzte ich durch ein Koppel. Esther und Mark plünderten den Sanitätsbereich. Jan hatte viele Gewehre getestet und fünfundzwanzig ausgewählt, die er für gut hielt. Dazu hatte er Unmengen an Munition und einen Klappspaten für jeden zusammengetragen. Wir sammelten Äxte, Hämmer, Hacken, Seile, Nägel, kurz, alles ein, was uns irgendwie nützlich oder notwendig erschien. Als wir unsere Sammlung betrachteten, war klar, dass die Pferde nicht reichen würden. Jan fuhr einen Unimog aus einer der Hallen und wir beluden ihn mit allem, was wir gefunden hatten. Danach war er noch nicht voll und wir sammelten weiter Kleidung, Munition, Werkzeug und Konserven, bis es fast nicht mehr ging. Dann warfen wir unsere Rucksäcke auf die Ladefläche. Wir übernachteten in der Kaserne und verließen sie am nächsten Mittag, alle halb in Uniform und Zivil, die meisten mit einem Gewehr über der Schulter. Esther, Ben und ich gingen wieder an der Spitze, der Rest der Gruppe kam locker hinterdrein, Daniela führte die Pferde, am Schluss fuhren Carmen und Jan mit dem Unimog im Schritttempo. Die perfekte Karikatur einer Soldateska.

Schade, dass niemand da war, um zu lachen.

Drei Tage später fanden wir am Morgen, kurz nachdem wir aufgebrochen waren, was wir gesucht hatten. Meine Erinnerung hatte mich nicht getrogen. Auf einem Hügel, etwa einen Kilometer von einem kleinen See entfernt, lag an einer Landstraße ein großer Bauernhof.

6

Über den Nachmittag hatte sich unsere Stimmung geändert. Am Morgen, als wir den Hof entdeckt hatten, waren wir euphorisch und ausgelassen gewesen. Nach Tagen der Wanderung waren wir endlich am Ziel – und an was für einem Ziel. Das Gehöft bestand aus einer Scheune, den Ställen und einem großen Wohnhaus, dazwischen ein staubiger Hof, eine Wiese und Beete, die schon zu verwildern begonnen hatten, das Ganze umfriedet von einer fast zwei Meter hohen Mauer aus Natursteinen. Ein Teil der Scheune war zu einem Hofladen ausgebaut worden – alles in allem eher ein kleiner Gutshof als das, was ich mir unter einem Bauernhof vorstellte. Viel Platz und malerischer, als die meisten von uns es sich erträumt hatten. Direkt, als wir ankamen, war uns ein Esel entgegengekommen, der sich offenbar gut alleine gehalten hatte, nun aber froh schien, wieder Menschen zu sehen. Jemand taufte ihn spontan „Hannibal", nach irgendeinem literarischen Esel, und es schien uns fast folgerichtig, dass dieser Traumhof uns nicht ohne Begrüßung empfing. Wir hatten begeistert angefangen, ihn zu untersuchen und in Besitz zu nehmen.

Den Hof aber in Besitz zu nehmen, ihn auch nur oberflächlich so weit vorzubereiten, dass wir das Gefühl hatten, hier länger bleiben zu können, das war harte Arbeit, und zwar von Beginn an. Die Menschen, die hier gelebt hatten, hatten offenbar die übliche Mischung aus Ackerbau und Milchwirtschaft betrieben, dazu ein paar Hühner gehalten. Die Hühner hatten das Verschwinden ihrer Herren scheinbar alle überlebt – wir fanden im Hühnerstall zumindest keine toten Tiere. Allerdings auch nur noch zwei Lebende, der Rest – und der Zahl der Boxen nach mussten es mindestens zwölf gewesen sein – war verschwunden.

Später stellten wir fest, dass die wenigen, die es geschafft hatten, auch ohne ihre menschlichen Beschützer eine Weile zu überleben, wieder zu dem Leben als Waldbewohner zurückgekehrt waren, das ihre Ahnen geführt hatten. Zunächst aber wussten wir nur, dass wir nun Besitzer eines fast leeren Hühnerstalls und zweier trotziger Hennen waren.

Leer war auch der Hundezwinger. Sein Bewohner hatte es geschafft – vermutlich rasend vor Durst – die Tür aus Maschendraht zu durchbrechen und war verschwunden. Dafür gab es eine Menge Katzen, die wir aber zunächst gar nicht bemerkten. Im Laufe des Tages entdeckten wir immer mehr von ihnen, mal schlenderte eine über den Innenhof, dann begegneten wir ihnen in der Scheune und im Haus – sie waren überall und lebten vermutlich kaum anders als vor dem großen Verschwinden. Wir fanden es bemerkenswert, dass sie die beiden verbliebenen Hühner unbehelligt gelassen hatten. Aber sie konnten es sich wohl leisten, wählerisch zu sein. Wir waren froh, dass sie da waren und täuschten uns darin nicht. Auch wenn sie niemals zahme Hauskätzchen wurden – was sie als Hofkatzen vermutlich auch nie waren – sie waren zuverlässige Verbündete gegen Ratten und Mäuse, die uns sonst sicher größere Probleme gemacht hätten.

Das Problem waren die Kühe des Hofes. Zu Beginn unseres Exodus hatten wir oft in der Ferne das Gebrüll von Kühen gehört. Ich hatte mir nicht viel dabei gedacht. Trotz meiner ausgedehnten Wanderungen in den letzten Jahren war ich durch und durch ein Stadtkind, ich brachte das ferne Brüllen zwar damit in Verbindung, dass die Kühe wohl ihre Herren und die damit verbundene Routine des Melkens vermissten. Dass ich Zeuge wurde, wie rings umher Geschöpfe, die wir in eine widernatürliche Abhängigkeit gezüchtet hatten, qualvoll eingingen, war mir nicht klar. Uns allen nicht. Von daher bemerkte ich auch kaum, dass das Geschrei der Kühe nach und nach weniger wurde.

Als wir den Hof erreicht hatten und oberflächlich zu erkunden begannen, sah ich mir vor allem den Hühnerstall und die Scheune an und kümmerte mich nicht um das große, flache Gebäude dahinter. Ich entdeckte die beiden Hühner, begegnete einigen Katzen, schaute mich in der Scheune um, fand alles, soweit ich das beurteilen konnte, stabil und gut und überlegte schon, ob und wie wir die Gebäude nutzen konnten. In diese Gedanken versunken kam ich zurück auf den Innenhof, wo ich Esther fand, die Carmens Knöchel untersuchte. Unsere Verletzte lag halb auf einer Bank vor dem Haupthaus, lehnte sich an Ben und fluchte hin und wieder leise, wenn Esther an ihrem Fuß drückte, drehte und zog.

„Autsch. Scheiße."

„Tut mir leid", sagte Esther automatisch.

„Kannst du das nicht irgendwie anders ..." fragte Ben.

„Ich könnte sie röntgen", entgegnete Esther, ohne aufzuschauen. „Habe ich mal auf 'ner Fortbildung gelernt. Wenn du eben den Apparat vorbereiten würdest."

Ben schwieg verlegen, aber Carmen lachte. „Lass mal, das geht schon ...", sie zog zischend die Luft ein.

„Bin gleich fertig", sagte Esther, mit so etwas wie Mitleid in der Stimme. Ich trat hinzu.

„Und?"

„Immer noch dasselbe." Sie legte den Fuß ab, und Carmen ließ sich auf Ben sinken, was dem ziemlich recht zu sein schien. „Ich bleibe dabei – kein Bruch, kein Riss. Überdehnt vermutlich." Sie sah Carmen streng an. „Wenn du gestern nicht rumgelaufen wärst, hättest du sicher kaum noch Probleme."

„Ja, aber das Pferd ..."

Esther lachte und winkte ab. „Wie auch immer. Das wird wieder. Am besten, du reitest runter zum See und legst den Fuß rein. Morgen oder übermorgen sollte das Thema durch sein. Hattest du schon mal einen Bänderriss da unten? Oder 'ne Dehnung?"

„Nein."

„Gut. Mit etwas Glück bleibt davon nichts zurück."

In diesem Moment kamen Jan und Daniela zwischen Scheune und Haupthaus hindurch auf den Innenhof. Jan sah grün aus, Daniela weinte. Ich sprang auf.

„Was ist?"

„Die Kühe." Jan deutete mit dem Daumen über die Schulter, in Richtung Scheune und den dahinter liegenden Stall. „Die hat seit Tagen keiner mehr gemolken ..."

Ich verstand nicht. „Kann einer von uns das? Vielleicht sollten wir sofort …"

Carmen lachte bitter. „Das wird wohl kaum was nutzen, oder? Sie sind tot, denke ich."

Jan nickte. „Fast alle. Zwei leben noch. Aber die …" er schüttelte den Kopf. Inzwischen waren Lars, Erkan und Christos aus der Haustür gekommen.

„Was ist denn?", fragte Lars. Jan erzählte. Im Stall lagen elf Kühe, neun davon tot. Einige waren schon aufgedunsen, alle angefressen, vermutlich von Hunden und Vögeln. Auch an den beiden noch lebenden Tieren hatten sie gefressen, die Kühe waren offenbar schon lange zu schwach, um sich noch zu wehren. Die Lebenden blökten und keuchten nur noch leise vor sich hin.

„Was sollen wir machen?", fragte Erkan.

Wir taten alle ziemlich ratlos, obwohl wir natürlich genau wussten, was zu tun war. Aber es tat wohler, ein wenig über das Für und Wider, Ob und Wie zu diskutieren, als es wirklich zu tun. Ich bemerkte, dass Carmen sich an Ben hochgezogen hatte und leise mit ihm sprach. Er nickte, griff nach dem Gewehr, das neben ihm an der Wand lehnte, stand auf und reichte Carmen die Hand. Sie stützte sich auf ihn und erhob sich. Ben gab ihr die Waffe und sie gingen, sie auf seine Schulter gestützt, in Richtung Scheune. Jan rief ihr hinterher:

„Carmen, was …"

„Na, was wohl?", rief sie zurück. Dann verschwanden die beiden zwischen Scheune und Haus. Eine kleine Weile verstrich, dann hörten wir einen Schuss. Kurz darauf zwei weitere. Als sie zurück kamen, setzte Ben sich wieder auf die Bank, Carmen legte sich neben ihn, den Kopf auf seinen Beinen, legte den Fuß hoch und rieb sich die Ohren. „Das piept noch bis übermorgen", murmelte sie. „Scheiße laut, das Ding."

Die Beseitigung der Kühe nahm den Großteil des restlichen Tages in Anspruch. Wir zerrten sie aus dem Stall, in dem es bestialisch stank. Dann wurde uns klar, dass wir sie mit reiner Muskelkraft wohl kaum sehr weit vom Hof würden entfernen können, jedenfalls nicht schnell. Es gab einen Traktor, aber niemand von uns konnte ihn fahren. Es stellte sich aber heraus, dass das nicht besonders kompliziert war, und so schleiften Micha und Jan die Kühe am Nachmittag mit Traktor und Unimog vom Hof. Als sie die letzte Fuhre machten, trotteten die meisten von uns erschöpft hinterher, nur Erkan, Kathrin und Simone blieben zurück, um aus dem, was wir an Konserven und haltbaren Lebensmitteln im Haus gefunden und mitgebracht hatten, ein Abendessen für alle zu bereiten. Carmen war, von Ben begleitet, zum See hinuntergeritten, wie Esther es ihr empfohlen hatte.

Durch die Sache mit den Kühen wurde uns unsanft wieder klar, dass wir scheinbar die letzten Menschen waren. Wir hatten ein riesiges Erbe anzutreten – und zwar mit allen Konsequenzen. Aber während wir arbeiteten, die Kühe aus dem dreckigen, stinkenden Stall zerrten, den Stall säuberten, Müll und Unrat beseitigten, wurde uns auch klar, dass wir hier buchstäblich an unserer Zukunft bauten. Das war eine Erfahrung, die mir zumindest neu war, und die meine anfängliche Niedergeschlagenheit in eine erschöpfte Befriedigung verwandelte.

Jan und Micha hatten die Kühe auf eine Wiese etwa zwei Kilometer vom Hof entfernt gebracht und dort mit den Fahrzeugen zusammengeschoben. Erst als Micha sie großzügig mit Benzin besprengte, machten wir uns die Mühe, den Wind zu prüfen. Er stimmte. Ob instinktiv oder zufällig – die beiden hatten die Kadaver mit dem Wind vom Hof entfernt, so dass der Rauch nicht zu uns zurückgeblasen würde. Jan tränkte einen Lappen mit Benzin, wickelte ihn um einen großen Ast, zündete ihn an und warf die Fackel auf den Haufen der Kadaver. Die heftige Verpuffung, die folgte, überraschte uns. Jan, Mark und Christos, die ganz vorne gestanden hatten, sprangen gerade noch schnell genug zurück. Michael hatte nicht mit dem Benzin gespart. Er stand etwas weiter hinten, neben mir an den Traktor gelehnt. Auch wir spürten die Hitzewelle.

„Ups", sagte er.

„Ja. Das war heftig." Ich fuhr mir unwillkürlich durchs Gesicht. Die Kühe brannten, es stank nach verbranntem Haar. Gar nicht nach Grillfest, wie ich es mir vorgestellt hatte. Eine der aufgedunsenen Kühe explodierte mit einem seltsamen, fetten Ploppen. Mein Magen zog in Betracht, sich umzudrehen und ich suchte nach einem Gedanken, um mich abzulenken. Mir fiel etwas ein. „Kann es sein, dass ich neulich von dir in der Zeitung gelesen habe?", fragte ich Micha. „Keine Ahnung in welchem Zusammenhang, aber …"

Er nickte. „Fußball wahrscheinlich. Ich spiele … ich habe zweite Liga gespielt."

Ich staunte ihn an. „Echt? Du bist Fußballprofi?"

„Ja."

„Wow." Ich überlegte. „Ich kann mich gar nicht erinnern … hast du früher auch schon gespielt? Ich meine – als wir noch in der Schule waren?"

„Woher sollst du das auch wissen, wir haben uns doch damals kaum gekannt. Aber klar, habe ich. Erst beim SV Schlebusch. Dann in Köln."

„FC?"

„Ja. In den Jugendmannschaften. Dann erst in Düsseldorf und bis jetzt bei Kaiserslautern."

„Hey. Dann spielst du ja jetzt bald Bundesliga."

Er lachte. „Nein, Daniel. Jetzt fahre ich den Trecker."

Ich lachte mit ihm. Für einen Moment hatte ich es wirklich vergessen. „Genau. Sorry."

„Ach, ich weiß nicht. Ich bin alt für einen Fußballer, Daniel. Und ich habe es nie wirklich ganz nach oben geschafft." Er schaute auf und grinste mich an. Das Grinsen hatte etwas Gespenstisches. „Und ich wollte immer einen Hof haben, nach der Karriere. Ich hatte schon einen Makler darauf angesetzt. Für mich und die Frau und die Kinder."

Ich sah ihn erschrocken an. „Du hattest Kinder?" Ich dachte an die, die sich umgebracht hatten. Sie hatten alle Familie gehabt. Er schüttelte den Kopf.

„Nein."

Mein Magen gewöhnte sich an den Geruch und wir schauten noch eine Weile in die Flammen. Dann brachen wir auf. Michael und Jan fuhren mit Traktor und Unimog voraus und waren bald außer Sicht. Aber wir hörten sie die ganze Zeit – die Welt war leiser geworden. Esther und ich ließen uns ein wenig zurückfallen. Wir gingen Hand in Hand hinter dem großen Pulk und sprachen wenig. Als wir auf dem

Hof ankamen, war das Essen fast fertig. Mittels eines Schwenkgrills und eines großen kupfernen Kessels, der als Dekoration im Hofladen gestanden hatte, hatten Erkan, Kathrin und Simone Nudeln gekocht und eine Soße aus Corned Beef und Zwiebeln gezaubert. Als Carmen und Ben zurückgekommen waren, hatten sie geholfen. In der Scheune hatten sie Partytische und Bänke gefunden. Müde aßen wir unser wohlverdientes Abendessen, zufrieden, die erste große Aufgabe gemeistert zu haben.

Wir fühlten uns stark.

Nach dem gemeinsamen Essen verteilten wir uns bald auf die oberen Etagen des Haupthauses. Hier waren bis vor wenigen Tagen vier Wohnungen gewesen. Die größte, auf der ersten Etage, hatte eine Familie mit zwei Kindern bewohnt. Jan und Ben hatten die Tür aufgebrochen, danach konnten wir uns auf zivilisiertere Weise umsehen – Schlüssel zu allen Räumen des Hofes hingen sauber beschriftet im Flur dieser Wohnung. Die beiden kleineren Wohnungen auf der zweiten Etage waren auf eine unpersönliche Weise gemütlich, wir vermuteten, dass sie an Feriengäste vermietet worden waren. Unter dem Dach war noch einmal eine kleine Wohnung, die Spuren deuteten auf nur einen Bewohner.

Das Erdgeschoss bestand fast zur Gänze aus einem einzigen, großen Raum, dessen genauer Zweck sich uns nicht erschloss. Der Raum war nackt, der Betonboden ohne Belag, die Wände roh verputzt ohne Tapete. Mehrere Fahrräder standen hier, mehrere Pappkartons, die Geschirr enthielten, stapelbare Stühle und ein Deckenfluter. Dennoch schien das kein einfacher Abstellraum zu sein – die drei großen Fenster waren doppelverglast, an der Decke war ein sichtbar teures Strahlersystem befestigt.

Es schien, als sei dieser Raum für den Ausbau vorgesehen gewesen und nur vorübergehend als Lager genutzt worden. An den großen Raum schlossen sich ein kleiner Abstellraum voller Reinigungsmittel und ein Vorratsraum an, in dem sich neben einem Kühlschrank und einer Gefriertruhe auch ein Regal voller Konserven, Getränke und haltbarer Lebensmittel befand. Dieses kleine Lager – verbunden mit dem, was in den Wohnungen und dem Hofladen zu finden war – gab uns eine kleine Atempause, bevor wir uns selbst um unser Essen würden kümmern müssen.

Esther und ich einigten uns wortlos darauf, im ehemaligen Wohnzimmer zu schlafen. Der Gedanke, im Schlafzimmer der Verschwundenen oder gar in einem der Kinderzimmer zu nächtigen machte mir Angst. Es war seltsam – noch vor einer Woche war ich ein großer Fan von Horrorfilmen gewesen, insbesondere von japanischen Geisterfilmen und ihren amerikanischen Remakes. Mir gefielen die Ideen und die Machart – besonders beängstigend fand ich sie nicht. Nun allerdings kam mir die Vorstellung, dass dies ein von Geistern bewohntes Haus war, gar nicht so abwegig vor. Oder waren wir am Ende die Geister? Ich musste an *The Others* und *The Sixth Sense* denken. *Sie wissen nicht, dass sie tot sind* ... Wie auch immer – ich wollte nicht in einem Zimmer schlafen, das noch vor wenigen Tagen sehr deutlich einem anderen gehört hatte. Also gingen wir ins Wohnzimmer. An der Wand hing ein großer Plasmafernseher, darunter eine Stereoanlage, ein DVD-Player und eine Wii-Konsole, in einigem Abstand die entsprechend ausgerichtete Sitzgruppe mit Couchtisch. Ein gewaltiger alter Schrank beherbergte diverse Alkoholika, Gläser, Bücher, DVDs, Wii-Spiele, CDs und Gesellschaftsspiele. Esther sah sich um.

„Wo willst du schlafen? Sofa?"

Ich überlegte kurz. „Eigentlich lieber auf dem Boden. Neben dir. Das Sofa ist zu schmal."

„Okay." Sie küsste mich und begann, den Couchtisch zur Seite zu schieben. Ich half ihr – das Ding hatte eine eingelassene Marmorplatte und war verdammt schwer. Wir waren gerade fertig und breiteten unsere Schlafsäcke auf dem Boden aus, als Simone durch die Tür spähte.

„Oh – ihr seid hier?"

„Ja." Esther stand auf. „Aber ist kein Problem. Du kannst gerne hier rein, wenn woanders kein Platz mehr ist."

„Platz wäre schon, aber ...", sie zuckte mit den Schultern. „Jan, Erkan und Micha sind im Esszimmer und Eva und Lars im Schlafzimmer. Eine Wohnung oben ist voll und die andere ist ganz leer und, na ja – ich wollte nicht ganz alleine sein und auch nicht in eins von den Kinderzimmern."

Ich nickte. „Kann ich verstehen. Komm rein. Kannst das Sofa haben."

„Echt? Super!"

Ich schaute aus dem Fenster.

„Stefan hat wieder sein Zelt aufgebaut. Will der echt noch draußen schlafen?"

Simone trat neben mich.

„Ja, hat er gesagt. Er will sich gar nicht mehr an Gebäude gewöhnen, sagt er. Da ist er wie du mit deinem Bogen."

„Er ist Architekt."

„Vielleicht gerade deshalb. Guck mal, er ist nicht alleine."

Mark und Christos kamen aus dem Haus, beide mit ihren Zelten in der Hand. Sie unterhielten sich kurz mit Stefan, lachten und begannen, aufzubauen. Wir hatten uns alle mit einfachen, schnell zu errichtenden Zelten ausgerüstet und so dauerte es nicht lange, bis im Hof ein kleines Lager entstanden war.

Esther untersuchte den Inhalt des Schrankes und pfiff durch die Zähne.

„Wow."

Ich drehte mich um. „Was ist?"

„Die haben nicht schlecht gelebt hier. Single Malt, Portwein, Cognac – alles vom Feinsten. Will jemand 'nen Schluck?"

„Ich weiß nicht ... ich glaube nicht."

„Quatsch", sagte Simone und ging begeistert zum Schrank. „Port hast du gesagt?"

„Yep. Und Whisky ... mein Gott, der Craggie hier ist sechsunddreißig Jahre alt. Und das da ... willst du echt nicht, Daniel?"

„Esther ..."

„Cragganmore, Liebster. Sechs-und-drei-ßig-Jah-re. Verschlossen. Fassstark."

Simone hatte sich eine bauchige Portweinflasche genommen, las das Etikett mit Kennerblick, schnalzte mit der Zunge, zog ohne Weiteres ihren *Leatherman* vom Gürtel und schnitt das Siegel auf. Ich konnte mir nicht helfen – es fühlte sich falsch an.

„Esther, ehrlich. Das ... das ist doch trotz allem nicht unseres."

Sie schaute mich lange an – traurig.

„Doch, Daniel. Das ist jetzt unseres. Daran sollten wir uns gewöhnen. Es waren unsere toten Kühe und es ist unser Haus und unser Schnaps. Wir sind übrig. Und es ist alles unseres. Und wenn wir unsere Kuhkadaver verbrennen und unseren stinkenden Stall ausmisten, dann dürfen wir auch unseren Whisky trinken, oder?"

„Und die anderen?"

„Welche anderen? Die anderen sind weg." Sie schluckte, als es ihr klar wurde. Wieder einmal. Wie jedem von uns, mehrmals am Tag. „Alle sind weg."

„Nein, ich meinte die anderen von uns."

„Oh, die." Sie lachte. „Ich habe nicht vor, die ganze Flasche von unserem Cragganmore alleine zu trinken. Aber ein Glas ... Also – wie ist es?" Sie schüttelte ihre Feldflasche. „Mit echtem, klaren Wupperwasser?"

Ich kapitulierte grinsend. „Okay."

Wir hatten beide tatsächlich nur je ein Glas getrunken – es würde bald keinen Whisky mehr geben. Und keinen Cognac. Keine Cola. Keinen Kaffee. Keine Eiscreme. Es war besser, sparsam zu sein. Simone schien etwas Ähnliches zu denken – nach zwei Gläsern Port hatte sie sich auf dem Sofa zusammengerollt und eine Decke über sich gezogen. Wir legten uns zwischen die Schlafsäcke und unterhielten uns noch eine Weile leise. Plötzlich klopfte es an die Tür.

„Hallo? Daniel, Esther? Seid ihr noch wach? Oder ... äh ..."

„Weder äh noch schlafend", sagte ich. „Was ist denn?"

Jan kam rein. „Ich dachte nur ... ob wir Wachen aufstellen sollen?"

„Wachen? Wieso denn?"

„Ich bin auch nicht sicher. Ich dachte nur ... es wäre vielleicht besser."

„Was soll denn passieren?", fragte Esther.

Er wand sich ein wenig. „Keine Ahnung. Nur so ein Gefühl."

Ich dachte an mein Gefühl in der Kaserne und sah Esther an. Sie erinnerte sich auch.

„Was sagen denn die anderen?"

„Matthias ist total dagegen. Carmen ist dafür, kann aber selbst nicht, wegen ihres Fußes. Ben ist auch dafür. Alle anderen finden die Idee albern oder es ist ihnen egal. Mit denen unten in den Zelten habe ich noch nicht gesprochen. Und Simone ..."

Simone erhob sich halb auf dem Sofa. Im Zwielicht war deutlich erkennbar, dass sie schon geschlafen hatte.

„Was'n?"

„Ach, da bist du", sagte Jan.

„Jan meint, wir sollten vielleicht Wachen aufstellen", erklärte ich.

„Wachen? Wieso?"

„Weiß ich auch nicht so genau ..."

„Brauchn keine Wachen. Aber wenn ihr meint, sagt mir Bescheid. Weiterschlafn." Und sie legte sich wieder hin.

„Das war wohl ein eingeschränktes Nein", sagte Esther.

„Ja." Jan kratzte sich am Kopf. „Ich gehe mal runter, zu den Campern. Ich sage euch dann Bescheid."

Wenig später kam er zurück und teilte uns mit, dass Stefan, Christos und Mark die Wachpostenidee auch eher lustig fanden. Aber sie hatten versprochen, uns zu warnen, falls irgendetwas passieren würde. Damit ging er.

„Die werden gar nichts machen – außer genauso zu schlafen wie wir", meinte ich.

Esther schaute nachdenklich zur Decke. „Meinst du denn wirklich, dass wir uns schützen müssen?"

Ja! wollte ich schreien. „Nein", sagte ich. „Wovor denn schon?"

7

Ich erwachte und wusste sofort, wo ich mich befand. Jeden Morgen, vom ersten Tag an, als ich neben Esther aufgewacht war, hatte ich Schwierigkeiten gehabt, mich zu orientieren. Ob es in Betten gewesen war, auf der Autobahn oder noch gestern Morgen, als wir im Wald kampiert hatten – immer hatte ich mich einige Momente lang gefragt, wo ich eigentlich war und warum. Meine Hand wanderte zu Esther, die neben mir immer noch schlief. Ich berührte ihr Haar, vorsichtig bedacht, sie nicht zu wecken. Bei ihr war es anders gewesen. Die Orte hatte ich nicht erkannt – wer da neben mir lag, das wusste ich immer. Es gab keinen Zweifel, dass ich dort war, wo ich hingehörte. Neben ihr. War es mit diesem Raum in diesem Haus auf diesem Gehöft ebenso? War ich angekommen – wo auch immer? Es fühlte sich so an.

Ich schälte mich vorsichtig aus den Schlafsäcken. Jede Bewegung schmerzte. Die gestrige Arbeit hatte mir einen hübschen Muskelkater eingetragen – und der würde, aller Erfahrung nach, morgen noch schlimmer sein. Ich seufzte. Was sollte es. Je schneller ich mich an harte, körperliche Arbeit gewöhnte, desto besser.

Ich schaute auf Esthers Armbanduhr. Halb sieben. Ich angelte nach meiner Jeans und meiner Feldjacke, zog mich an, suchte kurz meine Schuhe und verließ dann leise, darauf bedacht, Esther und Simone nicht zu wecken, den Raum und die Wohnung, ging die Treppe hinunter und trat auf den Hof.

Für einen Moment war es völlig still und ich hatte das irritierende Gefühl, zurückgekommen zu sein an einen Ort, der nur für mich existierte – und schon vor langer Zeit existiert hatte. Der Hof, das Haus, der nahe Wald, diese ganze, leere Welt – als wäre ich vor zehn oder mehr Jahren schon einmal hier gewesen und nun zurückgekehrt, ohne mich zu erinnern, wo ich zwischendurch gewesen war. Dann gewöhnte ich mich an die Stille und merkte, dass sie keinesfalls still war. Vom Wald her kam Vogelgezwitscher, in der Wiese raschelte irgendein kleines Tier, es ging etwas Wind, die Bäume rauschten – was fehlte, waren die typischen, menschlichen Geräusche, an die ich gewöhnt war, und die ich sonst nie bemerkt hatte: Ein Auto in der Ferne, ein Flugzeug, eine Stimme. Die anderen waren noch nicht wach – und das machte mich womöglich zum einzigen Menschen bei Bewusstsein in Hunderten von Kilometern im Umkreis. In Deutschland? In Europa? Auf der ganzen Welt? Der Gedanke war zu groß, um ihn zu fassen. Ich ließ ihn.

Während ich solcherart grübelnd da stand, kam Stefan durch das Tor, sah mich, und kam grinsend auf mich zu. So viel zum Thema *einziger Mensch bei Bewusstsein*. Er hatte ein Handtuch locker um seinen nackten Oberkörper gehängt, sein Haar war nass.

„Morgen. Sind die anderen auch schon wach?"

Ich schüttelte den Kopf. „Ich glaube nicht. Wo warst du?"

„Schwimmen, im See. Ganz schön kalt. Und voller mistiger Unterströmungen, das war mir gar nicht klar." Er lachte. „Ich stehe gerne früh auf. Normalerweise jogge ich dann zum Schwimmbad. Na ja." Er schüttelte versonnen den Kopf.

„Es ist komisch, oder?"

Stefan zog die Schultern hoch. „Komisch? Keine Ahnung. Ich denke wirklich nicht darüber nach, sonst würde ich wahrscheinlich durchdrehen. Es ist, wie es ist. Ich versuche nicht, es zu verstehen."

„Hm."

„Du?"

„Was, ich?"

„Machst du dir Gedanken darüber, Daniel?"

Ich wusste für einen Moment keine Antwort. Wieder kam es mir zu groß vor. Ich versuchte, es in Worte zu fassen:

„Ich weiß nicht. Ich würde gerne, glaube ich. Aber ich kann nicht. Egal, wie ich mich der Sache nähere – sie ist zu groß, um sie zu begreifen. Alle Menschen ... weg, die ganze Welt ... leer? Das ... da gibt es einfach keinen Punkt, an dem ich anfangen kann, oder?"

„Doch, den gibt es schon", meinte er nachdenklich. „Du musst nur klein anfangen. Pragmatisch, so wie Jan. Die naheliegenden Fragen. Bleiben wir hier? Reisen wir weiter? Alles zu Fuß oder zu Pferd? Und so weiter."

„Ich habe bestimmt gestern nicht diese ganze Kuhvernichtungsscheiße mitgemacht, um heute weiter zu ziehen. Dafür sucht euch 'nen anderen Scout." Ich lachte, gar nicht bitter, wie ich erstaunt feststellte. Es stimmte – ich würde hier bleiben. Ich war zu Hause. Und ich wäre nicht alleine. Esther würde bei mir bleiben. Das reichte.

Stefan nickte. „Keine Sorge, ich bin ganz deiner Meinung. Das hier ist ein guter Platz. Und wir sollten zusammenbleiben. Wir müssen uns nur überlegen, wie wir wohnen wollen."

„Was meinst du?"

„Na ja, das Haus reicht nicht für alle, oder? Es geht zur Not, aber drei Wohnungen für neunzehn Leute, das ist eng. Und vielleicht kommen ja noch welche dazu. Wir werden mehr Raum brauchen."

„Wir könnten die Scheune ausbauen."

„Kaum. Die werden wir als Scheune brauchen. Wir werden Bauern sein, oder?"

Er hatte Recht. Die Berufswahl war sehr eingeschränkt, neuerdings. Wir würden alle hauptberufliche Bauern, Jäger und Sammler sein, mit dem einen oder anderen Nebenberuf für Leute wie Esther, die andere, nützliche Kenntnisse hatten. Dummerweise würden wir unsere Hauptberufe alle neu lernen müssen. Meine Gedanken kehrten zurück zur Wohnsituation.

„Denkst du an Zelte?"

Er wiegte nachdenklich den Kopf. „Vielleicht. Aber nicht die kleinen Dinger, in denen wir jetzt schlafen, die sind gut für ein paar Nächte, aber nicht auf Dauer. Nicht im Winter. Aber große, feste Zelte … also mir würde das gefallen. Ich dachte aber eher an Blockhäuser."

„Blockhäuser? Hier? Wo denn? Und wer soll die bauen?"

Stefan grinste. „Ich. Zimmermann und Architekt, schon vergessen? Ich habe in meiner Lehre einige von den Dingern gebaut und mein Diplom darüber geschrieben. Da ging es allerdings mehr um Niedrigenergiebau. Aber ich habe schon mal darüber nachgedacht – ganz einfache Hütten, zwei oder drei Räume, eine Feuerstelle – das zu planen ist nicht schwer, vor allem, wenn Lars mitmacht. Der versteht sehr viel von Statik. Wir haben schon darüber gesprochen." Er klopfte an die Steinmauer, die den Hof umgab. „Die Mauer kann beim Stabilisieren helfen. Und wenn alle mitmachen, können wir da schnell einiges schaffen."

„Und das Material? Aus dem Wald, oder wie?"

Er schaute nachdenklich zum Wald hinüber. „Später, ja. Wie man fällt und zuschneidet, kann ich euch zeigen. Man kann ein ganzes Haus ohne einen einzigen Nagel oder Winkel bauen." Er lachte über mein entsetztes Gesicht. „Aber erstmal werden wir auf Holzhandel und Baumärkte angewiesen sein. Bauholz muss lagern. Aber wir werden schon bald anfangen müssen, es einzulagern. Ich habe mich gestern und vorhin, auf dem Weg zum Fluss, schon mal umgesehen. Kiefern und Buchen gibt es hier genug. Buchen sind besonders gut."

„Aber selber bauen? Für uns alle? Das dauert ewig."

„Nein, nein, lass dich überraschen. Eine römische Legion war angeblich in der Lage, an einem Abend ein komplettes Feldlager zu errichten. Da werden wir ja wohl ein paar Hütten zu Stande bringen."

Ich blieb skeptisch – aber andererseits war mir klar, dass er Recht hatte. Im Haus war jetzt schon nicht genug Platz. Wenn wir zusammen hier bleiben wollten, dann würden wir dazu bauen müssen. Und zusammenbleiben bedeutete nicht mehr, in wenigen Kilometern Entfernung zu wohnen, dass man sich schnell mal mit dem Auto besuchen konnte. Zusammen hieß wirklich: Zusammen. Einerseits gefiel mir der Gedanke von Gemeinschaft und Geborgenheit. Andererseits beunruhigte er mich. Ich war lieber allein, ich war kein Gemeinschaftsmensch. Ja, ich wollte mit Esther zusammen sein – aber am liebsten nur mit ihr. Der Gedanke, auf engstem Raum mit mindestens siebzehn weiteren Menschen zu leben, so ehrlich und gerne ich sie mochte, war nicht gerade verlockend. Stefan bemerkte meine Zweifel nicht.

„Stell dir das vor – eine richtige kleine Hofschaft, mit fünf, sechs oder mehr Hütten, je nachdem, wie viele Einzelwohner, Paare, Familien oder Gruppen wir haben. Wir alle, eine Gemeinschaft, ein Clan, wie früher, bevor es große Städte gab. Irgendwie ist das doch auch eine Chance, neu anzufangen."

„Ja. Super."

Er sah mich etwas irritiert an, aber bevor wir das Thema vertiefen konnten, kam Erkan aus dem Haus.

„Ah, ihr seid auch schon wach. Wie ist es mit Frühstück?"

„Kaffee schwarz, zwei Croissants und etwas Erdbeermarmelade für mich, danke Schatz", sagte Stefan. Erkan sah ihn irritiert an.

„Hä?"

„Ich nehme schwarzen Tee", sagte ich. „Zwei Brötchen. Nutella und Geflügelwurst."

„Ihr seid blöd. Also, nochmal: Wisst ihr, ob die anderen auch schon wach sind? Sollen wir gemeinsam essen? Wann? Würdet ihr euch an den Vorbereitungen beteiligen?"

Ich versuchte eine konstruktive Antwort.

„Esther und Simone schlafen noch, glaube ich. Machst du das Frühstück? Wie können wir dir helfen?"

Zwei Stunden später hatten wir gegessen und saßen alle zusammen in dem großen Raum im Erdgeschoss, den wir bald nur noch den „Versammlungsraum" oder „Gemeinschaftsraum" nennen würden. Wir hatten aus den Vorräten des Hofes gefrühstückt, fast wie früher: Mit Tee und Kaffee, Dauerwurst, Käse und Marmelade, nur an Brötchen oder frischem Brot hatte es gefehlt. Wir hatten Knäckebrot genommen oder ganz darauf verzichtet. Dann hatte Jan uns gebeten, ins Erdgeschoss zu kommen. Wir saßen mehr oder weniger im Halbkreis, nur Carmen hatte sich auf eine der Fensterbänke gesetzt, um den Fuß hoch zu lagern, und Ben saß wieder neben ihr. Jan stand vor uns und suchte nach geeigneten Worten für den Start.

„Also", sagte er grinsend, „schön, dass ihr alle so zahlreich erschienen seid."

Gelächter.

„Ähm ... gestern ist das ein wenig untergegangen, wegen den Kühen und allem, aber ich dachte, wir bedanken uns erst nochmal bei Daniel, dass er uns hierher geführt hat. Das ist echt ein guter Platz, wie du gesagt hast. Danke, Daniel."

Sie johlten, pfiffen, klatschten und trampelten und ich erhob mich und verbeugte mich in alle Richtungen – auch in die, in der niemand saß. Als ich mich wieder setzte, legte Esther den Arm um mich und drückte mich.

„Telefondesinfizierer", flüsterte sie mir ins Ohr. Ich küsste sie.

„Na ja", fuhr Jan fort, als sich der Tumult legte, „und da wir uns einig sind, dass das ein guter Platz ist, frage ich mal in die Runde: Wollen wir erstmal hier bleiben? Oder ist jemand der Meinung, wir sollten einen anderen Ort suchen?" Die Frage, ob wir überhaupt zusammenbleiben wollten, stellte er gar nicht – und auch keiner der anderen schien sie zu stellen. Wenn jemand zweifelte, so wie ich, dann sprach er nicht – so wie ich. Jan schaute in die Runde:

„Also – hier bleiben? Ich weiß nicht, sollen wir abstimmen?"

Matthias hob die Hand. Jan sah ihn irritiert an und nickte ihm dann zu.

„Vielleicht sollten wir, bevor wir abstimmen, einen Protokollführer wählen?"

Jan nickte. „Klar. Wir werden so viel besprechen müssen, das müssen wir auf jeden Fall aufschreiben. Willst du? Ich habe jetzt kein Papier, aber …"

„Oben im Wohnzimmer ist welches", sagte Esther.

„Okay, dann …"

„Nein, Jan", unterbrach Matthias ihn. „Ich meinte, wir sollten einen Protokollführer – wählen!"

„Was? Okay, wenn du willst – jemand dagegen, dass Matthias das macht?" Er schaute Matthias an. „Wenn er will?"

Wir klatschten wieder, aber Matthias winkte ab. „Nein, darum geht es doch gar nicht. Aber du kannst dich doch nicht einfach hier hinstellen und sagen, tut dies, tut jenes …"

„Mache ich doch gar nicht!"

„Ja, nicht so richtig, aber wir hätten vielleicht schon vorher über eine Tagesordnung beraten sollen."

Jan starrte ihn an wie etwas höchst Fremdartiges. Simone, die auf der anderen Seite neben Esther saß, stöhnte hörbar auf. Sie war nicht die Einzige. Matthias war beleidigt.

„Ja, ihr mögt ja glauben, dass das nicht wichtig ist. Aber wir sind eine Gemeinschaft, wir müssen uns doch Regeln geben, wenn wir zusammenleben wollen. Ich finde, wir sollten auf der Grundlage der Verfassung anfangen, und erstmal aufschreiben, was unsere unveräußerlichen Rechte sind. Dass die Würde des Menschen unantastbar ist, dass …

„Matthias", sagte Jan, und er klang ehrlich belustigt, „niemand will deine Würde antasten, aber wir brauchen was zu futtern, wenn die Vorräte hier aufgebraucht sind. Wir müssen sehen, wie wir uns hier einrichten, wir sollten uns die Umgebung ansehen, wir müssen organisieren, wer was macht und kann, es … es gibt so unendlich viel zu tun. Praktisch, meine ich."

„Oh ja, und zack, haben wir eine Diktatur der Pragmatiker. Du bestimmst doch schon alles, Herr Oberleutnant."

Jan wurde rot. „Was? Was hat das denn damit zu tun, verdammt? Wir sind doch alle vernünftige Menschen, wir müssen doch nicht erst ausdiskutieren, was wir …"

„Doch, genau das müssen wir. Ich will jedenfalls nicht, dass wir den Neuanfang mit denselben alten Fehlern machen, dass einer bestimmt und alle anderen sich dem fügen. Fügen müssen."

„Du musst nicht, Matthias. Niemand zwingt dich."

„Oh, ja klar, aber wenn ich nicht will, dann kann ich gehen, was?"

„Das! Habe! Ich! Nicht! Gesagt!"

„Aber gemeint!"

„Könntet ihr jetzt bitte mal mit dieser Hahnenkampfscheiße aufhören?"

Die beiden drehten sich erstaunt zu Esther, die äußerlich immer noch ganz lässig auf ihrem Stuhl saß. Aber ich spürte, dass ihr Arm zitterte. Wir alle hatten relativ perplex das Schauspiel zwischen den beiden verfolgt.

„Esther", sagte Matthias, „das hat mit Hahnenkampf nichts zu tun, aber wir müssen …"

„Klar ist das ein scheiß Hahnenkampf", unterbrach sie. „Und wir müssen gar nichts. Wir können hier auch tagelang diskutieren, bis der erste verdurstet ist, aber das wäre irgendwie nicht optimal, da gebe ich Jan Recht."

„Aber …"

„Und klar müssen wir uns Regeln geben, über die wir uns alle einig sind, sonst richten wir ganz pragmatisch ein Chaos an, da hast du Recht. Dass wir dazu als allererstes einen Grundrechtekatalog brauchen, wage ich mal zu bezweifeln, aber es kann auch nicht schaden, wenn wir uns darauf einigen, dass wir uns gegenseitig achten. Jetzt und in Zukunft. Aber wir sind alle erwachsene Menschen, oder? Jeder von uns ist in der Lage, sich genauso viele Gedanken zu machen wie ihr beide. Also …"

„Esther, ich wäre ja auch für eine basisdemokratische Lösung, aber dafür müssen wir …"

„Lass mich ausreden, verdammt!"

Matthias schwieg bestürzt.

„Ihr seid doch schon dabei, das alles hier zu sprengen, merkt ihr das nicht? Wenn wir zusammenbleiben wollen, müssen wir zusammenhalten. Kompromisse finden. Hier also mein Kompromissvorschlag: Wir planen jetzt, was wir erledigen müssen, in welcher Reihenfolge und wer was macht. Und da Jan sich darüber anscheinend die meisten Gedanken gemacht hat, soll er das Gespräch ruhig leiten, was spricht denn dagegen? Und heute Abend machen wir es uns gemütlich und beraten unsere künftige Staatsform, oder wie immer du das nennen willst. Oben im Wohnzimmer sind etwa zwanzig Liter harte Alkoholika, die werden uns dabei sicher helfen."

Wir brachen in erleichtertes Gelächter aus und klatschten ihr Beifall.

„Im Hofladen ist Bergisches Bauernbier!", verkündete Christos, was den Beifall noch einmal aufbranden ließ. Zu meiner großen Erleichterung lachten auch Jan und Matthias.

Als wir dann darüber berieten, was wir tun mussten, wurde uns erst einmal klar, was wir alles nicht wussten. Niemand von uns hatte Ahnung von Ackerbau. Das es für eine Aussaat zu spät war, war uns allen klar – immerhin hatten wir alle im Kindergarten die Lieder aus der schönen alten Agrarwelt gesungen: „Im Märzen der Bauer ..." Jemand brachte den Begriff „Wintergetreide", aber da niemand etwas damit anzufangen wusste, waren zwei Dinge klar: Frisches Obst, Getreide und Gemüse würden wir vorerst nur aus den bereits bestellten Feldern und Gärten der Umgebung bekommen können, beziehungsweise aus den Vorratsräumen der Häuser und Geschäfte. Wir würden uns also schnellstens einen Überblick über die Umgebung verschaffen müssen. Ebenso schnell mussten wir lernen, wie man Lebensmittel haltbar macht. Bis zur Ernte würden wir noch etwas Zeit haben – aber nicht viel. Wir durften uns nicht ausruhen, wir mussten schnell arbeiten und lernen.

Nachdem wir festgestellt hatten, wie schwer es sein würde, uns zu ernähren, war es eine Erleichterung, dass Stefan und Lars sich schon Gedanken über unsere Wohnsituation gemacht hatten. Stefan stellte den Blockhüttenplan noch einmal detailliert vor, und wir feierten die beiden begeistert für ihre Idee. Das klang doch schon sehr nach Zukunft. Meine Zweifel an meiner Eignung als Gemeinschaftswesen verschwanden fürs Erste hinter einer romantischen Wolke aus Gedanken an eine gemeinsame Blockhütte für mich und meine Liebste.

Die Notwendigkeiten bestimmten unsere Aufgaben. Grundsätzlich waren wir alle, wie Stefan gesagt hatte, erst einmal Sammler und Bauern, das mit den Jägern kam später. Esther, Mark – der Medizinstudent – und Simone, die Hebamme war, bildeten unseren medizinischen Stab. Ihr Wissen war von immensem Wert für uns. Kathrin und Erkan wurden unsere Köche. Nicht etwa, weil sie mehr als andere vom Kochen verstanden, da waren die meisten von uns interessierte Amateure. Aber die beiden konnten etwas viel Wichtigeres – sie kannten Methoden, Lebensmittel anders haltbar zu machen, als sie einzufrieren. Das hatte mit Hobbys und Interessen „vorher" zu tun und es bewährte sich jetzt. Erkan konnte trocknen und räuchern, Kathrin verstand viel vom Pökeln und richtigen Einlagern. Es waren sowieso meist die ehemaligen Freizeitbeschäftigungen, die uns weiterhalfen, nicht die Berufe. Die einzige Ausnahme, neben unseren Medizinerinnen und Medizinern, bildeten Lars und Stefan, die Baumeister und Tanja, die Botanikerin. Aber die anderen mussten ihre Hobbys zum Beruf machen. Buchstäblich. Daniela kannte sich mit Pferden aus, Gina mit Hühnern. Damit war ein Anfang gemacht, der die beiden zu Fachfrauen für all unsere Tiere machte. Außerdem brachte Daniela uns das Reiten bei – mit unterschiedlichem Erfolg. Zu meiner eigenen Überraschung bewies ich dabei großes Talent. Im Leben „davor" hatte ich um Pferde lieber einen großen Bogen gemacht.

Eva und Oliver hatten Gärten gehabt und bewirtschaftet – was sie neben Tanja zu Chefpflanzerin und Chefpflanzer machte. Michael, in dessen Profifußballerkörper sich ein leidenschaftlicher Sammler verbarg, wurde unser Lagerverwalter. Er verwaltete so inbrünstig, dass er mir später zuweilen schwer auf die Nerven ging, aber seine Leistung war von unschätzbarem Wert.

Unser abendliches politisches Symposion fand tatsächlich so statt, wie Esther es vorgeschlagen hatte. Genau so! Wir dezimierten *Whisky, Cognac, Grappa* und diverse edle Liköre ziemlich hemmungslos. Und im Gegensatz zu dem, was Matthias befürchtet hatte, nahmen wir die ganze Sache sehr ernst. Wie wollten wir zusammenleben? Wir waren uns darüber einig, dass wir keine Staatsform brauchten als die direkte Demokratie – wobei wir es uns zur Regel machen wollten, nur dann abzustimmen, wenn sich auch nach längerer Zeit kein Kompromiss finden ließ. Unsere Gesellschaft war klein genug dafür. Was die Gesetze betraf, so wollten wir über Streitfälle und Regelungen entscheiden, wenn sie anfielen – und dann unsere Entscheidungen aufschreiben, uns also sozusagen unser eigenes Rechtssystem *by doing* schaffen. Matthias übernahm die Aufgabe, unsere Sitzungen zu protokollieren und unsere Entscheidungen niederzuschreiben. Außerdem bot er an, unser Chronist zu sein – die Geschichte unserer Gemeinschaft zu schreiben und das, was andere schrieben, zu sammeln. Wir nahmen das Angebot dankbar an. Später dehnte Matthias seine Arbeit auf die Verwaltung unserer kleinen Bibliothek aus, viele Lehr- und Sachbücher fasste er handschriftlich zusammen. Jan andererseits baten wir, da weiterzumachen, wo er angefangen hatte – unsere Entscheidungen zu exekutieren, unsere Aufgaben zu planen, zu organisieren und zu ordnen. Am nächsten Mittag, als wir mehr oder weniger verkatert auf die Ergebnisse unserer nächtlichen Arbeit schauten, waren wir alle zufrieden. Jan setzte ein Dokument auf, in dem er unsere Beschlüsse zusammenfasste, wir unterzeichneten es feierlich und empfanden das schon als bedeutenden Moment. Ich hätte die Unterzeichnung gerne fotografiert.

Ben, Carmen und Christos wurden Jäger und lernten das, was sie gejagt hatten, auch zu schlachten. Der fette Computerfachmann, der neben mir gegangen war, um das langsamste Tempo anzugeben, wurde binnen Wochen ein stämmiger, ausdauernder Läufer. Das mochte mit dem Nahrungsmangel und der harten Arbeit zusammengehangen haben, aber auch mit der Tatsache, dass Carmen, sobald sie wieder richtig laufen konnte, ihr Gewehr nahm, in den nahen Wald ging und einen Tag später mit unseren ersten beiden Hasenbraten zurückkam (und mit sechzehn Patronen weniger, aber auch sie lernte). Ihr Vater war Metzger und Hobbyjäger gewesen. Gegen Ende des Herbstes tauschte sie ihre Hütte mit Matthias, der direkt neben Ben gewohnt hatte.

Die ersten Hütten wurden tatsächlich schneller fertig, als wir gedacht hatten, der Prototyp, in den Lars und Eva einzogen, stand zwei Wochen nach unserem Einzug, die anderen folgten schnell. Wie Stefan gesagt hatte: einfache, kleine Häuser mit einem oder zwei Räumen, meist an die Hofmauer gelehnt. Ich war glücklich, als ich endlich mit Esther in unser eigenes Heim ziehen konnte. Andere lebten lieber weiter als Gruppe – Mark, Oliver, Christos, Simone und Kathrin rissen ihre Hütten bald wieder ein und bauten sich mit Hilfe unserer Architekten ein Gemeinschaftshaus.

Das ehemalige Wohnhaus erfüllte bald mehrere Zwecke. Nachdem wir alle Besitztümer der früheren Bewohner entfernt hatten, die wir nicht brauchen konnten oder die uns unangenehm an die Zeit vorher erinnerten – und das waren die meisten – führten wir das Haus seiner neuen Bestimmung zu. Es wurde so etwas wie unser Verwaltungsgebäude. Oben hatten wir die Bibliothek untergebracht – alle Bücher, die wir mitgebracht hatten. In anderen Räumen planten Lars und Stefan unsere Bauten und Jan unser Leben. Auch die überzähligen Waffen und die Munition waren hier untergebracht, ebenso alles, was wir an Papier und Stiften zusammensammeln konnten. Unten blieb unser Gemeinschaftsraum. Wir besahen uns unser neues Leben und begannen, uns darin einzurichten.

8

Ich saß am Ausgang eines namenlosen Ortes, irgendwo im südlichen Ruhrgebiet, auf einem Stein an der Straße und aß einen Apfel. Es war zwei Wochen her, dass ich mit Esther unser Haus bezogen hatte, der zweite Zeitpunkt, von dem an ich automatisch die Zeit maß. Der erste war der Tag des Verschwindens, die Grenze, die unsere Zeit in „vorher" und „nachher" teilte. Eine andere Zeitrechnung gab es für uns nicht mehr, außer vielleicht, um unsere Geburtstage festzustellen. Natürlich erinnerten wir uns grob, welchen Monat wir hatten – im Moment musste es Ende Juli oder Anfang August sein. August ... ich hatte, wie jedes Jahr, fest vorgehabt, Ende August das Fantasy Filmfest in Köln zu besuchen. Das würde wohl nichts dieses Jahr. Für einen Moment schweiften meine Gedanken ab und ich fragte mich, ob es mir wohl gelingen könnte, einen Vorführsaal im Kölner Cinedom wieder in Betrieb zu nehmen. Oder irgendein anderes Kino. Ich liebte Filme. Hatte Filme geliebt. Ich lächelte über die Erinnerungen, biss in meinen Apfel und dachte an eine Idee, die Simone neulich aufgebracht hatte. Mit Hilfe von Generatoren musste es möglich sein, zumindest ein bescheidenes Maß an Strom zu erzeugen. Und Strom könnte auch bedeuten: Filme über DVD. Ein gemeinsamer Filmabend einmal in der Woche wäre sicher eine feine Sache. Aber Generatoren brauchten Diesel. Was wir davon fanden, benötigten wir für den Traktor und den Unimog – und dabei war noch nicht einmal Erntezeit. Wir wollten uns vor allem darauf beschränken, was wir brauchten. Nicht auf das, was wir wollten.

Tatsächlich war uns die Wocheneinteilung erhalten geblieben, auch wenn die Monate erodierten. Aber einige von uns waren gläubig geblieben oder es sogar erst nach dem Verschwinden geworden, sie legten Wert auf den Sonntag. Und jeden Mittwoch hatten wir eine feste Sitzung, zu der wir uns alle im Gemeinschaftsraum trafen. Ob unsere Sonntage und Mittwoche mit den tatsächlichen Mittwochen und Sonntagen aus der Zeit vorher übereinstimmten, wussten wir nicht genau, aber wir hatten mehrmals nachgerechnet und waren relativ sicher, dass sie stimmten. Ebenso verhielt es sich mit der Uhrzeit. Von den Armbanduhren, die einige von uns trugen, zeigten kaum zwei genau dieselbe Zeit, und die Funkuhrsignale funktionierten nicht mehr. Also maßen Jan und Lars mithilfe eines Verfahrens, dass die meisten von uns – mich eingeschlossen – nicht genau verstanden, an fünf Tagen hintereinander die Zeit mittels einer Sonnenuhr und waren sich dann ziemlich sicher, zwölf Uhr mittags annähernd auf die Minute genau bestimmt zu haben. Eine sehr teuer aussehende mechanische Tischuhr, die ich in einem benachbarten Haus gefunden hatte und von der wir vermuteten, dass sie ziemlich genau ging, wurde unser Referenzchronometer und sie schien zumindest bisher nicht merklich abzuweichen – verglichen mit unseren genauesten Armbanduhren.

Denn das war meine Aufgabe geworden: Sammeln. Da ich immer noch die beste Ortskenntnis von allen hatte, führte ich wechselnde Erkundungstrupps in die Umgebung. Wir sammelten auf diesen Touren leicht zu transportierende Güter und brachten sie mit zum Hof, unsere Hauptaufgabe war aber, das, was wir fanden, aufzuschreiben, zu katalogisieren und auf unserer großen Karte im Gemeinschaftsraum einzutragen. Wo gab es Obst- und Gemüsegärten, die wir abernten konnten, wo Felder, wo gab es weitere Tiere, technische Geräte, wo befanden sich Supermärkte ... die Liste unserer Bedürfnisse war unendlich. Allerdings wurde die Liste dessen, was wir neu fanden, immer kleiner, die meisten Häuser und Dörfer im näheren Umkreis hatten wir abgesucht, und vor Expeditionen, die mehr als einen Tag dauerten, schreckten wir noch zurück. Natürlich hätten wir mit einem Auto schnell überallhin fahren können und manchmal nutzten wir diese Möglichkeit auch, aber uns schreckte meist doch die Sorge, etwas Wichtiges oder Interessantes im Vorbeifahren zu übersehen. Und dem Hof für längere Zeit drei oder vier Arbeitskräfte zu entziehen, war im Moment mehr, als wir uns leisten konnten.

Das Dorf war tatsächlich namenlos – zumindest, bis wir es auf der Karte finden würden. Das Ortsschild fehlte, sowohl am Ortseingang, als auch am Ausgang, allem Anschein nach waren die Schilder vor dem großen Verschwinden entfernt worden. Vielleicht nur übers Wochenende – um dann an einem Montag ersetzt zu werden, der so niemals kam. Wir waren am Morgen einmal mehr südlich von Sprockhövel unterwegs gewesen. Aber die Gegend hatten wir schon mehrmals abgegrast und die Touren wurden immer unergiebiger. Wir würden uns Sprockhövel selbst einmal vornehmen müssen, aber dafür brauchte ich mehr Zeit oder mehr Leute. Es war zum Lachen. Ein Ort wie Sprockhövel, der vor einigen Monaten hauptsächlich für Witze gut gewesen war, überforderte nun unsere Kapazitäten. Immerhin waren wir auf dem Rückweg auf diesen Ort hier gestoßen, ein kleines Straßendorf unter einem bewaldeten Hang. Normalerweise passierten wir den Wald auf der anderen Seite, daher hatten wir es bisher nicht bemerkt. Wir waren zu viert, Mark für die medizinische Truppe, Daniela für die Tierpfleger, Olli für die Pflanzer und ich selbst. Nachdem wir den Ort flüchtig auf Hunde untersucht hatten, hatten wir uns aufgeteilt. Zwei Stunden später hatte ich meine Suche beendet und mich an die Straße in den Schatten des Hangs gesetzt. Es war heiß, ich hatte meine Feldjacke ausgezogen, der Bogen und der Köcher mit den Pfeilen lagen neben mir im Gras, ebenso mein Rucksack mit der Beute: Mehrere Packungen Salz, einige Vitamintabletten und diverse

Gewürze. In meinem Gürtel steckte ein Gummiknüppel mit seitlichem Griff, ein *Tonfa*. Unsere Jäger waren in der Woche zuvor von Wildschweinen angegriffen worden und hatten sich nur mit Hilfe der Gewehre verteidigen können. Seither ging keiner von uns mehr unbewaffnet auf einen längeren Ausflug.

Ich war gerade dabei, einen gut gefüllten Apfel- und Kartoffelkeller sowie einige Werkzeugschuppen in mein Notizbuch zu schreiben, als Mark die Straße herunterkam. Er war ähnlich wie ich gekleidet – offene Feldjacke über einem T-Shirt, Jeans, Wanderschuhe. Tatsächlich war diese Kombination – mit wenigen Abweichungen – unsere Uniform geworden. Ich trug zum Beispiel Militärstiefel anstelle der Wanderschuhe, andere bevorzugten praktische Latzhosen anstelle der klassischen Jeans, aber alles in allem sahen wir uns bald ziemlich ähnlich. Esther, die am liebsten lange Kleider trug, oder Daniela, die fast immer Reithosen anzog, waren schon fast extravagant.

Mark trug sein Gewehr locker über der Schulter und einen prall gefüllten Rucksack in der Hand, den er triumphierend schwenkte. Ich blickte von meinen Notizen auf.

„Beute?"

„Beute!" Er setzte sich neben mich und sah zufrieden aus.

„Was ist es?"

„Medikamente, Verbandszeug, Insulin."

Ich pfiff anerkennend. „Das wird Gina freuen. Und Micha."

„Wieso Micha?"

Ich grinste. „Weil du Gina rettest."

Er nickte und wurde ernst. „Unser Problem ist nicht die Menge. Es ist gut, ein Depot wie das hier zu finden, jedes Depot ist gut, aber was das Insulin betrifft, so gehe ich mal davon aus, dass jedes halbwegs respektable Krankenhaus gut ausgerüstet ist. Nein, das Problem ist die Zeit."

„So ernst?"

„Ja klar, Daniel, was denkst du denn?

„Wie lange werden wir noch Brauchbares finden?"

„Gute Frage. Sehr gute Frage. Und wie lange wird es haltbar sein? Ich habe mal gelesen, dass eine von tausend Ampullen Insulinpräparat nach acht Jahren um ist. Unter besten Bedingungen. Wir brauchen einen Generator für den Kühlschrank."

„Und nach acht Jahren?"

Er schaute mich düster an. „Lotterie, mit einer Chance von 999:1, stetig absteigend. Wenn wir überhaupt so lange Gutes finden. Es sei denn, wir lernen, Insulinpräparate herzustellen. Ich habe keine Ahnung, wie, aber vielleicht können wir es lernen. Bis dahin müssen wir sammeln. Alles, was wir finden können." Er schaute nachdenklich auf den Boden. „Wir müssten lernen, wie man Medikamente herstellt. Alte Medikamente, meine ich. Wie früher. Salben und Tinkturen, Kräuter, Pilze, was weiß ich. Esther und ich suchen verzweifelt nach einem alten Apothekenbuch, weißt du? Wie man Arzneien selbst macht. Sowas findet man nicht zufällig. Und nicht in Käffern wie dem hier. Oder nur mit Glück."

„In Wuppertal wird es das geben. Und in Solingen ... in den großen Städten."

„Ja vielleicht, aber wer geht das suchen? Das ist keine Sache von einem Tagesmarsch, oder von mir aus auch einer Fahrt irgendwohin – das ist langsames, geduldiges Suchen und Finden. Wir brauchen jemanden, der Dinge und Plätze findet. Weil wir immer öfter Dinge brauchen werden, von denen wir im 21. Jahrhundert eben nicht wussten, wo man sie findet und wie man sie herstellt. Im Grunde bräuchten wir jemand, der ständig unterwegs ist, sucht und Sachen einsammelt, Daniel." Ich sagte nichts und dachte nach, mir kam ein Gedanke, langsam.

„Na ja", er seufzte und tippte mit dem Fuß an seinen Rucksack. „Da oben ist jedenfalls 'ne Arztpraxis, die haben sich scheinbar auf Diabetiker spezialisiert. Oder hier gibt es besonders viele, keine Ahnung. Jedenfalls war der ganze Keller voll Insulin. Und der Keller war kühl, fast so gut wie unserer. Da ist noch mehr. Schreibst du das auf?"

„Klar." Ich fügte die Notiz hinzu, zog die Bensons aus der Brusttasche und bot ihm eine an. Er schüttelte angewidert den Kopf.

„Nee, danke. Und du hast doch gerade 'nen Apfel gegessen, oder?"

Ich nickte, zündete die Zigarette an und nahm einen Zug. „Na und?"

„Perverser Süchtiger." Sein Blick fiel auf das *Tonfa*. „Netter Knüppel übrigens. Gegen Hunde?"

„Gegen Studentenpack wie dich. Klar gegen Hunde."

„Wie geht man damit um?"

Ich zeigte es ihm und er war angemessen beeindruckt. „Das lernt man als Fotograf?"

„Nein. Ich habe eine Weile *Escrima* gemacht."

„Es-was?"

„*Escrima*. Stockkampf. Kampfkünste sind so 'n Hobby von mir. Als Kind habe ich *Judo* trainiert, später *Ju Jutsu*, dann *Escrima* und *Wing Tsun*. Im Moment mache ich immer noch *WT* und seit zwei Jahren *Ken Jutsu*. Ich hatte neulich einen Lehrgang in *Krav Maga*, das ist total interessant, wenn ich Zeit habe …" ich fiel zurück aus meiner Begeisterung in die Gegenwart, starrte ihn an und lachte bitter. „Scheiße."

Mark lachte auch und klopfte mir tröstend auf die Schulter. „Lass mal, das passiert uns allen. Außerdem habe ich eh nichts verstanden. Außer Judo. Sind das alles Kampfsportarten?"

„Kampfkünste, eher. Realitätsnäher, weniger sportlich." Ich lachte wieder. „So lange es noch eine Realität gab, in der man das brauchen konnte."

Er schaute mich erstaunt an. „Hast du dich oft geprügelt?"

„Nein. Eigentlich nie."

„Siehste, hat sich doch nichts geändert." Er grinste und stieß mich in die Seite. „Und vermutlich bist du jetzt der erfahrenste und hochdekorierteste *Kung-Fu*-Meister der Welt."

„So kann man es auch sehen."

„So muss man es sehen. Alles andere führt in den Wahnsinn."

Ich nickte und wir schwiegen eine Weile gemeinsam. Dann kamen Daniela und Olli die Straße herunter und setzten sich zu uns.

„Erfolg?", fragte ich.

Daniela zuckte mit den Schultern. „Katzen überall, wie immer. Aber auf der Wiese hinter dem Ort, so sieben-, achthundert Meter die Straße runter, waren Pferde. Ich habe sie nur von weitem gesehen, es sind mindestens neun. Die Zäune sind überall umgerissen, vermutlich waren das mal mehrere Koppeln."

„Brauchen wir noch Pferde?"

Sie schüttelte den Kopf. „Im Moment haben wir genug. Aber falls wir wieder welche brauchen sollten – hier ist 'ne kleine Herde. Und vielleicht sollten wir sie vor dem Winter einfangen. Ich weiß nicht, ob die einen Winter alleine überstehen können. Falls es ein harter wird."

„Müssen wir dann entscheiden."

„Ja."

Olli gab mir eine Liste mit Feldern, die er gefunden hatte, und was darauf angebaut war, dann schulterten wir unsere Rucksäcke und brachen auf. Es war spät und in der Ferne hatten wir dunkle Wolken gesehen.

Wollten wir vor der Dunkelheit und trocken nach Hause kommen, dann mussten wir zügig gehen. Unser Weg zurück führte eine Weile über die A1. Als wir auf der Autobahn gingen, ließ ich mich ein wenig zurückfallen, bis ich neben Daniela ging. Mark und Olli waren in ein Gespräch vertieft, was mir ganz recht war. Etwas, das Mark gesagt hatte, ging mir nicht aus dem Kopf, und ich musste Daniela etwas fragen.

„Danni?"

„Hm?" Sie blickte erstaunt auf. Wenn wir unterwegs waren, ging sie meist hinten und grübelte vor sich hin, manchmal weinte sie auch, und wir störten sie selten dabei. Seit sie völlig verstört in die Quettinger Kirche getaumelt war, damals, als Jan uns zusammengerufen hatte, hatte sie sich immens gemacht. Sie war, so weit ich das beurteilen konnte, eine der fleißigsten von uns allen. Neben ihrer Arbeit mit den Pferden und unseren anderen Tieren hatte auch die offensichtliche Tatsache, dass Jan und sie auf dem besten Wege waren, ein Paar zu werden, zu ihrer Erholung beigetragen. Aber ihr Verhältnis zu ihren Eltern war sehr eng gewesen. In Momenten der Stille, wie längere Märsche sie boten, nahm sie sich manchmal eine Auszeit zum Trauern. Jetzt allerdings wirkte sie nicht verweint, wofür ich dankbar war.

„Was ist?"

Ich druckste etwas herum. „Ähm ... das klingt vielleicht doof, aber ... was meinst du, wie gut ich schon reiten kann?"

Sie schenkte mir einen belustigten Blick. „Du bist ganz toll, Daniel. Feiner Reiter. Wirklich: Hofreitschule, mindestens."

Ich lachte. „Nein, ehrlich, Danni. Traust du mir zu, alleine auszureiten? Mit Fog zum Beispiel."

Fog war ein Hengst, den wir auf einem der Nachbarhöfe gefunden hatten – damals in einem wirklich mickrigen Zustand. Inzwischen war er aber wieder fit, und ich konnte mit ihm am besten umgehen. Vermutlich, weil er ausgesprochen gutmütig war.

Sie wirkte immer noch ein wenig irritiert. „Klar. Hast du doch schon gemacht."

„Ich meine, längere Strecken. Längere Zeit. Ein paar Tage oder so."

Sie fasste mich interessiert ins Auge.

„Was hast du vor?"

„Weiß ich noch nicht genau. Vielleicht mal alleine eine Tour wie die hier etwas weiter raus machen. Mit Fog oder einem anderen Pferd. Rund um den Hof haben wir alles schon ziemlich abgegrast."

„Ja." Daniela nickte. „Klingt vernünftig. Würde ich dir zutrauen, vom Reiten her, meine ich. Wenn du willst, bringe ich dir noch ein paar Sachen bei, die dafür nützlich wären. Und du solltest wirklich Fog nehmen. Er mag dich."

„Ich ihn auch."

Sie lachte. „Das ist gut, aber nicht so wichtig. Es sei denn, du trägst ihn auch mal 'ne Weile."

Wir kamen mit der Abenddämmerung im Hof an und übergaben Michael unsere Beute, dann ging ich in den Gemeinschaftsraum. Er war leer, was mir ganz gut passte. Ich hatte keine Lust auf Leute. Ich stellte mich vor die große Wandkarte, eine Kombination mehrerer Landkarten, die eine Raute mit den groben Eckpunkten Duisburg und Leverkusen im Westen und Schwerte und Olpe im Osten darstellten. Mit einem Stift und bunten Nädelchen machte ich mich daran, meine Notizen in die Karte zu übertragen. Auch dabei fiel mir auf, wie dicht gedrängt unsere Fundgebiete bisher waren, selbst auf dieser Karte – wenige Kilometer um unseren Hof herum häuften sich die Nadelköpfe und Notizen, dazu entlang der Bundesstraßen 7 und 483 und der A1 in die verschiedenen Himmelsrichtungen. Am östlichen Stadtrand Wuppertals hatten wir ein wenig geknabbert, und zwei einsame

Nadelköpfe für Medizin und Kleidung steckten – weit im Westen für unsere Verhältnisse – in der Hildener Kaserne. Die größeren Städte des Bergischen Landes waren unmarkiert und unerforscht, Köln, Essen und Dortmund gar *Terra Incognita*, außerhalb der Karte. *Hier seyen Drachen.* So konnte das nicht bleiben.

So fand sie mich, die Hände in die Hüfte gestemmt, breitbeinig vor der Karte stehend.

„Hallo Pfadfinder."

Ich wandte mich um. Nichts war wichtiger als diese Stimme. Ich nahm sie in die Arme und war zu Hause.

„Hallo Esther."

Sie küsste mich und ich erlaubte mir den Luxus, kurz zu vergessen. Wir setzten uns nebeneinander auf einen der beiden großen Tische, die hier herein geschafft worden waren, damit wir gemeinsam über Zeichnungen und Karten brüten konnten. Dort küssten wir uns ein wenig länger.

„Können wir die Tür abschließen?", fragte ich.

„Nein."

„Mist."

Sie grinste. „Sollen wir nach Hause gehen?"

„Nichts lieber als das."

„Aber dann verpassen wir die Feier."

„Was?" Die Müdigkeit des Marsches fiel auf mich wie ein großer, schwerer Sack. „Schon wieder 'ne Feier?"

Esther lachte laut auf, als sie mein entsetztes Gesicht sah. „Die Lotterkommune hat ihr Haus fertig eingerichtet. Einweihung."

„Nicht schon wieder."

Sie streichelte mich zärtlich. „Armer Schatz. Zu viele Menschen?"

„Nein. Ja. Was weiß ich. Aber müssen wir denn dauernd irgendwas feiern?"

„Die meisten freuen sich einfach, dass wir noch da sind, Daniel."

„Ich freue mich doch auch, Esther. Aber wir sind doch den ganzen Tag alle zusammen. Wir arbeiten zusammen oder wir ziehen zusammen durch die Gegend, und abends müssen wir dann auch noch zusammen feiern?"

„Ich verstehe ja, was du meinst. Aber andererseits … immerhin ist es auch Simones Feier. Ich mag sie echt gerne."

„Sind Ben und Carmen auch da?"

„Nein, die sind noch auf der Jagd." Sie zwinkerte. „Christos weiht ja auch mit ein, also machen sie den Jagdausflug alleine. Zu zweit. Im Wald. Unter den Sternen …"

„Heute wird's regnen."

„Dann im Zelt. Auch schön …"

„Verräterpack. Überlässt mich alleine den Feiermeiern."

Sie drückte mich zärtlich. „Ist es so schlimm?"

„Echt, Esther … ich kann nicht mehr."

„Erschöpft?"

„Nein, das nicht, aber …"

„Erschöpfung ist 'ne ernste Sache. Da muss man zu Hause bleiben."

„Ich bin ja gar nicht so kaputt. Es ist nur …"

Sie schüttelte lächelnd den Kopf. „Komm. Wir gehen eben nach Hause. Und wenn ich mit dir fertig bin, bist du erschöpft. Versprochen."

Damit behielt sie Recht. Ich blieb auf unserem Lager liegen, während sie sich wieder anzog, und merkte eben noch, wie sie sich verabschiedete. Dann döste ich weg – und eine gefühlte Minute später saß sie wieder neben mir. Ich setzte mich auf.

„Willst du nicht auf die Party?"

Sie lachte. „Ich war auf der Party, Daniel. Ich bin gerade zurück. Du hast vier oder fünf Stunden geschlafen."

„Echt?"

„Guck mal, was ich habe." Sie hielt mir etwas vor die Augen und ich erkannte unsere kleine Thermosflasche.

„Was ist das?"

„Wart's ab."

Sie stand auf, klapperte ein wenig mit Geschirr und kam dann mit zwei Tassen, einer brennenden Kerze und Löffeln zurück. Aus der Tasche ihres Kleides zog sie ein zusammengerolltes Plastikbeutelchen und wedelte damit in der Luft.

„Zucker."

Eine Hoffnung keimte in mir auf. „Ist das etwa Kaffee, in der Thermoskanne?"

„*That's a Bingooooo*." Sie strahlte über das ganze Gesicht. „Simone hat welchen für die Party gemacht und uns extra was übrig gelassen. War nicht einfach."

„Wow."

Sie öffnete die Thermosflasche und wir schnupperten erst einmal ausgiebig. Kaffee war eine sehr seltene Köstlichkeit geworden, da er ziemlich aufwändig zuzubereiten war und wir uns bei den Sammeltouren selten mit ihm belasteten – es gab so viel Wichtigeres. Dafür hielten wir uns aber auch nicht mit schlechtem Stoff auf. WENN wir mal Kaffeepulver oder Bohnen mitnahmen, dann nur vom Feinsten. Selbst ich, als eingeschworener Teetrinker, hatte begonnen, die wenigen Gelegenheiten, wenn es Kaffee gab, hoch zu schätzen. Tee hingegen war einfach zu transportieren und einfach zu machen – er war eines unserer Standardgetränke geworden, neben Wasser.

Wir genossen schweigend jeder eine Tasse herrlich heißen, schwarzen Kaffees, verbrachten dann eine Weile damit, uns verliebt darüber zu streiten, wer auf die dritte Tasse verzichten durfte, bis wir sie schließlich gemeinsam tranken. Danach ließ ich mich zufrieden auf den Schlafsack zurückfallen.

„Mmmmh. Das war lecker."

Esther legte sich neben mich, den Kopf an meiner Schulter, und schnurrte zufrieden.

„Ja."

„Wie war die Feier?"

„Schön. Ruhig, mal zur Abwechslung. Simone hat nach dir gefragt. Und Danni und Mark."

„Hm. Was hast du gesagt."

„Dass du k.o. warst. War in Ordnung, denke ich."

„War ich der Einzige, der nicht da war?"

„Nein, Micha auch nicht, und Gina. Carmen und Ben natürlich. Und Lars war auch nicht da."

„Wieso?"

„Ich hab ihm heute Mittag 'nen Zahn gezogen. Tut wohl noch weh."

Ich schaute sie mit einer Mischung aus Bewunderung und Grauen an. „Du hast was?"

„Ihm 'nen Backenzahn gezogen. Mit der Kneifzange." Sie sah sehr zufrieden aus.

„Wieso das?"

„Na ja, er hatte ein Riesenloch drin und Schmerzen. Seit Tagen. Und er hat nichts gesagt, der blöde Idiot. Die hätte er sich sparen können."

„Und da musstest du ziehen?"

„Was soll ich tun? Füllen kann ich nicht. Ziehen ist einfach. Simone und ich haben das vor zwei Wochen sogar geübt. Also … den Ansatz. Sie hatte ja so'n Buch gefunden, als ihr in Ennepetal wart." Sie grinste. „Mark wollte nicht, der Feigling."

„Und … tat Lars das nicht weh?"

„Doch, klar, ein wenig. Aber ich habe ihm eine halbe Stunde vorher vier Gläser Cognac verabreicht. Der hat nicht mehr viel gemerkt."

„Wie fürsorglich."

„Wir tun unser Bestes." Esther seufzte. „Ich hoffe, es bleibt bei sowas. Ein Blinddarm oder so würde uns drei ziemlich sicher überfordern. Mark hat bei ein paar Operationen assistiert, ich auch, vor Jahren, aber trotzdem …" Sie zuckte mit den Schultern. „Ich will es lieber nicht ausprobieren."

„Ja."

Sie schüttelte den Gedanken ab und lehnte sich wieder an mich. „Und? Wie war dein Tag?"

„Wie immer. Wandern. Sammeln. Mark hat Insulinpräparat gefunden, Danni eine Herde Pferde. Ich hab ein paar Packungen Salz mitgebracht."

„Salz ist gut. Und Insulin. Puh."

„Mark hatte eine interessante Idee, was das betrifft."

„Welche?"

„Dass einer von uns hauptberuflicher Sammler wird und auch größere Touren macht. In die großen Städte, nach Wuppertal und Solingen. Köln vielleicht auch, Essen … da gibt es mehr zu finden."

Sie lächelte mich zärtlich an und strich mir über die Wange. „Und darf ich mal raten, wen du dafür im Sinn hast? Vielleicht jemanden, der mit Gemeinschaftsherrlichkeit und Gruppendynamik sowieso nicht so viel am Hut hat?"

„Na ja …"

„Aber Wuppertal und Köln … also, Köln ist schon verdammt weit weg."

„Geht so. Ich dachte, wenn ich reite und nicht die ganze Zeit zu Fuß gehe … ich habe mal mit Danni gesprochen, die meint, dass ich das drauf hätte, reiterisch. Wenn ich Fog nehme."

Sie kuschelte sich an mich. „Und wer wärmt mich dann?"

„Esther …"

„Nein, nein …" Sie setzte sich auf und schaute mir offen in die Augen. „Das war ein Scherz. Marks Idee ist gut. Und du bist der Richtige dafür. Und es wäre auch gut für dich, ich fände es gut, wenn du das machen würdest."

„Echt?"

„Ja." Sie legte den Kopf wieder auf meine Brust. „Du musst mir nur versprechen, dass du nicht eines Tages einfach da draußen bleibst."

Ich küsste ihr Haar. „Versprochen. Ich komme immer zurück."

9

So kam es, dass ich zu dem wurde, was sie den „Finder" nannten. Ich sprach mich mit Esther, Simone und Mark ab. Als Ben und Carmen zurück waren, weihten wir auch sie in den Plan ein, aber die Vorbereitung war gar nicht nötig. In unserer nächsten Gemeinschaftssitzung, in der ich die Idee vortrug, stellte sich heraus, dass viele von uns schon ähnliche Überlegungen angestellt hatten. Michael, Jan und Matthias waren sogar schon gemeinsam relativ weit damit gediehen – sie hatten sich bloß nicht getraut, es vorzuschlagen, weil sie sich nicht vorstellen konnten, dass jemand es freiwillig auf sich nehmen würde, tage-, vielleicht wochenlang von der Gemeinschaft getrennt durch die leere Welt zu streifen. Und drängen wollten sie auch niemanden. Ich erntete also mit meiner Bereitschaft, die Aufgabe zu übernehmen, weil ich eben derjenige war, der am ehesten dazu qualifiziert war, viel Unterstützung, sogar Bewunderung. Dass mir die Aussicht, die Gemeinschaft jederzeit verlassen zu können, ohne sie wirklich zu verlassen, äußerst verlockend erschien, musste ich ja nicht breittreten. Meine Freunde wussten es, die anderen sollten mich ruhig als Helden feiern, wenn ihnen danach war.

Kaum war beschlossen, dass ich es machen sollte, erhob sich ein Sturm von Vorschlägen, was ich zuerst suchen und mitbringen sollte. Es begann im Scherz, als aber klar wurde, dass jeder irgendwelche Ansprüche hatte und dass ich niemals alle Wünsche würde erfüllen können, drohte es, Streit zu geben. Ich sah, dass Jan, Matthias und Michael hastig Blicke tauschten, dann stand Micha auf und hob beide Hände.

„Wartet! Hallo! Hört ihr mir mal zu?"

Niemand hörte zu. Micha winkte mit den Händen, aber ohne beachtet zu werden. Plötzlich stand Jan auf und donnerte über das Stimmengewirr:

„Batterie! Achtung!"

Alles Gerede erstarb und wir schauten ihn verwirrt an. Jan begann, laut zu lachen, wies auf den immer noch stehenden Michael und setzte sich wieder zwischen Matthias und Daniela. „Siehste!", raunte er Matthias deutlich vernehmbar zu. Matthias zuckte grinsend mit den Schultern.

Michael, den Jans Auftritt ebenso erschreckt hatte wie uns alle, fing sich schnell.

„Ja ... äh ... danke, Herr Oberleutnant. Also, was ich sagen wollte – es hat doch wenig Sinn, wenn wir Daniel jetzt hier unsere Bestellungen zubrüllen. Ich – oder wir", er nickte in Richtung Matthias und Jan, „hatten uns Folgendes überlegt: Wenn Daniel solche Touren macht, dann wäre es doch am besten, er plant die vor allem mit mir, weil ich doch die Vorräte verwalte und ... äh ... am besten weiß, was gerade fehlt. Bevor wir sowas besprechen, sagen wir Bescheid, und wenn die Experten, die Mediziner, die Jäger, die Pflanzer und so weiter, was Bestimmtes brauchen, kommen sie dazu. Und wer für sich privat irgendwas haben will, der sagt mir einfach Bescheid oder gibt mir 'ne Notiz, und wir planen das dann ein, okay?"

Das gefiel, und so kam es, dass ich kurz darauf in meiner ersten

Planungsrunde saß. Später war es meist so, dass ich meine Touren mit Michael alleine plante, vor allem, weil er emsig alle Bitten sammelte und sie gewissenhaft aufschrieb. Diese erste Runde jedoch war groß. Neben Jan, Matthias und Micha war Esther für die Mediziner dabei, Carmen vertrat die Jäger, Danni die Tierpfleger, Stefan die Baumeister, Tanja die Pflanzer. Von den Experten hatten nur die Köche auf eine Teilnahme verzichtet, da sie ihre Vorratshaltung sowieso stets mit Micha abstimmten. Wir zogen uns in das ehemalige Wohnzimmer der Bauernfamilie zurück, in dem Esther, Simone und ich in unserer ersten Nacht auf dem Hof geschlafen hatten. Es hatte sich sehr verändert. Das Sofa war noch da, ebenso der schwere Tisch und der Schrank mit der Bar, die wir allerdings schon fast komplett geplündert hatten. Aber alle Unterhaltungselektronik, der Fernseher, die Wii, dazu alle Familienbilder und Erinnerungsstücke und vieles andere, waren verschwunden. Dafür waren schon vor Wochen die beiden Sofas aus den Wohnungen in der oberen Etage ebenfalls in diesen Raum geschafft worden, so dass wir nun ein äußerst gemütliches Zimmer für Besprechungen oder einfach zum Rumhängen hatten. Carmens Gitarre stand in einer Ecke, sie traute dem Klima in ihrer Hütte nicht. Den Gitarrenständer hatte sie von einem Jagdausflug mitgebracht. Jan holte einen Aschenbecher aus dem Schrank und Carmen und ich seufzten erleichtert auf. Tanja verzog ungehalten das Gesicht, sagte aber nichts. Jan grinste.

„Irgendwann werden wir mal über das Rauchen in Gemeinschaftsräumen abstimmen müssen."

„Nicht heute", sagte Carmen und zündete sich eine an. Ich tat es ihr gleich.

Wir machten es uns auf den Sofas gemütlich, Esther legte sich in meinen Arm.

„Ey!", protestierte Carmen. „Das ist Bestechung des Finders. Die medizinische Abteilung erschleicht sich Vorteile."

„Ach, *go away*", sagte Esther und zwinkerte ihr zu.

„Was brauchst du denn?", fragte ich, an Carmen gewandt. „Ich bin unbestechlich."

„Richtige Jagdgewehre plus Munition, Zielfernrohre und Nachtsichtgeräte", antwortete sie prompt.

„Klar", sagte ich. „Gibt's bei Nachtsichtgeräte-Karl. Oder bei Obi."

„Bist du jetzt Finder oder nicht? Geh finden!"

Matthias mischte sich lachend ein.

„Moment mal, Moment mal. Ich wollte zuerst mal was Grundsätzliches besprechen, wenn ihr nichts dagegen habt."

Ich nickte. „Genau! Was sind meine unveräußerlichen Grundrechte als Finder?"

Er grinste säuerlich. „Danke, das war ein lustiger Abend. Nein, im Ernst. Ich möchte vorschlagen, dass Daniel neben der Suche nach Dingen, die wir brauchen, noch zwei weitere Aufgaben erledigt, wenn er draußen ist. Aufgaben, die vielleicht noch wichtiger sind als das Sachenfinden."

„Und, die wären?" Ich war gespannt.

„Nun, zunächst finde ich, du solltest andere Menschen suchen. Nicht aktiv, ich glaube, das bringt nicht viel. Aber wann immer du ein Zeichen findest, dass es noch Menschen gibt, außer uns, meine ich, solltest du dem nachgehen. Und vielleicht auch an der einen oder anderen Stelle ein Zeichen hinterlassen, dass es uns gibt, und wo wir zu finden sind."

„Wie kommst du darauf, dass es noch andere gibt?", fragte Stefan.

„Wir können es doch nicht ausschließen", schaltete Jan sich ein. „Wir wissen nicht, warum wir übrig sind. Wir können aber auch nicht wissen, ob wir die Einzigen sind. Ich habe das mal durchgerechnet. In Leverkusen gab es vorher etwa 160.000 Menschen. Wir neunzehn sind etwa 0,012 Prozent davon. Das ist wenig, sicher. Aber wenn das überall so gelaufen ist, leben in ganz Deutschland noch etwa 9600 Menschen. Alleine sechsunddreißig in Wuppertal. Da lohnt sich die Suche."

„Wir waren mehr", erinnerte Esther. „Aber einige sind nicht mitgekommen."

„Stimmt", nickte Jan. „Siehste, das hatte ich gar nicht bedacht. Es sind sogar mehr."

„Ja, aber das ist doch reine Statistik", meinte Stefan. „Das kann man doch nie und nimmer hochrechnen. Vielleicht sind wir wirklich die Einzigen."

Jan zuckte mit den Schultern. „Mag sein. Aber was ich sagen wollte, ist – aus der Tatsache, dass wir niemanden getroffen haben, können wir nicht schließen, dass es niemanden gibt. Und Daniel kann doch die Augen offen halten, wenn er draußen ist. Vielleicht findet er ja Leute. Wäre doch gut, wenn wir hier mehr wären. Je mehr, desto besser die Chance für einen Neuanfang. Je verstreuter, desto schlechter, oder?"

„Ja", gab Stefan zu.

„Und was war die zweite Aufgabe, von der du gesprochen hast?", wollte ich an Matthias gewandt wissen.

„Machst du das denn? Menschen suchen?", fragte er.

„Ja, klar." Insgeheim gab ich der Idee nicht viele Chancen. Ich war überzeugt davon, dass, was immer geschehen war, so fremdartig war, dass es nur uns betraf. Wir waren alle zusammen gewesen, als es geschah. Nach allem, was mir logisch erschien, musste ich annehmen, dass es mit uns geschehen war, nicht mit allen anderen Menschen. Das bedeutete – was immer hier passierte, es passierte uns. Der Rest der Menschheit war vermutlich noch irgendwo und hatte gar nichts bemerkt. Dies hier war unser Wahnsinn. Und deshalb ging ich davon aus, dass wir alleine waren.

„Das ist gut", freute sich Matthias. „Die zweite Aufgabe ist natürlich, alles herauszufinden, was wir nicht wissen. Hinweise darauf, was passiert ist. Wenn du irgendein Indiz findest, was wirklich passiert ist …"

„… aber natürlich auch ganz praktische Dinge", schaltete Jan sich ein und grinste Matthias an. „Wie verhält sich eine Welt ohne Menschen? Sind Gebäude einsturzgefährdet? Wenn ja, welche? Welche Tiere überleben, welche nicht? Ist es auf dem Land sicherer, wie wir ja vermuten, oder doch in den Städten? All sowas."

„Also", sagte ich vorsichtig, „ich bin weder Naturwissenschaftler noch Philosoph noch Statiker … ich mache nur die Fotos, Leute. Ich würde einen Hinweis vermutlich nicht mal erkennen, wenn er mich anspringt."

„Es geht gar nicht so sehr um das Wie", sagte Matthias. „Berichte nur, was du erlebst."

„Wenn ein Haus zum Beispiel einstürzt", meinte Stefan, „kannst du vielleicht beschreiben, was du gesehen hast, als du drin warst. Und

Lars kann dann genau sagen, warum es eingestürzt ist."

„Wenn ein Haus einstürzt, während ich darin bin, werde ich Lars nicht viel erzählen können, tut mir ja leid."

Stefan lachte. „Okay, schlechtes Beispiel. Aber etwas in der Art." Er sah Jan an. „Oder?"

Der nickte. „Ja, genau."

„Da fällt mir gerade etwas ganz Grundlegendes ein", sagte Carmen mit wichtiger Miene.

„Ja?" Matthias nickte ihr ermutigend zu. „Was denn?"

„Du", sagte sie und sah mich eindringlich an, „solltest dich unbedingt und auf jeden Fall von einstürzenden Häusern fern halten."

Carmen, Esther und ich lachten, bis ich mich fast an meiner Zigarette verschluckte bei dem Versuch, mitten im Lachanfall einen Zug zu nehmen.

Matthias sah ein klein wenig indigniert aus.

10

Meine ersten Touren machte ich noch in die Gegenden, die wir auch schon zu Fuß durchsucht hatten. Ich sammelte Dinge ein, die wir zwar aufgeschrieben, bisher aber nicht abgeholt hatten, und füllte weiße Flecken auf unseren Karten. Langfristig, das war mir klar, sollte ich meine Aufgabe selbst überflüssig machen. Aber ich war zuversichtlich, dass ich den Tag, an dem wir unsere Medizin selbst herstellen konnten und unser eigenes Salz abbauten, nicht mehr erleben würde. Als ich mich sicher genug fühlte, machte ich mich auf den Weg in die größeren Städte.

An einem frühen Nachmittag, es mochte Ende August oder Anfang September sein, verließ ich die A46 an der Ausfahrt Barmen und ritt nach Wuppertal hinein. Mein erstes Ziel war das Klinikum in Barmen. Nachdem ich mit meinen ersten Ausritten vor allem unsere Lebensmittelvorräte aufgefüllt und ergänzt hatte, so dass wir jetzt ziemlich sicher sein konnten, uns in der bevorstehenden Erntezeit keine Gedanken über unsere Vorräte und deren Einlagerung machen zu müssen, war diese Tour vor allem für die Mediziner und die Jäger gedacht. Im Klinikum sollte ich vor allem nach Verbandsmaterial, chirurgischen Werkzeugen, Schmerzmitteln und Antibiotika suchen. Nachdem sie zwei weitere Zähne mit der Kneifzange gezogen hatte, hatte Esther mich außerdem gebeten, eine Zahnarztpraxis zu finden und besseres Werkzeug mitzubringen. Außerdem hatten Mark und sie die Idee, eigene Arzneien zuzubereiten, weiter verfolgt – alte Apothekenbücher und pharmazeutische Lehrbücher standen weiterhin auf dem Wunschzettel. Die Jäger träumten weiter von Jagdgewehren und Zielfernrohren. Im Moment hatten sie die Militärwaffen, die sie sich aus der Kaserne mitgebracht hatten – Bundeswehrsturmgewehre G36 und G3. Nachdem ich sie einmal draußen getroffen hatte und Ben mir ein Kaninchen zeigte, das er mit seinem G3 erlegt hatte, pflichtete ich ihnen bei. Außerdem wünschte sich Carmen einen guten Satz Messer zum Zerlegen der Beute.

Ich folgte kurz der Carnaper Straße, die von der Autobahn in die Stadt hinunter führte, und bog dann nach rechts in ein Wohngebiet ab. Auf den ersten Blick hätte man fast denken können, es sei ein ganz normaler Tag, vorher, früh morgens am Wochenende vielleicht. Ahornbäume beiderseits der Straße warfen Schatten auf den Asphalt, die an das gleichmäßige Wellenspiel auf einem ruhigen Meeresarm erinnerten, sie gaben der Szene etwas ungeheuer Friedliches, fast Tröstliches. Auf der rechten Straßenseite lagen große, alte Wohnhäuser wie schlafend. Auf der linken Seite passierte ich einen moderneren Wohnblock, dann Häuser, die ebenso alt, aber meist eine Nummer kleiner als die auf der rechten Seite schienen. Beiderseits der Straße parkten Autos, bereit, jederzeit ihre Besitzer aufzunehmen und sie zu ihren täglichen Verrichtungen zu tragen, hinunter in die Stadt vielleicht, zum Einkaufen oder Arbeiten in Barmen oder in einen der anderen Stadtteile, immer entlang der Wupper. Oder zur Autobahn und dann nach Köln oder ins Ruhrgebiet. Oder weiter weg, die A46 entlang, zur A3 oder A1, weiter nach Holland, nach Hamburg oder nach Süden … wohin auch immer. Die Welt war klein gewesen, voll und geschäftig. Nun war sie ruhig, riesig und leer. Denn das Bild stimmte nicht. Diese Häuser schliefen nicht, sie waren leblos und leer. Ich musste nur ein wenig genauer hinsehen – Gräser, Brennnesseln, Spitzwegerich und ihre vielen Freunde hatten schon die Spalten in den Bürgersteigen besetzt, die Regenrinnen und Balkone, die Randstreifen beherrschten sie bereits uneingeschränkt, gemeinsam mit Farnen und Büschen, die schon begannen, Dickichte zu bilden. Niemand hatte die Bäume beschnitten oder darunter gefegt, die Hecken wuchsen und wucherten, wie es ihre Bestimmung war, nicht mehr nach dem Plan irgendeines Menschen. Der Efeu scherte sich nicht darum, was ein Fenster oder eine Tür war. Mein Pferd und ich waren nur zwei weitere Tiere, wir passierten eine große Lichtung, die der Große Mitteleuropäische Urwald sich zurückholen würde. In vielen Jahren, nach unserer Zeitrechnung. Bald, nach der seinen. Das hier war immer sein Gebiet gewesen, nie unseres. Er hatte gewartet. Er würde bald wiederkommen.

Und über allem die Stille. Die Stille war laut – voller Vogelgezwitscher und Insektensurren. Wenn Wind ging, rauschten die Bäume. Wenn nicht, hörte ich unten im Tal die Wupper fließen. Aber das ständige Brummen der Menschen, mit dem wir Tag und Nacht alles übertönt hatten und das wir doch nie wahrgenommen hatten, das weiße Rauschen der Zivilisation, war verschwunden. Die Vorstellung mochte idyllisch sein. Aber nachts, wenn ich alleine unter dem riesigen Himmel lag, war es oft die Stille, die mir solche Angst machte, dass ich alles sang, was mir in den Sinn kam, bis ich endlich einschlief.

Ein Geräusch erregte meine Aufmerksamkeit – zu dumpf für einen Vogel, zu laut für ein Insekt, zu kräftig für einen Frosch. Ich glitt von Fogs Rücken, nahm den Bogen in die Hand und legte locker einen Pfeil auf. Anfangs hatte ich jede freie Minute mit Bogentraining gefüllt, meine Erfahrung aus den Kampfkünsten kam mir dabei zu Gute. Mir Bewegungsformen und -abläufe einzuprägen und durch ständiges Üben einzuschleifen war ich gewohnt.

Hinzu kam, dass ich mich wirklich im Loslassen versuchte, darin, ein Ziel nicht treffen zu wollen, sondern es schon getroffen zu haben, bevor ich eigentlich schoss. Was dabei herauskam, machte mich sicher nicht zu einem *Zen*-Meister, inzwischen aber zu einem brauchbaren Bogenschützen, so gut, dass ich bereit war, meine Sicherheit meinem Bogen anzuvertrauen. Alle meine Versuche allerdings, vom Pferd aus zu schießen, waren bisher kläglich gescheitert. Daher pirschte ich mich nun zu Fuß an das Geräusch heran, während Fog sich über das hohe, trockene Gras auf einer Wiese zwischen den Häusern hermachte, die sich etwas großspurig Robert-Koch-Platz nannte. Ich ging zwischen zweien der großen Häuser hindurch. Hinter den Hecken sah ich überwucherte Gärten, deren alte Struktur noch zu ahnen war. Wiesen und Terrassen. Ich merkte mir den Ort. Ich hatte schon einige eingestürzte Dächer gesehen und traute daher kaum einem Gebäude noch genug, um darin zu schlafen. Diese ehemaligen Gärten, von Hecken umfriedet, sahen aber wie ideale Schlafzimmer aus.

Allerdings schien das Geräusch aus einem davon zu kommen. Es kam mir bekannt vor, ich erinnerte mich nur nicht genau, woher. Einige der Laute klangen fast menschlich und ich widerstand dem Versuch, zu rufen und mich zu erkennen zu geben. Nur fast menschlich …

Ein paar Stufen führten in eine kleine Stichstraße, mehr ein Privatweg, die ich entlang schlich. Sie endete vor zwei niedrigen Holztoren, dahinter lag ein großes Doppelhaus, eine Hälfte gelb, die andere weiß. In absehbarer Zeit würden sie hinter wuchernden Büschen und Bäumen verschwinden. Das linke Tor war eingedrückt, die Buchenhecke daneben durchbrochen und niedergetrampelt. Die Geräusche wurden lauter, glucksend, keuchend und grunzend. Ich trat durch das Loch in der Hecke, und in diesem Moment kam ein Schwein um die gelbe Hausecke. Wir standen einfach da und starrten uns an, das Tier war offenbar ähnlich verblüfft, mich zu sehen wie ich über seinen Anblick.

Es war ein Hausschwein, ein Eber von der riesigen Sorte. Borstig und gescheckt. Hinter ihm tauchten mehr Schweine auf, wohl um zu sehen, was den Riesen so erstaunte. Ich zählte sechs, aber hinter dem Haus mochten durchaus weitere warten. Der große Eber gab ein schnaubendes Geräusch von sich und machte ein paar Schritte nach vorne. Ich spannte den Bogen, zielte und wich vorsichtig zum Loch in der Hecke zurück. Ich wusste wenig über Schweine, aber ein paar Fakten hatte ich schon im Kopf. Schweine waren intelligent und Schweine waren durchaus wehrhafte Tiere. Wildschweine sowieso, aber Hausschweine, die es geschafft hatten, bis heute zu überleben, sicher nicht minder. Der Kerl da vor mir mochte gut doppelt so schwer sein wie ich und er war mit seinen Kumpels deutlich in der Überzahl. Ich hatte nicht vor, ihn zu unterschätzen. Ich trat durch das Loch, ging ein paar Schritte weiter zurück und blieb stehen. Der Eber schaute mich noch einmal an, schnaubte geringschätzig, drehte sich um und verschwand wieder hinter dem Haus.

Doch kein so idealer Schlafplatz.

Ich atmete auf und ging zurück zu Fog, der immer noch das Nahrungsangebot des Robert-Koch-Platzes genoss. Ich saß auf und ritt weiter, vorbei an einer Kirche, die stumm und gewaltig auf einem Hügel zwischen den Häusern stand. Im Schaukasten waren noch Bilder von der letzten Erstkommunion zu sehen – niedliche, vor Stolz verlegene Kinder in ihren Festtagskleidern. Ich wandte mich schnell ab. Vorher hatte ich gerade angefangen, den naiven Atheismus, den ich mir in der Pubertät angeeignet hatte, anzuzweifeln. Dann war etwas passiert, das uns Übriggebliebenen zwei Dinge klar machte – es gab irgendetwas, das gewaltiger war als wir, es konnte gewaltige Dinge tun. Aber was es getan hatte, stimmte mit keiner der bis dato üblichen Versionen des Jüngsten Gerichtes überein, zumindest nicht für uns. Manche von uns waren darüber religiös geworden, andere erst recht zu Agnostikern. Was mich betraf – ich suchte immer noch. Und vielleicht würde ich sogar einmal in einem Gebäude wie dem da oben Antworten bekommen. Im Moment aber brauchten wir Antibiotika nötiger.

Das Klinikum war so groß, dass ich zuerst wie erschlagen davon war. Also ritt ich erst einmal daran vorbei, passierte einen Parkplatz und die ersten Gebäude. Während ich noch überlegte, wie und wo ich anfangen sollte, fand ich, den Klinikgebäuden gegenüber, eine Zahnarztpraxis. Das war doch schon einmal ein guter Anfang. Ich nahm mein *Tonfa* vom Gürtel, ging um das Haus, schlug wahllos eines der Fenster auf der Rückseite ein, räumte die Scherben ab und stieg ein. Ich befand mich in einem hellen Behandlungsraum, freundlich, sofern man das von einem Zahnarztzimmer sagen konnte. Der Raum war sauber und aufgeräumt, noch keine Spur des Verfalls, der anderswo schon so sichtbar begann. Hier sah es wirklich noch so aus, als könnte ich auf dem Stuhl Platz nehmen und auf den Arzt warten, der in wenigen Minuten kommen und mich behandeln würde. Vielleicht ein älterer Herr mit grauem Haar und Bart, der beruhigende Jahre zahnärztlicher Kompetenz ausstrahlte. Und nicht die Liebe meines Lebens, mit einer Flasche Cognac in der einen und einer Kneifzange in der anderen Hand.

Nun – so wie es aussah, war Esther, mit ihrer Brachialmethode und drei gezogenen Zähnen, derzeit die erfahrenste Zahnärztin der Welt und ich würde sie mit besserem Arbeitsgerät ausrüsten. Ich nahm meine Kuriertasche von der Schulter und packte jedes Werkzeug hinein, das offensichtlich keinen Strom benötigte, egal, ob ich die jeweilige Funktion verstand oder nicht. Nachdem ich die Behandlungsräume geplündert hatte, machte ich mich über den Rest der Praxis her. Ich fand Zahnbürsten, Schmerzmittel, Zahnpasten und weiteren nützlichen Kram, der es zu verhindern helfen würde, dass Esther, Simone oder Mark allzu oft zur Zange greifen mussten.

Als ich die Zahnarztpraxis verlassen hatte, nahm ich das Klinikum in Angriff. Zuerst suchte ich systematisch, aber das Krankenhaus entnervte mich mehr, als es jedes andere Gebäude bisher getan hatte, ausgenommen vielleicht unser Hof, ganz zu Anfang, bevor wir die Hinterlassenschaften seiner früheren Bewohner beseitigt hatten. Hatte ich eben, beim Zahnarzt, noch das Gefühl gehabt, mir wieder vorstellen zu können, wie es vorher gewesen war – hier bekam ich es deutlich gezeigt. Wir vermuteten inzwischen, dass die anderen Menschen am Samstagmorgen verschwunden waren, sicherlich nicht in der Nacht. Und hier, im Klinikum, gab es unzählige Beweise für die vielen Menschen, die hier gewesen waren und das, was sie im Moment ihres Verschwindens getan hatten. Ein Bett abgedeckt, der Duschkopf im angrenzenden Bad auf dem Boden. Ein Kugelschreiber und ein Clipboard auf einem Gang. Ein einsamer Becher, der in einer harten, rissigen Masse klebte, die einmal Milchkaffee gewesen sein mochte. Ein grünes Buch, das auf die Seiten gefallen war, immer noch aufgeschlagen. Ich betrachtete es genauer. Es war „Der Herr der Ringe", die alte Taschenbuchausgabe in der Übersetzung von Margaret Carroux. Ich hatte diese Version immer der Krege-Übersetzung vorgezogen. Das Buch war aufgeschlagen auf Seite 164. Jemand war gerade im Begriff gewesen, den Moment zu lesen, als Erkenbrand und Gandalf kamen, um die Schlacht in Helms Klamm zu wenden. „Licht wurde der Himmel.

Die Nacht verging." Hatte er oder sie diesen Moment noch miterlebt, einen der erhebendsten und befreiendsten in Tolkiens ganzem Werk? Oder war er oder sie vorher verschwunden? Plötzlich begann ich mich für den Menschen zu interessieren, der hier gelegen hatte, auf der Orthopädiestation, und eines meiner Lieblingsbücher gelesen hatte. Ich öffnete die Schränke und fand die Garderobe eines jungen Mädchens, einer Teenagerin vermutlich. T-Shirts, *Hoodie*, eine Trainingsjacke, Jeans, Unterwäsche, ein Nachthemd. Was hatte sie im Moment ihres Verschwindens getragen? Nachtwäsche? Oder vielleicht lockere Sportkleidung, wie so viele Menschen im Krankenhaus? An ihrem Bett fand ich einen MP3-Player. Ich schaltete ihn ein – der Akku hatte noch Saft. Ich steckte mir die Kopfhörer auf, und Lenas unverwechselbare Grand-Prix-Siegerstimme sang mir mit ihrem fröhlichen *Mockney*-Akzent ins Ohr. Ich riss mir den Player vom Ohr und feuerte ihn in die Ecke. Lena sang leise zischelnd weiter, der Text war nicht mehr zu erkennen. Ich sank neben dem Bett des Mädchens zusammen, schlug mir die Hände vors Gesicht und begann, hilflos zu schluchzen. Weinte ich um sie oder um mich? Ich wusste es nicht. Und es war auch egal.

Als ich mich beruhigt hatte, verließ ich den Raum, ohne mich noch einmal umzusehen. Ich durchsuchte nun schnell und zielstrebig Personalzimmer und Vorratsräume und hielt mich von den Patientenzimmern fern. Ich fand Medikamente und Verbandszeug im Überfluss und nahm nur die mit, die ich kannte oder die auf meiner Liste standen und deren Verfallsdatum noch in ferner Zukunft lag. Als ich die Klinik verließ, hatte ich gerade mal zwei der zahlreichen Gebäude durchsucht und versprach mir, bei Gelegenheit wiederzukommen. Das hier war eine ergiebige Quelle. Als ich die Straße vor dem Haupttor überquerte, hinter dem Fog friedlich grasend auf einer Wiese auf mich wartete, kam mir plötzlich eine seltsame Frage in den Sinn – wo war eigentlich die Kleidung? Eigentlich wäre doch zu erwarten gewesen, dass überall dort, wo ein Mensch verschwunden war, ein kleines Häuflein Kleidung lag, vielleicht auch Schlüssel, Brillen, Schmuck. Schließlich fand ich überall auch heruntergefallenes Geschirr, Spielzeug oder eben Bücher. Aber es war nicht so. Die Menschheit war offenbar voll bekleidet verschwunden.

11

Ich ritt zurück auf die Carnaper Straße, folgte ihr hinunter in Richtung Wupper und Barmer Innenstadt und konsultierte dabei die grobe Karte, die ich mir von diesem Teil Wuppertals gezeichnet hatte. Ganz zu Anfang hatten wir sogar noch Navigationsgeräte verwenden können, die Satelliten kreisten offenbar immer noch um die Erde und hatten vom Verschwinden der Menschheit nichts gemerkt. Aber mit dem Verbrauch der Akkus hatten die wenigen funktionstüchtigen Geräte, die wir fanden, nach und nach ihren Geist aufgegeben. Danach hatte ich zuerst Landkarten mitgenommen, aber die hatten sich als zu umständliches und umfangreiches Gepäck erwiesen. Ich war dazu übergegangen, mir nach den Vorlagen, die wir im Gemeinschaftsraum und in der Bibliothek hatten, eigene Karten zu zeichnen. Die verstand zwar außer mir kein Mensch, aber es gab ja auch nicht mehr allzu viele Menschen und ich kam sehr gut damit zurecht. Das DIN A4-Blatt, das ich „Barmen A46 (SO-NW) bis Bhf/Gleise (OSO-WNW) Ader Carnaper-/Steinweg" betitelt hatte und das ein für mich sehr aufschlussreiches Gewirr von Linien und geometrischen Formen zeigte, sagte mir, dass ich hier eine echte Ballung von Krankenhäusern hatte. Das Klinikum natürlich, dazu eine geriatrische und eine Augenklinik.

Ich würde ihnen heute keinen Besuch abstatten, mein Bedarf an medizinischer Hardware war erst einmal gedeckt. Dafür überlegte ich eine Weile, ob ich die Stadtwerke besuchen sollte, aber mir fiel nicht ein, welchen Nutzen die haben sollten. Interessanter fand ich ein Restaurant namens *Le Fondue*. Ich sah mir die Aushänge an. Die Schaukästen hatten Sprünge und der eine oder andere Regen hatte den Karten schon übel mitgespielt, aber sie waren noch gut lesbar. Tatsächlich – hier hatte es alle Arten von *Fondue* gegeben. Schade, das hätte ich ein paar Monate früher wissen müssen. Aber immerhin – das war eine einfache und vielseitige Idee, Fleisch essbar zu machen. Wir hatten bisher noch nicht daran gedacht, und an Fetten herrschte derzeit noch kein Mangel. Ich würde mal mit Erkan darüber reden.

Mein Ziel war die Fußgängerzone um den Werth und die Schuchardstraße. Ich kannte die Gegend nicht, war hier noch nie gewesen, aber meinen Quellen hatte ich entnommen, dass es hier einen Saturn und ein C&A-Kaufhaus gab. Und auch, wenn der Saturn völlig wertlos war und ich C&A erst besuchen würde, wenn ich eine größere Klamottenbestellung hatte, waren beide Unternehmen doch stets Indikatoren für eine interessante Geschäfteauswahl in der Innenstadt. Gleich auf den ersten Metern fand ich zwei Apotheken. Sie sahen beide aus, als seien sie nicht allzu schwer zu knacken. Ich beschloss, sie mir auf einer der nächsten Touren vorzunehmen, vor dem Winter. Die Wupper war nah und ich hatte keine Ahnung, wie es hier bei Hochwasser mit den Kellern aussah. Auf jeden Fall wollte ich dem Fluss keine wertvollen Vorräte überlassen. Ich sah eine Hebammenpraxis, die ich notierte für den Fall, dass Simone einmal in ihrem erlernten Beruf und nicht nur als Hilfskrankenschwester würde aktiv werden müssen. Dann stand ich auf dem Rathausplatz, der auf den ersten Blick wirkte wie diverse andere Rathausplätze auch. Stets waren sie nach einem berühmten Sohn der Stadt benannt – Johannes Rau in diesem Falle – und meist verfügten sie über irgendein Denkmal, hier ein Brunnen, der nach dem Restelager eines Bronzebildhauers aussah und sicherlich noch vor wenigen Wochen eine Bedeutung gehabt hatte. Wie gehabt.

Und dann doch nicht. Was mich fesselte, war ein Wegweiser, der symbolisch auf die Partnerstädte Wuppertals wies: Beer Sheva in Israel, South-Tyneside, Saint-Étienne und Liegnitz, das slowakische Kosice, Matagalpa in Nicaragua, Schwerin und ein Stadtteil von Berlin. Ich stand unter den Schildern und fragte mich, ob vielleicht in einer dieser Städte, jetzt, in diesem Augenblick, ein anderer Mensch auf einen ähnlichen Wegweiser sah und sich fragte, ob es wohl noch Menschen in Wuppertal gebe. Ich konnte ihn fast vor mir sehen – in England, in Israel, Nicaragua oder Polen und einen verrückten Moment lang fühlte ich mich mit ihm verbunden und versuchte, ihm eine Nachricht zu schicken: „Ja! Ich bin hier!"

Es kam ... nichts. Natürlich. Das war nur ein Symbol, und ob es in Kosice oder Matagalpa nun Menschen gab oder nicht – die Wahrscheinlichkeit, dass ich es nie erfahren würde, war ziemlich groß. Der Wegweiser war stark nach rechts geneigt, um seine Basis wucherten Brennnesseln, beim nächsten oder übernächsten Sturm würde er umfallen. Die Schilder würden eine Weile überdauern, dann würden sie rosten und vergessen werden. Es gab keine Städtepartnerschaften mehr.

Bevor ich die Buchhandlung fand, an die Jan und Kathrin sich erinnert hatten, sah ich in einer der Seitenstraßen etwas, das mir einen Stich versetzte. Gegenüber einem großen Restaurant, dass sich bizarrerweise „Donau-Stuben" genannt hatte – da hatte sich jemand ganz offensichtlich arg im Fluss geirrt – befand sich ein kleines Foto-Studio. Der Kollege machte offensichtlich in Pass- und Bewerbungsfotos, das heißt – er hatte gemacht. Das Schaufenster war einst in einer schlichten, klaren grau-weißen Optik gehalten gewesen. Die war in den Neunzigern, als ich mein erstes Schulpraktikum in eben so einem Studio gemacht hatte, schwer in Mode gewesen. Der Besitzer dieses Ladens war dabei geblieben. Allerdings hatte in seinem Fenster eine Pflanze in einer Vase gestanden. Was das für eine Pflanze gewesen war, war nicht mehr auszumachen, sie war in ihrem Wasser verfault, verschimmelt und vertrocknet. Das traurige Bild des Verfalls hätte abschreckend wirken müssen, doch mich zog es zur Eingangstür … leicht zu knacken. Ein Kinderspiel. Es wäre interessant zu wissen, welche Ausrüstung der Kollege benutzte. Benutzt hatte. Wahrscheinlich hatte er auch eine Dunkelkammer. Mit den nötigen Chemikalien und ein wenig Equipment würde ich auch wieder fotografieren und entwickeln können …

Ich hatte das *Tonfa* schon vom Gürtel gezogen und steckte es doch unverrichteter Dinge wieder zurück. Eine Fotoausrüstung, selbst eine rudimentäre, würde zu viel Platz verbrauchen. Wichtigen Platz für Dinge, die wir dringend brauchten. Ich war nicht mehr Fotograf, ich war der Finder. Ich wandte mich ab.

Eine Glasfront trennte die Buchhandlung von der Fußgängerzone. Ich untersuchte sie kurz, dann ging ich zu Fog, der sich die Zeit damit vertrieb, Gras und Löwenzahn zwischen den Platten und Steinen am Boden herauszuknabbern. Ich löste das Stemmeisen aus der Halterung am Sattel und brach einen faustgroßen Stein aus dem Pflaster. Mit Glasfronten und Türen hatte ich inzwischen so meine Erfahrung. Ganz selten waren sie noch aus Fensterglas, dann war das *Tonfa*, oder, wenn das Glas dicker war, ein Hammer das Werkzeug der Wahl. Hier aber handelte es sich – wie meist – um Sicherheitsglas, und den Fehler, es dabei mit dem Einschlagen zu versuchen, hatte ich nur einmal gemacht. Es stimmte schon: Verletzen konnte man sich daran nicht, zumindest nicht nennenswert, sofern man seine Augen schützte. Aber es war trotzdem nicht lustig, plötzlich in einem Regen aus einer gefühlten Milliarde Glaskrümel zu stehen. Und ganz ohne Kratzer ging das auch nicht ab, von Esthers Spott, wenn sie drei Tage später immer noch Glaskörnchen an mir finden würde, ganz zu schweigen. Ich nahm also den Stein und warf ihn in die Glasfront. Ein Element zerplatzte pflichtschuldig und ich betrat den Laden. Ein erdiger Geruch nach Keller schlug mir entgegen, dem ich zunächst keine Bedeutung beimaß.

Im Erdgeschoss wurde ich nicht fündig. Ich schaute kurz durch die Wuppertaler Regionaltitel, aber da war nichts, das mir für meine Suchen großen Nutzen versprach. Einen schönen Bildband über das Bergische Land blätterte ich dagegen mit größerem Interesse durch. *Natürlich Bergisch!* Aha. Die Bilder waren eindrucksvoll und die Texte interessant, und ich überlegte, ob er uns vielleicht ein wertvoller Führer fürs Fischen und Jagen sein könnte. Aber schließlich gestand ich mir ein, dass es wieder nur die Sehnsucht nach meiner alten Profession war. Verdammt gute Bilder. War ich wirklich so gerne Fotograf gewesen? Die Erfahrung, dass man manche Dinge erst zu schätzen lernte, wenn man sie verloren hatte, war alltäglich für uns geworden. Was für Fische die Wupper bot, würden wir auch ohne dieses Buch schnell herausfinden, und wie man sie fing, stand da nicht. Leider. Ich stellte es zurück ins Regal, es einfach liegen zu lassen brachte ich doch nicht über mich.

Die Kinderbücher und das damit verbundene Spielwarenangebot ließ ich links liegen, das alles tat weh. Würden wir das je wieder brauchen? Gegenüber den Kinderbüchern befanden sich die Romane und ich war kurz davor, hinüberzugehen und mich in den Regalen festzulesen, als mir einfiel, warum ich wirklich hier war. Wo waren die Sachbücher?

Ich fand sie in der oberen Etage. Als ich die Rolltreppe erklommen hatte, bekam ich erst einmal einen Schreck. Ein muffiger Gestank schlug mir entgegen. Die Wand direkt gegenüber dem Aufgang und nahezu alle Bücher darin waren dermaßen verschimmelt, dass die

Auslage des Fotografen dagegen wirklich einladend ausgesehen hatte. Von der Decke, an den Regalen entlang und bis auf den Teppich zog sich eine schleimige, dunkle Schimmelspur. Ich hatte so etwas schon öfter gesehen – offenbar war irgendwo über dieser Etage ein Rohr gebrochen oder auf dem Dach gab es eine defekte Klimaanlage. Allerdings hatten die Bücher dem Schimmel ungewöhnlich viel Nahrung geboten, er war prächtig gediehen.

Ich zog ein *Bandana* aus der Tasche, legte es mir um Mund und Nase, schaute mir die widerliche Bescherung näher an und stellte zu meiner Erleichterung fest, dass sie mich nicht betraf. Nichts von dem, was ich suchte, befand sich unter dem stinkenden Abfall, zu dem die Bücher hier geworden waren. Tatsächlich hatte sich der Schimmel freundlicherweise genau zwischen den Abteilungen, die mich interessierten, hindurchgearbeitet. Rechts davon, in den Regalen an der Wand, fand ich einen Großteil der medizinischen Literatur, die Mark und Esther aufgeschrieben hatten: Herolds *Innere Medizin* und einen *Pschyrembel*, dazu viel Literatur über Naturheilkunde, direkt davor ein Raumteiler, in dem ich alles Mögliche zum Thema „Selbstversorgung aus dem Garten" und ähnliches fand. Auf der gegenüberliegenden Seite, links vom Verfall, bediente ich mich großzügig aus dem Landkartenangebot, bis ich eine Sammlung hatte, die mich durch ganz Nordrhein-Westfalen führen würde. Einer Eingebung folgend packte ich auch einen kompletten Kartensatz der Niederlande ein. Falls wir aus irgendeinem Grund einmal große Häfen aufsuchen mussten, lag Rotterdam näher als Hamburg. Und Dinge wie Staatsgrenzen und Sprachbarrieren schaffte ich mir am besten schnell aus dem Kopf. Sie hatten alle Bedeutung verloren.

So schnell es mein Forscherehrgeiz erlaubte, durchsuchte ich den Rest der Etage und machte dann, dass ich wieder hinunter kam. An die frische Luft. Nur, dass sie nicht frisch war. Über der Fußgängerzone hing der fettige Hintergrundgeruch alten Feuers. Ich wunderte mich, wo er plötzlich herkam, dann wurde mir klar, dass er die ganze Zeit da gewesen war. Ich hatte ihn wohl nur nicht wahrgenommen, weil ich mich langsam daran gewöhnt hatte. Vorhin, auf der Carnaper Straße, hatte ich für einen Moment gedacht: „Hier hat es gebrannt." Aber dieser Gedanke war normal. Immer, in jeder Stadt, ja fast in jedem Dorf, hatte es irgendwo gebrannt, und fast überall roch es auch noch danach. Wichtig war nur, sich von dem Geruch und den Gebäuden, die ihn verströmten, fern zu halten. Sie waren fast immer baufällig, auch wenn sie zuweilen nicht danach aussahen. Manche glommen sogar noch. Jetzt allerdings war meine Neugier geweckt. Der Aschengeruch, der den scharfen Schimmelduft der Buchhandlung ablöste, kam so plötzlich und war so allumfassend, dass ich ihn gar nicht ignorieren konnte. Ich wollte wissen, was da gebrannt hatte – es musste riesig sein.

Die erste Spur sah ich, kaum dass ich mich ein paar Schritte von der Buchhandlung entfernt hatte. Ich hatte das C&A-Gebäude schon ein paarmal aus den Augenwinkeln gesehen, mich aber nicht weiter dafür interessiert, die Geschäfte links und rechts der Straße hatten meine Aufmerksamkeit ganz beansprucht. Nun aber wichen die Gebäude auf der rechten Straßenseite ein wenig zurück und gaben den Blick auf einen unbebauten Platz frei. Dahinter sah ich es. Das C&A-Schild prangte immer noch auf dem Dach, auf den ersten Blick sah es ganz normal aus. Dann erkannte ich die schwarzen Flecken, die verschobene Form. Es war angeschmolzen. Das Gebäude darunter sah unbeschädigt aus – bis auf die leeren Fensterhöhlen, die nur deshalb nicht sofort auffielen, weil sie jeweils eine ganze Ebene in der Hausfront markiert hatten. Diese Ebenen waren nun leer, die Räume dahinter schwarz, ebenso Fassaden darüber, die von altem, inzwischen mehrfach getrocknetem und festgebackenem Ruß geschwärzt waren.

Mein Blick wanderte vom Haus zu den Bäumen davor. Sie waren nackt und schwarz, bis fast ganz auf die andere Seite des Platzes, wo ich mit buchstäblich offenem Mund stand und es nicht fassen konnte. Das Bild setzte sich nach und nach zu einem diskreten Chaos zusammen. Verbrannte, unkenntliche Fetzen überall auf dem Boden, vom Wind zu kleinen Häuflein an Hauswänden und Baumstämmen und zu Füßen des pompösen Bismarckdenkmals zusammengefegt. Bismarck selbst, auf seiner linken Seite von Ruß und Schmutz angedunkelt, rechts, auf der mir zugewandten Seite, noch in dezentem Denkmalgrün. Der Platz, das sah ich jetzt, hatte als Feuerschneise gewirkt. Als es hier gebrannt hatte, war der Wind offenbar von Süden oder Südwesten gekommen, so hatte das Feuer den Geschwister-Scholl-Platz nicht überwinden können. Aber es war knapp gewesen, die meisten Bäume hier waren wie tot, nur die auf der äußersten Westseite des Platzes hatten überlebt, und keiner ohne Verletzungen. Der Brand musste gewaltig gewesen sein. Ich dachte an das Leuchten der Feuer, die wir in der zweiten Nacht über Haan und Wuppertal gesehen hatten. War das hier eines davon gewesen?

Jenseits des Geschwister-Scholl-Platzes hatte es den Werth überquert, auch die Häuser auf der gegenüberliegenden Straßenseite wiesen Brandspuren auf, aber sie sahen lange nicht so mitgenommen aus wie das C&A-Gebäude. Also folgte ich dessen ramponierter Seite den Geschwister-Scholl-Platz entlang, vorbei an zwei ausgebrannten Autoleichen, bis zur Höhne, der Hauptstraße, die ein Teil der großen Verbindung war, die sich die Wupper entlang fast durch die ganze Stadt zog. Ich bog um die Ecke – und prallte zurück. Vor mir entfaltete sich ein groteskes Szenario der Zerstörung, das zu erfassen ich kaum vermochte. Tankstellen, das hatte ich inzwischen gelernt, explodierten aus den unterschiedlichsten Gründen, wenn man die Menschen wegnahm, die das verhinderten. Zwei der häufigsten Ursachen waren ausgelaufenes Benzin und Autos, die mit offenem Tank direkt neben den Zapfsäulen standen. Dazu der heiße Sommer, die Gewitter und die Stürme, die es immer wieder gab … Bumm!

Weit häufiger aber waren es die Kunden selbst – Autos, die eben noch auf der benachbarten Straße fuhren oder womöglich gerade auf dem Weg zur Tankstelle selbst gewesen waren. Selbst ein abgewürgter Wagen rutscht noch eine ganze Weile weiter, wenn er nur vorher schnell genug gewesen war. Und wenn er dann gegen eine Zapfsäule prallte, deren Pumpe womöglich noch arbeitete. Davon, dass fast alle Tankstellen bis obenhin voll waren mit leicht entzündlichen oder gut brennbaren Produkten ganz zu schweigen. Und mit ganz viel Glück kam auch noch ein Tankwagen hinzu, der gerade die Vorräte auffüllte. Das konnte durchaus die benachbarten Gebäude niederbrennen – oder auch mal ein ganzes Viertel, je nach Wind und Nahrung für das Feuer.

So etwas wie hier aber hatte ich noch nie gesehen. Die Tankstelle musste mit ungeheurer Wucht explodiert sein, den Grund konnte ich, angesichts der totalen Zerstörung überall, nicht einmal ahnen. Die Tanke hatte sich direkt vor und teilweise wahrscheinlich sogar in einem Gebäude befunden, soviel war klar. Und irgendwo in diesem Gebäude war ein Sport- oder Fitnessstudio gewesen, davon zeugten diverse Trainingsgeräte, die aus den Trümmern ragten. Direkt vor mir lag etwas verstreut, das ich nach einigem Grübeln als die Reste einer völlig geplätteten und verdrehten Brustpresse erkannte. Sie musste über die ganze, bestimmt zwanzig Meter breite Straße geflogen sein. Das Gebäude – oder die Gebäude, wie viele es gewesen waren, ließ sich nicht mehr ausmachen – auf dieser Straßenseite war weg.

Hier und da ragten ein paar Wände oder Säulen und Streben, in einem Fall auch der winzige Rest zweier Stockwerke, aus dem Trümmerberg, mehr nicht. Auf das Gerüst reduzierte Autowracks und die Trainingsgeräte des Fitnessstudios, aufeinander geschüttet, verdreht und verheddert und zusammengepresst, waren tatsächlich noch die erkennbarsten Einzelteile. Und mit der Explosion war ein Brand einhergegangen, ein wilder und wütender Brand, der sich auf beiden Seiten der Höhne ausgetobt hatte. Eigentlich hätte die breite Straße ebenso als Feuerschneise wirken müssen wie wenige Meter entfernt der Geschwister-Scholl-Platz. Aber der Wind, der den halben Werth vor der Katastrophe geschützt hatte, hatte die andere Hälfte der Vernichtung preisgegeben. Das Feuer hatte über Bäume, einen Grünstreifen und diverse Autos, die hier schon morgens unterwegs gewesen waren, seinen Weg auf die andere Seite gefunden und war dort so wütend angestürmt, dass nichts Brennbares Stand halten konnte und Fensterscheiben geplatzt waren – wenn sie nicht schon die Wucht der vorhergehenden Explosion zerstört hatte.

Ich lief über die Straße auf die andere Straßenseite und zur Wupper, die hier ein ganzes Stück unterhalb der Bebauung verlief. Das Gerüst der Schwebebahn direkt hinter dem Ort der Explosion war grotesk verbogen und gebrochen. Im Fluss lag die ausgebrannte und zerschmetterte Leiche eines Schwebebahnwagens, und mit einem Mal war ich glücklich, dass keine Menschen hier gewesen waren, als das alles passiert war – ungeachtet der Tatsache, dass es nie geschehen wäre, wären die Menschen nicht verschwunden. Tatsachen schienen hier nur noch absurd.

Ich folgte dem Weg der Zerstörung und hielt mich dabei immer auf dem Grünstreifen zwischen den Fahrbahnen. Fog hatte es vorgezogen, nicht in das Trümmerfeld hineinzugehen, er trottete die Straße in die entgegengesetzte Richtung entlang und probierte das dortige Nahrungsangebot. Ich gewann ein grobes Bild dessen, was geschehen war. Rechts der Straße hatte das Feuer nach der Explosion zusätzlich Nahrung in einer Autowerkstatt gefunden, die zur Hälfte zusammengestürzt war. Es hatte den Schwebebahnhof Werther Brücke verwüstet, aber nicht ganz zum Einsturz gebracht. Dann war auf dieser Seite die Nahrung ausgegangen, der Sprung über die Wupper war ihm nicht gelungen. Auf der linken Seite aber hatte es zwei Häuserblocks aus- und teilweise niedergebrannt, dabei mühelos eine Stichstraße übersprungen und am Ende des zweiten Blocks noch einmal eine heftige Explosion verursacht. So neu angefacht hatte der Brand den Werth noch einmal überwinden können. Da alle Häuser auf dieser Seite, bis zurück zum Geschwister-Scholl-Platz, deutliche Feuerspuren aufwiesen, nahm ich an, dass das Feuer sich als Schwelbrand in diese Richtung ausgebreitet hatte – und vielleicht immer noch schwelte. Der Geruch jedenfalls war noch Warnung genug. Ich würde um diesen Teil der Fußgängerzone einen Bogen machen müssen, leider.

12

Einigermaßen erschüttert ging ich zurück. Ich rief Fog heran, führte ihn zur Buchhandlung, vor der ich die Bücher und Karten zurückgelassen hatte, und verteilte sie auf Satteltaschen und Rucksack. Dann bestieg ich mein Pferd und verließ die Innenstadt. Es war spät, wenn ich noch vor der Nacht ein Lager finden und essen wollte, und ich wollte den Brandgeruch hinter mir lassen und hoch, in die Hügel. Barmen war, wie auch Elberfeld, das andere große Zentrum der Stadt, ein tief eingeschnittenes Tal der Wupper. Die umgebenden Höhen waren leicht zu erreichen, boten an einem warmen Sommerabend Wind und kühlere Luft, genügend freien Lagerplatz ohne große Gebäude in der Nähe und dennoch einen unschlagbaren Blick über die Stadt.

  Ich ritt zurück zur Höhne und warf noch einmal einen Blick auf das Bild der Zerstörung. Da war eine tiefe, verbrannte Wunde mitten in einer deutschen Großstadt. Die Vögel zwitscherten, der Fluss plätscherte, ein leichter Wind rauschte in den Bäumen und pfiff sanft in den Trümmern. Inmitten des Brandortes hatten sich schon wieder einige Gräser und Blumen breit gemacht. Ich hatte mich geirrt. Die verbrannten und zerschmetterten Gebäude waren nicht anders als die, die noch heil und fest da standen. Teile einer künstlichen Felslandschaft, eines Steinwaldes, in dem eben hin und wieder ein Baum fiel, ein Stein zu Tal rollte …

Die kleinen, harten Pflanzen kommen und erobern die Steine, die stehenden wie die gefallenen. Dann kommt der Herbst, mit Regen, dann der Winter, noch mehr Regen, später etwas Schnee. Dann der Frühling. Neue Pflanzen, größere Pflanzen, neues Leben. Der nächste Sommer. Der nächste Herbst, Winter, Frühling, Sommer, Herbst, Winter, Frühling … spätestens in zwei Jahren treffe ich hier hohe Gräser an, vielleicht auch schon Buschdickichte. Uferpflanzen der Wupper. Der Efeu kommt aus den besseren Vierteln und erklettert die Häuser. Der Riesenbärenklau wandert den Fluss hinauf und hinab und erobert von den Ufern aus die neuen Wiesen in den Steinlandschaften. Nächsten, spätestens übernächsten Sommer komme ich kaum noch an die Flüsse, ohne mir unangenehme Verbrennungen zuzuziehen. Grassamen in den Dachrinnen, Moos auf den Dächern, Sträucher auf den Balkonen. Es wird nicht lange dauern. Und dann? Ich bezweifle, dass ich alt genug werde, um viele Häuser fallen zu sehen, um mehr zu erleben als den Einzug der Pionierpflanzen auf der großen Lichtung zwischen der Weichsel und den Pyrenäen. Die Natur hat einen längeren Atem. Die Häuser werden fallen, in fünfzig, hundert, zweihundert Jahren. Der Wald wird kommen.

Und dann? Werden meine Nachfolger, die Sucher und Finder der Zukunft, vor den Überresten des C&A am Werth stehen wie Forscher vor den Resten einer Mayastadt im mittelamerikanischen Urwald? Und wer werden sie sein? Werden sie, wie ich, industriell gewebte Kleidung tragen, Waffen aus Kunststoff und Stahl? Oder wieder Felle, Grobgewebtes und Steinwerkzeuge, wie es sich Hunderttausende von Jahren gut bewährt hatte, bevor wir es kurzzeitig mit der Zivilisation versucht hatten? Und was werden sie denken? „Hier war Wuppertal?" oder eher etwas in Richtung „Steinort, alte Götter, verflucht?" Wird es überhaupt Nachfolger geben? Oder sind wir die letzte Generation?

Ich lauschte den Vögeln, dem Fluss und dem Wind und begann zu verstehen, dass es Zeit war, sich von dem Konzept der Stadt zu verabschieden. Es gab keine Städte mehr. Was es gab, war eine neue Art von Landschaft, große Ansammlungen von künstlichen Felsen und Höhlen, die langsam erodieren, aber für sehr lange Zeit nicht ganz verschwinden würden. Orte, die viele Gefahren bargen, aber auch viele Schätze, die es zu bergen galt. Und das war meine Aufgabe. Namen waren nur noch geographische Angaben für uns.

Aber noch gab es den Asphaltweg, der einmal „Höhne" geheißen hatte, und ich folgte seinem Verlauf entlang der Wupper noch kurz, bevor ich nach links abbog, das Fischertal entlang und weiter, den Straßen folgend, auf die nächstgelegene Höhe ritt. Mein Ziel war der Barmer Wald hoch über der Stadt. Unterwegs füllte ich an einem Bach meine Frischwasservorräte auf. Oberhalb der Jugendherberge und des Altenheims, die beide Opfer ihrer eigenen, kleinen Brände geworden waren, gab es eine ausgedehnte Kleingartenanlage, die dem Wald direkt gegenüberlag. Dort suchte ich mir eine stabile Gartenlaube, die mir als Nachtlager dienen sollte. Auf einer benachbarten Parzelle fand ich ein weniger stabiles Häuschen, eher ein Schuppen. Dessen Wände schienen aus unbehandeltem Holz zu bestehen, in der Nähe fand ich einige verschlossene Eimer Lasur. Offenbar hatte der Gartenbesitzer vorgehabt, das Lasieren bald nachzuholen, vielleicht an eben jenem Samstag, an dem er dann unpassenderweise mit dem Rest der Menschheit verschwunden war. Gut für mich. Ich riss den Schuppen ohne große Anstrengung ein, versorgte mich mit Feuerholz und ging zurück zu meinem Nachtlager.

Kurz darauf köchelten Dosenpilze und -erbsen in meinem Kochgeschirr über dem Feuer, zusammen mit ein paar getrockneten Kräutern und ein paar Prisen vom wertvollen Salz. Ich wusste, dass es schmecken würde. Nicht unbedingt Gourmetqualität, aber nahrhaft und würzig, nach einem langen und erfolgreichen Tag. Mehr wollte ich gar nicht. Ich saß am Rande des Gartens, direkt über einem kleinen Hang, eine Steinmauer diente mir als Bank. Hin und wieder biss ich ein Stück *Biltong* ab, Trockenfleisch, das Erkan und Kathrin nach einigen widerlichen Fehlversuchen inzwischen in sehr brauchbarer Qualität herzustellen wussten, und das eine exzellente Wegzehrung war. Ich hatte einige Streifen Rinderbiltong bei mir, es gab aber auch welches vom Huhn und – vor allem dank Carmens Jagdkünsten – neuerdings auch vom Reh, Wildschwein und Kaninchen. Während ich da saß, kaute und auf meinen Eintopf wartete, suchte ich mit dem Fernglas die Stadt unter mir ab. Ich suchte nichts Bestimmtes, abgesehen vielleicht von Rauchsäulen, die mir gefährliche Orte verraten sollten. Aber die aktiven Brände waren seltener geworden. Ich fand zwei auf einer der gegenüberliegenden Höhen. Was war da? Die Autobahn. Und dahinter ein wenig Besiedlung und viel Grün. Ich konnte die Quelle des Rauchs nicht ausmachen, aber es war auf jeden Fall zu wenig Feuer, um mich oder die Stadt unter mir in irgendeiner Weise zu gefährden – und zu viel für ein Lagerfeuer wie meins. Denn eigentlich suchte ich natürlich doch etwas: Menschen. Ich suchte vor allem nach Spuren von Lagerplätzen, aber natürlich auch nach Botschaften. Ich selber führte immer ein oder zwei Dosen Farbspray mit mir und hinterließ Aufschriften an auffälligen Wänden und Dächern, die aus der Umgebung gut zu sehen waren. Bisher ohne jede Resonanz.

Ich ließ den Blick durch mein Fernglas über Barmen schweifen. Dächer, auf denen Moos und Gräser sich breit zu machen begannen. Leere Fenster, einige zersplittert, die meisten aber noch intakt. Nichts dahinter außer Schwärze. Einmal sah ich hinter einem gekippten Fenster ganz in der Nähe eine Bewegung. Adrenalin explodierte als warmer Ball in meinem Magen und ich sprang auf, das Fernglas immer noch vor den Augen – nur um zu sehen, wie ein Vogel von innen auf den Rand der Scheibe sprang und davonflog.

Als es dämmerte, nahm ich mein Kochgeschirr vom Feuer. Der Eintopf war inzwischen eingedickt, ich aß ihn, dann machte ich es mir am Feuer bequem und las – die *New York-Trilogie*. Die Geschichte verband sich mit dem Anblick der Stadt unter mir zu einem surrealen Wachtraum, in dem ein leeres New York und ein bevölkertes Wuppertal ineinander flossen und bald …

Als ich aufwachte, war es tintenschwarze Nacht. Ich öffnete die Augen und konnte zuerst keinen Unterschied feststellen, dann, sehr langsam, begannen sich Schemen um mich zu bilden. Ich hörte ein leises Grollen links von mir. Mein Nacken und meine Hüfte schmerzten und mir war kalt, ich musste neben dem Feuer zusammengesunken sein, während ich las. Das Feuer war lange heruntergebrannt und …

… ein weiteres Grollen. Rechts diesmal. Und vor mir. Dann wieder nichts. Ich versuchte verzweifelt, meine Augen an das Dunkel zu gewöhnen, aber das ging viel zu langsam. Die Sterne über mir und die schmale Sichel des Mondes waren keine große Hilfe.

Ein heiseres Bellen im Wald, auf der anderen Seite der Straße, und eine Antwort ganz in meiner Nähe. Dann das Grollen wieder, lauter diesmal. Ich langte nach meinem Bogen. Er befand sich links von mir, wo ich ihn immer hinlegte, zuverlässig. Gut. Ich zog ihn zu mir und las mit demselben Griff drei Pfeile auf, die direkt dabei lagen. Ein Hecheln. Ich suchte nach dem Gummiknüppel und fand ihn ganz nah bei mir. Daher also der Schmerz in der Hüfte. Wieder das Hecheln. Ich sprang auf die Füße, keinen Augenblick zu früh. Der Hund flog aus dem Dunkel heran, und es war sein Pech und mein Glück, dass ich gerade aufgestanden war und mein Gewicht verlagern konnte. Er sprang zu kurz und während er noch in der Luft war, traf ich ihn dreimal mit dem Stock, zack, zack, zack, der tausendmal einstudierte Bewegungsablauf floss aus mir heraus, wie er es stets in der Kampfkunstschule getan hatte oder zu Hause, in meinem Wohnzimmer, wenn ich alleine geübt hatte. Als ich ihn zum zweiten Mal traf, gab der Hund einen wimmernden Laut von sich, mit dem dritten Schlag brach ich etwas Wichtiges, er fiel aus seiner Bewegung schwer zu Boden. Ich trat noch einmal zu, aber das war schon nicht mehr nötig – das Tier hatte sich in einen toten Sack voll Fleisch und Knochen verwandelt. Ich erlaubte mir einen Blick auf den Angreifer. Was da vor mir lag, war kein beeindruckender Gegner, sondern ein dünner Hund, eher klein als mittelgroß, ein Mischling oder eine Rasse, die ich nicht kannte. Ein guter Läufer und Springer, vorgeschickt, um die Beute zu testen. Nun, sie hatten ihre Antwort.

Das Grollen hob wieder an, wurde lauter – und dann antworteten viele Stimmen rings um mich und oben im Wald. Ich ließ den Knüppel fallen, legte einen Pfeil auf, spannte, ließ mich von dem nächsten Knurren leiten, drehte mich und schoss ins Dunkel. Wieder ein Wimmern. Ich war wirklich gut geworden. Dann strapazierte ich mein Glück nicht länger und rannte.

Es war knapp, aber ich schaffte es gerade noch zur Gartenlaube, warf den Bogen aufs Dach, sprang an einen niedrigen Dachpfosten, zog mich hoch und ließ mich auf das Dach fallen, während unter mir etwas wirklich Großes gegen die Wand der Laube krachte und sie erzittern ließ. Für einen Moment erwartete ich, dass das Häuschen zusammenbrechen würde, aber es hielt. Und auch die Dachpappe, auf der ich lag, schien einen soliden Unterbau zu haben, ich fiel jedenfalls nicht durch. Ich suchte nach dem Bogen und fand ihn schnell. Die beiden verbliebenen Pfeile hatte ich mir in den Gürtel gesteckt, bei der Kletteraktion hatte mir einer davon kurz über dem Stiefel ins rechte Hosenbein geschnitten, aber ich selbst war nicht verletzt. Das wäre auch zu blöd gewesen – außer Gefecht gesetzt von einem der eigenen Geschosse. Ich merkte, wie ich zu zittern begann und unterdrückte es. Dafür war wirklich noch keine Zeit, ich hörte die Hunde unter mir, wahrscheinlich keine vier Meter entfernt. Immer noch kein großes Gebell, aber sie knurrten, jaulten, hechelten, liefen hin und her und suchten einen Weg nach oben, den es nicht gab. Nicht ohne Daumen.

„Nicht ohne Daumen!", rief ich zu ihnen hinunter. Ein Moment verblüffter Stille, dann wieder: Hecheln, Jaulen, Knurren. Ich überlegte kurz, ich wollte meine beiden letzten Pfeile nicht verschwenden. Ich spannte den Bogen und schlich gebückt am Rand des Daches entlang, immer darauf bedacht, sicheren Tritt zu fassen und weder durch die Dachpappe zu brechen noch zu stolpern und herunter zu fallen. Endlich hörte ich, worauf ich gelauscht hatte – ein tiefes Knurren unter mir, von Natur aus lauter als die anderen und schwere Tritte. Ich sah hinunter. Was das für ein Hund war, konnte ich nicht genau erkennen, aber der Schemen war groß, und so nah, dass ich ihn unmöglich verfehlen konnte. Ich schoss sofort, und der Hund jaulte gequält auf. Er versuchte, sich von der Laube weg zu bewegen und jaulte erneut, laut und leidend. Die anderen Hunde verstummten, ich suchte nach einem zweiten Ziel, fand einen kleineren Schatten und schickte den letzten Pfeil. Ich traf nicht, aber der kleine Hund floh, panisch kläffend. Der große, den ich getroffen hatte, schrie wieder seinen Schmerz heraus, ein tiefer, pfeifender Laut, der in einem verschluckten Bellen endete. Er tat mir leid, andererseits war ich froh um dieses Geräusch. Es musste die anderen Hunde entnerven. Sie hechelten, kläfften und jaulten, scheinbar unentschlossen, aber ihr Kampfgeist schien erlahmt. Noch einmal löste sich ein Schatten aus der Schwärze, kam zögernd auf die Laube zu – und ehe ich wusste, was ich tat, übernahm der Primat in mir das Kommando. Ich ließ den nun nutzlosen Bogen hinter mich fallen, erhob mich halb aus meiner gebückten Stellung, stieß einen wilden, herausfordernden Schrei aus und schlug mir mit der Faust gegen die Brust. Dann zog ich mein Messer und schrie noch einmal, begleitet von dem verzweifelten Heulen des verletzten Hundes. Irgendwo, tief in mir, tobte da einer meiner Urahnen in der Morgendämmerung der Menschheit und trat in der Savanne Afrikas einem Rudel Hyänen entgegen. Oder was auch immer. Hier, in der Abenddämmerung der Menschheit, reichte das. Das Rudel entfernte sich. Affe siegt über Hund. Ich legte mich erschöpft auf das Dach, heftig zitternd jetzt, und schlief ein, begleitet vom Hecheln und Wimmern meines sterbenden Gegners. Es klang ein wenig, als weine er.

13

Ich fühlte mich ziemlich verfroren und zerschlagen, als ich kurz nach der Morgendämmerung erwachte. Der Sommer näherte sich seinem Ende, und obwohl die Tage immer noch eher hochsommerlich als spätsommerlich waren, atmeten die Nächte schon Herbst. Normalerweise mochte ich das sehr, aber wenn man die halbe Nacht völlig ungeschützt auf dem Dach eines besseren Schuppens verbringt, wünscht man sich doch etwas anderes. Ich streckte und reckte meine Glieder, und als ich mich wieder halbwegs beweglich fühlte, schwang ich mich vom Dach und suchte meine Pfeile. Der verschossene lag direkt neben der Laube auf dem Boden. Als nächstes fand ich den Hund, den ich bei dem nächtlichen Kampf tödlich verwundet hatte, und der mir so wirkungsvoll geholfen hatte, dem Rudel den Schneid zu nehmen. Es war ein Rüde, dunkelgrau, und er war riesig. Die Größe ließ mich an eine leicht geschrumpfte Dogge denken, aber der Körper war viel kräftiger, der Kopf groß und rund, mit dicken, hängenden Wangen und einem beeindruckenden Kiefer. Ich kannte die Rasse oder den Rassenmix nicht, aber dass dieser Hund mich im Alleingang hätte umbringen können, war eindeutig. Es war anders gekommen, er war tot. Der Pfeil war knapp neben der Wirbelsäule in seinen Hinterleib eingedrungen, hatte den Körper diagonal durchbohrt und war auf Höhe der Genitalien wieder ausgetreten. Auch da hatte er immer noch Wucht gehabt, die Spitze steckte in der Innenseite des rechten Hinterlaufs. Wie es der Hund geschafft hatte, sich derart verwundet noch etwa zwanzig Meter von der Laube weg zu schleppen, war mir ein Rätsel. Dort war er zusammengebrochen und in einer klebrigen Blutlache gestorben. Ich stand über dem Kadaver und überlegte eine Weile hin und her, bis ich den Pfeil aufgab. Ganz würde ich ihn jedenfalls nicht herausholen können. Aber die Materialien konnte ich auch nicht zurücklassen.

Seufzend zog ich den *Leatherman* aus dem Koppel und begann mit der Arbeit. Zunächst sägte ich den Pfeil kurz über der Wunde im Bein ab, dann machte ich mich daran, die wertvolle Spitze aus dem Fleisch zu schneiden. Das war wirklich kein Spaß. In den Bäumen um mich herum fanden sich nach und nach Krähen ein, die sich sehr für meine Arbeit interessierten. Schließlich hatte ich es geschafft, zog noch den Schaft aus dem Kadaver, wusch die Teile des Pfeils in einem Gartenteich und steckte sie ein. Die Spitze war unbezahlbar und auch der Schaft würde uns noch irgendwie von Nutzen sein können.

Den dritten Pfeil suchte ich eine ganze Weile, bis ich ihn schließlich in einer undefinierbaren Promenadenmischung von mittlerer Größe fand. Ich musste mir zu dem Schuss ins Dunkel gratulieren, ich hatte den Hund mitten in den Kopf getroffen. Er hatte nicht so lang gelitten wie der andere. Ich spreizte die Wunde im Schädelknochen und zog meinen Pfeil unversehrt heraus. Zuletzt ging ich zurück zu meinem Lagerplatz. Dort lag alles noch so, wie ich es bei der Flucht zurückgelassen hatte, das Buch hatte etwas unter der Feuchtigkeit gelitten, aber ansonsten war alles unbeschädigt, nicht einmal mein Kochgeschirr hatten sie angerührt. Denen hatte der Sinn nach Fleisch gestanden. Ganz nah bei meinem Gummiknüppel lag die Leiche des Hundes, den sie scheinbar als eine Art Kundschafter vorgeschickt hatten. Armer kleiner Kerl. Ich hatte ihn schnell und fachmännisch totgeprügelt. Es war seltsam – all die Jahre, in denen ich Kampfsportarten und Kampfkünste trainiert hatte, hatte ich nie wirklich daran gedacht, dass ich gelernt hatte, zu töten. Ich wusste ziemlich sicher, dass ich mich verteidigen konnte und dieses Wissen hatte dazu geführt, dass ich nie wirklich in die Not gekommen war, es anzuwenden. Brenzlige Situationen hatte ich im Ansatz erkannt und war ihnen aus dem Weg gegangen oder hatte sie, wenn nötig, durch bestimmtes Auftreten entschärfen können. Aber natürlich – zumindest die Waffenkünste, die ich gelernt hatte, *Escrima*, *Ken Jutsu*, sie dienten letztlich dazu, andere umzubringen, wenn es erforderlich würde. Und jetzt konnte ich nur zufrieden feststellen, dass die Reflexe noch funktionierten. Aber ich würde wieder mehr trainieren müssen. Und vielleicht wollten auch ein paar von den anderen lernen, was ich ihnen beibringen konnte.

Ich reinigte den Knüppel und den ersten Pfeil, dann ging ich noch einmal zu dem großen Hund zurück. Die Krähen flogen protestierend auf die Bäume. Das war jetzt ihr Fleisch, was hatte ich da noch zu suchen? Ich wollte ihnen ihr Mahl nicht abspenstig machen. Wir hatten in der Gruppe tatsächlich schon darüber gesprochen, Hunde zu essen. Aber abgesehen vom wütenden Protest ehemaliger Hundebesitzer waren wir auch noch nicht in die entsprechende Notlage geraten, und es sah auch nicht danach aus, als würde eine solche drohen. Wild würde eher reichlicher werden als knapper. Der Gedanke, Hunde wieder als Helfer und Hausgenossen in unsere Gemeinschaft aufzunehmen, lag näher, aber so weit waren wir auch noch nicht wieder, wir hatten erstmal andere Sorgen.

Nein, der große Hund brachte mich auf einen anderen Gedanken. Der Gummiknüppel war gut und schön, aber was, wenn sie diesen Brecher hier vorgeschickt hätten anstelle des viel kleineren und leichteren Hundes? Vielleicht hätte ich ihn mir auch vom Leibe halten können, aber sicher war ich da nicht. Und selbst wenn – es hätte viel zu lange gedauert. Nein, wenn ich mit dem hier zuerst zu tun bekommen hätte, wäre ich jetzt Hundefutter, da war ich ziemlich sicher. Ein uralter Schauder zog meine Haut zusammen und ließ meine Kopfhaut kribbeln. Der Vormensch aus der afrikanischen Savanne war wieder bei mir, und ich hatte die Ahnung, dass er von nun an mein ständiger Begleiter sein würde. Ich brauchte eine bessere Nahkampfwaffe. Und ich hatte auch schon eine Idee, wo ich sie bekommen würde.

Das Solinger Klingenmuseum war nicht sehr weit entfernt, aber es war etwas kompliziert zu finden, und so war es Nachmittag, als ich endlich davor stand. Zuvor hatte ich einige Zeit darauf verwenden müssen, Fog zu finden. Die Hunde hatten ihn vertrieben, ohne ihn groß zu jagen, es hatte ja langsamere und vermeintlich leichtere Beute gegeben. Schließlich hatte er mein Rufen und Pfeifen aber doch gehört und war angetrottet gekommen. Unterwegs war mir in den Sinn gekommen, dass ich mich im Klingenmuseum ja nicht nur würde bewaffnen können. Auch Carmens Bitte um gute Messer und Beile für ihre Metzgerarbeit könnte ich hier vielleicht erfüllen.

Das Museum war von außen vielleicht noch schöner, als es vor der Katastrophe gewesen war. Der kleine Park davor war verwildert, aber nur so weit, dass er nun wirklich abenteuerlich und romantisch aussah. Die alten, großen Bäume standen in voller Pracht, das Laub begann schon sich zu verfärben und die Tatsache, dass sie ihre Äste nun so wachsen und fallen lassen konnten, wie es ihre Natur verlangte, hatte zum Charme der kleinen Anlage nur beigetragen.

Umso uncharmanter war die Tür des Museums. Sie war selbstverständlich verschlossen und widerstand all den kleinen Tricks, die ich bisher gelernt hatte. Ich versuchte mein Glück an den Fenstern, ebenfalls vergeblich. Mich verließ die Geduld. Auf dem Parkplatz der Sparkasse gegenüber fand ich zu meinem Glück genau den Türöffner, den ich suchte, einen Volvo. Er war alt genug, dass ich ihn mit Hilfe des *Leathermans* starten konnte, und seine Batterie hatte sich noch nicht entladen. Ich schnallte mich an, überprüfte den Sitz und die Funktionsfähigkeit des Gurtes zweimal, fuhr dann im ersten Gang vom Parkplatz, umkurvte den Brunnen auf dem Museumsvorplatz, richtete den Wagen aus, schaltete in den zweiten Gang, kauerte mich zusammen und gab Gas.

Eine Tür auf diese Art zu öffnen war nie angenehm, selbst wenn der Wagen, wie dieser, keinen Airbag hatte, der einem ins Gesicht schlug. Aber ich wurde doch immer kräftig durchgeschüttelt, weswegen ich diese Methode nur äußerst selten anwandte. Immerhin – sie wirkte. Ich hatte den einen Türflügel ganz ausgeschlagen, den anderen in den Angeln verbogen, der Weg war frei. Ich streckte und dehnte mich ein wenig, hoffte, dass ich wieder ohne Schleudertrauma davon gekommen war und trat ein.

Zuerst kam ich mir vor wie das sprichwörtliche Kind im Süßigkeitenladen. Ich mochte die Atmosphäre leerer Museen, hatte sie immer gemocht. Die Stille, die große und stumme Anwesenheit von Zeit und Vergangenheit. Ich hatte Museen stets am liebsten morgens und in der Woche besucht, wenn die, die die Exponate geschaffen hatten, präsenter waren als die wenigen Betrachter. Nun waren die Betrachter verschwunden, die unzähligen Schmiede aber, die Krieger und die Tafelgesellschaften, die Händler und die Barbiere, sie waren hier, und sie würden noch für sehr, sehr lange Zeit hier sein. Ihre Werke und Werkzeuge hatten nicht nur sie selbst, sondern auch die Menschheit überdauert. Ob sie das je geahnt hatten? Und wenn – war der Gedanke tröstlich gewesen?

Es war diese Überlegung, die mich hinderte, in einem ersten Rausch der Begeisterung alle Vitrinen einzuschlagen und alles einzupacken, was wir irgendwie würden brauchen können. Ich würde Fog gar nicht belasten müssen, ich suchte mir einfach einen kleinen Lastwagen und transportierte das ganze Zeug ab. Wir hatten den Fahrzeugen zwar im Grunde abgeschworen, aber für große Lasten, unser Bauholz etwa, brauchten wir sie immer noch. Ich musste nur einen Kleintransporter finden, das war nicht schwer.

Aber ich widerstand der Versuchung. Wir brauchten kein edles Besteck aus dem 19. und kein Richtschwert aus dem 17. Jahrhundert, und was die Bewaffnung betraf, so war ich weiterhin der einzige, der auf Feuerwaffen verzichtete, ich hatte mich inzwischen an meinen Bogen gewöhnt und kam besser damit zurecht als mit einem Gewehr. Außerdem hielt ich ihn irgendwie weiterhin für folgerichtiger, aber die von mir befürchtete Munitionsknappheit schien noch lange nicht einzutreten. Und einer Gruppe Menschen, die ausreichend automatische Waffen besaß, mit Hellebarden und Bidhändern zu kommen, war wenig sinnvoll. Besser, die Dinge so zu lassen, wie sie waren und damit die Menschen zu ehren, die hier ihre Spuren hinterlassen hatten. Ich war ein Finder. Kein Räuber.

In puncto Waffen hatte die vergangene Nacht mich aber in meiner Haltung bestätigt. Für die Jäger, die sich zu dritt gegenseitig den Rücken decken konnten, mochte das anders sein, aber ich wollte nicht in die Verlegenheit kommen, nachladen zu müssen, den Sicherungshebel zu vergessen oder eine Fehlzündung zu erleben. Und wenn mich meine Erinnerung nicht trog, wusste ich schon, wo ich das Werkzeug finden würde, das mir vorschwebte.

Ich hatte mich nicht getäuscht. In einer Vitrine im zweiten Stock des Museums ruhten drei *Katanas*, japanische Schwerter, eines aus dem 17. und zwei aus dem 19. Jahrhundert. Zwei waren in ihre Einzelteile zerlegt, eines war noch fertig montiert. Die Klingen sahen aus wie neu. Ich zögerte lange, dann aber schlug ich die Vitrine ein und erwartete kurz, einen schrillen Alarmton zu hören. Selbstverständlich hörte ich gar nichts, außer dem ausklingenden Echo meiner Zerstörungswut. Ich sah wieder auf die Klingen – und verliebte mich augenblicklich. Es war die *Hamon*, die Härtelinie des älteren Schwertes. Vor mehr als dreihundert Jahren hatte ein japanischer Schmied auf höchst kunstvolle Weise die Lehmschicht von der noch nicht gehärteten Klinge gekratzt und sie dann noch einmal dem Feuer übergeben. Ein geschickter Polierer hatte die Härtelinie später hervorgeholt und es sollte mich wundern, wenn derjenige, der das Schwert dann erhalten hatte, wahrscheinlich ein Krieger aus der Kaste der *Samurai*, sie nicht freudig und anerkennend betrachtet hätte. Wie Nebel, der sich von einem See löste und sich darin spiegelte. Bezaubernd schön.

Ich setzte die Waffe zusammen und wunderte mich, wie leicht das ging. Die Teile griffen perfekt ineinander, selbst nach all dieser Zeit. Viele der neuen Schwerter, die fortgeschrittenere Schüler und Meister meiner *Ken-Jutsu*-Gruppe besessen hatten, hatten sich beim Zerlegen und Zusammensetzen als weit widerspenstiger erwiesen. Ich machte ein paar formelle Übungsschritte – das Schwert lag in meiner Hand, als wäre es maßgeschneidert. Und obwohl ich es vermutlich ziemlich laienhaft zusammengesetzt hatte, verglichen mit seinem Hersteller oder ursprünglichen Besitzer, klapperte und wackelte nichts. Ich legte die Klinge sacht auf meinen Daumennagel und sie sank, nur durch ihr Gewicht, schnell ein Stück ein, so dass ich sie erschrocken zurückzog. Viel schärfer, als ich gedacht hatte. Besser, als ich es erträumt hatte.

Ich fand die *Saya*, die Schwertscheide, die ebenfalls in der Vitrine gelegen hatte. Sie sah sehr viel abgenutzter aus als die Waffe selbst, war aber offensichtlich nicht beschädigt. Ich steckte sie unter mein Koppel, richtete sie ein wenig, befestigte sie, steckte das Schwert hinein und war sehr zufrieden.

Neben den *Katanas* befanden sich noch weitere japanische Waffen in dem Saal, Kriegsmesser, Kurzschwerter, Hellebarden und auch einige Pfeilspitzen. Ich überlegte kurz, sie mitzunehmen, ließ es dann aber. Unten, bei den europäischen Waffen, hatte ich auch Pfeilspitzen gesehen – es war gut, sie hier zu wissen, für den Fall, dass ich neue brauchte. Bis dahin waren sie in ihren Vitrinen vermutlich besser aufgehoben als irgendwo sonst. In einem der benachbarten Räume allerdings fand ich eine größere Ausstellung von Rasiermessern. Unwillkürlich fuhr ich über den kratzigen Fünf-Tage-Bart, der in meinem Gesicht wucherte. Ein paar von uns waren dazu übergegangen, Vollbärte zu tragen. Ich gehörte zu der Mehrheit der Männer, die sich damit nicht anfreunden konnte. Meine Gesinnungsgenossen würden mir dankbar sein, wenn ich sie aus der Abhängigkeit von Einwegklingen befreite. Ich testete die Schärfe der Messer und packte die besten ein.

Auch der Museumsshop war keine Enttäuschung. Ich nahm den Inhalt zweier Zwilling-Messerblöcke mit, dazu noch einige Beile und Spezialmesser, alles für die Jäger und die Köche. Dazu fand ich weitere Rasiermesser und – ganz zuletzt – noch ein Pflegeset für japanische Schwerter. Was für ein erfolgreicher Fischzug.

Als ich wieder aus dem Museum heraus kam, hatte ich Mühe, meine Beute in den Satteltaschen unterzubringen, die Rasiermesser landeten allesamt in meinem Rucksack. Fog ließ die Beladerei stoisch über sich ergehen. Ich stieg wieder in den Sattel und ritt in Richtung A 46. Hin und wieder legte ich die Hand unwillkürlich auf den Griff meines Schwertes.

14

Ich verließ die Autobahn schon am Kreuz Hilden wieder und verbrachte eine Nacht in der Kaserne. An einen Ort zurückzukehren, an dem wir schon einmal geplündert hatten, verlieh mir ein seltsames Gefühl von Zuhausesein und ich schlief lange, tief und erholsam. Am Vormittag machte ich mich daran, unsere Munitionsvorräte zu ergänzen. Jan hatte schon Recht – es gab dermaßen viel davon, dass wir lange brauchen würden, bis sie aufgebraucht waren. Gute Pfeile zu finden, war, zugegeben, weitaus schwieriger. Andererseits wusste ich nicht, wie lange die Patronen überdauern würden. Gab es ein Haltbarkeitsdatum auf Munition? Eine Pfeilspitze aus rostfreiem Edelstahl würde jedenfalls sehr, sehr lange halten. Und was meine neue Waffe betraf: Das Schwert hatte schon bewiesen, dass es bei guter Pflege weit über 300 Jahre alt werden konnte, obwohl es nicht aus rostfreiem Material war. Ich blieb dabei – und traute den Feuerwaffen nicht.

Dennoch brach ich den Waffenschrank auf, den ich im Büro eines Offiziers fand, hauptsächlich aus Neugier. Wozu ein solcher Schrank, wenn man ein paar Meter weiter einen ganzen Raum voller Waffen hatte? Ich fand drei Jagdgewehre, zwei Schrotflinten und einen Trommelrevolver, dazu zwei Zielfernrohre. Fehlte nur die Karte: „Für Carmen, Ben und Christos. Fröhliche Apokalypse. Euer Oberst XYZ."
Nur passende Munition fand ich nicht – aber ich war zuversichtlich,

dass unsere Jäger wissen würden, was ich ihnen dafür mitbringen musste. Carmen zumindest würde es sicher wissen. Ich überlegte kurz, dann nahm ich die drei Gewehre, eine der Schrotflinten und die Zielfernrohre und packte sie in Futterale, die ich ebenfalls im Schrank fand. Ich tränkte ein Bettlaken aus einer der Stuben mit Waffenöl, wickelte die Futterale darin ein und verpackte das Bündel in eine Zeltplane, die ich hinter meinem Sattel befestigte.

Ich war in Hochstimmung wie schon lange nicht mehr. Vorgestern hatte ich einen Angriff überlebt, gestern das Schwert gefunden und heute diese Jagdwaffen, die meine Freunde glücklich machen würden. Außerdem herrschte herrliches Wetter, die Sonne schien, aber es war endlich nicht mehr so heiß. Ein kühler Herbstwind strich vielversprechend durch den milden Spätsommertag. Die Vögel zwitscherten, und hier, an diesem Ort, hatte die Stille nichts Gespenstisches. Man musste sich nur vorstellen, es sei Sonntag und die meisten Soldaten befänden sich im Wochenende. Ich hatte solche stillen Tage selbst während meines Wehrdienstes erlebt, auf Wache am Wochenende. Nichts daran war beängstigend, es war einfach nur ruhig und schön. Ich saß eine Weile da und genoss den Wind auf meinem Gesicht. Dann begannen mich mein Stoppelbart und meine dreckige Kleidung zu nerven. Ehe ich selber genau verstanden hatte, was ich da tat, hatte ich die Spinde in den Stuben erfolgreich auf Rasierzeug und Duschgel durchsucht, war in den nahen Stadtwald gegangen und hatte ausgiebig in einem Bach gebadet. Danach rasierte ich mich und ging zurück zur Kaserne. Meine schmutzige Kleidung trug ich unter dem Arm, während die Luft mir Haut und Haare trocknete. Ich verstaute die Sachen in meinem Rucksack und fand Ersatz an sauberer Kleidung in der Kaserne. Als ich schließlich meine Stiefel wieder anzog und das Schwert am Koppel befestigte, fühlte ich mich frisch, sauber und unternehmungslustig. Meine Findermission war erfüllt, die Packtaschen waren übervoll. Also beschloss ich, noch eine Runde um die Stadt zu drehen, und dann nach Hause zurückzukehren. Zum Hof. Zu ihr.

Ich ritt zunächst zurück in Richtung Autobahn, folgte aber dann den Ringstraßen um die Stadt. Ich wollte die Felder am Nord- und Westring ansehen. Schon von Weitem erkannte ich, dass da etwas nicht stimmte.

Hier waren überall Feuerspuren und die Silhouette der Stadt war seltsam flach. Und als ich den Westring entlang ritt, sah ich vor mir etwas, das ich nicht sofort verstand. Es sah aus wie ein großes, dreieckiges Gebäude, nur zu platt für ein Haus. Als wäre dort, wo einmal das Möbelzentrum gewesen war, ein großer Wal in die Straße getaucht, hätte mit der Schwanzfluke geschlagen – und wäre dann eingefroren. Als ich näher kam, sah ich, was es wirklich war. Auf der vermeintlichen Schwanzfluke stand der Name einer Fluggesellschaft. Über mir erhob sich, riesig in seiner stummen Fremdartigkeit, das Heck eines Flugzeuges. Ich staunte es an. Ich hatte vergessen, wie groß Flugzeuge gewesen waren.

Während des Sturzes musste der äußerste hintere Teil der Maschine abgebrochen sein, denn die eigentliche Zerstörung begann einige hundert Meter weiter und erstreckte sich bis in die Innenstadt. Natürlich hatte es hier auch gebrannt, und ich erinnerte mich daran, dass wir dieses Feuer schon von Solingen-Ohligs aus gesehen hatten. Aber die hiesige Verheerung glich sonst kaum den Spuren der Explosion und des Brandes in Barmen. Dort hatte mich die Gewalt des Vorgangs, dieses ganze Zerfetzen und Bersten und Brennen wie lebendig angesprungen.

Hilden sah dagegen fast friedlich aus. Irgendein Gigant war vorbeigekommen, hatte einmal mit einem brennenden Hammer auf die Stadt gehauen und war dann weiter gezogen. Dort, wo das Flugzeug niedergegangen war, war einfach alles platt. Natürlich lag die ganze Gegend voller Schutt und Trümmer, aber hier war keine Bewegung zu erkennen, keine Abstufungen, keine Entwicklung, jedenfalls nicht für mich. Der Brandgeruch war fein und alt, vielleicht auch noch mit einer Spur Kerosin – aber das mochte ich mir einbilden. Ein Brandexperte wäre sicher zu einem anderen Ergebnis gekommen, aber für mich war das alles eine einzige, grauschwarze Wüste, in der sich auf seltsame Weise hier und da Relikte der vorherigen Form erhoben. Ein halbverbrannter Flugzeugsitz, der Gurt noch geschlossen. Eine völlig unversehrte Spülmaschine. Ich konnte mir nicht verkneifen, sie zu öffnen – drinnen war sauberes Geschirr und Besteck. Ein Buchrücken – Fontanes *Wanderungen durch die Mark Brandenburg*, drittes Buch. Aber vor allem

Asche, Ruß und asch- beziehungsweise rußfarbene Trümmer. Platt, in einem Moment zu Boden geschlagen von dem niedergehenden Flugzeug. Dem Ausmaß nach, das das Loch in der Stadt aufwies, musste es sehr groß gewesen sein. Wirkliche Flugzeugreste fand ich kaum – zumindest erkannte ich sie nicht als solche, wahrscheinlich waren sie hier überall, deutlich sichtbar für kundigere Augen. Rings um die Absturzstelle fanden sich ausgedehnte Brandspuren, angemessen symmetrisch. Der Gedanke kam mir krank vor, aber ich konnte ihn mir nicht verkneifen – das Trümmerfeld in Hilden wirkte richtig. Sauber. Klar, da war ein Flugzeug am Himmel gewesen, plötzlich ohne Besatzung und Passagiere, bald ohne Treibstoff und Steuerung. Also fiel es eben runter und zerhämmerte einen Teil von Hilden. *Shit happens*. Waren ja keine Menschen mehr betroffen. Was soll's also? Es sah aus wie die Kulisse eines Science-Fiction-Films. Wuppertal hingegen hatte lebendig gewirkt, gefährlich, echt. Eine Wunde, die sich vielleicht noch einmal entzünden konnte. Hier aber war alles tot. Ich betrachtete es staunend.

Dann ritt ich nach Hause.

15

Ich saß am Fluss unter einem Baum und rauchte. Es war eine klare, kühle Herbstnacht, ich lauschte auf die entfernten Geräusche unseres „Hundert-Tage-Feuer-Festes" und dachte an nichts. Einige Tage zuvor hatte Matthias uns im Rat vorgerechnet, dass es ziemlich genau hundert Tage her war, seit wir unser großes Gemeinschaftsfeuer zum ersten Mal angezündet hatten. Er hatte vorgeschlagen, diesen Anlass zu feiern. Mal wieder. Die meisten hatten die Idee begeistert aufgenommen, selbst ich war diesmal von der Idee einer Feier nicht entsetzt gewesen. Wir hatten über Monate hart gearbeitet und uns war danach, uns zu belohnen. Es war so etwas wie ein Abschluss – die Bestätigung, dass wir da waren und uns eingelebt hatten. Unser neues Leben hatte endgültig begonnen. Ich wurde mit dem Eilauftrag losgeschickt, alles Fetentaugliche zusammenzukratzen, was ich binnen zweier Tage finden konnte. Die Jäger wurden in den Wald gejagt und man drohte ihnen Mord oder Verbannung an, wenn sie sich ohne reiche Beute wieder blicken ließen. Sie brachten drei Hausschweine mit: zwei tote Sauen für uns und einen lebendigen Eber. Was mich betraf, so hatte ich ein paar Alibi-Girlanden mitgebracht und den armen Fog ansonsten mit so viel Wein und Bier beladen, wie ich in den umliegenden Kellern finden konnte. So bereiteten sie mir einen triumphalen Empfang, die Stimmung stieg von Tag zu Tag. Am Abend des Festtages dann saßen wir gemeinsam auf dem Hof, aßen, tranken, lachten und wurden immer sentimentaler. Natürlich packte Carmen irgendwann die Gitarre aus, und selbstverständlich sangen wir. Aus dem Gedächtnis. Solange es bei *Runaway, Victim of my Savage Heart, Langweilig, Don't Speak* und sowas blieb, stieg die Stimmung, aber irgendwann kamen dann natürlich *Rescue me, Killing me softly, Blowing in the Wind* und ähnliche Nummern, und wir wurden immer stiller, bis letztlich Carmen nur noch leise Melodien anschlug und dazu summte, während alle anderen ins Feuer starrten. Etwa zu diesem Zeitpunkt erhob ich mich und ging zum Wasser. Dort setzte ich mich hin und wunderte mich trotz allem, dass ich das Prasseln des Feuers und einige Stimmen bis hierher hören konnte. Es war still geworden in der Welt, und ich hatte mich immer noch nicht ganz daran gewöhnt. Draußen ja. Aber nicht hier, bei uns. Es dauerte nicht lange, bis ich hinter mir ein Knacken hörte. Es war Esther.

„Soll ich dich ein bisschen alleine lassen?"

„Ich bin oft genug alleine", sagte ich, ohne mich umzudrehen.

Sie setzte sich neben mich und legte ihren Kopf auf meine Schulter. Ich genoss es.

„Wo hast du die Kippe her?"

Ich lächelte. „Du vergisst, dass es mein Job ist, Sachen zu finden."

„Es ist ungesund."

„Ich glaube, die Zeiten, in denen der Durchschnittsraucher alt genug geworden ist, um seinen Lungenkrebs noch zu erleben, sind vorbei." Ich nahm einen tiefen Zug.

Sie sah mich mit hochgezogenen Brauen an. „Oh, haben wir einen schlechten Abend?"

Ich versuchte erfolglos, mein Gefühl zu fassen. „Ich weiß nicht. Es ist nichts."

„Welche Art von Nichts?"

Ich kraulte die Härchen in ihrem Nacken. „Ich weiß es wirklich nicht. Ich habe nur … "

„… so ein komisches Gefühl?", fragte sie sanft.

„Ja."

„Hast du oft."

„Ja."

Wir schauten beide auf den See hinaus. Ich versuchte, meine Gedanken zu ordnen. Sie half mir dabei.

„Was ist das für ein Gefühl?"

„Es ist, als ob irgendetwas nicht stimmt, Esther. Als ob irgendetwas ganz und gar falsch ist."

Sie schnaubte. „Natürlich. Seit einiger Zeit hat *falsch* sowieso eine ganz andere Bedeutung."

Ich lachte bitter. „Das meine ich nicht."

„Ach, das nicht?"

„Verarsch mich nicht."

„Ich verarsche dich nicht, Daniel. Ich will wissen, was los ist."

Es war so schwer zu erklären, weil ich es selbst nicht verstand. Aber ich bemühte mich:

„Weißt du, dass alle weg sind, erlebe ich meist fast schon als normal. Manchmal, als wäre es nie anders gewesen. Kaum einer fragt sich doch noch ständig, warum. Die Verluste haben die meisten irgendwie verarbeitet. Und sie sind erfolgreich dabei. Alle interessieren sich nur noch für unsere täglichen Probleme, wie Jan am Anfang gesagt hat. Aber wenn ich durch diese leeren Städte reite, habe ich das Gefühl, dass es noch nicht vorbei ist. Dass alles erst angefangen hat. Dass noch etwas kommt, aber ich weiß nicht, was. Wir wuseln hier herum, bauen unsere Hütten, suchen Felder und ernten sie ab, pökeln unser Fleisch und flicken unsere Klamotten und ich habe das Gefühl, wir werden ausgelacht. Verdammt, ich muss selbst manchmal lachen. Ich denke manchmal, es ist alles sinnlos. Dieses Zurückgeworfensein auf uns selbst. Und ich weiß nicht, warum … "

"Wir haben uns das hier ausgesucht. Wir hätten anders gekonnt, denk an David. Wir wollten das hier. Aber ich weiß, was du meinst."
"Was?" Sie hätte mir genauso gut einen Eimer kaltes Wasser auf die Hose schütten können. Und sie lachte ihr wunderbares, leises Lachen.
"Meinst du, du bist der Einzige, der merkt, dass alles nicht so ist, wie es scheint?"
Ich starrte sie an.
"Ich habe dasselbe Gefühl. Und andere glaube ich, auch. Die Jäger, Carmen und Ben, mit Sicherheit. Simone auch. Alle, für die unser hübsches kleines Dorf nicht der einzige Lebensinhalt geworden ist. Wenn ich daran denke, wie du da draußen durch die leere Welt streifst, habe ich jedes Mal Angst, du könntest auch verschwinden. Wir leben hier auf einer Insel, Daniel, das ist mir lange klar. Wir haben uns eine kleine Insel der Vernunft und der Geschäftigkeit gebaut. Wir sind pragmatisch. Aber da draußen ist der Wahnsinn, auch, wenn wir ihn nicht greifen können. Und er kann jederzeit herein kommen. Ich habe Angst um dich. Ich habe überhaupt Angst. Ich träume davon. Jede verdammte Nacht träume ich davon."
"Ich auch."
Sie lächelte mich traurig an. "Pass bitte gut auf dich auf."
"Ja."
Sie küsste mich zärtlich. Sie war der einzige Grund für mich, überhaupt wiederzukommen.

16

Einige Wochen später ritt ich neben einer Schnellstraße zurück zum Hof. Es war ein kalter, klarer Nachmittag, ein Herbsttag, wie ich ihn liebe. Der Herbst war meine Zeit, und ich blühte auf. Ich hatte einen erfolgreichen Streifzug hinter mir, meine Satteltaschen und mein Rucksack waren voll mit Vitamintabletten, Medikamenten, Kleidung und Schuhen in verschiedenen Größen – die erste Ausstattung der meisten von uns war langsam verschlissen. Wir konnten zwar schon flicken, aber selbst brauchbare Kleidung herzustellen fiel uns noch schwer. Da war es einfacher, wenn ich hin und wieder etwas mitbrachte. Vor einem ehemaligen Gasthof am Beginn eines Waldstücks hielt ich an. Ich war noch etwa anderthalb Tagesritte vom Hof entfernt und beschloss, hier zu übernachten. Ich quartierte mich in der Garage ein und nutzte die letzten hellen Stunden, um mit dem Bogen zu üben. Ich war sehr sicher geworden, vertraute beim Zielen fast nur noch meiner Intuition und trainierte jetzt mehr Schnelligkeit als Treffsicherheit. Als es dunkel wurde, machte ich mir vor der Garage ein kleines Feuer und aß zu Abend – eine Dose Thunfisch, zwei Vitamintabletten, eine halbe Tafel Schokolade (Aldi Kaffee-Sahne, in einem Keller gefunden – mit der Schokolade würde es auch bald vorbei sein) und dazu eine Flasche Budweiser aus dem Keller des Gasthofes. Dann wickelte ich mich in meinen Mantel. Er war ein besonderer Schatz, den ich mir zugelegt hatte, sobald völlig deutlich wurde, dass der lange, heiße Sommer, der das Verschwinden der Menschheit gesehen hatte, zu Ende gegangen war. Es war ein langer Wachsmantel australischer Machart, wetterfest und, nachdem ich eine Kapuze daran genäht hatte, ein Schutz gegen jedes Unwetter. Ich las ein wenig. Wieder Paul Auster, wieder die *New York-Trilogie*. Dann wurde ich müde, nickte ein und begann zu träumen. Im Traum stand ich vor einer Höhle, aus der mich Tausende von Augen ansahen, große, glänzende Augen. Aus der Höhle kam ein kreischendes, vielstimmiges Heulen …

… das mich weckte. Ich schreckte hoch und dachte zuerst, ich träume immer noch. Es war stockdunkel, mein Feuer fast heruntergebrannt – und die Nacht um mich war erfüllt von diesem vielstimmigen, unirdischen, kreischenden Heulen. Mein Kopf prickelte und meine Haut wurde mir zu klein. Die Nacht schrie. Ich griff mechanisch nach dem Bogen und legte einen Pfeil auf. Ich wünschte, mich in mir selbst verkriechen zu können. Ich spannte den Bogen, wich langsam gegen die Wand der Garage zurück und flehte darum, aufzuwachen. Ich merkte, dass ich die Luft hastig und stoßweise durch die Nase einzog und zwang mich, ruhiger zu atmen. Gegen das Herzrasen konnte ich nicht mehr tun. Ich beschrieb mit der Pfeilspitze einen langsamen Halbkreis und fand in der Dunkelheit kein Ziel. Ich merkte, dass ich wimmerte und stellte es ab. Geheule, überall um mich, und in meiner Panik konnte ich nicht herausfinden, wie viele verschiedene Stimmen es waren. Nichts auf der Welt hatte ich je dieses Geräusch machen hören. Vorher. Aber ich kannte es aus meinen Träumen. Plötzlich trat eine Stimme aus den anderen hervor, links von mir bei einer Baumgruppe, und kam näher. Ich fuhr herum, lauschte noch den Bruchteil einer Sekunde und schoss.

Was dann kam, wird mich ewig verfolgen.

Es klang wie „Ijäääär", lang gezogen und schrill, ging mir durch die Knochen und raubte mir den letzten Rest Selbstbeherrschung. Ich warf den Bogen weg, zog mein Schwert und stellte mich breitbeinig hinter den Rest meines Feuers. Ich zitterte immer noch, aber das Blut, das eben noch heiß und stoßweise durch meinen Körper geschossen war, schien verschwunden. Mir wurde kalt. Ich war sicher, dass ich jetzt sterben würde, und ich hoffte nur noch, nicht zu sehen, wodurch. Und dass es schnell gehen würde. Das Heulen wurde lauter und schriller. Und dann kam mit einem Mal ein anderes Geräusch, eines, dass ich kannte und bisher für die größte Gefahr in dieser leeren Welt gehalten hatte: Hundegebell. Knurren und Winseln. Was auch immer da draußen heulte, es hatte offenbar ein Rudel Hunde aufgestört, das durch mein Feuer oder meine Mahlzeit angelockt worden war. Es gab einen Kampf, und es blieb ohne Zweifel, wer gewann. Ich hörte entsetzt zu. Schließlich verstummte der letzte Hund, doch auch das Heulen wurde schwächer und entfernte sich. Wer auch immer diese Heuler waren, sie schienen genug zu haben. Ich blieb versteinert wach, bis es hell wurde, und es dauerte Stunden, bis meine verkrampften Hände in der Lage waren, das Schwert loszulassen. Mit den ersten Sonnenstrahlen schlief ich ein.

Es war hoher Mittag, als ich aufwachte, und ich fühlte mich erstaunlich frisch. Fog hatte sich in meiner Nähe gehalten und graste nun, als sei nichts geschehen. Die Schrecken der Nacht erschienen mir fern, und ich fragte mich fast, ob ich nicht doch alles geträumt hatte – bis ich die Umgebung abzusuchen begann. Vor der Baumgruppe, keine zwanzig Meter von meinem Feuerplatz entfernt, begann eine Blutspur, die in den Wald führte, wohin ich sie nicht verfolgte. Offenbar hatte mein

Pfeil getroffen, daher der entsetzliche Schrei. Das Geschoss selbst blieb verschwunden, ebenso das, was es getroffen hatte. Ein Stück die Straße hoch fand ich die Hunde. Ein großes Rudel, ich zählte mit Mühe neun Tiere, die mir einige Probleme hätten bereiten können. Sie waren schrecklich zugerichtet, zerfetzt und zerrissen. Über die ganze Straße verstreut lagen Gliedmaßen, Eingeweide, Fellstücke, Köpfe. Aber sie hatten ihre Leben offenbar teuer verkauft, auch hier führten einige Blutspuren in den Wald. Von ihren toten oder verwundeten Feinden aber war nichts zu sehen. Der Blutgeruch war stark und allgegenwärtig, obwohl das Gemetzel Stunden zurücklag, ich stolperte zur Seite und kotzte in den Straßengraben.

Als ich fertig war, hörte ich unter mir ein leises Winseln. Ich kniete nieder, schob das Unterholz zur Seite und entdeckte, dass ich mich direkt auf einen Verwundeten der Schlacht übergeben hatte. Es war ein großer Rottweiler, der das Glück gehabt hatte, in den Graben gefallen oder geschleudert worden zu sein, nachdem etwas seine Flanke aufgerissen hatte. Ich zog ihn mit Mühe auf die Straße. Er war benommen und versuchte nur einmal schwach, nach mir zu schnappen. Ich suchte nach weiteren Überlebenden und fand tatsächlich einen großen schwarzen Mischling in einem Bach unter der Straße, etwas von einem Riesenschnauzer und ein bisschen Hovawart oder Labrador, schätzte ich. Er war bewusstlos, atmete aber noch. Ich fühlte mich den beiden sofort verpflichtet. Immerhin hatten sie mir, da war ich sicher, das Leben gerettet, wenn auch nur in der Absicht, meinen Thunfisch, mein Pferd und vielleicht auch mich zu verspeisen. Ich schaffte sie weg von dem Schlachtfeld, vor meinen Platz an der Garage, und untersuchte sie gründlicher. Beide Hunde hatten tiefe, aber an sich wohl nicht lebensgefährliche Fleischwunden, die mich an große Krallen denken ließen. Sehr große Krallen. Sie hatten wahrscheinlich viel Blut verloren. Ich desinfizierte die Wunden mit Jod aus meinem Verbandskasten, nicht ohne die Tiere vorher mit Packriemen gefesselt zu haben, und verband sie dann. Die Riemen waren unnötig, die Hunde waren beide absolut apathisch, aber ich ließ sie vorsichtshalber dran. Aus einem der Tische im Gasthof bastelte ich etwas, das ich für eine Indianertrage hielt, und befestigte sie an Fogs Sattel. Darauf legte ich die Hunde, breitete eine Tischdecke über sie und zurrte sie fest, um die beiden so hinter mir herzuschleifen. Dann packte ich mein Lager ein, zerstreute die Reste des Feuers, saß auf und ritt in Richtung Hof. Den Kampfplatz auf der Straße umging ich weiträumig. Die Sonne sank schon und der Hof war noch ein gutes Stück entfernt. Ich begann, mich auf eine weitere Nacht voller Angst im Freien einzustellen, als mich jemand von hinten ansprach.

„Wohin des Wegs, Fremder?"

Ich rutschte in einer Bewegung aus dem Sattel und zog sofort mein Schwert. Als ich herumfuhr, erkannte ich Christos, der mit erhobenen Händen und beschwichtigendem Gesichtsausdruck auf mich zukam. Das Gewehr hing locker über seiner Schulter, und er trug Bundeswehr-Tarn, wie alle Jäger.

„Ho, ho, ganz ruhig Brauner. Ich tu dir nichts."

Ich atmete auf und steckte das Schwert wieder ein, während er meine Trage betrachtete.

„Was ist das denn?"

„Hallo, Christos. Weißt du, wie froh ich bin dich zu sehen? Das hier? Sind zwei Hunde."

„Ach was. Und warum dürfen sie nicht selber laufen?"

„Sie können nicht. Sie sind verletzt. Sie haben mich gerettet. Letzte Nacht, obwohl ..."

Er kniete nieder, hob die Decke an einer Stelle leicht an, sah die Verbände und stieß einen leisen Pfiff aus. „Sieht übel aus. Was ist passiert?"

„Das glaubst du mir sowieso nicht."

„Heuler?"

Ich starrte ihn an.

„Ja, ja, wir haben sie auch schon gehört. Und gesehen, was sie anrichten. Carmen wollte dich danach fragen. Aber dir sind sie wohl ziemlich nah gekommen, hm?"

„Näher als du dir wünschen würdest, das kannst du mir glauben."

„Du willst wohl heute nicht mehr zum Hof?"

„Nein, ich schaffe es nicht mehr vor der Nacht. Und im Moment ist mir nicht danach, nachts zu reiten."

„Bleib bei uns. Ich denke, wir sollten einiges besprechen. Wir lagern ganz in der Nähe. Carmen und Ben warten da auf mich."

„Liebend gern."

„Dann komm. Wenn wir leise sind, erwischen wir die beiden vielleicht bei ein paar Sauereien."

Als wir den Waldweg herunterkamen, saß Ben am Feuer und flickte seine Jacke, während Carmen ihr Gewehr zerlegt hatte und reinigte. Von einem Ast in der Nähe hingen mehrere tote Hasen und ein Reh.

„Ich bringe euch den einsamen Reiter", rief Christos.

Beide schauten auf. Carmen winkte, Ben nickte mir zu.

„Hallo, großer Finder."

„Hallo, *Pacemaker*. Hallo, Carmen."

Ich band Fog an einen Baum und setzte mich neben Ben, nicht ohne vorher noch einen Blick auf die Hunde geworfen zu haben. Sie waren apathisch, atmeten aber. Sie würden es wohl schaffen.

Ich nahm einen dünnen Ast, hielt ihn ins Feuer, zündete mir eine Zigarette an und bot die Packung rund. Christos und Ben lehnten ab, Carmen nahm eine.

„Bensons, hm? Wo kriegst du die eigentlich immer noch her? Du musst doch inzwischen alle Automaten im Umkreis von fünfzig Kilometern geplündert haben."

„Da mach dir mal keine Sorgen. Da bin ich wie Jan mit seinen Patronen. Bevor mir die Zigaretten ausgehen, sind meine Enkel alt. Was rauchst du denn?"

Sie lachte. „Marlboro Lights."

„Ich werde an dich denken, wenn ich das nächste Mal einen Automaten knacke."

„Du bist ein großer und weiser Mann."

Ben lieh mir sein Kochgeschirr für einen undefinierbaren Brei, den sie in ihrem Wok gekocht hatten. Sie machten ein großes Geheimnis daraus, was darin war, aber da es schmeckte, entschied ich, dass es mir lieber egal zu sein hatte. Als ich gegessen hatte, war auch das Loch in Bens Jacke gestopft und Carmen setzte ihr Gewehr zusammen.

„Was führt dich zu uns?", fragte sie.

„Christos hat mich oben an der Straße angehalten."
„Er hat die Heuler gesehen."
„Gehört."
„Die Heuler, hm?" Sie nickte langsam. Christos starrte auf seine Stiefelspitzen. Ben zog hörbar die Luft ein. „Was weißt du über sie?"
Ich erzählte ihnen, was ich in der vergangenen Nacht erlebt hatte. Zwischendurch nickten sie immer wieder und warfen sich bedeutungsvolle Blicke zu. Als ich geendet hatte, war es eine Weile still. Es war inzwischen dunkel geworden, was die Stimmung nach meiner Geschichte nicht gerade hob.
„Das war knapp", meinte Ben schließlich.
„Du hast also einen erwischt?", fragte Christos.
„Ich denke schon. Ich weiß nicht."
„Und du bist der Spur nicht nachgegangen?"
„Wärst du?"
Er schüttelte den Kopf. „Wohl nicht."
„Wie sehen die Hunde aus?", fragte Carmen.
„Beschissen", antwortete Christos.
„Sie sind schwer verletzt", präzisierte ich. „Aber ich denke, Esther kann sie durchbringen. Mit etwas Glück."
„Ich glaube langsam, wir werden alle verdammt viel Glück brauchen", sagte Ben düster.
Ich schaute verwirrt in die Runde. „Was ist passiert? Was wisst ihr?"
„Erinnerst du dich noch an Markus Beauvier?", fragte Carmen. „Oder Susi Pferch? Lucas Lerricke? Erik Meier oder Ralf Knecht?"
„An Ralf und Erik, ja, die waren mit mir auf der Schule in einer Klasse. Susi ist eine Freundin von Esther. Sie ist damals mit Davids Gruppe gefahren. Lucas doch auch."
Sie nickte. „Markus auch. Wir waren früher mal zusammen. Sie wollten offenbar nachkommen." Sie zeigte mir einen Zettel. Ich erkannte den Text sofort. Schließlich hatte ich ihn selbst in Leichlingen an die Fassaden gesprüht. Jemand hatte ihn abgeschrieben und als Wegweiser benutzt. Aber warum waren sie nicht bei uns angekommen?
„Ja, und weiter? Verdammt, lasst euch doch nicht alles aus der Nase ziehen."

Sie hatten das Heulen in den letzten Wochen nachts schon ein paar Mal von weitem gehört und sich weiter nichts dabei gedacht. In den vergangenen Monaten hatten sie, was Tiere und ihre Spuren und Laute anging, zwar eine Menge Erfahrung gesammelt, aber sie waren noch weit davon entfernt, alles zu kennen, was in den Wäldern so kreuchte und fleuchte. Vor zwei Nächten dann war das Heulen sehr nah und sehr laut gewesen. Außerdem glaubten sie, auch menschliche Schreie gehört zu haben. Am Morgen hatten Carmen und Ben sich aufgemacht, um herauszufinden, was da in der Nacht passiert sein mochte, während Christos auf die Beute aufpasste.

„Wir fanden sie am späten Vormittag. An der Autobahn", erzählte Carmen leise und zog krampfhaft an ihrer Zigarette (der inzwischen fünften oder sechsten). Ben spuckte ins Feuer. Er sah krank aus.

„Es müssen mindestens neun gewesen sein. Sie waren mit Fahrrädern unterwegs gewesen, haben damit wohl ihr Gepäck getragen, die lagen noch auf dem Standstreifen. Daneben, auf dem Grünstreifen, hatten sie geschlafen." Sie schluckte. „Es hat sie nicht im Schlaf erwischt, das ist mal sicher. Markus und Susi haben offenbar als letzte gemerkt, was passiert. Sie lagen gemeinsam zwischen zwei Schlafsäcken. Sie wollten offenbar gerade raus kriechen, als sie …, als sie …"

„… massakriert wurden", ergänzte Ben tonlos.

Ich dachte an Esther und mich in unserer ersten Nacht auf dem Marsch. Und an die Hunde. Mich fröstelte. Und dann dachte ich an Susi. Wie sie mit uns vor der Kirche gesessen hatte. Wie sie sich von Esther verabschiedet hatte.

Carmen warf ihre Kippe ins Feuer und erzählte schnell weiter. „Sie sind offenbar völlig überrascht worden. Aber einige haben versucht wegzulaufen. Sie lagen überall auf der Autobahn. Überall. Und sie waren … sie waren regelrecht zerlegt. So, wie du es von den Hunden erzählt hast. Überall Blut. Überall – Teile. Sie konnten sich nicht wehren, sie hatten keine Waffen, sie … sie … sie sind einfach abgeschlachtet worden. Ich habe Köpfe von Leuten gesehen, Daniel, die bei mir übernachtet haben, als wir Kinder waren. Köpfe. Nur Köpfe. Wir haben Rümpfe gefunden und konnten nicht rausfinden, wer sie waren. Es war … oh Gott, es war so grässlich. Ich habe gar nichts mehr gesehen, nur noch Leichenteile und Blut überall und ich habe so lange geschrien und geheult, bis Ben mir eine geknallt hat."

Tränen standen in ihren Augen.

„Ja, nachdem ich vorher meine letzten fünf Mahlzeiten ausgekotzt hatte", schaltete Ben sich ein. „Wie du. Ich habe nur leider auf die Art keine Überlebenden mehr gefunden."

„Wir haben sie begraben", nahm Carmen den Faden wieder auf. „Wir haben ein großes Loch gegraben und das hat fast den ganzen Tag gedauert. Dann haben wir alle … alles zusammengesucht, was wir finden konnten und reingeworfen. Wir haben versucht, dabei zu zählen und glauben eben, es waren mindestens neun. Können aber auch mehr gewesen sein. Wir konnten uns nicht mehr so richtig konzentrieren."

Ich hörte sie kaum noch, ich verstand nichts. Susi. Ich würde es Esther erzählen müssen …

„Kurz vor der Dunkelheit sind die beiden zurückgekommen und Ben hat mir beigebracht, mein Lästermaul zu halten", übernahm Christos.

„Es tut mir leid, Christos", sagte Ben in einem Ton, der vermuten ließ, dass er es schon des Öfteren gesagt hatte.

„Nein, du hattest ja Recht. Ich hörte die beiden also den Waldweg runterkommen und habe nicht hingesehen, sonst hätte ich wohl gesehen, dass sie fertig waren mit der Welt. Na ja, jedenfalls habe ich dann lautstark ein paar Vermutungen angestellt, was sie wohl die ganze Zeit gemacht hätten. Es hatte mit 'ner Menge Spaß zu tun, kannst du dir vielleicht denken. Ben ist einfach auf mich losgegangen, hat mir ohne ein Wort eine geballert, hat sich dann hingesetzt und nur noch geheult. Carmen hat mich verarztet und mir erzählt, was passiert ist. Da hätte ich mir dann selbst nochmal eine verpassen können. Nein, müssen. Ich kam mir so beschissen vor."

Wir schwiegen alle eine Weile und hingen unseren Gedanken nach. Die Unfassbarkeiten hörten nicht auf. Sie nahmen zu.

„Und jetzt?", fragte ich schließlich.

„Wir müssen die anderen warnen", stellte Carmen klar. „Wenn ich an unser fröhliches kleines Dorf da oben und dieses Was-Auch-Immer hier draußen denke, wird mir ganz anders."

„Habt ihr sie danach nochmal gehört?"

„Nein. Vielleicht sind sie weitergezogen, wir wissen ja gar nichts über sie. Wie viele sind sie? WAS sind sie?" Sie seufzte. „Hast du eine Ahnung? Hast du irgendwas gesehen?"

Ich schüttelte den Kopf. „Nur gehört. Es müssen viele sein. Sie sind schnell und stark. Und sie haben Krallen. Oder Waffen, die wie Krallen aussehen müssen. Sie bluten, wie wir. Das ist alles."

„Sie müssen auch ziemlich beachtliche Zähne haben", ergänzte Ben. „Einige auf der Autobahn waren ... angefressen."

Wir beratschlagten noch die halbe Nacht, aber außer der Tatsache, dass wir die anderen auf dem Hof warnen mussten und weiter nichts wussten, kam nicht viel zusammen. Ben übernahm die erste Wache. Ich schlief mit der Hand am Schwertgriff.

Ich hatte die letzte Wache gehabt und weckte die anderen kurz nach Sonnenaufgang. Wir brachen das Lager ab, luden die Rucksäcke und das Reh auf Fogs Rücken und brachen auf. Der Zustand der Hunde war unverändert. Ich versuchte, ihnen etwas Wasser aus einer meiner Feldflaschen einzuflößen. Der Rottweiler leckte ein paarmal matt, der Mischling reagierte überhaupt nicht. Wir gingen ohne Pause und redeten nicht viel. Am frühen Abend trafen wir auf dem Hof ein. Ohne weitere Worte übergab ich Michael meine Beute. Dann führte ich Fog in den Stall. Ich hängte gerade den Sattel auf, als Daniela von draußen reinkam: „Daniel, hallo. Schön dich wiederzusehen." Sie lief lachend auf mich zu.

„Kümmer' dich bitte um Fog, Danni. Wo ist Esther?"

Sie blieb verwirrt stehen. „Ich glaube, sie versorgt gerade Tanja. Sie hat sich den Finger gebrochen."

„Esther?"

„Nein, Tanja natürlich. Was ist los mit dir?"

Ich überlegte kurz und schüttelte dann den Kopf. „Jetzt nicht. Erzähl bitte allen, dass wir morgen eine Versammlung abhalten müssen. Die Jäger und ich haben euch was zu erzählen."

„Morgen geht nicht, da sind alle ..."

„Morgen, Daniela. Morgen. Und nur, weil es heute schon zu spät ist."

Ich ließ sie stehen und ging nach Hause. Christos und Carmen halfen mir mit den Hunden, während Ben die Jagdbeute zu Kathrin brachte. Wir legten die verletzten Tiere in den „Wohnraum" unserer Blockhütte, dann verabschiedete ich mich von den Jägern. Ich hängte den Bogen, den Köcher und das Schwert an die Wand, schleuderte Stiefel, Mantel und Gepäck in verschiedene Richtungen durch den Raum, setzte mich an den Tisch, den Esther während einer meiner Touren inklusive dreier Stühle gezimmert hatte, stützte meinen Kopf in die Hände und versuchte mich zu sammeln. So fand Esther mich, als sie von Tanja zurückkam. Sie kam zu mir und schloss mich in die Arme.

„Was ist denn los?"

Ich weiß nicht genau, was ich alles stammelte, jedenfalls war es des Inhaltes, dass alles schrecklich sei und dass ich fürchterliche Angst hätte. Ich sagte nicht, was passiert war und sie fragte nicht. Am Ende knieten wir uns am Boden gegenüber, sie hielt mich in ihren Armen und ich hatte mich etwas beruhigt. Sie streichelte mich sanft und beruhigend und ich merkte, dass ich sie mehr begehrte als nach irgendeiner anderen meiner Touren. Ich wollte spüren, dass sie da war. Ich wollte sie in mich aufsaugen. Wir liebten uns lange auf dem Boden, bis ich sie aufhob und in den anderen Raum trug.

Später lagen wir nebeneinander, sie hatte den Kopf auf meine Brust gelegt, streichelte meinen Bauch und sah mich an.

„Es ist schön, dass du wieder da bist."

„Ja, das ist es. Was ist mit Tanja?"

„Pfft." Sie lachte. „Wenn der Finger gebrochen ist, hätte ich Carmen damals das Bein amputieren müssen, im Verhältnis. Nichts für ungut, sie stellt sich ganz schön an."

Dann wurde sie ernst. „Willst du mir jetzt erzählen, was passiert ist?"

Ich gab ihr eine kurze Zusammenfassung beider Geschichten. Die ekelhaftesten Details ließ ich weg, aber ich weiß, sie ahnte einiges. Sie hörte starr zu, als ich von Susi erzählte.

„Hört sich schlimm an", sagte sie, als sie wieder sprechen konnte.

„Es ist schlimm, Esther. Das Schlimmste."

Sie nickte. „Lass uns nach den Hunden sehen."

Wir gingen ins Wohnzimmer und sie untersuchte sie oberflächlich. „Ich kümmere mich morgen darum. Mit Mark zusammen werde ich zumindest den Rottweiler hinkriegen, denke ich. Mal sehen, was mit dem anderen ist."

Wir gingen ins Schlafzimmer und sie nahm mich wieder in den Arm.

„Willst du weiter da rausgehen?"

„Ich muss, Esther. Ich kann doch nicht jetzt, wo es gefährlich ist, sagen, jemand anderes soll es machen."

„Und du fühlst dich da draußen wohl?"

„Ja."

Sie nahm mich scharf in den Blick „Und du glaubst, dass wir hier auch nicht sicherer sind?"

Ich schluckte. „Ja."

Sie drückte mich fest an sich. „Dann pass bloß auf dich auf. Ich will mit dir sterben, wenn es sein muss. Aber tu es mir nicht an, und komm einfach nicht zurück."

Ich nickte. „Ich komme immer zurück."

Dann ließen wir das Thema. Wir legten uns hin, sprachen über andere Sachen, Alltägliches, lachten und liebten uns, bis die Sonne aufging.

ZWISCHENSPIEL: WINTER

> Don't go around tonight
> Well it's bound to take your life
> There's a bad moon on the rise
> (John Fogerty, Bad Moon Rising)

> Things are going to slide,
> Slide in all directions
> Won't be nothing
> Nothing you can measure anymore
> The blizzard,
> The blizzard of the world
> Has crossed the threshold
> And it's overturned
> The order of the soul
> (Leonard Cohen, The Future)

1

Dezember (?)
Liebster Daniel,
es ist dunkel, und draußen regnet es. Ich habe mich den ganzen Tag um Erkältungen, Halsschmerzen und ähnlichen Mist gekümmert, ich hoffe, es hat dich da draußen nicht auch schon irgendwie erwischt. Immerhin kannst du dich bei niemandem anstecken (hahaha). Aber die Palisade ist fast fertig, deshalb ist die Stimmung besser, als man bei dem Scheißwetter eigentlich glauben sollte. Vor vier Nächten haben wir nachts nochmal die Heuler gehört (ziemlich weit weg allerdings), und seitdem arbeiten wir noch härter (das heißt – die meisten anderen arbeiten, und ich vergrabe mich in den Büchern, die du kürzlich mitgebracht hast). Inzwischen habe ich allerdings wirklich einiges gelernt. Leider ist es um diese Zeit mit Kräutern nicht allzu weit her. Solltest du die Zeit haben, dann bring mir doch bitte alles an Pflanzensamen mit, was du finden kannst.

Seit wir die Heuler zum ersten Mal alle gehört haben, und vor allem seit Erkan verschwunden ist, nehmen Jan und die anderen die Sache auch endlich ernst. Du kannst mir glauben, Simone, Mark, Oliver, Kathrin und ich hatten im Rat oft einen schweren Stand, wenn die Jäger und du nicht da waren. Ach ja, das hast du ja alles gar nicht mitbekommen. Also, die Kurzversion:

Nach der Ratssitzung, in der Carmen und du allen so einen mächtigen Schrecken eingejagt hattet, haben wir ja angefangen, die Palisade zu bauen. Aber vor zwei Wochen oder so meinte Jan dann, wir sollten mit der Palisade erstmal wieder aufhören, es gäbe Wichtigeres: Vorräte für den Winter einlagern, räuchern, einpökeln, Feuerstellen in den Hütten und so weiter. Die Jäger waren gerade unterwegs, und wir wurden einfach überstimmt. Drei Nächte später waren die Heuler dann im Wald. Ich wachte davon auf und ich hatte eine Scheißangst. Du hast Recht, es klingt entsetzlich. Ein paar von uns sind vors Tor gelaufen und haben einfach blind in den Wald geschossen, ein Höllenlärm, dazu noch das Gebell von Grim (er ist so tapfer, ich schwöre dir, er hätte mich bis aufs Blut verteidigt, dabei kennt er die Dinger ja besser als wir alle), und das hat sie offenbar so erschreckt, dass sie abgehauen sind. Am nächsten Tag war die Stimmung dann ziemlich unten. Davon, nicht mehr an der Palisade weiterzubauen, war plötzlich keine Rede mehr. Und wir stellen seitdem nachts Wachen auf. Und vor ein paar Tagen ist Erkan alleine in den Wald gegangen und bis heute nicht mehr zurückgekommen. Hatte sich in den Kopf gesetzt, Pilze zu suchen. Um diese Zeit. Wir haben ihn gesucht, aber nicht gefunden. Vielleicht ist er auch einfach irgendwo runtergefallen, es geht uns ziemlich an die Nieren. Daniel – vielleicht wollte er auch irgendwo runterfallen? Ich will das nicht denken ...

Na ja, jetzt ist die Palisade, wie gesagt, bald fertig und wir fühlen uns alle etwas besser. Grim geht es prächtig, er humpelt kaum noch. Ich lasse ihn oft alleine in den Wald laufen, und er kommt immer zurück, manchmal zusammen mit den Jägern. Er versteht sich gut mit Carmen, ich glaube, er ist ein Frauenhund. Wenn du ein paar Hundekuchen oder sowas findest, bring sie doch bitte mit UND VERFÜTTER NICHT WIEDER ALLES AN REAPER!!!!!!!!!!

Matthias hat uns übrigens vorgerechnet, dass bald Weihnachten ist. Schau mal auf die Zettel, ein paar Leute wollten, glaube ich, Weihnachtsschmuck. Ich will ja nichts sagen, aber denkt eigentlich auch irgendjemand an mich? Alleine die Idee, dass du auch nur einen Tag länger draußen bleibst, weil du Lametta suchst, gefällt mir gar nicht.

Ich werde müde, mein Schatz, wahrscheinlich kannst du die Schrift gar nicht mehr lesen. Pass gut auf dich auf. Ich vermisse dich und freue mich auf dich. Gute Nacht.

Komm bald nach Hause.

Alles, was du dir wünschst.

In Liebe

für immer

deine Esther

P.S.: Aua, jetzt hätte ich bald was ganz Wichtiges vergessen. Daniela und Simone sind schwanger! Daniela von Jan (waren wohl ein paar Reitstunden zu viel), Simone weiß nicht, von wem. Sie vermutet von Mark. Lotterpack. Schwängert uns ausgerechnet die Hebamme! Lieber Kuss. E.

Ich beendete meine Rast, faltete den Brief sorgfältig zusammen und steckte ihn wieder in die Brusttasche meiner Armeejacke. Es fing schon wieder an zu regnen. Ich stand auf, zog die Kapuze über und pfiff nach Reaper. Er kam aus dem Unterholz neben der Straße und hatte Blut an der Schnauze. Eine Ratte, vermutete ich. „Gebe ich dir wirklich immer alle Hundekuchen?" fragte ich ihn. Er schaute mich aus seinen braunen Rottweileraugen erwartungsvoll an.

„Nein, ich habe keine. Ich habe dich nur was gefragt."

Ich schüttelte den Kopf, seufzte und schwang mich auf Fog.

„Kommt, wir haben was zu suchen."

Seit kurzer Zeit hatten wir im Umkreis von etwa zwanzig Kilometern um den Hof und entlang einiger wichtiger Wege Briefkästen eingerichtet. Es waren zumeist wirkliche Briefkästen aus der Zeit vorher, in denen die anderen Nachrichten für die Jäger und mich deponierten. Wir ließen ebenfalls kurze Nachrichten zurück, meist des Inhaltes, wohin wir unterwegs waren und welchen Briefkasten wir als nächsten aufsuchen würden. Ich schrieb außerdem eine Art Tagebuch in Form von Briefen an Esther, die ich auch immer hinterlegte. Es war vier Tage her, seit ich in einem dieser Kästen Esthers Brief gefunden hatte, zusammen mit etwa zehn Aufträgen, was ich alles noch mitbringen sollte (ja, zwei wollten tatsächlich Kugeln und Lametta). Seither las ich ihn jeden Tag mindestens dreimal.

„Komm bald nach Hause. Alles, was du dir wünschst."

Alles, was ich mir im Moment wünschte, war, bei ihr zu sein. Stattdessen ritt ich neben dieser öden Straße durch ödes Wetter und eine öde Landschaft, weit weg von zu Hause.

2

An dem Tag, an dem ich Esthers Brief im Briefkasten gefunden hatte, war ich eigentlich schon auf dem Rückweg gewesen, ich hatte eine ziemlich lange Tour hinter mir. Als ich aber die Aufträge las (es waren auch ein paar wirklich wichtige dabei), entschied ich mich, noch einen Abstecher nach Wuppertal zu machen. Ich hatte noch Platz in den Satteltaschen und ich rechnete damit, dass die Extratour mich maximal drei Tage aufhalten würde. Ich warf also meine Tagebuch-Briefe und eine kurze Notiz – „Wuppertal, dann zurück" – in den Kasten und machte mich auf den Weg. Ich sammelte ein paar Medikamente, eine Brille, viele Tütchen mit Pflanzensamen und suchte zuletzt einen großen Edeka-Markt auf, den ich schon auf früheren Streifzügen als ergiebig kennengelernt hatte. Hier ging es mir hauptsächlich um Salz – und um Hundeleckereien für Grim und Reaper. Ich hatte etwa zwanzig Pakete Salz eingepackt, dazu Kram für den guten Hund, und wollte gerade aufbrechen, als ich etwas Seltsames fand.

Neben einer der Kassen lag eine leere Dose, die einmal Ananaskonserven enthalten hatte. Ich kniete nieder, nahm sie langsam auf und schnupperte daran. Sie roch süß. Nicht mehr unbedingt nach Ananas, aber auch nicht nach nichts. Es war schon ungewöhnlich, eine leere Ananasdose in einem Supermarkt zu finden, der an einem Freitagabend ganz normal geschlossen worden war, um dann nie wieder geöffnet zu werden. Und meines Wissens war ich der einzige Mensch im Umkreis von wer weiß wie vielen Kilometern, der regelmäßig Geschäfte aufsuchte. Die Jäger kamen fast nie in die Städte. Und was die Heuler betraf, so schienen auch sie die Städte in aller Regel zu meiden. Trotzdem hatte ich schon Gebäude gesehen, in denen sie gewütet hatten – die Feinheiten des Dosenöffnens hatten sie wohl noch nicht gelernt. Und da saß ich jetzt, mit einer leeren Dose, die vor offenbar nicht allzu langer Zeit geöffnet worden war. Ich begann den Supermarkt systematisch zu durchsuchen, danach den Parkplatz, danach die Gebäude in der direkten Nachbarschaft. Im Keller eines Einfamilienhauses wurde ich fündig: Viele leere Dosen und Reste eines Feuers, direkt unter einem Luftschacht. Ich besah die Umgebung genauer, prüfte die schwere Eisentür und meine Hochachtung wuchs. Wer auch immer hier gelagert hatte, er wusste sich zu schützen. Der Keller war heulersicher. Da es Abend wurde, beschloss ich, es den Unbekannten gleichzutun. Ich führte Fog ins Haus und pfiff Reaper heran. Dann bereitete ich mir im Keller ein eigenes Lager, aß und rauchte, las Esthers Brief, vermisste sie, blätterte noch ein bisschen im *Buch der Fünf Ringe* und schlief früh ein.

Als ich aufwachte, war es noch dunkel. Ich fachte mein Feuer wieder an und sah mich im Keller ein wenig um. Unter einem der Öltanks fand ich schließlich einen Umschlag, den ich erstaunt öffnete. Er enthielt eine kurze Nachricht:

„Wir suchen Menschen. Weitere Nachrichten im Kölner Dom."

Ich starrte das Stück Papier an. Es war der wertvollste Fund, den ich gemacht hatte, seit ich im Sommer meinen neuen Beruf als Finder angetreten hatte. Meine Hand begann unwillkürlich zu zittern, ich ließ den Zettel fallen, nur um ihn sofort wieder aufzuheben. Menschen. Da waren andere Menschen. Und sie sprachen zu mir. Durch ein einfaches gefaltetes DIN A4-Blatt. Ein Centartikel. Ein unermesslicher Schatz.

Natürlich war mir schon mit dem Fund der Ananasdose klar gewesen, dass ich die Spur anderer Menschen gefunden hatte, spätestens, als ich die Reste des Lagers in diesem Keller gesehen hatte, gab es keinen Zweifel mehr. Aber was hatte das schon bedeutet? Schlimmstenfalls ein weiteres Grüppchen aus unserer Partygruppe, das irgendwo Heulerbeute geworden war. Ich hatte mich fast damit abgefunden, dass wir keine Zukunft hatten. Ja, Simone und Danni waren schwanger. Schön. Im Sommer wäre das ein Zeichen der Hoffnung gewesen. Nun war es nicht mehr als traurig. Zwei Menschen mehr, die sich für den Rest ihres voraussichtlich äußerst kurzen Lebens vor den Heulern würden verstecken müssen. Vorausgesetzt, alles würde gut gehen, die Babys würden gesund zur Welt kommen und die Mütter die Geburt überleben, wären wir damit zwanzig Menschen in einer Welt, die sich zusehends mit mörderischen Feinden füllte. Selbst ohne die Heuler wäre das zu wenig für einen Neuanfang. Ein paar Generationen, dann wäre der Genpool erschöpft – und das war dann der traurige Epilog auf die Menschheit. Mit Heulern aber, das war meine bittere Überzeugung geworden, würden wir nicht einmal mehr ein Epilog sein. Eine Fußnote, wenn es hochkam. Im Sommer hatte ich noch davon geträumt, Kinder mit Esther zu haben. Wie sie gesagt hatte – viele starke Siedlerkinder. Vielleicht noch vierzig oder fünfzig Jahre leben, obwohl das unter den neuen Bedingungen schon eher unwahrscheinlich war. Mit meiner Liebsten alt werden. Meine Enkel zu meinen Füßen spielen sehen und dann abtreten. Bis dahin würde ich mir meine Ruhe sicher verdient haben. Bescheidene Wünsche, verglichen mit dem, was ich noch vor einem Jahr gehofft und geglaubt hatte, aber was gab es Besseres? Nun war es Winter, und meine Träume und Hoffnungen waren dünn und dunkel. Gemeinsam mit Esther zu sterben, wenn sie kommen würden. Viele von ihnen mitzunehmen. Nicht lange zu leiden. Punkt. Für Zukunft, Kinder, Alter war da kein Platz mehr.

Und nun das. Eine Nachricht von Menschen. Menschen, die andere Menschen suchten, so wie ich. Das war etwas Neues, etwas völlig Neues. Irgendwo, weit, weit entfernt, auf der düsteren, öden Ebene, die von meinen Hoffnungen geblieben war, schimmerte der Horizont. Ein kleiner, orangefarbener Rand an den schwarzen Wolken. Immerhin – mehr, als ich in Monaten gesehen hatte. Wenn es eine weitere Gruppe Menschen gab, dann gab es keinen Grund, warum es nicht auch zwei weitere geben sollte. Oder zehn. Oder hundert. Oder, oder, oder … Mein Leben war zu einer einzigen, langen Gegenwart geworden, an deren Ende ein lautes Heulen wartete. Dieser Zettel gab mir eine ganze Dimension zurück. Ich las noch einmal, noch einmal und noch einmal, wieder und wieder.

Kölner Dom. Wow. Wer immer diese Nachrichten hinterlassen hatte, er oder sie hatte Stil. Ich hatte mich noch nicht über den Rhein gewagt, auf meinen Touren, aber es gab sicher im weiten Umkreis kein bekannteres und auffälligeres Gebäude. Und kein gruseligeres, wenn ich mir den leeren Dom in einem leeren Köln vorstellte. Aber warum zum Teufel hatten sie diese Nachricht so versteckt? Es war mit Abstand das wichtigste, was ich in all der Zeit gefunden hatte. Und es hatte einer Menge Glücks und Zufalls bedurft, dass ich es fand.

„Es ist sehr clever", erklärte ich Reaper, „einen solchen Brief unter einem Tank zu verstecken."

Er kommentierte es nicht.

Ich warf eine kurze Nachricht in den nächsten Briefkasten, ritt zunächst nach Hilden und verbrachte eine weitere Nacht in der Kaserne. In den vergangenen Monaten war sie so etwas wie ein Außenposten für mich geworden. Ich hatte mir einen Schlafkeller und ein Arbeitszimmer eingerichtet, Lebensmittel, Karten, Werkzeug und diverse andere Materialien hier deponiert. Die Keller waren hermetisch zu verschließen, absolut heulersicher. Mit Hilfe von Handgranaten hatte ich sogar Sprengfallen gebaut und so den umgebenden Wald und die Zäune vermint. Große, bunte Schilder, die ich in liebevoller Arbeit gemalt und gezimmert hatte, wiesen auf diese Höllenmaschinchen hin und warnten vor ihnen – sofern man lesen konnte. Die Heuler konnten es nicht. Einmal, Mitte Oktober, kurz nachdem ich die ersten Fallen errichtet hatte, hatte ich bei einer Rückkehr zur Kaserne den Stolperdraht nahe dem Haupttor beschädigt gefunden, große Blutlachen auf dem Boden und Splitter in mehreren Bäumen. Kurz hatte ich befürchtet, ich könnte einen Menschen getötet haben, aber dann beruhigte ich mich. Welcher Mensch hätte das große Schild übersehen?

„ACHTUNG! SPRENGFALLEN! Stolperdraht am Boden! Handgranaten in den Bäumen und am Zaun! LEBENSGEFAHR! ACHTUNG! STOLPERDRAHT!"

Das alles in den drei Sprachen, die ich beherrschte, dazu Totenköpfe und Blitze, denen ich ein möglichst grässliches Aussehen gegeben hatte. Außerdem fand ich – wie üblich – keine weiteren Überreste. Es hätte also eine ganze Gruppe von Analphabeten sein müssen oder eine Gruppe Heuler. Nach allen neuen Regeln der Wahrscheinlichkeit hatte ich mindestens einen Heuler erwischt – und war stolz darauf.

Damit hatte ich in der Kaserne ein westliches Basislager, das meinen Aktionsradius deutlich vergrößert hatte. Das ganze Gebiet östlich der A3 bis zum Rhein, Langenfeld, Monheim und das südliche Düsseldorf mit seinen riesigen Vorräten, lagen nun innerhalb eines Tagesritts. Auch Leverkusen wäre in Reichweite gewesen, aber von allen Städten war dies die einzige, die ich möglichst nicht betreten wollte. Nicht dort, wo ich fast mein ganzes Leben verbracht hatte. Was wollte ich dort? Ich wollte nicht nach Opladen hinein, in die Nekropole meiner Vergangenheit, die einzige Stadt, die mir wirklich wie ein einziges, großes Grab erschien.

Morgen aber würde ich dorthin müssen. Ich hatte vor, den Rhein auf der Hohenzollernbrücke zu überqueren, und der einfachste Weg dorthin führte über die B8, durch Leverkusen, Mülheim und Deutz. Aber das würde morgen sein. Weit weg. Noch war es früher Nachmittag. Ich wusch mich an einem der vielen kleinen Wassertanks, die ich angelegt hatte, tauschte meine dreckige, feuchte Kleidung gegen trockene, saubere und entfachte ein Feuer in einem der Büros, das ich zum „Kaminzimmer" ernannt hatte. Mit der Betonung auf „Kamin", ich hatte unter einem Fenster eine gemauerte Feuerstelle errichtet. Dort kochte ich mir einen Kaffee. Dann entschloss ich mich, richtig in die Vollen zu gehen und zu schlemmen. Morgen würde ich Leverkusen durch- und den Rhein überqueren, zwei Dinge, die ich bisher nicht gewagt hatte, also konnte ich mich auch schon einmal im Vorhinein belohnen. Ich kochte Nudeln und schuf aus *Corned Beef* und Gewürzen eine Soße, die entfernt an *Bolognese* erinnerte. *Pasta* im Basislager, war ich nicht der Fürst der Abenteurer?

Reaper kam hinzu und ich ließ ihn von der Soße kosten, aber sie war zu stark gewürzt für seine empfindliche Hundenase. Ich aß mein Mahl zufrieden alleine, während er auf einem dicken Streifen Schweinebiltong herum kaute und ein paar übriggebliebene Nudeln schlabberte.

Als es dämmerte, packte ich mein Zeug ein und stieg mit Reaper in den Schlafkeller hinab, einen langen Flur mit mehreren Räumen, der bunkerähnlich angelegt und abgeschlossen war. Ich hatte hier ein Schlafzimmer mitsamt kleiner Bibliothek eingerichtet und einen Vorratsraum angelegt. Den ehemaligen Aufenthaltsraum mit Billardtisch hatte ich fertig eingerichtet vorgefunden. Heute Abend aber war mir nicht nach Billard. Ich pflegte Schwert und Bogen und ging früh ins Bett, las noch einmal Esthers Brief, dann die Nachricht, dann noch einmal Esthers Brief. Ich vermisste sie so sehr, und ein kleiner, böser, egoistischer Teil tief in mir verfluchte die Ananasdose, wollte keine anderen Menschen, wollte keine Hoffnung, wollte nur sie und sie und sie. Aber die Freude über diesen unverhofften Fund war größer. Und ich brauchte meine Reisen, alleine, fern von der Hofgemeinschaft. Manchmal spürte ich, wie verschiedene Sehnsüchte an mir zerrten. Aber heute, mit dieser Nachricht vom Dom, ging es. Zum ersten Mal seit Wochen schlief ich erwartungsfroh, voll Hoffnung und Zuversicht, ein.

3

Am Morgen, nachdem ich aufgestanden war, gegessen und mich für den Tag bereit gemacht hatte, studierte ich noch einmal die Karten im Arbeitszimmer. Ich ging zum Fenster, sah hinaus, grübelte, ging zurück zu den Karten, rechnete und grübelte ein wenig mehr.

Köln war dreißig Kilometer entfernt. Kein Problem für Fog. Doch der Himmel war wolkenverhangen, es sah nach Regen aus, vielleicht sogar Schnee. Es würde sehr früh dunkel sein. Und ich wollte nicht nur einfach nach Köln, ich musste in den Kölner Dom und dort finden, was immer es zu finden gab. Nach der Erfahrung mit der ersten Nachricht konnte das eine ganze Weile dauern. Und dann würde ich noch ein heulersicheres Versteck für die Nacht finden müssen, an einem Ort, den ich darauf noch nie untersucht hatte. Nein, egal, wie ich es drehte oder wendete – ich würde zwei Tage brauchen. Heute bis Leverkusen oder vielleicht Mülheim, morgen über den Rhein und in den Dom – und dann wohin auch immer.

Also änderte ich meine Pläne. Es blieb Zeit, um Esther einen weiteren, langen Brief zu schreiben und ihn zusammen mit einer ausführlichen Nachricht für alle – was ich gefunden hatte und wohin ich unterwegs war – in den letzten Briefkasten am Rand unserer Welt zu werfen.

Als ich auf dem Weg nach Langenfeld durch die verbrannte Innenstadt von Hilden ritt, setzte der Regen ein. Ich knöpfte den Mantel ganz zu und zog mir die Kapuze über den Kopf. Ich blickte zurück und sah in der Ferne das Heck des Flugzeuges. Es hatte sich seit dem Sommer, als ich es wie ein gewaltiges Fabeltier angestaunt hatte, ein wenig geneigt, vermutlich würde es bald umfallen und den Rest der Gebäude hinter sich zertrümmern. Ob es brennen würde? Wohl nicht. Meines Wissens hatten Flugzeuge im Heck keinen Tank und selbst wenn – woran sollte das Kerosin sich entzünden? Die Feuer waren selten geworden, nachdem eine letzte, trockene Hitzewelle Ende September noch einmal für einige neue Brände in den Städten gesorgt hatte und für einen großen Waldbrand, der einige Dörfer im Bergischen Land – Wickesberg, Schückhausen, Bochen und Straßweg – nahezu gänzlich vernichtet hatte.

Ja, der Sommer war sehr groß gewesen, heiß genug und feucht genug, und das war gut für uns, denn die Ernte an halbverwilderten Zivilisationspflanzen war reicher gewesen, als wir hatten erwarten dürfen. Dann aber war der Herbst mit Wucht gekommen, mit Sturm und Regen und ein paar malerischen, goldenen Tagen dazwischen, die mit kühlem Wind, klarem Himmel und klarer Luft für alles entschädigten. So klar war die Luft noch nie gewesen und ich war dankbar, dass ich das noch wahrnehmen konnte. Schon in einem Jahr, im nächsten Herbst, würden meine Sinne die Zivilisation mit ihrem Schmutz und ihrer verpesteten Luft vergessen haben und mir würde das alles ganz normal erscheinen. So wie das langsam kippende Flugzeug-Mahnmal dort hinten, das für mich inzwischen nicht mehr als ein altvertrautes Merkmal einer gut bekannten Landschaft war. In einem Jahr – wenn ich dann noch lebte. Denn da waren ja immer noch sie.

Später am Tag, während ich die B8 entlang ritt, vorbei an den Reusrather Autobahnabfahrten und dem Landeskrankenhaus, das ich inzwischen auch als lohnenden Ort zum Plündern und zum Übernachten in heulersicheren Räumen kannte, fiel mir etwas auf, das ich schon seit dem Herbst beobachtet hatte: Wenn es regnerisch, kalt und windig war, kam mir die leere Welt vertrauter und weniger verlassen vor als im Sommer und an den schönen Herbsttagen. Das war insofern verwunderlich, als dass die Natur bei diesem Wetter natürlich viel lauter war als bei Sonnenschein. Sturm heulte, Regen prasselte, Bäume rauschten, Wasser plätscherte. Aber diese Geräusche kannte ich. Ein Herbststurm war ein Herbststurm, der war auch zu Zeiten der Menschheit keine stille Angelegenheit gewesen. Im Sommer waren es die kleinen Geräusche gewesen, die Vögel und Insekten, die gluckernden Bächlein mitten in der Stadt, die mir klar gemacht hatten, wie alleine ich war. Aber hier, auf der Bundesstraße, die noch an den heißen Septembertagen voller Geräusche raschelnder, unsichtbarer Tierchen und gurrender, pfeifender, zwitschernder Vögel gewesen war, klatschte nun der Regen so lautstark auf meine Kapuze, dass ich die Hufe meines Pferdes kaum hörte. *Jederzeit konnte sich ein Auto unbemerkt nähern und Fog, Reaper und mich mit dem Inhalt einer der tiefen Pfützen bespritzen. Und dass es nicht kam, war nur ein Zeichen dafür, dass die*

Menschen vernünftiger waren als ich und bei diesem Sauwetter zu Hause blieben. So schien es. Die Pflanzen, die noch vor einigen Wochen hoch und stolz von der beginnenden Rückeroberung der Steinlandschaft gezeugt hatten, waren nun niedergeschlagen vom Regen und an die Mauern gedrückt vom Wind und mit einem flüchtigen Blick von den nassen Gebäuden, an denen sie klebten, kaum zu trennen.

Wenn man aber genauer hinsah, dann verschwand dieser Eindruck und ich konnte sehen, wie Herbst und Winter den Verfall beschleunigten. So lange es weitgehend warm und trocken gewesen war, hatte die Leere auch etwas Malerisches gehabt. Allein wie die Natur in Form von Pflanzen und Tieren das Herrschaftsgebiet der Menschen übernommen hatte, war auf eine so wilde, ungebändigte Art romantisch gewesen, dass wir uns mit der Zeit fast damit abgefunden hatten. Mit meiner Theorie, dass das, was immer auch geschehen war, nur mit uns geschehen war, hatte ich mehr und mehr Gehör gefunden. Es machte das alles nicht begreifbar, aber in gewisser Weise akzeptabel. Andere hatten ähnlich tröstliche Visionen entwickelt, von Träumen und anderen Dimensionen, die alle darauf hinausliefen, dass unsere geliebten Menschen nicht fort waren, dass sie alle noch da waren und ihre Leben weiter lebten, dass irgendwo alles noch so war, wie es gewesen war, dass irgendwo alles noch gut war. Wenn man das annahm, konnte man sich stark und jung in einer neuen Welt fühlen, die es zu erobern galt.

Dann waren die Heuler gekommen, und wir hatten keine Welt mehr zu erobern, sondern unseren davon übrig gebliebenen Fetzen zu verteidigen. Aber auch das war leichter zu ertragen, wenn ich mir sagte, dass meine Schwester, meine Eltern, meine Freunde in einem wie auch immer gearteten Anderswo waren, wo man nicht mit der Hand an der Waffe schlief und zitternd auf ein Heulen in der Nacht lauschte.

Den Mut, diesem Trost völlig zu entsagen, hatten in letzter Konsequenz nur Daniela und Esther. Danni, die damals in der Kirche halb wahnsinnig vor Trauer gewesen war und sich in eine Traumwelt geflüchtet hatte, sprach von den Verschwundenen nur als von den Toten. Sie hatte ihre Eltern betrauert, sie betrauerte sie immer noch, aber sie hatte sich mit ihrem Tod abgefunden. Nun lebte sie für Jan und wahrscheinlich auch für das Kind, das sie von ihm bekam, für uns, die wir sie und ihre Fähigkeiten so nötig brauchten, und für die Tiere, die ohne ihre Hilfe und ihr Können wahrscheinlich zumeist krepiert wären. Sie leistete sich den Luxus eines Glaubens an ein Jenseits, aber was das Diesseits betraf, so gönnte sie sich keinen Trost. Auch Esther war gläubig, auf eine seltsam selbstverständliche Weise, aber sie beschäftigte sich nicht mehr mit der Frage, ob wir im Jenseits waren oder alle anderen oder wie auch immer. Ihr Scherz am ersten Abend, über das Fegefeuer und mich als ihren persönlichen Engel, war das Äußerste an Grübelei, das sie sich zugestand. Sie suchte keine Flucht, weil sie keine brauchte. „Damit kann ich mich beschäftigen, wenn ich tot bin", hatte sie einmal gesagt, als das Thema an der abendlichen Tafel aufgetaucht war, irgendwann, spät, wenn es unter denen, die noch nicht schlafen gegangen waren, immer auftauchte. Matthias hatte nach der Bemerkung geschnappt wie jemand, der sehr lange nichts zu beißen gehabt hatte.

„Du glaubst also an ein Leben nach dem Tod?"

Sie hatte genickt. „Yep."

„Ich nicht", hatte Matthias bestimmt festgestellt und auf Widerspruch gewartet, der nicht kam. Esther hatte nur mit den Schultern gezuckt. „Okay."

„Du hast mal gesagt, dass du denkst, das hier sei das Leben nach dem Tod."

Sie hatte laut gelacht. „Ist 'ne Möglichkeit ... oder, mein Engel?" Dann hatte sie sich blitzschnell zu mir gedreht, mir einen wilden Kuss auf den Mund gedrückt und mich mit sprühenden Augen angesehen, auf diese Art, die mich zum willenlosen, sabbernden Lappen machte, zum totalen Estheristen.

Matthias hatte das natürlich nicht gereicht.

„Also, entweder das hier ist das Leben nach dem Tod oder es gibt noch ein anderes Leben nach dem Tod. Da musst du dich doch entscheiden."

„Nö", hatte sie gesagt, ohne ihn anzusehen, denn jetzt interessierte sie sich ganz eindeutig viel mehr für mich als für eine weitere fruchtlose Diskussion um das endlose nächtliche Thema. „Muss ich nicht."

„Wieso nicht?"

„Weil es egal ist. Habe ich doch gesagt. Ich erfahre es früh genug. Wenn ich tot bin."

„Und was ist", hatte er mit leichtem Triumph in der Stimme gesagt, „wenn es gar kein Leben nach dem Tod gibt? Wenn dann gar nichts mehr kommt?"

„Dann eben nicht. Kann mir dann auch egal sein, oder?"

„Aber ..."

„Und wenn du nichts dagegen hast", hatte sie gesagt, war aufgestanden und hatte meine Hand genommen, „möchte ich bis dahin das genießen, von dem ich zumindest den sehr starken Eindruck habe, dass es real ist. Kommst du mit, Daniel?"

Esther flüchtete nicht, weil es nichts gab, wovor und wohin sie flüchten wollte. Danni flüchtete nicht, weil sie durch das finsterste Tal von uns allen gegangen und wieder herausgekommen war. Wir anderen hatten, jeder für sich, irgendeinen Nebel erschaffen, durch den wir den uns umgebenden Wahnsinn leichter betrachten konnten. Er glich dem Regenschleier, der die Welt um mich einen Moment lang erscheinen ließ, als sei sie gar nicht leer. Als seien die Leute nur wegen des Scheißwetters zu Haus geblieben. Aber ich musste nur ein wenig durch den Schleier hindurch sehen, dann sah ich die Zeichen überall: Bäume, die bei dem zweiten Herbststurm – er hätte zu Zeiten der Wettershows, Meteorologie-Rekordjagden und Strömungsfilme sicher einen ähnlich beeindruckenden Namen erhalten wie Kyrill damals – umgestürzt waren und nun auf den Straßen und Bürgersteigen lagen. Von Wind und Wetter eingeschlagene Fensterscheiben, überlaufende Gullis und schnell die Straße herunter strömendes Regenwasser, für das am Ende der überfluteten Kanalisationen keine Pump- und Klärwerke mehr arbeiteten. Es war eine graue, nasse, verfallende und zerstörte Welt. Eine sehr tote Welt. Dannis Welt, wie ich vermutete.

Schließlich ritt ich auf die Autobahnbrücke, die die Grenze zwischen Langenfeld und Leverkusen bezeichnete. Bezeichnet hatte. Jetzt war sie nur ein künstlicher Übergang über einen künstlichen Canyon. Wie lange würde es dauern, bis niemand sich mehr an den Namen dieses Canyons – „A3" – erinnern würde oder wollte? Ich wusste nicht einmal, ob die Brücke wirklich die Stadtgrenze gewesen war, ich hatte sie immer als solche genommen. Ich zog die Zügel an, und Fog blieb stehen.

Ich stand eine ganze Weile unschlüssig auf der Brücke, dann ritt ich doch weiter, den Wupperberg hinab und über die Wupperbrücke, unter der der vom Regen geschwollene Fluss rauschte, vorbei am Kreisverkehr am Berliner Platz, dann auf der Düsseldorfer Straße ins Zentrum von Opladen. Ich beschloss, doch noch einmal die tote Stadt zu besuchen. Nur wohin jetzt?

Ich fand mich in der St. Remigius-Kirche wieder. Dort saß ich eine ganze Weile in der ersten Bank des Kirchenschiffs und schaute über den Altar hinweg auf das dreiteilige Fenster dahinter. Ein modernes Kirchenfenster, Bilder, die nicht abstrakt waren, aber auch nicht gegenständlich genug, dass ich wirklich verstand, was sie zeigten. Auf dem mittleren sah ich eine schmale, steinerne Treppe, vielleicht in einem Fels, die wohin führte? Nun, das war offensichtlich, oder? Und dann doch wieder nicht – man durfte sich seinen Teil denken. Ich hatte dieses Bild immer als tröstlich empfunden, ohne wirklich zu verstehen, warum, damals, als es noch Menschen gab und ich noch in Kirchen gegangen war. Zu meiner eigenen großen Verwunderung spendete das Bild immer noch Trost. War das noch dieselbe Treppe? War ich noch auf demselben Weg? Wie auch immer – sie führte immer noch irgendwo hin.

Eine Bewegung hinter mir, etwas, das ich aus den Augenwinkeln sah, ließ mich herumfahren. Heuler? Am hellen Tag, mitten in der Stadt? Ich hatte das Schwert gezogen und atmete stoßweise, bevor ich überhaupt wusste, was geschah. Aber da war nichts, ich hatte mich wohl getäuscht. Trotzdem – der Schreck hatte mich geweckt. Ich ging auf den Glockenturm und warf einen Blick über die Stadt. Es dämmerte. Nicht mehr lange, und es würde finster sein. Ich brauchte einen Platz für die Nacht. Ich grübelte ein wenig, dann ging ich noch einmal in den Raum unter der Glocke und schaute mich um. Ein kleines Zimmer, hoch über der Erde. Nur eine schwere Tür, verschließbar.

„Das ist gut hier, oder?", fragte ich Reaper.

Er sah mich interessiert an. Ich nahm das als Zustimmung und schlug mein Nachtlager auf. Ich nutzte die letzten Sonnenstrahlen für meinen

Brief an Esther – der Gedanke an den Abend, an dem sie Matthias so hatte auflaufen lassen und vor allem an die grandiose Nacht, die dem gefolgt war, hatten die Sehnsucht nach ihr schmerzhaft und körperlich gemacht. Ja, ich wollte andere Menschen finden, der Gedanke, dass ich jene, die die Nachricht geschrieben hatten, vielleicht schon morgen sehen würde, machte mich kribbelig vor Aufregung. Aber wie lang würde es noch dauern, bis ich endlich wieder bei ihr war? Ich hoffte, dass diese anderen Menschen es verdammt noch mal wert waren. Ich aß eine kalte Mahlzeit, las Esthers Brief an mich zweimal, steckte ihn zurück in die Brusttasche, rollte mich in meinen Schlafsack, legte den Kopf auf Reapers Flanke und schlief ein.

Im Traum kam ich wieder nach Opladen, aber diesmal nicht von Reusrath, sondern von Leichlingen her. Es war wieder Sommer. Ein Mann kam mir auf der Straße entgegen. Er sah auf den ersten Blick völlig unauffällig aus, abgesehen von einer halbmondförmigen Narbe unter einem Auge, drahtig, nicht klein, nicht groß. Er war praktisch gekleidet, wie ich. Ein Knöchel steckte in einer Schiene aus Kunststoff, er hinkte. Über seiner Schulter hing eine Maschinenpistole. Und auch er trug ein Schwert im Gürtel. Wir sahen uns lange an, ich von meinem Pferd herunter, er zu mir hinauf.

„Was ist dort?", fragte ich schließlich und deutete auf die Straße hinter ihm. Er schüttelte den Kopf.

„Nichts. Und dort?" Er nickte in die Richtung, aus der ich kam.

„Auch nichts."

Er nickte.

„Gut. Aber ich will dich warnen. Jemand kommt. Er kommt aus dem Dunkel, und er will dich. Hüte dich vor dem Mann ohne Gesicht. Hüte dich vor dem, was dir ähnlich ist."

„Das verstehe ich nicht."

„Nein? Du wirst es verstehen. Pass nur gut auf."

„Hast du gesehen, was kommen wird?"

Er warf einen langen Blick zurück, schien einen Moment nachzudenken und sagte dann: „Nein. Das ist deine Geschichte."

In der Ferne war ein Heulen zu hören, dieses schreckliche, unirdische Heulen.

„War es das?"

Er schaute mich interessiert an.

„Was?"

„Die Heuler."

„Ich habe nichts gehört. Es ist deine Geschichte. Nicht meine. Pass nur gut auf."

Damit ließ er mich stehen und humpelte seines Weges. Und ich schwamm wieder fort aus dem Traum, in die dunkleren Tiefen des Schlafes.

4

Es war noch dunkel, als ich aufwachte und ich hatte keinerlei zeitliche Orientierung. Ich tastete nach meiner Kuriertasche, während Reaper sich schnaubend erhob, holte eine Mini-*Maglite* heraus und schaltete sie an. Was würden wir eigentlich machen, wenn es einmal keine Batterien mehr geben würde? Kerzen benutzen? Ich dachte an Taschenlampen mit Handdynamo. Vorher hatte ich die Dinger hochgradig albern gefunden, obwohl ich aus Vernunft- und Umweltgründen selbst eine besessen hatte. Aber die ständige Drückerei oder gar Schüttelei hatte gerade bei den Leuten, die die Dinger liebten, immer so affig ausgesehen. Das mochte immer noch so sein, aber diese Lampen würden unter den heutigen Umständen sehr praktisch sein. Ich nahm mir vor, einen größeren Posten einzupacken, wenn ich das nächste Mal einen Baumarkt aufsuchte. Aber noch war es nicht so weit und ich hatte meine Mag. In ihrem Licht holte ich meine Uhr – ebenfalls batteriebetrieben, das würde ich auch mal ändern müssen – aus der Tasche und schaute darauf.

Kurz vor sechs Uhr.

War das spät genug? Die Uhr diente mir vor allem zur Navigation und Routenplanung – und zur Bestimmung der Heulergefahr bei Dunkelheit. Aller Erfahrung nach, die die Jäger und ich gesammelt hatten, war die offene Landschaft draußen nicht mehr sicher, sobald es dunkel war. In die Städte wagten sie sich normalerweise nicht und in Dörfer selten, aber wenn, dann war es auch dort ratsam, eine starke Tür zwischen sich und der Welt draußen zu haben, sobald die Sonne gesunken war. Morgens aber war es anders, sie schienen sich schon lange vor der Dämmerung zurückzuziehen, in ihre Bauten, Höhlen, Nester oder wo immer Heuler wohnten. Aber war sechs Uhr früh genug?

Ich stieg zur Glocke hoch und schaute mich um. Nichts. Eine Stadt, die so unglaublich dunkel war, wie ich es noch vor einem Jahr nicht für möglich gehalten hatte. Die menschliche Zivilisation war nicht nur laut gewesen, sondern auch sehr, sehr hell, selbst in einer wolkenverhangenen Winternacht. Nun musste ich meinen von der *Maglite* verengten Pupillen erst eine Weile Zeit lassen, bis sie in der Lage waren, mir zumindest ein paar Schemen zu zeigen, die ich leicht in die Gebäude ordnen konnte, die ich so gut kannte. Nichts war da draußen, keine Bewegung. Nur steinerne Dunkelheit und der heulende und pfeifende Wind. Kein Regen. Und natürlich keine Heuler. Hatte ich ernsthaft erwartet, Heuler zu sehen? Niemand hatte je einen Heuler gesehen.

Ich ging zurück in den Raum unter der Glocke, in dem ich geschlafen hatte, und überlegte. Es war nicht mehr lange bis zur Dämmerung und ich war in einer Stadt. Die Stadt würde ich auch nicht verlassen, abgesehen von einer kleinen Strecke zwischen Flittard und Mülheim, wo die B8 am Kurtekotten und in der Nähe des Dünnwalder Waldes verlief. Aber wenn ich dahin kam, würde es vielleicht schon hell sein. Es würde gelingen. Das Einzige, was mir noch Sorgen machte, war das Heulen, das ich im Traum gehört hatte. War das wirklich nur ein Traum gewesen, oder hatte ich den echten Ton in meinen Traum eingebaut? In diesem Fall waren tatsächlich Heuler in der Stadt gewesen – und zwar nicht sehr weit weg. Ich lief im Licht der *Maglite* unschlüssig auf und ab, interessiert – wenn nicht belustigt – beobachtet von Reaper.

„Was meinst du", fragte ich ihn. „Sollen wir aufbrechen? Oder warten, bis es hell ist?"

Er hechelte und lächelte mich auf Rottweilerart an.

„Aufbrechen?"

Reaper bellte.

„Okay, Lassie. Dann los. Aber auf deine Verantwortung."

Dennoch dauerte es eine ganze Weile, bis ich mich traute, die Tür wirklich zu öffnen, hinter der ich sicher geschlafen hatte. Als ich mich endlich dazu durchgerungen hatte, nahm ich die *Maglite* in den Mund, schloss leise auf, löste die Klinke, riss die Tür auf und stieß mit dem Schwert in die Dunkelheit dahinter. Erst danach sprang ich durch die Türöffnung und schlug sofort noch einmal zu. Die Klinge pfiff durch die leere Luft und ich konnte sie gerade noch abbremsen, bevor sie mit der Spitze auf den Boden schlug. Hier war also nichts. So weit, so gut. Ich sah mich einmal kurz um und der Lichtschein der Lampe folgte meiner Kopfbewegung. Nichts. Keine Gestalten, keine Bewegung. Gut.

Trotzdem zuckte ich zusammen, als Reaper hinter mir durch die Tür kam, an mir vorbei ging und dabei an meinem Bein entlang streifte.

„Mach das nicht noch mal!"

Er schenkte mir einen verdutzten Blick, dann trottete er die Treppe hinunter. Die Tatsache, dass er offenbar völlig sorglos war und keine Bedrohung zu wittern schien, machte mir Mut, ich folgte ihm – vorsichtig. Das Kirchenschiff war kalt und leer, die Luft feucht. Ich hatte die Türen offen gelassen, damit Fog, falls das Wetter draußen noch ungemütlicher würde, in die Kirche kommen konnte. Aber er hatte es offenbar vorgezogen, draußen zu bleiben. Reaper ging durch die Glastür, die das Kirchenschiff von einem kleinen Vorraum trennte, trottete zum Kirchentor, schaute einmal nach draußen und kam zurück. Das alles ohne das geringste Zeichen von Anspannung oder Wachsamkeit. Ihn so völlig entspannt zu sehen beruhigte auch mich. Der Hund kannte Heuler, viel besser als ich, er hatte gegen sie gekämpft und sie hatten ihn fast umgebracht. Wenn er mit seinen viel besseren Sinnen also keinen Grund zur Sorge sah, dann konnte ich mich wohl auch entspannen.

Ich holte meinen Rucksack, setzte mich in eine der Kirchenbänke und nahm als erstes die Thermoskanne heraus. Der Rest des Kaffees, den ich gestern Morgen in der Kaserne gekocht hatte, war immer noch heiß. Gut. Ich trank ihn zu zwei Streifen *Biltong*, einem Apfel und einer Vitamintablette. Da ich inzwischen völlig davon überzeugt war, dass keine Heuler in der Nähe waren, verrichtete ich meine Morgentoilette draußen. Das gefiel mir bedeutend besser als die Alternative – in der Kirche wäre ich mir pietätlos vorgekommen. Der Morgen war kalt, kälter als gestern, der Winter kam mit Macht. Aber es regnete nicht, die Luft war feucht und sauber und weckte auch die letzten Lebensgeister in mir. Ich spritzte mir Wasser aus der Feldflasche ins Gesicht, putzte mir brav die Zähne (die Alternative zu Zahnhygiene war immer noch nicht erbaulich, obwohl Esther an Routine gewonnen hatte), pinkelte in die Büsche und ging zurück in die Kirche. Dort nahm ich einen letzten Schluck Kaffee, verpackte mein Frühstück, schälte mich in den Mantel, legte Tasche und Rucksack an, nahm Bogen und Pfeile und pfiff nach Reaper. Er sprang hinter dem Altar hervor, wo er offenbar noch ein kleines Nickerchen eingelegt hatte. Im Vorraum lud ich den Sattel auf und verließ die Kirche. Reaper folgte mir. Fog hatte offenbar mitbekommen, dass es losging, er wartete auf der anderen Straßenseite. Ich sattelte ihn, befestigte Rucksack, Bogen und Pfeile und saß auf. In der Ferne, jenseits des Bahnhofs, wurde der schwarze Himmel grau.

5

Es war Vormittag, als ich den Köln-Deutzer Bahnhof passierte, absaß, und Fog auf die Hohenzollernbrücke führte. In den vergangenen Monaten war der Rhein in meiner Vorstellung zu einer Grenze geworden, die meine Welt in ein „Diesseits" und „Jenseits" teilte. Vielleicht hatten die germanischen Stämme auf meiner Seite des Rheins vor zweitausend Jahren eine ganz ähnliche Sicht gehabt.

So lange die Brücken noch da waren – fünf konnte ich von hier aus sehen, die, auf der ich ging, gar nicht mitgerechnet – war der Fluss natürlich leicht zu überqueren. Aber wie lange waren sie noch sicher? Ich hatte überhaupt keine Ahnung, wie lange es dauerte, bis Stahl und Beton so weit erodierten, dass die Brücken nicht mehr sicher waren. Aber ich ging von vielen Jahren aus. Und was war mit den Rheinschiffen, die führerlos den Fluss hinaufgetrieben waren? An einem Pfeiler der Deutzer Brücke, auf der dem Westufer zugewandten Seite, waren einige Kähne ineinander getrieben worden, das konnte ich leicht erkennen. Sie verstopften den Raum unter der Brücke und bildeten eine neue, sprudelnde Stromschnelle. Hatten sie den Pfeiler beschädigt? Konnten sie das überhaupt? Und was war mit den sicher zahlreichen Schiffen, die gegen irgendeinen Brückenpfeiler geprallt, und dann, ohne ein solches Knäuel zu bilden, weitergetrieben waren? Stellten solche Unfälle eine Gefahr dar für so große Brücken wie die in Köln? Ich wusste es nicht, aber ich konnte es auch nicht ausschließen. Und ohne Brücken war der Rhein eine Barriere, die sehr schwer zu überwinden war. So hatten die Zeiten sich geändert.

Auf der Brücke passierte ich einen Zaun, an dem unzählige Vorhängeschlösser hingen. Auf alle waren Namen oder Initialen geschrieben, oft von einem Herz umrahmt. Steffi und Detlef, Sylvia + Stefan, Klaus und Susanne, M & C, D + S, N + N, ... und so weiter, und so weiter. All diese Paare hatten ihr Schloss hier an den Zaun gehängt, den Schlüssel in den Rhein geworfen und vielleicht gehofft, dass es für immer sein würde. Manche hatten sich wahrscheinlich auch gar keine großen Gedanken gemacht. Und nun waren sie fort, und die Schlösser waren noch da. Was bedeutete das? Bedeutete es irgendetwas?

Ich stand lange vor dem Zaun und starrte die Schlösser an. So viele Schlösser. So viele Menschen ... Mit einem Mal überschwemmte mich eine Welle von Trauer, ich taumelte weg vom Zaun, blind, prallte gegen das Brückengeländer und schaffte es gerade noch, mich festzuhalten, bevor ein plötzlicher Brechreiz mich zusammenklappte. Ich würgte heftig, aber ich übergab mich nicht, mein Magen war nicht gewillt, die knappen Nährstoffe wieder herzugeben. Tränen schossen mir in die Augen, vielleicht aus Trauer, vielleicht wegen der Übelkeit. Ich ließ sie über meine Wangen laufen und presste einen heiseren Schrei heraus, der sich aus meinem Innersten den Weg nach oben gekämpft hatte. All die Menschen. All diese Liebenden. All meine Menschen! Meine Familie, meine Freunde! Wo waren sie? Wohin waren sie verschwunden? Wer hatte sie mir weggenommen? Und warum, verflucht nochmal, war ausgerechnet ich noch da?

Ich schrie noch einmal und noch einmal und noch einmal. Reaper schaute mich ziemlich besorgt an, Fog schien das Ganze eher kalt zu lassen. Dumme Tiere. Verdammte dumme Tiere. Ich wollte Menschen, ich wollte jemanden, dem ich meinen Kummer erzählen konnte, und eigentlich wollte ich nicht mit meinem Pferd und meinem Hund und mit Rucksack und Taschen, schwerem Mantel und Pfeil und Bogen und Schwert, ungewaschen, unrasiert, ungekämmt, hart, wachsam und ängstlich zu Fuß über die Hohenzollernbrücke gehen. Ich wollte jetzt, in diesem Augenblick, kein Finder sein. Ich wollte mein altes Leben zurück. Ich wollte das Davor. Ich wollte mit Esther in einem warmen Regionalzug über die Brücke fahren und einen schönen, winterlichen Tag in Köln verbringen, Weihnachtsmärkte und Schokoladenmuseum, Geschäftebummel über die Schildergasse, dann auf die Ringe, vielleicht auf einen Film in den Cinedom und abends in Jameson's zu Musik und *Stew* und *Whisky*. Dann mit dem letzten Zug nach Hause in unsere gemeinsame Wohnung, vielleicht noch ein *Port* oder ein Kakao, dann Sex auf einem warmen, sauberen Bett mit Matratze und Lattenrost, vorher oder nachher oder währenddessen mit ihr unter die heiße Dusche, und dann sorglos einschlafen … Ich wollte ein Leben, in dem ich keine Ahnung hatte, wie man mit dem Bogen auch bei Wind schoss, in dem ich kein über dreihundertfünfzig Jahre altes japanisches Schwert besaß und benutzte, in dem Esther Kundengespräche führte und keine Knochen richtete, Arzneien mischte und Zähne zog. Ein Leben, in dem ich Heuler für etwas hielt, das man an Silvester anzündete, zur allgemeinen Belustigung und zur Begrüßung des Neuen Jahres.

Ich atmete die kalte, saubere Winterluft tief ein, mehrmals, dann beruhigte ich mich langsam wieder. Es war egal, was ich wollte. Niemand fragte danach, was ich wollte. Das hier war meine Welt, friss oder stirb. Und wenigstens war die Luft gut.

„Kommt", sagte ich zu meinen Begleitern, „es geht wieder."

Wir hatten fast das westliche Ufer erreicht, als Reaper plötzlich stehen blieb, zum Brückengeländer lief und auf den Rhein hinaus bellte. Ich trat an das Geländer und spähte auf den Fluss. Zuerst sah ich nichts, was Reapers Interesse geweckt haben könnte, doch dann erspähte ich etwas auf der Halbinsel zwischen Rhein und Deutzer Werft, gegenüber dem Rheinauhafen. Mehrere große, dunkle, sich bewegende Gestalten.

Konnte es sein ... nein, das konnte nicht sein! Ich setzte mein Fernglas an die Augen und doch – es war so. Was ich da sah, war eine Herde Elefanten. Asiatische Elefanten. Sieben erwachsene und vier Jungtiere. Wo kamen die Elefanten her?

Ich nahm das Glas von den Augen, rieb mir die Reste der Tränen von eben heraus und schaute noch einmal. Es blieb dabei. Da bummelten elf Elefanten gemütlich über die Rheininsel. Ich vermutete, dass es die Herde aus dem Kölner Zoo war. Die hatte zwar, soviel ich wusste, vierzehn Tiere umfasst, und der Zoo war ein ganzes Stück weiter nördlich, auf der anderen Rheinseite – aber Elefanten wanderten viel und es mochte durchaus sein, dass sie den Rhein auf einer der Brücken überquert hatten. Die Zoobrücke zum Beispiel, mit ihren breiten Auffahrten, war sicher sehr elefantenfreundlich. Und was die Zahl anbetraf – es war eher erstaunlich, dass elf Elefanten es geschafft hatten, als dass drei fehlten. Was mich am meisten wunderte, war aber, dass sie es überhaupt aus dem Zoo heraus geschafft hatten. Ich kannte den Kölner Elefantenpark, er war mir immer als eines der stabilsten Gebäude erschienen, die ich je gesehen hatte, Bunkeranlagen eingeschlossen. Irgendetwas Gewaltiges musste im Zoo passiert sein, um den Elefanten den Weg nach draußen frei zu machen. Ich dachte an das Flugzeug in Hilden – etwas in der Größenordnung vielleicht. Oder konnte es sein, dass die Pfleger gerade in dem Moment verschwunden waren, als die stabilen Tore des Elefantenparks offen gewesen waren? Gab es so einen Moment überhaupt?

Für einen Augenblick hatte ich alles vergessen, Dom und Nachrichten und andere Menschen und alles, ich wollte nur zum Zoo und nachsehen, was dort passiert war und ob es noch mehr Tiere in die Freiheit geschafft hatten. Meine Vernunft bremste mich sofort. Wenn die Elefanten es geschafft hatten und es nicht an verschwundenen Pflegern und offenen Türen lag, dann war es sehr wahrscheinlich, dass einige andere Tiere aus weniger stabilen Anlagen ebenfalls entkommen waren. Ich dachte an Raubkatzen, Nilpferde und Bären, vor allem aber an die Paviane. Ich hatte vorher, wenn ich in den Zoo ging, immer lange am Pavianfelsen gesessen und die Affen beobachtet. Und ich hatte nicht selten den Eindruck gehabt, dass sie einen Weg vom Felsen herunter suchten. Diese Viecher waren wahrhaftig nicht blöd, wenn also etwas den Elefanten den Weg nach draußen geebnet hatte, konnte es durchaus auch die Paviane befreit haben. Sofern das überhaupt nötig war. Das Wasser um den Felsen war im Sommer sicher verdunstet – konnten die Paviane einen trockenen Graben überwinden? Vermutlich schon. Ich gab die Zoo-Idee schnell wieder auf und beschloss, doppelt wachsam zu sein, auch am Tage. Wenn irgendein Tier, das ich kannte, meiner Vorstellung von einem Heuler sehr nahe kam, dann war es ein Pavian. Intelligent, aggressiv, gut bewaffnet und brandgefährlich. Nein, danke. Lieber nicht in den Zoo. Möglichst nicht herausfinden, wer sich noch hatte befreien können. Ich setzte meinen Weg fort, herunter von der Brücke, an den Museen vorbei und zum Kölner Dom.

So lange ich den Dom nur von weitem gesehen hatte, war ich dem Anblick ausgewichen. Jetzt stand ich davor, und er war noch unbegreiflicher, als er es vorher immer gewesen war. So stumm. So schwarz. So steinern. So groß. Drüben, auf dem anderen Rheinufer, war ich an Gebäuden vorbeigekommen, die höher waren als der Dom, aber sie hatten nicht dieselbe Wirkung. Der Dom zeigte mir, wie klein ich war. Die St. Remigius-Kirche war für mich gewesen, was eine Kirche immer hatte sein sollen – ein sicherer Hafen, ein Schutz und ein Aussichtspunkt.

Der Dom war eine Sphinx, eine große, dunkle Frage, die die Antwort in sich selbst trug. Nur war diese Sphinx noch unnahbarer und gewaltiger als die andere, die zumindest Augen hatte, mit denen sie höhnisch auf den Befragten hinunter schauen konnte. Der Dom hatte keine Augen und er brauchte keine Augen. Für einen Primitiven, zu dem ich ja irgendwie geworden war, war er nicht mehr Gottes Haus, sondern selbst ein Götze, gewaltig, furchteinflößend. Ich riss mich aus den Gedanken. Das war ein großes Gebäude aus Sandstein, mehr nicht. Und ich musste darin eine Nachricht suchen. Das konnte dauern. Also besser sofort damit anfangen.

Ich betrat den Dom und hatte gerade noch Zeit, mich wie üblich zu fragen, wie es sein konnte, dass ein solcher Bau innen so viel heller war als außen. Dann sah ich, dass meine Suche für heute beendet war. Erfolgreich. Über den Hauptaltar war, mit vier Seilen an den umliegenden Säulen befestigt, ein riesiges Tuch gespannt. Darauf stand, in großen, roten Buchstaben:

Wir suchen andere Menschen!
B 235 (Luxemburger Straße)
und L 33 Richtung
NIDEGGEN (Jugendherberge)

„Was ist das hier?", fragte ich Reaper, „eine verdammte Schnitzeljagd?"

Er sagte nichts, und ich seufzte. Luxemburger Straße. Nun gut. Mit etwas Glück konnte ich es heute noch bis hinter Köln schaffen.

6

An diesem Tag ritt ich nur bis Erftstadt. Ich kannte die Gegend dahinter nicht und auf der Karte sah sie recht leer aus. Städte und große Dörfer waren immer eine sichere Angelegenheit, aber es gab keinerlei Garantie, dass man irgendwo auf dem platten Land auf Anhieb ein heulersicheres Gebäude fand. Und ich verspürte keinerlei Lust, irgendwo auf der Landstraße von der Dämmerung überrascht zu werden. Wenn sie mich erwischen sollten, dann bitte nicht mit heruntergelassener Hose.

Am nächsten Tag war das Wetter beschissen und ich hatte eine durchwachte Nacht hinter mir, weil ich in der Ferne tatsächlich Heuler gehört hatte. Ich fühlte mich wie ausgekotzt und kam auch nicht weit – ein brutaler Platzregen trieb mich in eine Scheune, die ich erst am Nachmittag verließ, um mir einen festeren Unterschlupf zu suchen.

Immerhin – diese Nacht war ruhig, am nächsten Morgen war es klar, und ich kam gut voran. Nicht nur das Wetter an diesem Morgen, auch die Landschaft hier war anders. Ich war aus dem Spätherbst gekommen, hier war ein Land des frühen Winters. Die Luft roch nach Schnee, obwohl er gestern noch als kalter Regen gefallen war. Aber die Höhenzüge in der Ferne, Eifel, Hohes Venn und Hürtgenwald, schimmerten schon weiß.

Gegen Mittag machte ich Rast am Straßenrand, las Esthers Brief, aß Corned Beef aus der Dose, rauchte und hing ein wenig meinen Gedanken nach. Meistens dachte ich an Esther. „Alles, was du dir wünschst." Zum Beispiel eine Schnitzeljagd links des Rheins, ha ha ha, die mich wohin führen würde? Aachen? Brüssel? Paris? Scheiße. Ich wünschte mir meine Frau. Aber nun war ich einmal hier, also würde ich auch weiter machen. Wie lange? Nun, das kam darauf an, was ich in der Jugendherberge in Nideggen finden würde. Noch ein Wegweiser würde meine Geduld arg strapazieren – was wollten diese Leute überhaupt? Ich hatte die Lage unseres Hofes in allen Nachrichten immer sehr genau beschrieben, wieso machten sie so ein Rätsel daraus, wo sie waren? Und wenn sie von Nideggen oder Köln oder wo auch immer nach Wuppertal gekommen waren, mussten sie doch eine meiner Nachrichten gesehen haben, in Leverkusen, in Bergisch Gladbach, Wuppertal, Hilden, Solingen, Remscheid, irgendwo. Ich hatte sie wirklich überall hinterlassen, riesengroß, unübersehbar. Wieso hatten sie uns nicht einfach besucht? Das hätte mir diesen öden Marsch erspart. Ich begann, über den Charakter von Menschen nachzugrübeln, die sich so seltsam verhielten, und beschloss, wachsam zu sein.

Bald würde ich mehr wissen. Im beginnenden Regen saß ich auf, zog mir die Kapuze über den Kopf und ließ Fog langsam neben der Straße her trotten. Ich war nicht mehr weit von Nideggen entfernt. Da ich hoffte, ganz in der Nähe einer menschlichen Siedlung zu sein, ließ ich mich tief über seinen Hals hängen und suchte am Boden nach irgendetwas, das nach einer Spur aussah. Ich war so in meine Betrachtung des Bodens vertieft, dass ich kaum bemerkte, dass Reaper stehengeblieben war. Ich blickte auf, als ich ihn leise grollen hörte.

„Was ist los?"

Lassie hätte geantwortet. Mein Hund war aber wohl doch nicht Lassie, er stand nur am Straßenrand und knurrte ein dichtes Gestrüpp auf der anderen Straßenseite an. Ich glitt vorsichtig vom Pferd, nahm den Bogen und legte einen Pfeil auf. Bisher hatte ich Heuler tagsüber noch nie gehört, gesehen sowieso nicht, aber was wusste ich schon über Heuler? Was ich wusste, reichte gerade aus, sehr, sehr vorsichtig zu sein. Ich spannte den Bogen und zielte auf das Gestrüpp.

„Wer ist da?", fragte ich vorsichtshalber.

Natürlich keine Antwort. Ich versuchte es nochmal.

„Ich zähle jetzt bis Drei. Bei Drei schieße ich diesen Pfeil ab und lasse den Hund los."

Nichts.

„Eins.

Zwei."

Ich fragte mich, ob Reaper die Bedeutung der Worte *ich lasse den Hund los* erfasst hatte.

„Dr ..."

„Nicht schießen. Ich komme raus."

Ich erschrak so heftig, dass ich fast doch geschossen hätte.

Reaper begann, lauter zu knurren.

Aus dem Gestrüpp trat ein etwa fünfzehnjähriges Mädchen. Es sah ziemlich mitgenommen aus, mager und blass, lange Haare von undefinierbarer Farbe klebten nass an seiner Stirn, dem Nacken und den Schultern eines viel zu großen Parka. Die Maschinenpistole, die es in den Händen hielt, wirkte allerdings erschreckend gepflegt und funktionstüchtig. Die Mündung der Waffe schwang mit seinem Blick zwischen Reaper und mir hin und her. Ich fand, dass es den Hund bedeutend respektvoller ansah als mich.

„Leg den Bogen hin."

„Warum sollte ich?"

„Ich erschieß dich sonst."

„Dann hast du den Hund am Hals. Er ist schnell", vermutete ich. Reaper tat mir den Gefallen und knurrte noch lauter, kräuselte die Schnauze und sah verdammt bedrohlich aus. Guter Hund. Sie richtete die Waffe auf ihn. Glücklicherweise standen wir weit genug auseinander.

„Versuch es, und ich schieße. Du erwischst uns nicht beide."

Sie drehte sich wieder zu mir.

„Wir werden jetzt gleichzeitig, ganz langsam, die Waffen auf den Boden legen", schlug ich vor.

„Und dein Hund?"

„Er tut dir nichts, wenn du cool bleibst."

„Sagst du." Sie schenkte Reaper einen ängstlichen Blick, richtete die Waffe aber weiter auf mich. Ein Anblick, auf den ich gut hätte verzichten können. Ich bemühte mich, cool zu bleiben.

„Du wirst es mir schon glauben müssen."

Sie sah mich lange misstrauisch an. Leider wusste ich nicht genug über Reaper um garantieren zu können, dass ich die Wahrheit sagte. Ich hatte ihn noch nie in einer solchen Situation erlebt. Alles, was ich wusste, war, dass er einen Kampf mit Heulern überlebt hatte, wenn auch nur mit meiner und Esthers Hilfe. Aber selbst das konnte außer ihm nur Grim, unser anderer Hund, von sich behaupten. Irgendwann sah sie ein, dass sie keine Wahl hatte, und begann langsam, die Maschinenpistole zu senken. Ich senkte ebenso langsam den Pfeil. Dann legten wir beide die Waffen auf den Boden. Während wir uns wieder erhoben, zog ich mein Schwert, das sie bisher unter dem Mantel nicht bemerkt hatte, und ließ es neben mir ins Gras fallen. Sie sollte sehen, dass ich es ehrlich meinte. Sie nickte, lächelte ein bisschen, zog dann hinter ihrem Rücken ein großes Messer hervor und ließ es ebenfalls fallen. Ich grinste.

„Noch irgendwas versteckt?"

Sie grinste zurück, allerdings mit einem ängstlichen Blick auf Reaper. „Nein."

„Aus, Reaper! Ruhig! Komm her!"

Entweder, er kannte die Kommandos, oder er schätzte die Situation richtig ein. Er entspannte sich sichtlich, bellte einmal und trottete zu mir. Sie kam über die Straße auf uns zu. Ich ging ihr entgegen, ich wollte nicht bei meinem Bogen stehenbleiben, während sie sich von ihrer Waffe entfernte. Rituale. Ich reichte ihr die Hand, und sie schlug ein.

„Ich bin Daniel."

„Larissa." Aus dem abgemagerten Gesicht schauten mich zwei wache blaue Augen an. Sie lächelte und ich war sicher, dass sich die Jungs die Augen nach ihr ausgeguckt hatten, als es noch Jungs gab. Und ich war nicht mehr so sicher, dass sie es nicht geschafft hätte, Reaper und mich zu erschießen. Wenn sie bis heute überlebt hatte, musste sie hart sein, und etwas davon konnte man sehen. Wir waren alle hart geworden auf unsere Art, aber sie war fast noch ein Kind.

„Willst du was essen?", fragte ich, während wir zu meiner Straßenseite herüber gingen. Sie nickte und ich warf ihr eine Dose Thunfisch aus einer Satteltasche zu. Sie zog wie selbstverständlich einen Dosenöffner aus der Tasche und öffnete sie. Während sie aß, versuchte ich ein Feuer zu machen, was sich angesichts des Wetters recht schwierig gestaltete. Sie sah mir eine Weile zu, dann zückte sie ein Benzinfeuerzeug und binnen weniger Minuten hatten wir ein Lagerfeuer, heftig qualmend zwar, aber immerhin. Ich spannte meinen Mantel über drei Stangen, die ich am Sattel mitführte, und hatte so ein Dach über dem Kopf. Sie zögerte eine Weile, dann kam sie zu mir und setzte sich neben mich. Reaper kam angetrottet und ließ sich von ihr streicheln. Wir müssen ein richtig idyllisches Bild geboten haben, wie wir da so im Regen saßen.

Wir sahen eine Weile ins Feuer und gewöhnten uns aneinander.

„Bist du alleine?", fragte ich irgendwann.

„Warum fragst du?"

„Weil es mich eben interessiert. Man trifft nicht allzu viele Leute in letzter Zeit."

Sie lachte und nickte. „Und du?"

„Ich habe zuerst gefragt."

„Egal. Sag du zuerst."

Warum nicht. „Da, wo ich herkomme, sind noch ein paar andere. Wir sind neunzehn." Erkan fiel mir ein, aber ich wollte es nicht kompliziert machen.

„Und warum bist du alleine unterwegs?"

„Ich suche für die anderen in den Städten nach Sachen."

„Was für Sachen?"

Ich zuckte mit den Schultern. „Bücher, Medikamente, Salz, Zucker, alles Mögliche."

Sie nickte wieder, sagte aber nichts.

„Und du?", fragte ich nach einer Weile.

„Was ist mit mir?"

„Bist du alleine?"

Sie sah in ihre Thunfischdose und schüttelte den Kopf. „Nein."

Ich wartete eine Weile, aber sie löffelte einfach weiter den Fisch. Sie musste wissen, dass mich das interessieren musste, dass eine Begegnung unter Menschen heutzutage das Wichtigste aller Geschehen war. Aber sie ließ mich voll auflaufen.

„Ja, und?"

„Was, und?"

Ich bemühte mich um Gelassenheit. „Gott im Himmel, lass dir doch nicht alles aus der Nase ziehen. Ein bisschen was habe ich dir immerhin auch erzählt."

Sie grinste und sah mich an. „Ja, okay. Wir sind jetzt", sie rechnete im Kopf nach, „sechzehn. Sechzehn sind wir."

„Und warum treibst du dich alleine hier im Regen rum?"

„Ich bin die Späherin."

Ich versuchte, mir nicht anmerken zu lassen, wie perplex ich war. In all den Monaten hatten wir nie in Betracht gezogen, etwas so Militärisches wie Späher auszusenden. Selbst wenn wir genug Leute dazu gehabt hätten – wozu jemanden in ein Gebüsch setzen und die Straße überwachen lassen, wie Larissa es getan hatte? Die Jäger und ich waren oft und lange genug draußen unterwegs, wozu noch Heimlichkeiten? Aber sie schien das völlig selbstverständlich zu finden.

„Und nach was spähst du so?", fragte ich.

„Nach allem. Also, ich passe auf, ob Leute kommen. Oder Schreihälse. Dann warne ich die anderen. Aber ich hatte nicht damit gerechnet, dass einer einen Hund hat." Sie tätschelte Reapers Kopf. „Ohne dich wäre er glatt vorbeigeritten, was?" Sie sah mich an. „Wie heißt er nochmal?"

„Reaper", sagte ich abwesend. Mit *Schreihälsen* waren vermutlich die Heuler gemeint. Aber wieso wollte sie ihre Leute vor Menschen warnen? Sie merkte meine Verblüffung nicht und interessierte sich immer noch gelegentlich für meinen Hund.

„Komischer Name."

„Reaper heißt Schnitter. Ist Englisch. Wir haben noch einen Hund, der heißt Grim. *The Grim Reaper* ist der Tod."

Sie sah mich zweifelnd an. „Findest du das lustig?"

Ich überlegte. „Es ist passend, irgendwie."

„Meinst du, dass alle tot sind?"

„Ich weiß nicht. Meine Freundin hält es für möglich, dass wir alle tot sind und die anderen noch leben, wie auch immer."

„Hm." Sie nickte. „Ist 'ne Idee."

„Und was denkst du?" Da war es wieder – Thema Nummer Eins.

„Keine Ahnung. Wir haben uns so lange die Köpfe zerbrochen. Die meisten von uns meinen, dass es eine Art Traum ist."

„Und du?"

„Ich glaube, es ist ein Test." Das kam wie geschossen, das Ergebnis langer Überlegungen und Diskussionen – offenbar wurde das Thema in ihrer Gruppe ebenso oft diskutiert wie bei uns. Der erste Hinweis darauf, dass die Menschen, zu denen Larissa gehörte, nicht völlig seltsam waren. Nicht den Verstand verloren hatten.

„Ein Test?"

„Ja. Irgendwer, Außerirdische oder Gott oder so, haben alle anderen weggenommen, um zu sehen, wie wir alleine zurecht kommen."

„Hm." Interessante Idee, vielleicht typisch für ihr Alter. Keiner von uns hatte diesen Gedanken aufgebracht.

„Meinst du, das ist Quatsch? Das mit dem Test?"

Ich schüttelte den Kopf. „Auch nicht verrückter als die Idee, dass das hier das Leben nach dem Tod ist. Du findest für so etwas wohl niemals eine vernünftige Erklärung."

„Nee. Wohl nicht."

Wir starrten wieder eine Weile ins Feuer.

„Habt ihr die Schreihälse gehört?", fragte sie nach einer Weile.

Ich nickte. „Ja. Wir nennen sie Heuler."

„Ja, das passt", sagte sie nachdenklich. „Hast du schon mal einen gesehen?"

„Nein. Noch nie. Keiner von uns, außer den Hunden. Und die hätten es fast nicht überlebt."

Larissa nickte langsam. „Wir haben auch noch keinen gesehen. Wir hören sie immer nur."

„Oft?"

„Fast jede Nacht."

Meine Fingerspitzen prickelten plötzlich. Das war übel.

„Kommst du nicht von hier?", wollte sie wissen.

„Nein, wir leben ein ganzes Stück weg von hier."

„Ach so. Und was machst du dann hier?" Plötzlich war sie wieder misstrauisch. Und mir fiel etwas ein, das ich die ganze Zeit vergessen hatte. Ich griff in eine meiner Brusttaschen (die, in der nicht Esthers Brief war) und gab ihr den Umschlag, den ich in Wuppertal gefunden hatte.

„Kennst du den? Ist der von euch?"

Sie öffnete den Umschlag, las, beruhigte sich sichtlich und nickte. „Ja. Dann warst du im Dom?"

„Ja. Kannst du mir erklären, warum zum Teufel ihr den ganzen Weg nach Wuppertal macht, um so einen Brief zu schreiben und ihn dann in einem Keller unter einem Öltank zu verstecken? Es ist ein absolutes Wunder, dass ich ihn überhaupt gefunden habe. Ein Wahnsinnszufall. Und auf der anderen Seite dann ein Riesentransparent im Kölner Dom, das jeder sieht, der da rein geht. Das passt doch nicht."

„Wir sind … vorsichtig geworden. Ich war nicht mit in Wuppertal, aber die, die da oben waren, sind bis nach Dortmund gekommen. Wir kommen eigentlich alle aus Köln. Sie haben überall solche Briefe versteckt und gedacht, wenn jemand sie finden soll, findet er sie schon. So wie Schicksal."

Ich lachte. Wieder so eine Teenagerspielerei. Und dann funktionierte sie auch noch. „Und das Schicksal sucht ausgerechnet mich aus?"

Sie grinste mich offen an. „Warum nicht? Ich glaube, du bist ganz okay."

„Danke."

Sie schaute nachdenklich zum Himmel. „Es wird bald dunkel."

„Das dauert noch zwei, drei Stunden."

„Ja, aber ich muss zurück. Ich will nicht hier draußen sein, wenn es dunkel wird."

„Ich habe die letzten Nächte keine Heuler gehört."

„Nein, aber ich glaube, sie belagern uns nachts. Jedenfalls würde ich nicht versuchen, nach Hause zu kommen, wenn es dunkel ist."

Ich zuckte mit den Schultern und begann, das Mantelzelt abzubauen.

„Willst du mitkommen?", fragte sie unvermittelt.

Ich war erleichtert. Nach diesen Geschichten von versteckten Nachrichten und Spähern hatte ich genug zwischen den Zeilen gelesen um zu wissen, dass sie äußerst misstrauisch waren, warum auch immer. Dass sie mich jetzt einlud, schien ein gutes Zeichen zu sein. „Ja, gerne. Wäre blöd, wenn ich den ganzen Weg umsonst gemacht hätte."

„Okay, von mir aus. Ich hole nur eben mein Rad."

„Was?"

Aber sie lief schon über die Straße, hob im Laufen die Maschinenpistole auf, hängte sie über die Schulter, verschwand hinter dem Gebüsch und kam mit einem Mountainbike wieder hervor.

„Damit brauchst du drei Stunden zurück?"

„Nicht, wenn ich sprinte. Aber ich dachte, wir rasen nicht so. Sonst ist dein Pferd ganz kaputt, wenn wir ankommen. Und Reaper auch. Wie heißt das Pferd?"

„Fog. Habt ihr auch Pferde?"

„Nee. Ich mag Pferde auch nicht." Sie bedachte Reaper wieder mit einem freundlichen Blick. „Hunde sind mir lieber. Und Katzen."

Ich saß schon im Sattel und sie schwang sich gerade aufs Rad, als mir noch etwas einfiel.

„Ach, Larissa?"

„Ja?"

„Du hast eben gesagt, ihr seid ursprünglich alle aus Köln. Wart ihr auch zusammen bevor ... also, vorher?"

Sie sah mich nachdenklich an. „Ja. Ihr etwa auch?"

„Ja." Das war wirklich interessant.

„Das solltest du Vera erzählen."

„Wer ist Vera?"

„Unsere Le ... – unsere Anführerin."

Dann trat sie in die Pedale.

Es dämmerte tatsächlich schon, als ich in der Ferne eine Allee sah, die zu einem großen Gebäude vor einem dichten Waldstück führte. Offenbar ein Schloss oder so etwas. Larissa hatte mich über viele Straßen und Wege in immer höher gelegenes und waldreicheres Gebiet geführt. Ob wir einen direkten Weg genommen hatten oder ob sie mich bewusst über verwirrende Umwege geführt hatte, wusste ich nicht zu sagen. Nun bremste sie. Ich brachte Fog neben ihr zum Halten.

„Ich wollte dir nur sagen, dass du dich nicht erschrecken sollst."
„Erschrecken? Wovor?"
„Na, ja …", sie druckste ein wenig herum, „wir sind nicht so freundlich. Und wir versuchen, Fremde abzuschrecken. Und Schreihälse."
„Was habt ihr eigentlich gegen andere Leute? Ich meine, von wegen Brief verstecken, Späher ausschicken, Fremde abschrecken und so."
Sie sah mich lange und düster an. „Wir haben unsere Gründe", sagte sie schließlich. „Vera wird dir sicher alles erzählen. Nur – ich möchte nicht, dass du einen schlechten Eindruck bekommst."
„Bisher hatte ich einen recht guten." Abgesehen davon, dass sie mich womöglich stehenden Fußes erschossen hätte, wenn Reaper nicht gewesen wäre, fiel mir ein.
„Ja, ich denke ja auch, du bist okay. Aber die anderen kennen dich nicht."
„Ich hoffe zuversichtlich, dass du mich beschützen wirst."
„Ja, mache ich", sagte sie. Ohne eine Spur von Humor.

7

Wenig später erreichten wir den Beginn der Allee. Die Bäume warfen tiefe Schatten auf die Straße, die früher sicher einmal eine Auffahrt gewesen war. Am Ende der Baumreihe schloss sich eine zugewucherte Mauer an, die sich in der Mitte zu einem eisernen Tor öffnete, vor dem ein paar Schilder standen. Dahinter sah man das breite Gebäude. Wir kamen auf das Tor zu, und mit wachsendem Entsetzen erkannte ich, dass das keine Schilder waren, die davor standen. Es waren Köpfe. Sechs menschliche Köpfe, auf Stangen gespießt. Sie sahen nicht aus, als ob sie glücklich gestorben wären. Ich zog die Zügel an und zog mein Schwert. Larissa bremste und drehte sich um. Sie hob beschwichtigend die Hände.
„Bitte, denk jetzt nichts Falsches."
Ich hatte sie wirklich gemocht. Aber das war komplett weggewischt. Köpfe auf Stangen …
„Was könnte ich daran wohl missverstehen? Bleib mir vom Leib."

„Es ist nicht so, wie du denkst. Oh, Mist ... "

Ich hatte genug Angst, um sie zu töten, wenn sie nähergekommen wäre.

„Runter mit dem Schwert!" Das kam von hinten. Ich sah mich um. Hinter mir standen vier Gestalten auf der Straße. Alle hatten Maschinenpistolen in den Händen und richteten sie auf mich. Schlechte Karten. Reaper knurrte die vier an.

„Halt den Hund fest!" Eine Jungenstimme.

Ich wendete langsam das Pferd.

„Seid ihr sicher, dass ihr es schafft?", rief ich und versuchte, entschlossen zu klingen. Ich hatte eine Scheißangst zu sterben. In diesem Moment war ich sicher, in einer bizarreren Version von *Herr der Fliegen* gelandet zu sein, und ich zweifelte nicht daran, dass diese durchgedrehten Kinder mich umbringen würden. Und langsam wuchs Zorn in mir. Ich war wütend. Wütend, weil ich zu Esther zurück wollte und dieses irre Pack dafür sorgen konnte, dass ich sie nicht wiedersah. Ich war wütend genug, so viele von ihnen niederzuhauen, wie ich eben konnte.

„Nein! Nicht! Scheiße, Scheiße, Scheiße ... " Larissa rannte um Fog herum und stellte sich zwischen mich und die vier.

„Geh aus dem Weg, Lara!"

„Hört auf! ihr kennt euch doch gar nicht."

„Danke", sagte ich, „ich will euch gar nicht näher kennen lernen."

„Er soll endlich das Schwert fallen lassen. Sonst lege ich ihn um." Wieder die Jungenstimme. Ich konnte die Gesichter der vier nicht richtig erkennen, sie standen im Schatten der Bäume. Larissa schrie sie an: „Das kommt nur von den Scheißköpfen. Ich habe euch gesagt, dass das eine beschissene Idee war. Er ist in Ordnung. Lasst doch Vera mit ihm reden."

„Er soll das Schwert fallen lassen. Und der Hund soll ruhig sein." Reaper knurrte lauter.

„Ihr steckt jetzt sofort alle eure Waffen ein!" Sie schrie und war den Tränen nahe.

„Was ist hier los?" Diesmal eine Frauenstimme, wieder hinter mir, also beim Tor. Ich sah über die Schulter. Dort stand eine Frau, etwa mein Alter, klein und blond. Auch sie trug einen Parka und hielt eine Maschinenpistole in der Hand, aber sie richtete sie dankenswerterweise nicht auf mich. Brauchte sie auch nicht. Neben und hinter ihr standen mehrere Mädchen und Jungen, die mich bedrohten. Ich war umzingelt.

„Vera, sag ihnen, sie sollen mit der Scheiße aufhören."

„Alles in Ordnung, Lara?" Sie ging auf uns zu, die Augen nur auf meine Begleiterin gerichtet. Die Maschinenpistole baumelte immer noch an ihrer Seite wie irgendein ungefährliches Accessoire. Es war auch so völlig klar, wer hier die Regeln bestimmen würde.

„Ja. Aber die bringen sich hier gleich gegenseitig um. Sag ihnen, dass sie aufhören sollen." Larissa fing an zu weinen.

„Keiner bringt jemanden um." Vera kam um das Pferd herum und schaute freundlich zu mir herauf. „Würden Sie bitte das Schwert einstecken? Sie hätten doch sowieso keine Chance."

„Werden meine Chancen besser, wenn ich es einstecke?"

„Ja, ich glaube schon." Sie lächelte. Sie wäre mir auf Anhieb sympathisch gewesen, wenn ich nicht an die Köpfe hätte denken müssen. Sie erriet es.

„Ich kann das mit den Stangen erklären. Bitte, stecken Sie das Schwert ein und steigen Sie ab."

Hatte ich eine Wahl? Außerdem war ich jetzt nicht mehr ganz so sicher, dass ich sterben würde. Ich seufzte und steckte das Schwert weg. Sofort senkten die vier vor mir ihre Waffen, ohne dass die Frau etwas gesagt hatte. Ich stieg ab. Larissa – oder Lara – lief zu Reaper und kniete sich vor ihn. Um ihn ebenfalls zu schützen, wie mir zu meiner Verblüffung klar wurde.

„Und du tust auch nichts, oder?" Er hatte sowieso schon erkannt, dass die Bedrohung vorbei zu sein schien und knurrte nicht mehr. Die Situation entspannte sich zusehends. Die Frau, Vera, gab ein paar schnelle Anweisungen:

„Gabriel, Christoph, Anna, Alex, geht wieder in Deckung. Wir anderen gehen rein." Sie wandte sich mir zu. „Kommen Sie mit? Als unser Gast?"

„Habe ich eine Wahl?"

„Klar."

„Dann ja."

Sie lachte.

Ich folgte ihr und bemühte mich, die Köpfe auf den Stangen nicht anzusehen.

8

Nachdem ich mit der Gruppe zu Abend gegessen hatte – ein karges Mahl aus Konserven – saß ich mit Vera in ihrem Zimmer. Nach unserem unglücklichen Kennenlernen hatten mich die Jugendlichen erstaunlich freundlich aufgenommen, vor allem wohl, weil Larissa unsere Begegnung in den freundlichsten Farben schilderte und Vera demonstrativ nett war. Die kleine Schar war in einem offensichtlich schlechten Zustand, die meisten zu dünn und zu fahl.

Nach dem Essen bat Vera mich, mit ihr zu kommen. Und hier saßen wir nun, sie auf einem pompösen Sofa, ich in einem nicht minder beeindruckenden Sessel, und wir starrten in das Feuer, das in dem kleinen Kamin brannte.

„Du hast sicher eine Menge Fragen", sagte sie irgendwann.

„Sicher."

„Frag."

Ich atmete durch. „Erklär mir bitte zuerst das mit den Köpfen auf den Stangen. Sonst kann ich nicht ruhig schlafen, wie nett ihr auch alle zu mir seid."

Sie lachte bitter. „Mach dir darüber mal keine Sorgen. Die Schreihälse werden dich wach halten, glaub mir." Dann sagte sie eine Weile nichts und ich wartete.

„Wir waren ursprünglich vierunddreißig", begann sie. „Wir sind … wir waren eine Schülergruppe aus Köln. Achte Klasse. Zweiunddreißig Schülerinnen und Schüler, zwei Lehrer. Ich bin die Lehrerin. Wir wollten eine Woche nach Nideggen in die Jugendherberge, Donnerstag, Freitag, Wochenende, Mittwoch zurück. Museen, Landschaft … Am Freitag sind wir ins Hohe Venn gegangen, Wandern, zwei Nächte im Zelt, wir hatten extra eine Erlaubnis, auf einer Wiese zu campen, großes Abenteuer." Wieder das bittere Lachen. „Mein Kollege … Paul … und ich haben uns noch gewundert, dass wir am Samstagabend beide niemand mit dem Handy erreicht haben. Er seine Familie nicht, ich nicht Mark … also meinen Freund. Aber wir haben uns nicht viel gedacht, Samstagabend eben, gutes Wetter … na ja. Wir haben uns auch nicht gewundert, dass wir niemandem begegnet sind, keinen Wanderern oder so. Im Gegenteil – wir haben Witze darüber gemacht." Sie starrte auf ihre Hände. „Als wir am Sonntag wieder kamen, war niemand mehr da. Alle waren weg." Sie schüttelte den Kopf. „Ich will dir nicht erzählen, wie durcheinander wir waren, wie verzweifelt die Kinder, wie verzweifelt ich, was wir für Erklärungen gesucht haben, das kennst du wahrscheinlich alles schon in der einen oder anderen Form."

Ich nickte.

„Na ja, irgendwann quartierten wir uns hier ein. Genug Platz für alle, Dörfer und Städte gut zu erreichen, der Wald in der Nähe, wir hielten es für eine gute Idee."

Sie schwieg lange und schaute ins Feuer. „Und dann drehte Paul durch. So nennen es die Kinder. Ich glaube, er war schon immer so. Ich würde gerne glauben, dass er verrückt geworden ist, wegen seiner Familie und so, aber …" Sie seufzte schwer. „Er fing an, davon zu sprechen, dass wir mehr Struktur bräuchten, Disziplin, und …" Sie stockte und schauderte unwillkürlich, „… und dass ein Mann eine Frau braucht und all sowas … Und dann war er eines Tages verschwunden und kam zwei Tage später zurück. Er sagte nicht, wo er gewesen war. Aber in der Nacht weckte er uns alle und versammelte uns vor dem Schloss. Er und drei der Schüler hatten Maschinenpistolen, die hatte er offenbar geholt, als er weg war." Sie griff sich fahrig durchs Haar und zog hörbar die Luft ein und sprach dann schnell weiter.

„Um es kurz zu machen, sie errichteten eine Art Schreckensherrschaft. Wer nicht spurte, wurde erschossen, sie brachten in der ganzen Zeit insgesamt fünf von uns um. Wir anderen waren Sklaven. Sie … nannten uns auch so. Paul hat mich und zwei von den Mädchen regelmäßig vergewaltigt, seine drei Gefolgsleute waren nicht besser. Das ging etwa einen Monat so. Dann machte er eines Nachts den Fehler und wollte sich auch Lara holen. Du hast sie ja kennen gelernt. Im Gegensatz zu den meisten von uns, mich eingeschlossen, hatte sie sich noch nicht mit Pauls Terror abgefunden. Sie hat sich gewehrt. Heftig. Und gebrüllt. Und sie hatte einen Zwillingsbruder in unserer Klasse. Lukas. Der hat sich einen von Pauls Jungs geschnappt und ihm die Maschinenpistole abgenommen. Die anderen haben Lukas sofort erschossen, aber das reichte für uns. Es gab eine Art Schlacht hier im Schloss, und Paul und seine Leute haben natürlich verloren, sie waren einfach zu wenige. Ich habe einen von den Jungs erschossen. Einen haben sie erstochen, den anderen oben aus einem Fenster geworfen. Paul erwischten wir auf dem Hof draußen. Wir haben ihn … tot getrampelt. Es war grauenvoll. Und es war eine Befreiung."

Vera machte eine lange Pause. Sie hatte schnell gesprochen, fast mechanisch, aber das war wohl nicht der Grund, weshalb sie zu Kräften kommen musste. Mir war kalt, trotz des Kaminfeuers. Wenn man darüber nachdachte – klar, es hätte auch bei uns so kommen können. Vielleicht war das sogar natürlich, vielleicht waren Menschen so. Wir hatten wohl einfach Glück gehabt, mit unserer freundlich-friedlichen Hofgemeinschaft. Nach einer Weile sprach sie ruhig weiter.

„Danach waren wir noch …", sie rechnete kurz, „einundzwanzig. Wir richteten uns ein wenig ein. Versuchten zu überleben. Eines Tages kamen zwei von unseren Mädchen von einem Streifzug in die Stadt nicht mehr zurück. Wir haben sie gesucht und im Wald gefunden. Beide tot, erwürgt und … na ja, tot jedenfalls."

Ihr Blick wurde düster. Wo und wann hatte ich diesen Ausdruck schon gesehen? Heute Nachmittag, fiel mir ein. Bei Lara. Als sie gesagt hatte, dass sie ihre Gründe hätten, Fremde abschrecken zu wollen. Wahrhaftig.

„Wir haben uns Waffen besorgt", sagte Vera wie von weit her, „es war nicht schwer, die Täter zu finden. Fünf Männer, sie hatten sich oben im Hürtgenwald eine Art Zeltlager gemacht. Ich weiß nicht, wer sie waren. Wir haben sie in einer Nacht alle umgebracht. Das Lager umstellt und zusammengeschossen. Dann kamen ein paar von uns auf die Idee, ihnen die Köpfe abzuschneiden und auf Stangen zu stecken. Sozusagen zur Abschreckung. Das haben wir gemacht. Der sechste

Kopf ist von Paul. Wir haben ihn dafür … wieder ausgebuddelt." Ich sah, dass sie zitterte. „Soviel zu den Köpfen. Verstehst du uns jetzt?"

„Ich denke schon", sagte ich mit trockenem Mund.

„Natürlich wurde uns irgendwann klar, dass wir … vielleicht einfach Pech gehabt hatten. Deshalb haben wir ein paar von uns ausgeschickt, über den Rhein, um andere Menschen zu suchen. Die haben auch die Briefe versteckt. Aber gefunden haben sie niemanden." Sie sah mich an. „Du kommst aus der Gegend?"

Ich dachte an all die Nachrichten, die ich geschrieben hatte, und war ziemlich sicher, dass sie uns hätten finden können, wenn sie gewollt hätten. Aber sie hatten nur die Nachrichten hinterlegt und das Transparent im Dom aufgehängt. Warum? Ich konnte es mir vielleicht denken. Sie kamen aus Köln, sie kannten die Stadt und hatten dort ihre Familien und Freunde gehabt. Sie mochten die Hoffnung gehabt haben, dass noch irgendwer, den sie gekannt hatten, übrig war. Und in dem Fall hatten sie sicher nichts dem Zufall überlassen wollen. Darüber hinaus aber hatten sie es dann doch lieber dem Zufall überlassen. Dem Schicksal, wie Lara gesagt hatte. In der Hoffnung, dass es gnädig sei. Und war ich ein Gesandter dieses gnädigen Schicksals? Ich hoffte es.

„Ja, wir haben eine Art Hof im Bergischen Land", sagte ich.

Vera sah auf, interessiert jetzt. „Ihr seid auch eine Gruppe?"

„Ja."

„Willst du mir die Geschichte erzählen?"

Ich erzählte ihr das Wichtigste in Kürze, etwa von dem Zeitpunkt an, als Esther und ich von den Glocken aufgewacht waren. Als ich an dem Punkt ankam, an dem Carmen und Ben die Leichen auf der Autobahn gefunden hatten, nickte sie.

„Also habt ihr auch schon sowas gesehen."

„Ihr auch?"

„In der ersten Nacht, als wir es hier im Wald gehört haben, sind wir rausgegangen, um zu sehen, was da los ist. Wir waren noch nicht weit, als es plötzlich von allen Seiten näher kam. Wir rannten alle in Panik zurück. Weil wir noch so nah am Haus waren, haben wir es auch fast alle geschafft. Nur drei von uns nicht, Steffi, Andrea und Valentin." Sie schüttelte den Kopf und sprach leise weiter. „Wir haben sie gehört,

Daniel. Sie haben um Hilfe geschrien." Sie seufzte laut. „Sie haben auch nach mir geschrien, kannst du dir das vorstellen? Es war so unglaublich schrecklich, ich … ", sie brach ab, schüttelte wieder den Kopf und starrte ins Feuer. Nach einer langen Weile fuhr sie fort.

„Wir haben sie am nächsten Morgen gefunden. Gar nicht weit vom Tor. Andrea muss Sekunden davon entfernt gewesen sein, es bis zur Tür zu schaffen." Sie seufzte wieder. „Seither belagern sie uns. Sie kommen jede Nacht. Und sie kommen immer etwas näher."

Wir sagten wieder eine Weile beide gar nichts. Dann fing sie erneut an.

„Wir müssen hier weg, das ist mir seit einiger Zeit klar. Sie wissen, dass wir hier sind und sie werden eines Nachts reinkommen und dann gnade uns Gott. Aber wir wissen nicht, wohin. Deshalb bin ich froh, dass du gekommen bist."

Ich bewunderte ihre Hoffnung auf das Gute im Menschen, nach alldem. Letztlich war ich auch nur irgendein verwahrloster Typ. Gut, meine Begegnung mit Lara war freundlich verlaufen, nach dem ersten Moment der Spannung. Ich hatte mich alleine durch die banale Tatsache, dass ich ihr zu Essen gegeben hatte und nicht versucht hatte, mich an ihr zu vergreifen, anständiger verhalten als alle Menschen, denen sie in den letzten Monaten begegnet war. Was für eine beschissene, leere und trostlose Welt das doch geworden war. Oder immer schon gewesen war? Vielleicht brauchten wir am Ende gar keine Heuler, um uns endgültig fertig zu machen.

„Ihr wollt euch uns anschließen?", fragte ich vorsichtig.

„Ich weiß nicht, was die anderen wollen. Ich kann nicht für alle entscheiden, obwohl ich im Grunde die Anführerin bin. Ich kann ihnen eigentlich nichts befehlen. Aber wir wissen alle, dass wir alleine nicht überleben können. Wir reden nicht viel darüber. Aber wir haben Hunger. Und wir werden krank werden. Im Grunde ist das hier ein Haufen Kinder, Daniel. Verdammt tapfere Kinder, aber Kinder eben. Wir haben keine Krankenschwestern. Keinen Offizier, der uns anführt. Keine Metzger und Jäger. Keine Architekten. Nur einen Haufen Kinder und eine Lehrerin für Englisch und Pädagogik. Nicht gerade das ideale Survival-Team. Würdet ihr uns überhaupt haben wollen?"

„Klar", sagte ich ehrlich erstaunt. Ich musste überhaupt nicht überlegen. Natürlich war ich bereit, sie mitzunehmen, unsere Gruppe wäre froh um jedes neue Mitglied. Vera nickte, erleichtert, wie ich erkannte. Wir beratschlagten noch eine Weile und beschlossen, den anderen am nächsten Tag den Auszug ins Bergische Land vorzuschlagen. Als das Heulen begann, zuerst entfernt im Wald, hatte sie schon seit einiger Zeit gespannt gelauscht. Trotzdem zuckten wir beide zusammen. Sie nahm ihre Maschinenpistole und stand auf.

„Lass uns runter gehen."

Das Heulen schwoll an. Und kam näher.

In der Schlosshalle hatte sich der Rest der ehemaligen Schulklasse versammelt. Ein paar besonders Nervenstarke schliefen tatsächlich noch auf dem Boden, aber die meisten kauerten hinter irgendetwas, das Deckung versprach, und hatten ihre Waffen auf Fenster und Türen gerichtet. Larissa kniete unter einem der großen Fenster, Reaper saß neben ihr.

„Lara!" Vera sprang die letzten drei Treppenstufen herunter. „Bist du verrückt? Weg vom Fenster!"

„Habe ich ihr auch schon gesagt", rief einer der Jungs hinter der Treppe hervor.

„Wenn sie durchkommen, geb ich's ihnen", schrie Lara.

Etwas knallte gegen die Tür. Das Heulen wurde lauter.

Jemand rief: „Scheiße, sie kommen!"

Wieder prallte etwas gegen die Tür. Eine der Maschinenpistolen ging mit ohrenbetäubendem Lärm los, und ich warf mich auf den Boden. Alles brüllte durcheinander. Die Heuler schienen sich kurz zu entfernen, aber nicht sehr weit.

„Schluss!", schrie Vera, nur mühsam den allgemeinen Lärm übertönend. „Hört auf mit der Ballerei, verdammt nochmal. Ihr schießt noch die Fenster kaputt."

„Oder einen von uns", murmelte jemand nah bei mir. Ich drehte den Kopf. Neben mir lag, platt auf dem Bauch genau wie ich, einer der Jungen. Ich kannte ihn noch gar nicht. Er grinste gequält. „Na, wie gefällt es dir bei uns?"

Jetzt erkannte ich die Stimme wieder. Er war es, der mich vorhin aufgefordert hatte, mein Schwert fallen zu lassen.

„Danke, sehr gemütlich. Wie heißt du?"

„Alex. Alex Dorn." Draußen wurden die Heuler wieder lauter. Alex stöhnte. „Oh, ich wünschte, sie würden mit der Schreierei aufhören."

Larissa erhob sich vorsichtig am Fenster.

„Lara, nimm die Rübe runter!", brüllte Alex, als er es sah. Ich biss mir vor Schreck auf die Zunge.

„Ich will sie sehen", gab sie zurück.

Vera rannte geduckt von der Treppe zum Fenster und zog sie weg.

„Du bringst dich noch um."

„Lass mich!"

„Den Teufel werde ich. Fehlt nur, dass sie uns was durch die Fenster schmeißen, wenn sie dich sehen." Wie um ihre Worte zu bekräftigen, donnerte wieder etwas gegen die Tür. Offenbar warfen sie mit Steinen oder Stöcken. Vera und Lara hockten sich zu Alex und mir.

„Wir haben sie mal dadurch vertrieben, dass wir einfach ins Blaue geschossen haben", schlug ich vor. Lara schüttelte den Kopf.

„Das zieht nicht mehr. Hat früher geklappt. Aber wenn wir jetzt auf sie schießen wollten, müssten wir da raus. Hast du dazu Lust?"

Ich musste tatsächlich lachen. „Nee."

Ein Hagel von Wurfgeschossen prallte gegen die Tür. Das Heulen hörte sich jetzt fast menschlich frustriert an.

„Sie haben begriffen, was die Tür ist", sinnierte Vera. „Fragt sich, wie lange sie noch brauchen um herauszufinden, dass die Fenster die Schwachstellen sind." Sie nagte nervös an ihrer Unterlippe.

In dieser Nacht fanden sie es jedenfalls nicht mehr heraus. Es polterte noch ein paarmal an der Tür, dann wurde das Heulen leiser und leiser, bis es zuletzt ganz aufhörte. Als sicher war, dass es für diesmal vorbei war, gingen einige in ihre Zimmer, andere zogen es vor, in der Halle zu bleiben. Ich blieb auch unten, rollte meinen Schlafsack aus und schlief mit dem Kopf auf Reapers Flanke ein. Ich träumte. Im Traum war ich wieder auf der Party. Alle anderen standen im Kreis um mich und schienen auf etwas zu warten. Ben gab mir ein Foto meiner alten Schulklasse. Ich betrachtete es lange. Etwas stimmte nicht mit dem Foto. Etwas fehlte. Aber ich wusste nicht, was.

9

Das Erste, was ich am nächsten Morgen tat, war, nach Fog zu sehen. Er stand in der Box des zum Schloss gehörenden Pferdestalls, ganz so, wie ich ihn am vergangenen Abend zurückgelassen hatte. Wieder hatten sich die Heuler nicht für mein Pferd interessiert – was in mir den Verdacht nährte, dass sie eine ziemlich genaue Vorstellung davon hatten, was Menschen waren. Und dass sie es mit voller Absicht auf uns abgesehen hatten. Sie waren offensichtlich auf beunruhigende Weise intelligent. Wir frühstückten alle gemeinsam im Speisesaal. Als alle mit dem Essen mehr oder weniger fertig waren, schlug Vera mit ihrem Messer an die Tasse. Die Jugendlichen schauten sie verwundert an, alle Gespräche erstarben. Jemand lachte.

„Eine Rede! Eine Rede!"

Vera räusperte sich und grinste in die Runde. „Nein, keine Rede. Aber ich habe euch einen Vorschlag zu machen." Sie sah mich an und wurde ernst. „Ihr kennt ja inzwischen alle Daniel. Für die, die gestern Abend nicht beim Essen waren: Lara hat ihn auf der Straße nach Nideggen getroffen, er hatte unsere Nachricht in Köln gelesen. Wir haben uns nach dem Essen noch ziemlich lange unterhalten. Daniel gehört zu einer Gruppe Menschen, die überlebt haben, genau wie wir. Sie waren auch alle zusammen, als es passierte – irgendeine Party."

„Zehn Jahre Abi", ergänzte ich.

„Was auch immer. Sie wohnen auf einer Art Hof im Bergischen Land, auf der anderen Rheinseite. Sie sind besser ausgestattet als wir. Sie haben genug zu essen, Medikamente und Leute, die sich damit auskennen." Sie sah mich an. „Deine Frau ist sogar Krankenschwester, oder?"

„Meine Freundin, Esther, ja. Sie ist Krankenschwester, und wir haben einen Medizinstudenten und eine Hebamme. Wir haben Leute, die sich mit Bauen auskennen, mit Pflanzen, wir haben auch Jäger, die inzwischen recht erfolgreich sind."

„Was ich … was wir euch vorschlagen möchten, ist, dass wir alle das Schloss verlassen und mit Daniel zu seiner Truppe übersiedeln."

Es gab eine kurze Stille – und dann prasselten die Fragen auf mich ein. Vera lehnte sich zurück und hörte nur zu.

„Was werden deine Leute dazu sagen, dass du uns mitbringst?"
„Warum willst du, dass wir zu euch kommen?"
„Wer bestimmt bei euch?"
„Wie viele seid ihr?"
„Müssen wir für euch arbeiten?"
„Habt ihr wirklich genug zu essen?"
„Gibt es bei euch Schreihälse?"

Sie verhörten mich bestimmt eine Stunde auf diese Art, aber ich merkte bald, dass die Stimmung kippte und nach anfänglicher Vorsicht immer freundlicher wurde. Ihre fürchterlichen Erfahrungen hatten sie misstrauisch gemacht, aber sie waren auch ziemlich verzweifelt gewesen, und nun wuchs ihre Hoffnung. Ich antwortete ehrlich, das schienen sie zu merken. Spätestens als Sabine, ein immer noch stämmiges, blondes Mädchen, fragte: „Wann hauen wir von hier ab?", war klar, dass die Entscheidung gefallen war. Vera schaltete sich wieder in das Gespräch ein.

„Daniel und ich haben uns überlegt, dass wir heute alles fertig machen und morgen aufbrechen, sobald es dämmert. Dann kommen wir vielleicht weit genug von unseren Schreihälsen weg."

„Und wenn nicht?" Christoph, ein groß gewachsener Junge, der mich an Jan erinnerte.

„Dann eben nicht. Aber hier sind unsere Chancen auch nicht mehr sehr groß."

Langsam erhob sich ein zustimmendes Gemurmel. Wir hatten es geschafft. Vera übernahm wieder das Kommando und verteilte Aufgaben. Zuerst wurde eingesammelt, was auf den ersten Blick mitgenommen werden sollte. Sie brachten alles in den Speisesaal. Ich, als derjenige, der längere Reisen gewohnt war, bekam die Aufgabe, das Ganze nach den Kriterien „Mitnehmen" und „Nicht mitnehmen" zu sortieren. Ich stand vor der Sammlung, umringt von erwartungsvollen Gesichtern, und spielte mit einer kalten Zigarette.

„Das ist toll. Jetzt bin ich noch nicht mal 'nen ganzen Tag hier und soll mich schon unbeliebt machen."

Vera schmunzelte. „Hab mal keine Angst. Wir werden uns deiner Entscheidung beugen."

„Dein Wort in Gottes Ohr. Gestern hättet ihr mich fast über den Haufen geschossen, ohne dass ich auch nur ein Kleidungsstück für überflüssig erklärt habe."

Allgemeines Gelächter war die Antwort. Sehr gut. In dieser Stimmung wollte ich sie haben, denn sie würden wirklich vieles zurücklassen müssen.

„Okay. Erstmal alles Essbare auf die Seite. Dazu die unkaputtbaren Flaschen. Kippt alles weg, was süß ist, das macht Durst. Füllt sie mit Wasser aus dem Brunnen oder Wasser gemischt mit Saft. Eure Feldflaschen genauso. Von der Cola sollten wir ein, zwei Flaschen behalten, falls einer Kreislaufprobleme kriegt. Alle Glasflaschen bleiben hier, die sind zu schwer." Ich wühlte ein wenig in dem Haufen. „Habt ihr Medikamente?"

Es kam eine kleine Sammlung zusammen, hauptsächlich Kopfschmerztabletten, und diverse Anti-Pickel-Mittelchen. Vera steuerte zwei Verbandskästen bei. Auf einem separaten Stapel sammelten einige der Mädchen Packungen mit Anti-Baby-Pillen, nicht ohne sie vorher mit ihren Namen zu beschriften. Farouk, ein langer, hagerer Junge mit dunkler Haut, legte ein Insulin-Set daneben. Ich sah ihn an.

„Hast du noch genug davon?"

„Für einen halben Monat etwa."

„Okay, das reicht. Sonst hätte ich einen kleinen Abstecher gemacht, aber wir haben im Hof noch was. Sonst weiß ich, wo ich bei uns in der Nähe was finde. Wir haben auch eine Diabetikerin unter uns." Insgeheim fragte ich mich wieder, wie lange ich noch brauchbares Insulin finden würde. Das war eine der Fragen, die ich gerne wegdrückte. Aber wenn nicht irgendein Wunder geschah, würde dieser Junge hier vor mir seinen dreißigsten Geburtstag wohl nicht mehr erleben. Ich hoffte, dass man mir nichts anmerkte und hob eine Packung Pillen. „Die würde ich gerne direkt den rechtmäßigen Besitzerinnen zurückgeben, damit kein – äh – Durcheinander entsteht. Überlegt euch nur, ob ihr sie wirklich nehmen wollt."

„Wie meinst du das?", fragte Anna, als sie ihre Packung raussuchte. Sie war eine von den Vieren gewesen, die mich gestern bedroht hatten, ein großes, dunkelhaariges Mädchen. Sie grinste.

„Sollen wir jetzt schon damit beginnen, die Art zu erhalten?"
Ich grinste zurück. „Das liegt bei euch. Nur – überlegt euch, ob ihr sie wirklich jetzt im Moment braucht. Alles wird knapp, auch das."
„Ah, so." Sie ließ die Pillen in der Hosentasche verschwinden. „Ist klar."
„Schön. Weiter, was habt ihr an Gepäck?"
Es fand sich eine deprimierend große Zahl kleiner Koffer und Sporttaschen, der nur fünf große Rucksäcke und zwei Fahrradtaschen gegenüberstanden. Ich runzelte die Stirn und dachte einen Moment nach.
„Habt ihr einen Bollerwagen oder sowas?"
Sie sahen sich an und schüttelten die Köpfe.
„Schlecht ... Also, alle Koffer weg. Schauen wir mal, was wir in die Rucksäcke bekommen. Und in die Fahrradtaschen. Packt erstmal alles Ess- und Trinkbare in die Fahrradtaschen."
Wir räumten, ordneten und probierten lange, dann war endlich alles verstaut. Der Berg, den wir zurücklassen wollten, war immer noch hoch. Immerhin war es mir gelungen, alle geliebten Erinnerungsstücke (man sollte nicht glauben, worauf man da so stößt) unterzubringen, da wurden viele Wegnahmen schnell verziehen. Wir hatten alle Rucksäcke gefüllt und dazu noch drei Sporttaschen mit langem Gurt. Sie würden sie abwechselnd tragen müssen. Ich blickte zufrieden auf unser Werk.
„Gut, lasst uns alles, was ihr heute Abend nicht braucht, schon mal zu den Fahrrädern in den Stall bringen. Und dann würde ich vorschlagen, dass wir alle früh schlafen. Die Heuler werden uns heute Nacht eh wecken, und morgen müssen wir ausgeschlafen sein." Ich schaute aus dem Fenster. Die Sonne stand schon tief. „Ich schlage Schlafengehen um sechs vor."
Am späten Nachmittag saß ich an einem kleinen Steintisch im Schlosspark, rauchte und nutzte das schwindende Licht für einen Tagebuch-Brief an Esther. Ich sehnte mich wie üblich danach, ihre Stimme zu hören, ihr Lachen, sie zu fühlen. Am meisten wollte ich sie einfach nur sehen. Wissen, dass sie da war. Ich schrieb und schrieb und zerkaute den Bleistift. Als das Licht zu schummrig wurde, schloss ich, nicht ohne drei Postskripta, weil ich nicht aufhören konnte.

Schließlich erhob ich mich doch, fingerte eine weitere Bensons aus der Tasche, bemerkte mit Entsetzen, dass es die drittletzte war, und zündete sie trotzdem an. Ich hatte gerade zwei Züge getan, als ich vor mir auf dem Weg vier Gestalten sah, die schnell auf mich zu kamen. Als Reaper plötzlich aufsah und auf die vier zu tänzelte, wusste ich, dass eine von ihnen Lara war. Dabei waren Farouk, Anna und Alex. Ich blieb stehen und wartete, bis sie bei mir ankamen.

„Hey, Reaper", sagte Lara fröhlich.

„Hey, Lara", antwortete ich.

Sie lachte, wurde aber sofort ernst. „Wir müssen mit dir reden."

„Seid ihr bewaffnet?"

Sie schlug mir spielerisch vor die Schulter. „Quatsch."

„Oh, ich frag' ja nur."

„Nein, es geht gar nicht um dich", sagte Alex. „Wir wollen nur wissen, was du uns generell für Chancen gibst."

Im nächsten Moment hatte ich so viele mögliche Antworten im Kopf, dass ich vorsichtshalber erst einmal gar keine gab. „Wie meinst du das?"

„Medikamente zum Beispiel", erklärte Farouk. „Ich habe schon gesehen, wie du mich eben angesehen hast."

„Oh. Tut mir leid. Ich …"

„Du musst dich nicht entschuldigen. Alex und ich sind die Kundschafter, die, die bis Dortmund gekommen sind und die Nachrichten überall gelassen haben." Er schaute den Bruchteil einer Sekunde weg und ich wusste jetzt sicher, dass sie meine Nachrichten ebenfalls gesehen – und sie ignoriert hatten. „Wir haben … eine Menge gesehen, Daniel. Vielleicht nicht soviel wie du, aber eine Menge. Und wir haben eine Menge nicht gesehen. Wie lange gibst du mir noch?"

Ich dachte an Mark und das Rechenexempel, das er mir gegeben hatte, als wir gut gelaunt an einem Ortsausgang am Südrand des Ruhrgebiets gesessen hatten. Im Sommer, als wir wirklich noch gedacht hatten, Insulin und ähnliches seien unsere Hauptsorgen. Ich zuckte mit den Schultern. „Hey, ich …"

„Sag schon."

Ich schüttelte den Kopf. „Keine Ahnung, Farouk. Aber schon noch einige Zeit. Wir haben einige Krankenhäuser in der Umgebung, da sind größere Vorräte. Und wir haben uns einen Dieselgenerator angeschafft. Für Kühlschränke. So schlecht sieht es gar nicht aus."

Er seufzte und nickte. „Schon gut. Tut mir leid, ich wollte dich nicht so in die Enge treiben. Mir ist selbst klar, dass ich keine fünfzig werde. Aber darum geht es jetzt erstmal nicht. Wenn du sagst, ich habe bei euch eine Chance, okay, dann komme ich mit. Aber welche Chance haben wir überhaupt? Wir alle?"

„Für den Weg jetzt? Ich denke, wir werden durchkommen." Ich wusste natürlich, was sie wirklich meinten. Anna sprach es aus.

„Nein, generell. Wir haben uns Gedanken gemacht. Ob es überhaupt Sinn hat, vor den Schreihälsen wegzulaufen. Sie sind überall. Hast du doch auch gesagt."

„Bei uns ist es lange noch nicht so schlimm wie bei euch. Oder war es zumindest nicht, als ich das letzte Mal da war. Außerdem – wir wissen weder, was sie sind, noch warum sie tun, was sie tun. Wir müssen mehr über sie herausfinden. Und wenn ihr jetzt noch mit zu uns kommt, sind wir über dreißig Leute. Das ist schon recht viel. Auch für einen Neuanfang."

„Was meinst du, was sie sind?", fragte Lara.

„Ich weiß nicht mehr über sie als ihr. Sie sind offenbar intelligent. Sie sind brutal. Sie töten um zu töten, nicht um zu essen. Sie sind viele. Und sie haben es auf uns abgesehen."

Alex lachte bitter. „Klingt ja toll."

„Tja."

Wir standen eine Weile stumm in der beginnenden Dunkelheit und hingen unseren Gedanken nach.

„Ich wüsste einfach nur gerne, was eigentlich passiert ist", sagte Lara nach einer Weile.

10

Ich wachte auf, weil Reaper sich bewegt hatte. Als ich meinen Kopf von seiner Flanke nahm, stand er auf. Ich griff nach meinem Bogen,

schälte mich aus dem Schlafsack und tat es ihm nach. „Was ist los?"
Er stand da, schaute in Richtung der großen Fenster und grollte leise. Ich starrte in die Dunkelheit und lauschte angestrengt, sah aber natürlich nichts und hörte auch nicht mehr als den ruhigen Atem der Schläfer um mich. Ich stand mitten in der Halle, wo ich mich mit den meisten der anderen zum Schlafen hingelegt hatte. Fünf oder sechs der Jugendlichen hatten es vorgezogen, oben in ihren Zimmern zu bleiben. Ich rollte meinen Schlafsack zusammen und nahm zwei Pfeile aus dem Köcher. So gut kannte ich meinen Hund inzwischen, dass ich mich nicht wieder hinlegte. Reaper knurrte lauter. Ich suchte vorsichtig zwischen den Schlafenden und fand schließlich Vera. Ich fasste sie behutsam an der Schulter und rüttelte sanft.

„Mark? Du bist schon zuhause? Was ..."

„Ich bin es, Vera, Daniel. Du hast geträumt."

„Was? Wer ... Oh, ja." Sie schluckte hörbar. Ihre Augen glitzerten trotz der Dunkelheit. Sie blinzelte die Träne weg. „'Tschuldigung. Ich bin noch nicht ganz wach. Was ist?"

„Tut mir leid. Aber ich glaube, wir sollten die anderen wecken."

„Hast du was gehört?" Sie war sofort wach, ganz Spannung, ganz Konzentration. Eine Anführerin. Die Kinder hatten Glück gehabt, dass ausgerechnet sie mit auf diese endlose Klassenfahrt gegangen war.

„Nein, aber Reaper ist ganz unruhig. Und das ist er nie ohne Grund."

„Okay." Sie schälte sich aus ihren Decken und hängte sich die Maschinenpistole um. „Du weckst die auf deiner Seite, ich die auf meiner."

Die erste auf meiner Seite war Merve, eine kleine, stille Türkin. Ich weckte sie, erklärte ihr kurz, was los war und bat sie, mir zu helfen. Mit dieser Art Schneeballsystem kamen wir schnell durch. Kurz darauf war ich von seltsam stiller Geschäftigkeit umgeben, Schlafsäcke und Decken wurden beiseite geräumt, Waffen geladen, leise, kurze Gespräche geführt. Reaper, der Beginner des Aufruhrs, knurrte inzwischen laut und deutlich hörbar die Tür an. Aber wir spürten alle, dass sich etwas zusammenbraute. Christoph, den Vera nach oben geschickt hatte, um die zu wecken, die dort schliefen, war auf halber Treppe, als die Hölle losbrach.

Es war eine Explosion. Mit einem Mal kamen von allen Seiten Kaskaden von Geheul. Viele Stimmen, so viele. Und sie waren laut. Sie waren nah. Sie mussten sich angeschlichen und das Haus umstellt haben, das erste Mal, dass sie sich nicht schon von weitem angekündigt hatten. Gleichzeitig flog ein Hagel von Wurfgeschossen gegen die Tür. Etwas sehr Schweres donnerte dumpf und gemächlich dagegen. Um mich brach Panik aus. Schreie gellten durch die Dunkelheit, Waffen fielen zu Boden, Reaper bellte aus vollster Kehle, es war ein Chaos. Und mittendrin stand ich, Bogen und Pfeile in der linken Hand, die Rechte am Schwertgriff, und starrte die Tür an. Ich fühlte nichts mehr, ich nahm den Wirbelsturm aus Lärm und Schrecken um mich herum nicht mehr wahr, ich sah nur die Tür, die sich unter den dumpfen Schlägen von draußen zu bewegen begann. Ich wusste nicht mehr, wo ich war. Mein Universum bestand nur noch aus den schweren Türflügeln, die sich mehr und mehr nach innen bogen, und dem monotonen, langsamen Rhythmus des Bonk, Bonk, Bonk. Es war Lara, die mich weckte, die alle weckte.

„Der Schrank!", schrie sie. Mir war, als seien es die ersten Worte seit Stunden.

Ich schüttelte meine Lethargie ab und sah, was sie meinte. Der schwere, massive Schrank auf der anderen Seite der Halle würde den Zusammenbruch der Tür aufhalten können – zumindest für eine kurze Zeit. Und dann? Egal. Ich setzte mich in Bewegung und lief hinter Lara her, mit mir Alex, Vera und einige der anderen. Lara fegte die alten Teller, die sicher noch vor einem Jahr sehr wertvoll gewesen waren, achtlos aus ihren Fächern und wir schoben das gewaltige Möbel so schnell wir eben konnten quer durch die Halle zur Tür, die schon bedenkliche Asymmetrien aufwies. Andere kamen dazu und halfen. Wir waren gerade fertig, als unsere Mühe nutzlos wurde. Oben splitterten Scheiben. Sie hatten zuletzt doch unsere Schwachstelle gefunden. Steine flogen von außen gegen die schweren Buntglasscheiben der großen Hallenfenster, aber die hielten vorerst.

„In den Keller!", rief Vera. „Wir müssen in den Keller, das ist unsere einzige Chance. Schnell, schnell, kommt!"

Wir drehten uns um und rannten. Lara und ich waren die Letzten, wir hatten am nächsten an der Tür gestanden. Wir waren schon fast aus der Halle raus, als die Schreie im oberen Stockwerk begannen. Schrille, entsetzliche Schreie, gelegentlich von Maschinenpistolen-Feuer unterbrochen. Wir blieben beide wie versteinert stehen. Über das Geländer der Galerie flog etwas und landete mit einem dumpfen Laut auf den Fliesen der Halle. Es war ein Körper. Lara wollte hin, aber ich schaffte es, sie festzuhalten.

„Nein!"

Bevor sie etwas entgegnen konnte, zerbrach mit lautem Klirren das Oberlicht über der großen Tür. Drei Steine flogen herein. Von draußen kam ein neues, lauteres, triumphierendes Geheul. Lara machte einen gurgelnden Laut, riss sich los und rannte zurück zur Tür. Mit einem großen Satz sprang sie an den Schrank, hatte ihn gedankenschnell erklettert, stieß, mit einem Schrei der Wut und Frustration, die Waffe nach unten durch das zerbrochene Oberlicht und feuerte das Magazin leer.

„Ijääär!" Mehrere der markerschütternden Todeslaute lösten das Triumphgeheul ab. Lara rammte ein neues Magazin in die Waffe und schoss erneut, aber diesmal traf sie nichts. Sie hatte die Heuler überrascht, aber sie hatten sich wohl schnell außer Reichweite gebracht. Inzwischen hatte ich mich gefangen und war ihr gefolgt. Unter dem Schrank stehend lauschte ich auf Geräusche von der Galerie. Nichts. Nach dem höllischen Lärm der letzten Minuten war es jetzt unwirklich still, wenn auch das Geheul draußen langsam wieder anschwoll. Und dann hörte ich doch etwas. Leises Klicken. Von der Galerie. Es dauerte eine Weile, bis ich begriff, was es war. Klauen auf Fliesen.

„Lara, komm runter", flüsterte ich.

„Nein!", zischte sie zurück. „Wenn sie wiederkommen, hole ich mir noch ein paar."

„Sie sind schon da. Oben, auf der Galerie. Komm, verdammt nochmal, da runter. Spring!"

Sie sprang, und ich fing sie mit Leichtigkeit auf. Wir werden sie tüchtig füttern müssen, wenn wir wieder auf dem Hof sind, dachte ich unsinnigerweise. Der Hof war im Moment in einem anderen Universum. Wir gingen vorsichtig zu der Tür, durch die die anderen gelaufen waren, die Waffen immer auf die Galerie oder die Treppe gerichtet.

„Hörst du es?", flüsterte ich.

„Ja."

Am anderen Ende der Halle klappte eine Tür auf und fiel zu. Aus der Dunkelheit näherte sich langsam ein Klicken. Ich schoss einen Pfeil ab, hörte aber, wie er auf der anderen Seite wirkungslos in etwas Hölzernem einschlug. Das Klicken oben wurde langsam schneller. Ich schätzte den Weg zu der kleinen Tür ab. Wenn wir jetzt zu rennen begännen, würde alles, was von der rechten Seite der Galerie sprang, uns den Weg abschneiden können. Und ich zweifelte nicht daran, dass sie da herunter springen konnten. Das Klicken aus der Dunkelheit kam schnell näher. Ich steckte den zweiten Pfeil weg, hängte den Bogen um und zog das Schwert. Lara senkte die Waffe.

„Nein", sagte ich leise. „Du musst weiter auf die Galerie zielen. Schieß auf die rechte Seite, sobald du was siehst, und dann lauf." Sie nickte und hob die Waffe wieder. Das Klicken in der Halle näherte sich dem schwachen Lichtschein, der durch das erste Fenster fiel. Gleich würde ich sehen können.

In diesem Moment tauchte aus der Dunkelheit direkt unter dem Fenster ein Schatten auf und flog mit wildem Knurren in die Finsternis der hinteren Halle. Etwas fiel zu Boden, und ich hörte den beginnenden Todesschrei eines Heulers, bevor er erstickt wurde. Auf der Galerie brach wildes Geheul los, das von draußen sofort beantwortet wurde.

„Schieß!", brüllte ich Lara an, „jetzt!"

Sie feuerte, mindestens drei Heuler starben schreiend, und wir rannten. Ich hörte sie von der linken Seite der Galerie springen. Und auf der Treppe. Ich drehte mich um, sah aber nur meinen Hund, der mit großen Sätzen aus der Dunkelheit kam.

„Komm, Reaper, schnell!", schrie Lara. Sie rannte durch die Tür, Reaper sprang hinter ihr her und ich zog als Letzter hinter mir zu. Es wurde stockfinster. Zu meiner nicht enden wollenden Erleichterung ertastete ich einen Schlüssel und schloss ab. Von draußen schlugen die Heuler wütend gegen die Tür, aber vorerst konnten wir aufatmen. Ich versuchte etwas zu sehen, aber der Raum war vollkommen lichtlos.

„Lara?"

„Ja, ich bin hier. Reaper ist auch bei mir."

Ich tastete vorsichtig in Richtung ihrer Stimme und fand zuerst Reapers Hinterteil. Eine Bewegung in der Dunkelheit, dann eine nasse Zunge quer über meinen Wangen und meiner Nase.

„Oh, danke, das habe ich gebraucht." Ich wischte mir das Gesicht ab.

Laras Hand fand meinen Arm.

„Ah, da bist du. Was hat er gemacht?"

„Mich abgeleckt."

Sie kicherte. „Er freut sich eben."

„Ja, zweifelsohne. Bist du okay?"

„Ja. Ich habe mir oben an dem Fenster den Arm ein bisschen aufgeschrammt, aber ist nicht schlimm. Reaper geht es auch gut, glaube ich. Er hat einen erwischt, oder?"

„Ich denke schon."

„Bist du auch okay?"

Ich nickte, aber das konnte sie natürlich nicht sehen. „Ja. Wo sind wir hier? Und wo sind die anderen?"

„Das hier ist so 'ne kleine Kammer. Gehört zur Küche. Die anderen wollten doch in den Keller."

„Sind wir hier sicher?"

Ich nahm eine Bewegung wahr. Vermutlich schüttelte sie den Kopf. „Nee, glaube ich nicht. Die Tür, durch die wir reingekommen sind, ist zu dünn. Und die Tür zur Küche kann man gar nicht abschließen."

Das klang ja prächtig. „Schöne Scheiße. Also müssen wir bald hier raus."

„Ja."

„Am besten in den Keller, zu den anderen, oder?", fragte ich.

Sie zögerte. „Ich weiß nicht. Die Keller hier unter dem Haus sind ziemlich groß. Ich finde mich da nicht zurecht. Vera kennt sich da besser aus, sie war öfter unten. Alex auch. Er wollte mich immer mal rumführen, aber ich mochte nicht. Ist mir zu dick und stickig da. Ich bin lieber draußen."

Ich hätte zu gerne einen vernünftigen Gedanken gefasst, aber meine Panik vor dem, was jenseits der dünnen Tür in der Halle war und die boshafte kleine Stimme, die mir ins Ohr sang, wie BESCHISSEN ich doch meine Zeit genutzt hatte, lange Briefe zu schreiben anstatt mir mal das Schloss anzusehen, ha, du großartiger Finder, hielten mich wirkungsvoll davon ab. Lara übernahm den konstruktiven Part.

„Also, ich weiß nicht, wo genau sie hin sind. Vera kennt sicher ein paar gute Verstecke, aber die würde ich wohl nicht finden." Sie überlegte eine Weile. „Wenn wir hier rausgehen, kommen wir in die Küche. Da sind sie vielleicht noch nicht. Und an der Seite von der Küche ist so ein ganz kleiner Raum. Mit einer Eisentür. Da wären wir sicher."

„Ein Kühlraum?"

„Ja, ich glaube ja. Nur, dass der jetzt nicht mehr kühlt."

Vielleicht hatte das Kind uns gerade gerettet. „Gut, lass es uns versuchen."

Wir tasteten uns zu der anderen Tür der kleinen Kammer und öffneten sie vorsichtig. In die Küche dahinter fiel, durch zwei unzerbrochene Fenster, silberblaues Mondlicht. Die Wolken hatten sich wohl verzogen. Wir lauschten angestrengt, hörten aber nichts, außer fernerem Geheul, irgendwo im Haus und davor. Auch Reaper gab kein Zeichen von Gefahr. Sie waren offensichtlich noch gar nicht hier gewesen. Vorsichtig und leise schoben wir uns durch die Küche, sie die Maschinenpistole im Anschlag, ich das Schwert, zum Schlag bereit, erhoben. Langsam, ganz langsam drückten wir uns an der großen Anrichte entlang, die den Raum teilte, bis wir eine Metalltür auf der anderen Seite erreichten. Lara löste mit einem Handrad die Verriegelung und öffnete vorsichtig. Wir zitterten beide in der Erwartung, einen Heuler herausspringen zu sehen. Was immer wir uns auch unter einem Heuler vorstellten. Aber nichts sprang. Reaper ging als Erster, schnüffelnd, in den kleinen Raum hinter der schweren Tür. Ich sah hinein und erkannte nichts. Maximal vier Quadratmeter, nackte, glatte Betonwände, ein Metallregal an der Wand.

Der Kühlraum sah aus wie eine kleine Garage und war offenbar in neuerer Zeit an die Küche gebaut worden. Ich versicherte mich, dass die Tür auch innen eine Möglichkeit bot, sie zu verschließen und ging hinein. Der Raum war immer noch kühler als die Küche, aber durchaus erträglich. Klein, aber groß genug für uns drei. Lara kam hinter mir rein.

„Soll ich die Tür zumachen?"

„Ja, und verriegele sie. Ich glaube, hier sind wir wirklich sicher. Wir könnten sogar schlafen."

Sie schloss die Eisentür und die Dunkelheit verschluckte uns wieder. Ich hörte, wie sie das Handrad drehte.

„Ich glaube nicht, dass ich schlafen kann."

„Wart' erst mal ab." Ich tastete nach Reaper. „Platz. Leg' dich hin." Ich spürte, dass er sich hinlegte und dann auf die Seite rollte. Ich zog den Bogen ab, steckte das Schwert ein und legte mich dazu, den Kopf wie immer auf seiner Flanke.

„Lara?"

„Ja?"

„Du kannst deinen Kopf auch auf Reaper legen. Ist weicher als der Boden. Und wir merken, wenn er wach wird. Er mag dich ja."

Sie tastete sich heran und legte sich neben mich, das Gesicht mir zugewandt. Ich spürte ihren Atem.

„Daniel?"

„Hm?"

„Was meinst du, was da eben von oben runtergefallen ist? Bevor ich auf den Schrank geklettert bin, meine ich."

Was sollte ich dazu sagen? Während ich noch überlegte, gab sie die Antwort selbst.

„Es war einer von uns, oder?"

Was sonst? „Ja, ich glaube schon."

„Was meinst du, wer?"

„Keine Ahnung, Lara. Und ich bin ganz froh darüber."

Ich spürte, dass sie nickte.

„Ja, du hast Recht." Sie seufzte. „Ich glaube, es war Christoph. Er war schon mit mir im Kindergarten, weißt du? Ich konnte ihn nie richtig leiden. Aber er hat Patrick aus dem Fenster geworfen. Patrick hat Lukas erschossen. Meinen Bruder. Christoph war … ist … war verdammt mutig. Und stark. Paul wollte ihn immer bei seinen Leuten haben. Hat ihm alles Mögliche angeboten und versprochen. Hat ihn verprügelt. Aber er hat immer zu uns gehalten." Sie seufzte wieder. „Und ich habe immer gedacht, er wäre ein Arschloch. Macht immer so blöde, dreckige Witze. Alex hat immer gesagt, er wäre in Wirklichkeit ganz okay. Wir hatten sogar mal Krach deswegen. Alex und ich sind zusammen, weißt du?" Sie redete wie aufgezogen.

„Habe ich mir gedacht, das mit dir und Alex."

„Ja, merkt man das?" Ich hörte, dass sie lächelte. „Alex ist noch gar nicht lange in unserer Klasse, er ist sitzengeblieben, aber ich kenne ihn schon ganz lange. Er ist der beste Freund von meinem Bruder. Wir sind viel zu dritt unterwegs. Lukas hat ja keine Freundin. Aber er will … wollte …" Sie stockte. „Ach Scheiße, Scheiße, Scheiße!" Sie schaffte es nicht weiter. Sie fing an zu weinen. Ich strich ihr unbeholfen durchs Haar. Was hätte ich sagen sollen? Nach einiger Zeit beruhigte sie sich wieder und schluchzte nur noch ein wenig. Ich suchte nach etwas, um sie auf ein anderes Thema zu lenken, aber mir fiel nur eine weitere Variante zu unserer Tragödie ein. Aber die Frage interessierte mich wirklich: „Lara, hast du eigentlich die Heuler gesehen?"

„Was? Nein, habe ich dir doch gesagt. Keiner von uns hat sie gesehen." Sie sprach immer noch ein wenig wie durch Watte, aber sie hatte sich schon wieder etwas gefangen.

„Nein, ich meine, als du auf dem Schrank warst. Du hast doch durch das Oberlicht geschaut, und …"

„Nee, leider …", sie schüttelte den Kopf, „… oder auch nicht leider, wer weiß, wie die aussehen. Aber ich konnte gerade so die Arme und die Waffe da durchstecken, viel sehen konnte ich nicht. War ja auch so dunkel. Aber es schneit. Oder hat geschneit."

„Echt?" Ich spürte, wie ich mehr darüber wissen wollte, mehr über den Schnee, mehr über das Wetter, mehr über irgendein Thema, das nicht mit unserer eigenen Vernichtung zu tun hatte. Oder zumindest nicht direkt. Aber es gab nicht viel zu erzählen.

„Ja. Ich hatte Schneeflocken auf dem Arm. Und auf der Hand."

Wir schwiegen und hingen unseren eigenen Gedanken nach. Ich erlaubte meiner Phantasie einen Ausflug in die Wälder des Mittelgebirges, die uns umgaben. Sie waren bestimmt sehr schön, wenn sie verschneit waren. Still. Groß. Ein Postkartenidyll. Bald war Weihnachten …

„Meinst du, die anderen leben noch?", fragte Lara nach einer Weile.

„Alex und Vera und die anderen?"

Sie riss mich zurück in die Gegenwart. „Wenn das, was du über die Keller sagst, stimmt, dann haben sie eine gute Chance, denke ich. Guck mal, selbst wir haben es geschafft, und wir waren viel länger in der Halle als sie."

Sie nickte und atmete ein wenig durch. „Stimmt, du hast Recht. Vera hat bestimmt einen Raum für sie gefunden. Aber was ist mit denen, die oben waren? Für die sieht es schlechter aus, oder?"

„Ich befürchte, ja. Weißt du, wer oben war?"

„Nicht ganz genau. Ich bin früh eingeschlafen, und dann ging alles so schnell." Sie begann, die Namen zu rekapitulieren und ich merkte schmerzlich, wie wenig ich diese Kinder kennen gelernt hatte, die ich auf unseren Hof in Sicherheit bringen wollte. Ich kannte Lara natürlich und damit zwangsläufig Alex, dazu Farouk und Anna, da die vier oft gemeinsam anzutreffen waren. Merve, weil sie so still, und Sabine, weil sie so plapperhaft war. Christoph, weil er Jan so ähnelte, äußerlich und vom Auftreten her. Aber die anderen … Lara zählte auf:

„Mehmet und Kevin waren oben. Und Jennie und Angela. Ich weiß nicht, ob noch jemand. Christoph natürlich. Vielleicht Tom, den habe ich unten auch nicht gesehen. Und Farouk …"

„Der war bei uns unten."

„Ah, ja? Siehst du." Sie seufzte erleichtert. „Glaubst du, die, die oben waren, sind alle tot?"

„Weiß nicht. Gibt es da oben Verstecke?"

„Keine so guten wie das hier."

„Lass uns das Beste hoffen." In Wirklichkeit hatte ich keine Hoffnung. Ich hatte die Schreie von oben gehört. Es musste sie schnell und von allen Seiten erwischt haben.

Wir umgingen das Thema, plauderten noch eine kleine Weile über weniger bedrückende Dinge, und Müdigkeit überkam mich mit Macht. Auch sie sprach bald langsamer und verschliffener.

„Ich glaube, ich kann doch schlafen", murmelte sie irgendwann.

Ich lachte leise. „Dann gute Nacht."

„Morgen brechen wir auf?"

„Ja."

Ich hörte, dass sie lächelte. „Ich freue mich darauf. Bloß weg von hier."

„Hm."

„Schlaf gut, Daniel."

„Schlaf gut, Lara."

Ich träumte nichts.

11

Als ich aufwachte, war ich zuerst vollkommen orientierungslos. Die undurchdringliche Dunkelheit um mich herum ließ keinerlei Schlüsse über Zeit und Raum zu, und für einen Moment fürchtete ich, die Welt um mich sei ebenso verschwunden wie die Menschen vorher. Dann stahl sich das Gefühl von Reapers warmem Körper, seine kurzen Haare, hartweichen Muskeln und Knochen in mein Gehirn, das Universum kam zurück und zentrierte sich um mich. Nun hörte und spürte ich auch Laras ruhigen Atem neben mir. Ich erhob mich vorsichtig, aber Reaper merkte es natürlich. Er zuckte und ich vermutete, dass er auch den Kopf hob. Davon wachte Lara auf.

„Was? Reaper? Ist was? Daniel? Bist du da?"

„Ja, ich bin hier. Alles in Ordnung. Ich bin nur aufgewacht."

Sie war sofort alarmiert. „Wovon?"

„Einfach so."

Ich spürte, wie sie sich hochrappelte. „Ist schon Morgen? Es ist so dunkel."

„Weil wir in der Kühlkammer sind. Ich schaue mal raus."

„Nein!"

Ich seufzte – nicht aus Überdruss, sondern, weil ich sie allzu gut verstand. Aber was war die Alternative? „Lara, ich muss mal rausgucken. Wir können nicht ewig hier bleiben, oder?"

„Dann warte einen Moment." Ich hörte, wie sie im Dunkeln nach etwas tastete. Dabei stupste sie wohl Reaper an, der ungehalten schnaubte.

„'Tschuldigung, Reaper. Ah, da." Etwas klapperte, und ich erkannte, dass sie die Maschinenpistole zu sich zog. „Okay, jetzt kannst du aufmachen."

Ich tastete nach der Tür, fand sie, fand das Handrad und drehte es langsam und vorsichtig. Mit einem knirschenden Klicken rastete der Riegel aus. Ich hielt den Atem an. Durch die Tür war nichts zu hören. Vorsichtig schob ich sie auf. Ein Lichtstrahl fand seinen Weg zu uns. Ich drückte die Tür weiter auf und tauchte den Raum so schnell in grelles Tageslicht, dass ich die Augen schließen musste.

„Aua, ist das hell", ließ Lara sich hinter mir vernehmen.

Ich öffnete die Augen langsam wieder, zog dann mit einer raschen Bewegung das Schwert und hieb einmal durch die Türöffnung. Nichts. Ich schaute hinaus. Da war nur die Küche, in sonniges Tageslicht getaucht und in fast unverändertem Zustand. Sie waren mit Sicherheit hier gewesen, hatten sich aber wohl nicht lange aufgehalten. Ein paar Küchengeräte lagen herum und zwei Schranktüren waren ausgerissen, aber das war alles. Die Dichtung der Kühlraumtür hatte uns offenbar sicher abgeschirmt und auch verhindert, dass Reaper die Heuler wahrnahm. Lara kam hinter mir durch die Tür, mein Hund dicht neben ihr.

„Alles klar? Ist die Luft rein?"

„Scheint so. Aber wir sollten trotzdem vorsichtig sein. Gibst du mir meinen Bogen und die Pfeile?" Sie verschwand wieder im Kühlraum, kam mit meinen Waffen zurück und gab sie mir.

„Wieso vorsichtig? Es ist Tag. Am Tag kommen sie nicht raus."

„Bisher nicht. Aber bisher haben sie sich auch nicht angeschlichen, bevor sie angegriffen haben."

„Hmja." Sie zog das Magazin aus ihrer Waffe, prüfte es und steckte es wieder rein.

„Wie viel hast du noch?", fragte ich.

„Fünf Schuss in dem hier. Und noch ein Magazin."

„Mager, mager."

Sie zuckte mit den Schultern. „Vielleicht finde ich noch was."

Mit Sicherheit, dachte ich. In der letzten Nacht waren einige Waffen herrenlos geworden, soviel war gewiss.

Wir prüften die Küche, keine Spur von verbliebenen Heulern. Ebenso wenig in dem kleinen Raum, in den wir uns zuerst geflüchtet hatten. Hier hatten sie die Tür eingerissen, der kümmerliche Rest hing regelrecht zerfetzt in den Angeln. Bevor ich in die Halle ging, drehte ich mich zu ihr um. „Willst du mit da rein?"

Sie sah mich mit einer komischen Mischung aus Empörung und Unglauben an. „Du wirst mich ganz bestimmt nicht alleine hier lassen!"

Ich versuchte kläglich, zu erklären: „Reaper passt auf dich auf. Er ist ein besserer Schutz als ich. Und da drin könnte es ... Ich meine, vielleicht ..."

„*No way*! Wir lassen dich auch nicht alleine. Und ich halte das schon aus."

„Okay."

Das Erste, was ich sah, war die Tür. Der Schrank war zu Boden gefallen. Sie hatten offenbar versucht, ihn zu zerschlagen, aber er hatte standgehalten, nur ein Zwischenboden lag daneben. Das Türschloss und der mächtige Riegel waren zerbrochen, die Türflügel hingen schief und verkantet in den verbogenen Angeln und gaben den Blick auf die Vortreppe und den vorderen Teil des Parks frei. Über Nacht war tatsächlich Schnee gefallen, hatte den wuchernden Rasen, das gefallene Laub und die Büsche bedeckt und leuchtete nun in der Morgensonne, die von einem schamlos blauen Himmel strahlte. Der Anblick war wunderschön, noch viel schöner, als ich es mir ausgemalt hatte. Ich konnte es kaum fassen, ging zur Tür und starrte die Pracht nur an. Wie konnte es nach einer solchen Nacht einen so herrlichen Morgen geben? Für mich war das weder ein Trost, noch ein Zeichen der Hoffnung. Es war der reine Hohn. Lara stand plötzlich neben mir. Sie schluchzte. „Es ist so gemein."

Ich nickte und drehte mich um. Von hier aus hatte ich einen Blick fast über die ganze Halle und das strahlende Sonnenlicht, das durch die geborstenen Buntglasscheiben fiel und sich flirrend in abertausend Scherben spiegelte, machte den grausamen Spott komplett. Unter der Galerie lag ein Körper in seinem Blut, vom Bauch bis zum Hals aufgeschlitzt und ohne Kopf. Lara hatte Recht gehabt, es war Christoph. Ich erkannte sein gelbes Hemd, an dem immer noch ein paar gelbe Fleckchen zu sehen waren, und die Stiefel. So schnell ich konnte lief ich zu der Leiche, nahm im Vorbeilaufen eine Decke auf und ließ sie darüber fallen. Ein gnädiges Geschick ließ Lara, die immer noch vom Anblick des Parks gefangen war, erst verspätet wahrnehmen, was ich tat. Sie drehte sich erst um, als ich Christoph schon bedeckt hatte. Hektisch suchte ich unter der Galerie den Kopf.

„Was machst du da?"

„Ich kann ihn doch schlecht so daliegen lassen", antwortete ich über die Schulter, immer noch suchend. Wo war der verdammte Kopf?

„Wer ist es?" Sie sprach so unnatürlich ruhig wie jemand, der sich mit aller Kraft auf der diesseitigen Grenze der Vernunft hält.

„Du hattest Recht, es ist Christoph."

Sie schwieg eine Weile, und ich suchte vergeblich weiter.

„Was suchst du?"

Den Kopf deines Klassenkameraden, mein Kind. „Nichts Besonderes. Ist eh egal, es ist weg." Ich gab auf und hoffte, die Heuler hätten den Kopf mitgenommen.

„Glaubst du, sie sind weg?" Das war gut, sie begann schon wieder praktisch zu denken. Wie viele fünfzehnjährige Mädchen konnten das? Wie viele fünfzehnjährige Mädchen in dieser Situation konnten das? Ich begann endgültig zu begreifen, dass Lara ebenso wenig zufällig die Späherin war, wie ich zufällig der Finder war. Und warum sie immer noch lebte. Und für den Moment war ich optimistisch.

„Ja, ich glaube schon. Hier hätten sie uns sonst gut erwischen können. Aber wir sollten weiter vorsichtig sein. Du siehst die wohl nicht, die du an der Tür erwischt hast, oder?"

„Nein."

„Der, den Reaper fertiggemacht hat, ist auch weg. Sie nehmen ihre Toten mit, siehst du?" Ich hatte an der Stelle, an der Reaper den Heuler überrascht hatte, eine Blutlache gefunden, aus der eine blutige Schleifspur, wie ich sie von meiner ersten Begegnung mit den Biestern kannte, zum Fenster führte. Lara sah sie sich lange an.

„So ein Mist. Jetzt wissen wir immer noch nicht, wie sie aussehen."

„Ja, aber das ist, glaube ich, trotzdem ein gutes Zeichen. Wenn sie ihre Toten nach draußen mitgenommen haben, sind sie vielleicht alle abgehauen." Ich schaute mich weiter um und sah etwas im Rahmen der entfernten Tür, durch die der Heuler gekommen war.

„Ah, da ist ja mein Pfeil."

Ich wollte hingehen, als die Tür sich plötzlich öffnete. Bevor ich wusste, was geschah, fand ich mich schon auf den Knien und zielte mit gespanntem Bogen auf die Tür. Lara rutschte, halb kniend, halb liegend mit vorgehaltener Waffe neben mich.

„Keinen Schritt weiter!", schrie sie. Ihre Stimme überschlug sich fast.

Die Tür blieb halb offen.

„Wer ist da? Lara, bist du es?"

Das Mädchen atmete neben mir laut auf und senkte die Waffe. „Alles klar, Vera, wir sind es, Daniel und ich." Ich ließ die Sehne locker und steckte den Pfeil wieder in den Köcher. Als wir beide aufstanden, bequemte sich auch Reaper neben uns. Ich beneidete ihn um seine Nase. Vera kam schnell auf uns zu und nahm Lara in den Arm.

„Gott sei Dank, oh, Gott sei Dank. Wir dachten, ihr seid tot. Wo wart ihr bloß? Plötzlich wart ihr weg." Sie ließ Lara los und drückte mich an sich. „Mein Gott, bin ich froh, dass wenigstens ihr es geschafft habt." Sie weinte und lachte gleichzeitig. Plötzlich stieß Lara einen Schrei aus und rannte an mir vorbei. Alex war durch die Tür gekommen, und sie flog ihm an den Hals. Ihm folgten Anna, Sabine, Farouk und Merve. Das war's. Mehr nicht.

12

Wir saßen im Speisesaal, um und auf einem der Tische, aßen und tauschten unsere Geschichten aus. Vorher, während die Jugendlichen aus ein paar Konserven ein Frühstück bereitet hatten, hatten Vera und ich uns in den oberen Räumen umgesehen. Ich hatte es eigentlich alleine machen wollen, aber Vera hatte sich nicht ausreden lassen, mitzukommen.

„Ich habe immer noch eine Verantwortung für sie. Ich muss wissen, was mit ihnen ist."

„Das kann ich dir auch erzählen", hatte ich entgegnet. „Bleib hier. Du kennst sie alle zu lange. Ich sage dir, was passiert ist, und gut."

Sie hatte den Kopf geschüttelt, und ich gab es auf. Also gingen wir gemeinsam nach oben und zählten schweigend die Körper. Es war, wie ich befürchtet hatte. Das ganze Stockwerk erzählte seine eigenen, grässlichen Geschichten. Hier war niemand entkommen, und ich bemühte mich, den verstümmelten und zerrissenen Körpern Namen zuzuordnen, Namen von Jugendlichen, die ich bis vorgestern nie gesehen hatte. Ich wollte mir die Namen merken, was konnte ich sonst für sie tun?

Wir fanden Jennie unter einem offenen Fenster. Sie hatten sie offenbar noch fast im Schlaf erwischt, irgendwie schien sie der Aufruhr unten in der Halle nicht geweckt zu haben. Gut für sie – ein schneller und plötzlicher Tod gehörte inzwischen zu den erstrebenswerten Dingen. Ihre Kehle war aufgerissen, der Kopf fast völlig abgetrennt, und in ihrem Gesicht spiegelte sich kein Schrecken und kein Schmerz, wenn überhaupt etwas, dann Erstaunen. Im nächsten Zimmer fanden wir Tina, beziehungsweise ihren Körper. Der Kopf lag ein Stück weiter den Flur hinunter. Wahrscheinlich hatte sie, von dem Lärm geweckt, aus der Tür geschaut und war sofort geköpft worden. Die Maschinenpistole hing immer noch über ihrer Schulter. Kevin und Tom hatten weniger Glück gehabt. Mit den Waffen im Anschlag aus ihren gegenüberliegenden Zimmern laufend, waren sie den Heulern offenbar direkt in die Arme – oder was auch immer sie hatten – gefallen und regelrecht zerfetzt worden. Hier hatte es keine gnädige Plötzlichkeit gegeben, das sah man in den toten Gesichtern. In den Wänden neben ihnen, der Decke und dem Boden steckten, zwischen ihrem eigenen Blut und Körperteilen, Projektile, die sie in Panik nutzlos in alle Richtungen geschossen hatten. Nichts deutete darauf hin, dass sie auch nur einmal ihr Ziel getroffen hatten. Wir suchten lange nach Angela und Mehmet und fanden sie endlich, halb in und halb vor einem Wandschrank in einem hinter der Tapete verborgenen Raum. Ein eigentlich sehr gutes Versteck, aber sie waren schließlich, wie auch immer, doch aufgespürt, raus gezerrt und massakriert worden. Auch bei ihnen konnte ich mich nicht der Hoffnung hingeben, es wäre schnell gegangen. Sie hatten sich verzweifelt, aber erfolglos gewehrt. Zwei von Angelas Fingernägeln steckten in der Wand des Schrankes. Überall im Raum fanden wir

Projektile aus einer Waffe, die zwischen den beiden lag. Wir verließen den Raum schnell, ich folgte Vera zurück zur Galerie, wo sie sich über die Brüstung lehnte und krampfhaft nach Luft schnappte. Ich sagte nichts. Ich fühlte nichts. Ich war völlig stumpf. Mir war im Moment egal, ob ich lebte oder tot war. Und ich hatte sie nur eineinhalb Tage gekannt. Ich wagte nicht zu ermessen, was in Vera vorging.

Nach einer endlosen Weile wandte sie sich zu mir. Sie war grau im Gesicht und sah krank aus. Todkrank.

„Das waren alle, oder?"

„Ich weiß es nicht. Ich glaube, es fehlen noch welche."

„Nein, über die weiß ich Bescheid." Sie schüttelte den Kopf. „Oh Gott, oh Gott, oh Gott, warum ich, Daniel? Warum wir? Warum ich? Warum sind wir nicht einfach mit den anderen verschwunden? Hast du eine Ahnung? Womit habe ich das verdient? Womit haben die Kinder das verdient? Ich begreife das alles nicht. Hast du eine Idee?"

Hatte ich eine? „Nein."

„Ich auch nicht. Ich auch nicht, verdammt noch mal! Und ich schwöre dir, wenn die sechs da unten nicht noch wären, ich würde mich auf der Stelle erschießen. Welchen Sinn soll das Leben noch haben?"

Ich wusste keine Antwort.

Nach einer Weile schüttelte sie den Kopf. „Na, egal. Wir werden es sowieso nicht rausfinden. Lass uns nach unten gehen und uns um die Lebenden kümmern."

Ich deutete hinter uns, wo die Zimmer waren. „Was machen wir mit ihnen?"

Sie klammerte sich an das Geländer und starrte auf die Halle hinunter. „Wir werden das Haus anzünden, bevor wir gehen. In der Garage ist noch eine Menge Benzin. Wir werden den ganzen verdammten Bau bis auf die Grundmauern niederbrennen und wenn es noch einen verdammten Gott gibt, der etwas anderes tut, als uns zu verarschen, fängt der ganze beschissene Wald Feuer und fackelt die beschissenen, verfickten, kindermordenden Mistviecher mit ab. Was hältst du von der Idee?"

„Ist okay."

Sie nickte grimmig und ging zur Treppe. Dann blieb sie plötzlich stehen, schaute, ging an der Treppe vorbei und ließ sich an der Brüstung nieder.

„Das ist komisch", sagte sie nachdenklich.

„Was?"

„Komm doch mal her. Hier ist überall Blut, aber keine Leiche. Komisch."

Ich ging zu ihr. „Das waren Heuler. Lara hat auf die Galerie geschossen, bevor wir aus der Halle abgehauen sind. Nach dem, was wir gehört haben, muss sie einige erwischt haben. Sie nehmen ihre Toten immer mit, scheint es, deshalb finden wir die Leichen nicht."

Sie nickte. „Ja, klingt logisch. Fein, fein, fein. Gut, Lara. Da haben sie wenigstens ein bisschen bezahlt, die Scheißbiester. Wir haben auch ein paar abgeknallt, im Keller."

„Sie hat vorher schon welche draußen erschossen, durch das Oberlicht. Und Reaper hat auch einen erwischt, der war in die Halle gekommen."

Vera lächelte halb. „Sie ist ein Prachtmädchen. War sie immer schon. Und dein Hund ist auch ein Prachthund."

„Ich habe leider nur einmal geschossen, und da auch nicht getroffen." Ich zuckte mit den Schultern, sie legte mir einen Arm um die Hüfte und drückte mich kurz. „Ich bin trotzdem froh, dass du da bist. Immerhin führst du uns hier raus."

„Ich werde mein Bestes tun", versprach ich.

„Bestimmt. Und ich vertraue dir." Sie seufzte tief und vermied jeden Blick auf den Flur hinter uns. „Komm, lass uns runter gehen."

Wir frühstückten also, makabererweise reichlicher als gedacht, denn wir hatten für siebzehn geplant und waren nur noch zu acht. Dann erzählten wir uns unsere Geschichten. Die anderen waren Vera durch den kleinen Raum und die Küche zu einem Flur gefolgt, an dessen Ende eine Treppe in den Keller führte. Neben der Tür zur Kellertreppe hingen immer ein paar Taschenlampen, weswegen sie nicht, wie wir, den Großteil der Nacht auf ihren Tastsinn angewiesen gewesen waren. Vera hatte sie eine Zeitlang durch die niedrigen Gänge und Kellerräume geführt, auf dem Weg zu einem Heizungsraum, der über eine verschließbare Metalltür verfügte. Immer wieder hörten sie Laute, die darauf schließen ließen, dass sie nicht alleine dort unten waren. Irgendwann gab es einen Streit. Einem der Jungen, Gabriel, der sich ebenso gut in den Kellern auskannte wie Vera und Alex, wurde der Weg zu lang, er schlug vor, sich in einen Raum zu flüchten, der näher lag und ebenfalls eine starke Tür hatte. Alex und Vera waren sicher, dass diese Tür nicht verschließbar war, Gabriel war vom Gegenteil überzeugt. Schließlich teilte sich die Gruppe, Alex, Anna, Farouk, Sabine und Merve folgten Vera, ein Junge namens Markus ging mit Gabriel. Sie trennten sich, und Veras Gruppe, die den weiteren Weg vor sich hatte, lief nun schneller, denn von allen Seiten kamen die Heuler näher. Als sie die Tür nach einer schier endlosen Flucht erreichten, klemmte sie. Während Vera, Alex, Sabine und Farouk sich im schwächelnden Licht der Taschenlampen mit dem Schloss abmühten, sicherten Anna und Merve den Gang nach hinten ab. Irgendwann hörten sie in der Dunkelheit vor sich das Klicken, überlegten nicht lange und feuerten beide ein Magazin in die Finsternis leer. Sie hatten hörbaren Erfolg, mehrere Heuler starben unter Geschrei. Das kaufte ihnen die Zeit, die die anderen brauchten, um die Tür endlich zu öffnen. Sie schlüpften hinein und schlossen ab. Heute Morgen trafen sie auf keine Heuler mehr, aber sie fanden Markus und Gabriel. Deren Tür war nicht verschließbar gewesen. Die Taschenlampen der beiden Toten funktionierten noch. Es war gegen zehn, als die kleine Gruppe aus den Kellern hoch kam, durch eine andere Tür, als die, die sie nach unten genommen hatte. Dann hatte sie sich auf den Weg zur Halle gemacht und uns dort getroffen.

Ich erzählte unsere Erlebnisse so anschaulich wie möglich und so schnell wie nötig. Alle bejubelten Laras zweimaligen Sieg und ich erntete Spott wegen meines Fehlschusses. Reaper wurde von allen Seiten gelobt, gestreichelt und getätschelt. Als wir fertig waren, war es Mittag, an einen langen Marsch, der uns vor der Dunkelheit außer Reichweite der hiesigen Heuler bringen würde, war nicht mehr zu denken. Vera schlug vor, noch eine Nacht in dem sicheren Kellerraum zu verbringen und erntete vielstimmigen Protest.

„Auf keinen Fall."

„Ich bleibe keine Nacht mehr hier."

„Nee, Vera, das ist 'ne Scheißidee."

Ich schlug schließlich vor, erst einmal nach Nideggen zu gehen und dort Unterschlupf zu suchen. In den Häusern würden sich sichere Räume finden lassen, und außerdem kamen Heuler eben nicht so gerne in Siedlungen. Das behagte den Jugendlichen mehr. Wir gingen gemeinsam in den Stall. Ich schämte mich etwas, weil ich mir bisher gar keine Sorgen um Fog gemacht hatte, aber abgesehen davon, dass er gieriger als sonst trank, hatte ich mir nichts vorzuwerfen. Die Heuler hatten ihn wiederum unbehelligt gelassen. Auch das Gepäck und die Fahrräder lehnten noch genauso an der Wand, wie wir sie zurückgelassen hatten. Die Heuler mochten intelligent sein, aber sie hatten noch einiges zu lernen. Oder aber, sie waren so dermaßen darauf aus, uns umzubringen, dass ihnen alles andere egal war.

Wir packten noch einmal um, dann gingen Vera und die anderen, wie sie es gesagt hatte, mit Benzinkanistern ins Haus und bereiteten das große Feuer vor. Ich hatte damit nichts zu tun und blieb alleine mit Fog und Reaper beim Stall. War es wirklich erst vorgestern gewesen, dass Lara und ich uns getroffen hatten? Ja, zwei lächerliche Tage. Und was für ein Wunder, dass ich noch lebte. Ich wollte so sehr nach Hause, zu ihr. Statt sechzehn würde ich nun sieben mitbringen, wenn alles gut ging. Sie waren es mehr als wert.

Wir verließen das Schloss am frühen Nachmittag, passierten die Köpfe und gingen zügig die Allee hinunter. Bis Nideggen würden wir nur etwa zwei Stunden zu Fuß brauchen, also schoben sie die Fahrräder, und ich führte Fog am Zügel. Vera und die Jugendlichen hatten aus Kerzen und Benzin so etwas wie Zeitbomben gebaut, und nach einer Stunde hörten wir die erste, große Explosion, der noch einige kleinere folgten. Bald war über den Bäumen die Rauchwolke zu sehen.

„Ich hoffe, sie verbrennen mit", zischte Vera neben mir.

Wir erreichten die Stadt nach einem erstaunlich aufgeräumten Marsch durch den winterlichen Wald noch vor der Dämmerung und fanden bald, was wir suchten: Einen großen fensterlosen Lagerraum in einem Supermarkt. Er verfügte über eine Stahltür mit einem starken

Riegel. Wir fanden auch eine Garage, die als Stall für Fog und Unterstand für die Räder dienen konnte. Im Laden selbst rüsteten wir uns mit zusätzlichen Konserven und einigen starken Handlampen aus. Wir teilten mit Kisten um einen Abfluss sogar ein provisorisches Klo in einer Ecke des Lagerraums ab, schlossen die Tür, hängten ein starkes Vorhängeschloss in den Riegel, als es dunkel wurde, und hatten es danach verhältnismäßig gemütlich. Lara, Anna und Merve schnitten mit ihren Messern feierlich kleine Kerben in die Plastikgriffe ihrer Maschinenpistolen. Nach kurzer Beratung machte Lara fünf Schnitte, zwei für die Tür und drei für die Galerie. Anna und Merve einigten sich auf je anderthalb. Für Reaper sollte ich einen Kratzer in meinen Bogen machen. Die Mädchen beschlossen, dass oberhalb des Handgriffes meine, unterhalb Reapers „Ergebnisse" stehen sollten. Also machte ich akkuraterweise auch einen Schnitt in die obere Hälfte, für meine erste Heulerbegegnung im Herbst. Dann öffnete ich meine neueste Beute, eine volle und unbeschädigte Packung Bensons, zog eine raus und steckte die letzte, die mir vorher geblieben war, als Glückszigarette an deren Platz. Ich fragte anstandshalber, ob ich rauchen dürfe, erntete Gelächter, wurde von Anna und Sabine angeschnorrt, rauchte und schrieb meinen – diesmal sehr langen – Tagebuch-Brief an Esther. Lara und Alex schlugen ihr Lager in meiner Nähe auf und unterhielten sich leise.

Nach einer Weile gab Lara Alex einen Kuss, tätschelte Reaper und ging dann zu Vera, die am anderen Ende des Raumes fast schon schlief, um sie etwas zu fragen. Ich beendete meinen Brief, faltete ihn wieder zusammen und steckte ihn in meinen Rucksack, zu den anderen noch nicht abgeschickten. Dann rollte ich meinen Schlafsack aus.

„Das vergesse ich nicht", sagte Alex plötzlich leise. Er saß immer noch neben mir an der Wand. Ich brauchte einen Moment, um zu begreifen, dass er mit mir sprach.

„Was?"

Alex schaute mich sehr ernst an. „Das vergesse ich dir nicht."

Wovon sprach der Junge? „Was vergisst du nicht?"

„Dass du gestern Nacht auf sie aufgepasst hast. Du hast was gut bei mir."

Ich unterdrückte ein Lächeln. Ach so, ein Männergespräch. Die Ehrlichkeit gebot es, den Eindruck gerade zu rücken. „Fragt sich, wer auf wen aufgepasst hat. Ohne sie hätte ich es nicht geschafft."

„Egal. Ich schulde dir was." Er sah lange an die Decke. „Sie weiß gar nicht, wie toll sie ist", sagte er dann, mehr zu sich selbst.

Ich dachte an Esther. „Wissen sie das überhaupt je?"

Er zögerte. „Keine Ahnung. Sie ist meine erste Freundin."

Die diplomatischste Antwort, die mir darauf einfiel, war: „Hm."

Alex nahm es als Ermutigung: „Wie ist deine Freundin?"

Ich lachte leise. „Toll."

Er lächelte und nickte. „Wie lange seid ihr zusammen?"

„Ziemlich genau, seit es angefangen hat. Wir sind an dem Tag zusammengekommen, als alle verschwunden sind."

„Wir seit dem achtzehnten Mai", sagte er, ohne nur einen Augenblick zu überlegen. „Wollt ihr zusammenbleiben?"

„Ja." Ich freute mich insgeheim, wie sicher und selbstverständlich ich das sagen konnte. Es stimmte einfach. Alex bohrte weiter:

„Kinder?"

„Ja."

Er nickte wieder. „Wir auch."

Ich muss ihn wohl etwas zweifelnd angeschaut haben. Jedenfalls wirkte er beleidigt.

„Ich weiß schon, erste Freundin, erst sechzehn und so."

„Ich habe gar nichts gesagt." Genau genommen war ich nicht sicher, was ich hätte sagen sollen.

„Aber gedacht!" Er war wirklich beleidigt. Aber er hatte mich falsch verstanden. Ich versuchte zu erklären:

„Nein, Alex, ehrlich. Vor einem Jahr hätte ich sicher gedacht, na, der wird sich noch wundern, aber jetzt? Alles ist anders geworden. Esther hat mir nach zwei Tagen eine Art Heiratsantrag gemacht, und ich habe ihn angenommen. Das hätte sie vor einem Jahr nie und nimmer getan. Alles ist anders geworden. Warum sollen eure Chancen schlechter sein als unsere?"

Alex sah mich mit einer Mischung aus Zweifel und Hoffnung an. „Meinst du wirklich?"

„Klar. Alleine schon durch die Verknappung des Angebotes."

Er verzog den Mund. „Na, wenn das alles ist."

Ich verstand, dass ihm meine Antworten wirklich wichtig waren, also präzisierte ich: „Nicht alles. Aber auch nicht unwichtig. Wir können uns den ganzen Beziehungskistenscheiß einfach nicht mehr leisten."

„Du musst es ja wissen."

Ich überlegte einen Augenblick. „Ja, ich glaube, ich weiß es wirklich."

Wir schwiegen eine ganze Weile. „Sie ist wirklich toll", sagte er dann.

Er hatte Recht. „Ja."

„Ich bin ein Glückspilz."

„Ja."

Alex lachte. „Und ich bin eifersüchtig auf deinen Hund."

Ich grinste. „Langfristig ist er keine Konkurrenz, glaub mir."

Lara hatte Vera unterdessen lange genug wach gehalten und kam wieder zu uns. Ich rollte mich in meinen Schlafsack, die beiden legten sich neben mich zwischen drei oder vier Decken und gurrten sich an, während ich alleine war und Esther vermisste. Irgendwann lachten sie beide und unterhielten sich wieder etwas lauter. Ich fing eine Frage von Lara auf – „Der Wievielte ist eigentlich heute?" – und drehte mich zu ihnen.

„Ja, das interessiert mich auch."

Ihr Kopf tauchte über seinem Hinterkopf auf. „Du sollst uns nicht belauschen."

Ich grinste. „Ich lausche auch nicht. Aber das war laut genug."

„Farouk hat ein Datum an seiner Uhr", kam Alex' Stimme dumpf aus den Decken.

„Frag ihn doch mal", forderte Lara mich auf.

„Frag du ihn doch."

Sie druckste etwas herum, also tat ich ihr den Gefallen.

„Farouk?", fragte ich halblaut in den Raum „Hey, Farouk, bist du noch wach?"

„Jetzt ja", kam es ungehalten.

„Der Wievielte ist heute?"

„Der vierzehnte Dezember."

„Danke."

„In zehn Tagen ist Weihnachten", sinnierte Lara. „Sind wir bis dahin bei euch?"

„Ich denke schon."

„Hast du schon ein Geschenk für mich?" fragte Lara Alex. Er antwortete etwas, sie lachte und die beiden begannen wieder zu gurren. Ich rief Reaper, er kam zu mir, legte sich neben mich und ich benutzte ihn wieder als Kopfkissen. Irgendwann wünschte Lara mir eine gute Nacht. Ich schlief schon halb und knurrte etwas Freundliches zurück. Sie lachte und gurrte weiter. Ich schlief zum ersten Mal seit Wochen fast zufrieden ein. Ich glaube, ich träumte wirklich etwas Schönes. Aber am Morgen hatte ich es vergessen.

13

Mit der Morgendämmerung waren wir auf den Beinen. Alle fühlten sich erfrischt, die ganze Nacht waren wir von Heulern unbelästigt geblieben. Wir frühstückten aus den reichlichen Konservenbeständen des Supermarktes und brachen bald auf. Wir marschierten den ganzen Tag und legten nur zwei kurze Pausen ein. Da die Straße ebenso verschneit war wie das ganze Land ringsumher, konnten wir die Räder nur als Lastkarren benutzen. Trotzdem kamen wir voran und waren guter Stimmung. Das Wetter war kalt, aber sonnig, die verschneite Landschaft eine wunderschöne Kulisse für unseren Marsch, und wir hatten überlebt. Von den vierunddreißig, die im Sommer ihre Familien verlassen hatten, um zu Schuljahresende eine Jugendherbergsfahrt nach Nideggen zu unternehmen, hatten sieben überlebt. Ich merkte zuweilen, wie einer oder mehrere von ihnen still wurden. Sie trauerten. Aber ich gab ihnen Hoffnung. Hoffnung auf eine Zukunft in Sicherheit, sofern es sowas überhaupt noch gab. Was mich betraf, so fühlte ich mich ihnen gegenüber in der Pflicht, aber meine Vorfreude auf Zuhause überwog diesen Druck bei weitem. Nach Hause. Nach Hause. Nach Hause. Vera schloss zu mir auf.

„Hast du es eilig?"

„Wir können es heute bis Erftstadt schaffen. Wäre mir lieber, als hier draußen einen Schlafplatz suchen zu müssen."

Sie lachte. „Häng' uns nicht ab."

Ich blieb stehen. „Gehe ich zu schnell? Ich wollte wirklich heute bis Erftstadt, aber wenn es euch zu schnell geht …"

„Nein, geht schon. Ich mache mir ein bisschen Sorgen um Merve. Sie ist kaputter als die anderen."

Ich dachte an unseren ersten Marsch, damals im Sommer. „Sie kann nach vorne kommen und das Tempo angeben. Ich richte mich nach ihr."

„Morgen vielleicht. Du hast Recht, wir sollten heute eine Stadt erreichen, und es wird bald dunkel. Vielleicht könnte sie auf deinem Pferd reiten."

„Klar, kein Problem."

Merve kam nach vorne und stieg mit meiner Hilfe in Fogs Sattel. Sie setzte sich unbeholfen zurecht, ich zeigte ihr, wie sie sich festhalten konnte.

„Alles klar da oben?"

Sie grinste auf mich hinunter. „Alles okay."

Wir erreichten Erftstadt mit der Dämmerung und quartierten uns in einem Heizungskeller ein. In der Nacht hörten wir Heuler, aber weit entfernt. Am nächsten Morgen schneite es heftig, und ein kalter Wind wehte. Ich hatte mir Köln als Etappenziel vorgenommen, aber das konnte ich vergessen. Ich brütete über meinem alten Straßenatlas und rief Merve dazu.

„Meinst du, wir schaffen es bis Hürth?"

Sie studierte die Karte. „Klar. Ist doch viel kürzer als gestern."

„Aber das Wetter ist scheiße. Und das da ist die Voreifel." Ich deutete auf die bewaldeten Hügel vor uns. „Und wir werden ein Feuer machen müssen, unsere Klamotten werden nass sein."

Sie blickte ebenfalls auf die Hügel und nickte. „Trotzdem. Das geht."

Wir brachen schnell auf, die Kapuzen tief in die Gesichter gezogen und mit Schals und Tüchern vor dem Mund. Gegen Mittag, als der Schneesturm endlich nachließ, legten wir eine Rast ein. Wir waren völlig durchgefroren. Die Feuchtigkeit begann sich durch Kapuzen und Ärmel ins Innere der Parkas zu fressen, mein Mantel schützte mich etwas besser. Merve und ich brüteten wieder über dem Straßenatlas. Die anderen standen in einem lockeren Kreis um uns. Ich tippte auf die Karte.

„Hier müssten wir irgendwo sein."

Sie nickte, konsultierte meinen Kompass, mit dem sie sich schnell vertraut gemacht hatte, und deutete auf ein paar Häuser in der Ferne. „Dann ist das Fischenich." Sie kicherte. „Was für ein bescheuerter Name." Sie schaute in die andere Richtung. „Und das ist Hürth."

Ich nickte. „Wird klappen, oder?"

Sie überlegte. „Wenn das Wetter so bleibt wie jetzt, was meinst du?"

Ich nickte. „Also los."

Es begann wieder zu schneien, aber der Sturm lebte nicht wieder auf, und es hatte noch nicht mal zu dämmern begonnen, als wir Hürth erreichten. Wir quartierten uns in einem geräumigen Keller ein und nutzten das restliche Tageslicht, um in den umliegenden Häusern Feuerholz in Form von Möbeln zu sammeln. Wir entzündeten das Feuer unter einem Oberlicht und suchten dann in den Rucksäcken nach trockener Kleidung und aßen. Als wir uns zum Schlafen einrichteten, legten sich Lara und Alex wie üblich in meine Nähe. Ihr Murmeln wiegte mich in den Schlaf.

Am nächsten Tag war das Wetter wieder besser. Außerdem wurde die Schneedecke zusehends dünner, seit wir aus der Voreifel wieder zum Rhein hinab kamen, Vera und die Jugendlichen konnten die Fahrräder benutzen. In Köln lag gar kein Schnee mehr. Schon am Vormittag waren wir am Neumarkt. In der Stadt stand graue Kälte, kein Wind regte sich und die riesigen Wolken hingen am Himmel, als würden sie auf etwas warten. Wir nahmen den Weg über Schildergasse und Hohe Straße zum Dom. Auf dem Hinweg, als ich noch ganz unter dem Eindruck der Nachricht im Dom gestanden hatte, hatte ich Köln kaum wahrgenommen. Ja, das waren die altbekannten Straßen gewesen ohne die altbekannten Menschenmengen und den altbekannten Innenstadtverkehr, aber das hatte nur bedeutet, dass ich schneller meinem unbekannten Ziel und dem Treffen mit anderen Menschen hatte entgegeneilen können. Nun kam ich mit diesen anderen Menschen zurück, und die Leere in den Schluchten der Riesenhäuser drang von allen Seiten auf mich ein. Die anderen, die ja hier gewohnt hatten, schienen noch beklommener als ich, selbst Alex und Farouk, die in ihrer Eigenschaft als „Kundschafter" mehrmals in Köln gewesen waren. Wir waren alle abgesessen, die Jugendlichen hatten, ohne ein Wort darüber zu wechseln, eine wehrhaftere Marschordnung angenommen. Anna, Sabine und Farouk schoben nun je zwei Räder. Lara, Alex und Merve hatten ihre Waffen in den Händen, sie schienen bereit, jederzeit in Anschlag zu gehen, ebenso wie Vera, die ihr Rad mit der Linken führte und die Rechte auf ihrer MP hatte.

Mit einem Mal fiel mir etwas ein, das Merve mir gestern erzählt hatte, als sie auf Fog gesessen und mit mir geplaudert hatte. Sie hatte von einem Wettbewerb erzählt, mit dem sie sich vor ein paar Wochen die Zeit im Schloss vertrieben hatten und mir wurde klar, dass die wortlose Verteilung der Aufgaben hier kein Zufall war. Die drei, die ihre Räder abgegeben hatten, waren die besten Schützen unter den sechs überlebenden Jugendlichen. Wieder kam mir der Gedanke, dass es eben auch kein Zufall war, dass sie überlebt hatten. Und der Gedanke war tröstlich. Ich, die Hoffnung der kleinen Schar, ihr Führer und Pfadfinder, fühlte mich bei diesen Kindern und ihrer Lehrerin sicher und geschützt.

Als wir am Dom ankamen, machten wir Rast. Nach dem Essen gingen die Jugendlichen in die Kathedrale, nahmen das Transparent ab, kamen damit heraus und beratschlagten kurz mit Vera. Dann kamen sie alle zusammen zu mir.

„Wir würden gerne ein neues Transparent machen", sagte sie. „Mit einem Hinweis auf euren Hof. Aber dazu brauchen wir eine Decke und Farben. Außerdem wollen ein paar von uns noch einmal nach Hause … also in ihr richtiges Zuhause. Von vorher."

Ich schaute sie an und wartete. Es kam nichts mehr. „Ja – und?"

„Was sagst du dazu?", fragte Lara. „Hält uns das zu sehr auf?"

„Ich dachte eigentlich, dass wir heute bis Leverkusen kommen, wir verlieren einen Tag oder einen halben. Aber wir haben es nicht eilig, oder?"

Vera lachte. „Na ja, du hast es eilig. Wie heißt sie nochmal?"

Ich lächelte. „Esther heißt sie. Aber ich kann nicht gegen euch entscheiden, oder? Und ich verstehe, dass ihr nochmal nach Hause wollt."

Vera wandte sich an ihre Schützlinge. „Okay, also los. Dreiergruppen, zwei sichern immer, einer sucht, klar? Am besten nach Wohngegend geteilt, oder? Lara, Alex und Anna eine Gruppe, Merve, Farouk und Sabine die andere. Was auch immer passiert – um halb vier seid ihr wieder hier, verstanden? Genau hier. Daniel und ich kümmern uns um das neue Transparent."

Ich schaute sie erstaunt an. „Tun wir?"

Sie nickte grinsend. „Tun wir."

Wir nahmen ein großes Tischtuch aus dem Dom Hotel, dort fanden wir in einem Lagerraum auch rote Farbe. Damit schrieben wir das neue Transparent, und als ich die Lage unseres Hofes niederschrieb, wie ich es schon so oft getan hatte, hatte ich plötzlich zum ersten Mal wirklich das Gefühl, auf dem Heimweg zu sein. Bald, bald zu Hause. Mit neuen Freunden. Gut. Wirklich gut.

Als wir das Tischtuch aufgehängt hatten, begaben Vera und ich uns auf die Suche nach einem Nachtlager. Der Rhein stand ziemlich hoch und wir trauten ihm nicht, also kam ein Keller nicht in Frage. Nach einigem Suchen fanden wir die Penthousewohnung eines Paranoikers: Schwere Türen, Riegel und Schlösser, wie für uns gemacht. Als wir zum Dom zurückkehrten, waren Merve, Farouk und Sabine schon zurück, Lara, Alex und Anna kamen wenig später.

Am Tag darauf holten wir mehr heraus, als ich für möglich gehalten hätte. Wir standen früh auf und schafften, beflügelt vom guten Wetter, die dreißig Kilometer bis Hilden noch vor der Dämmerung. Meine Reisegruppe bestaunte das Flugzeug-Denkmal und lobte mein Basislager in der Kaserne samt Sicherungsmaßnahmen. Sie vertrieben sich die Zeit ausgelassen mit Billard, ich aber machte mir früh mein Lager und schlief bald ein.

Ich hatte einen langen Traum. In dem Traum war zuerst alles, wie es hätte sein können oder sollen. Niemand war verschwunden, Esther und ich hatten zwei Kinder und waren glücklich. Eines Tages fand ich einen Vogel und brachte ihn mit nach Hause. Der Vogel wuchs und wuchs. Er sperrte Esther und mich in eine Hütte, die so aussah wie unsere Blockhütte, und begann, Menschen zu fressen. Nach und nach fraß er alle Menschen auf, bis auf Esther und mich. Zuletzt fraß er unsere Kinder. Dann erhob er sich und wollte wegfliegen, aber er war zu schwer geworden. Ich nahm mein Schwert, ging aus der Hütte und schlug ihm den Kopf ab. Dann wachte ich auf und merkte, dass ich weinte.

14

Am nächsten Morgen war der Himmel wieder strahlend blau und sonnig. Wir gingen bei Hilden auf die Autobahn und bewegten uns zügig nach Wuppertal. Am frühen Nachmittag aber begann es wieder heftig zu schneien, Vera und die Jugendlichen konnten nicht mehr Rad fahren und mir war klar, dass wir es an diesem Tag nicht mehr bis zum Hof schaffen würden, auch nicht am nächsten, wenn das Wetter so blieb. Also beeilten wir uns nicht mehr, sondern hielten nach einem geeigneten Lagerplatz für die Nacht Ausschau. Ich war in dieser Gegend schon sehr oft gewesen, aber nie mit einer Gruppe, jedenfalls nicht, nachdem die Heuler erschienen waren. Irgendwann fiel mir das Lagerhaus einer Spedition ein, ein Gasbetonbau mit schweren, metallenen Rolltoren. Dort richteten wir uns ein. Ich schlief früh ein, und es war noch stockdunkel, als ich aufschreckte. Reaper sprang auf, sobald ich meinen Kopf bewegt hatte. Heuler. Weit entfernt, aber deutlich. Und noch etwas. Ich blickte zum Feuer hinüber und sah, dass Farouk ebenfalls aufgestanden war. Ich ging zu ihm.

„Hörst du das auch?", fragte er.

„Ja."

Er lauschte angestrengt. „Was ist das?"

Ich sah ihn verwundert an. „Heuler. Aber nicht hier. Weiter weg."

Er verzog den Mund zu einem bitteren Lächeln. „Klar. Aber was noch?"

Er hatte Recht. Da war noch etwas anderes. Ich hatte es auch gehört, ich wollte es nur nicht wahr haben. „Ich weiß es nicht."

„Der Wind?"

Nein, es war nicht der Wind, und ich wusste sehr wohl, was es war. Menschen. Menschliche Schreie. Irgendwo da draußen verloren wir wieder eine Schlacht. Ich sagte nichts. Er wusste es auch so.

„Kommt das aus der Richtung, in der euer Hof ist?"

„Nein. Der Hof ist östlich, das kommt von – Norden, glaube ich. Außerdem ist der Hof noch zu weit weg." Ich dachte an die Jäger.

„Soll ich die anderen wecken?"

„Nein, hat keinen Sinn. Wir sind nicht in Gefahr, denke ich." Ganz sicher nicht, die Heuler, die wir hörten, waren anderweitig beschäftigt.

„Ich würde zu gerne mal einen sehen", sagte Farouk leise.

Ich glaubte, mich verhört zu haben. „Was?"

„Es ist so unheimlich, dass man sie nie sieht", sagte er nachdenklich. „Sie haben meine Freunde ermordet, und ich habe nicht die geringste Ahnung, wie ich sie mir vorstellen muss. Das ist das Schlimmste. Dass man nicht die leiseste Ahnung hat, wie sie überhaupt aussehen."

„Man überlebt es für gewöhnlich nicht, wenn man sie sieht."

Er sah mich lange an. „Ja, aber hast du dir nicht auch schon gewünscht, mal einen zu sehen?"

Ich dachte an den Moment in der Halle, einen winzigen Augenblick, bevor Reaper aus seinem Versteck gesprungen war und den Heuler im Dunkel hinter den Fenstern getötet hatte. Ich war gespannt gewesen. Voll Todesangst, aber neugierig. Und als Reaper dann angriff, war ich für einen winzigen Moment enttäuscht gewesen. Ich nickte. „Ja, manchmal schon."

Die Schreie hörten auf, und das Heulen erstarb langsam in der Ferne. Ich wurde wieder müde. Ich gähnte und klopfte Farouk auf die Schulter. „Na dann – ich lege mich mal wieder hin."

Er nickte abwesend, er schien immer noch zu lauschen. „Gute Nacht."

Ich träumte angenehm. Von Esther.

Am Morgen schätzte ich die Strecke ab. Zu Fuß konnten wir den Hof bis zur Dunkelheit vielleicht knapp erreichen, aber es lag wieder überall Schnee und vom Himmel kam ständig neuer dazu. Ich markierte auf der Karte eine Stelle, an der ich einen Bauernhof mit einem sicheren Keller wusste. Dorthin konnten wir problemlos bis zum frühen Nachmittag kommen, also schlug ich vor, noch drei Stunden mit dem Aufbruch zu warten. In dieser Zeit wollte ich mich wegen der nächtlichen Geräusche umsehen. Sie stimmten zu, und ich ritt in scharfem Tempo nach Norden. Nach einiger Zeit zügelte ich Fog und begann, mich gründlich umzusehen. Bald wurde ich fündig. Es waren nicht unsere Jäger, wie ich befürchtet hatte, aber es war schlimm genug, denn ich kannte sie, oder zumindest einige von ihnen. Es war eine Gruppe von mindestens acht Menschen gewesen, genau konnte ich das nicht feststellen. Sie hatten in einem Haus an der Straße gelagert. Aber auch die Heuler hier kannten offenbar inzwischen den Trick des Scheiben-Einwerfens. Sie waren von allen Seiten über sie gekommen, und es bot sich das inzwischen bekannte Bild – Leichen, Körperteile, Blut überall. Leichen im Haus, Leichen vor dem Haus, Leichen auf der Straße. Ich erkannte zwei der Toten: Annette Denstorf, deren Reste aufgeschlitzt und verstümmelt auf der Straße lagen, und Manuela Benzik, die ich mit zerfetzter Kehle im Haus fand. Die anderen hatte ich noch nie gesehen. Aber an Annette und Manuela konnte ich mich recht gut erinnern. Sie waren auch auf der Party gewesen. Manuela hatte mich als erste aufgefordert, Esther zu malen. Ich schrie meine ohnmächtige Wut und meinen Schrecken in den Winterhimmel. Dann schaffte ich die Toten, die draußen lagen (*Annette hatte mich in Mathe immer abschreiben lassen ...*), ins Haus, suchte ein bisschen, fand einen Benzinkanister und einen Heizöltank, traf ein paar Vorbereitungen, ritt dann in sichere Entfernung und schoss einen brennenden Pfeil durch eines der eingeschlagenen Fenster. Ich spürte die Hitzewelle. Seit ich meine kleine Gruppe verlassen hatte, war kaum eine Stunde vergangen. Frustriert ritt ich zurück. Eins war sicher – wir waren nicht mehr die Herren der Welt. Wir waren Beute.

Reaper kam mir entgegen, als ich wieder bei den anderen anlangte. Ich stieg vom Pferd und vergrub meinen Kopf an seinem Hals. Er versuchte, mir übers Gesicht zu lecken, erwischte aber nur mein Ohr. Die anderen sahen natürlich, was mit mir los war. Vera und Lara kamen zu mir. Ich hatte mit Vera über meine Befürchtung gesprochen.

„Waren es eure Jäger?", fragte sie.

Ich schüttelte müde den Kopf. „Nein. Nein, das nicht. Aber es waren zwei dabei, die ich kannte. Auch von meiner alten Schule."

„Waren es viele?"

„Acht oder so. Mindestens acht", sagte ich schulterzuckend.

Vera legte mir eine Hand auf die Schulter. „Willst du darüber reden?"

„Nein."

Sie nickte, drückte mir die Schulter und ging weg. Lara umarmte den Hund und mich und streichelte mir über den Kopf. Irgendwann hatte ich mich wieder gefangen, blickte auf und lächelte sie an. Etwas gequält, wie ich vermutete.

„Bist du wieder in Ordnung?", fragte sie.

„Nein. Ja. Es ist eine verdammte Scheiße."

„Ja, das ist es", sagte sie mit großem Ernst.

Ich rappelte mich auf. „Lass uns gehen."

Wir waren noch etwa eine Stunde von unserem Ziel entfernt. Merve gab wieder das Tempo an und ich unterhielt mich mit ihr gerade über die Feinheiten der orientalischen Küche, als Lara zu uns aufschloss.

„Ich glaube, wir werden verfolgt", flüsterte sie aufgeregt. Wir unterbrachen unser Gespräch und ich drehte mich um. Die anderen standen unschlüssig herum und sahen Reaper an, der ein Waldstück anzuknurren schien, das hinter uns lag.

„Er ist schon die ganze Zeit so komisch", berichtete Lara. „Und ich habe auch was gehört. Hinter uns im Wald. Ein Knacken."

Ich hatte den Bogen in der Hand, bevor ich es merkte. Mit der Rechten zog ich ebenso automatisch einen Pfeil aus dem Köcher. „Hat sonst noch jemand was gesehen oder gehört?"

Die anderen hatten zu uns aufgeschlossen und schüttelten die Köpfe. Niemand. Aber was die Wahrnehmungsfähigkeit anging, waren der Hund und die Ex-„Späherin" den anderen wohl ein wenig voraus. Ich ging zu Reaper und hockte mich neben ihn.

„Was ist los? Ist da was im Wald?"

Er antwortete nicht, natürlich, er war ja nicht Lassie. Aber er fuhr fort, den Wald anzuknurren. Ich sah Vera an, sie nickte und gab schnell und leise ihre Kommandos.

„Okay, Lara, Alex, Sabine, da hinten hinter die Autos. Farouk, Merve, Anna bleiben hier im Straßengraben. Zielt auf den Wald. Daniel und ich gehen hin. Schnell! Schnell! Wenn wir angegriffen werden, schießt sofort, ohne zu warten. Draufhalten, mit allem, was ihr habt." Die sechs huschten blitzschnell in ihre Positionen. Sie haben sowas schon geübt, schoss es mir durch den Kopf. Dann fiel mir die Geschichte mit den Männern im Wald ein. Vera, Reaper und ich gingen langsam auf das Waldstück zu. Sie hielt die Maschinenpistole im Anschlag, ich hatte einen Pfeil aufgelegt.

„Ich zähle jetzt bis drei!", rief ich. „Bei drei schießen wir! Und ich lasse den Hund los!"

Déjà Vu. Aber diesmal brauchte ich nicht anfangen zu zählen.

„Schon gut, Daniel. Ich komme raus."

Aus dem Wald kam ein Mann. Ich erkannte ihn zuerst gegen das Licht hinter den Bäumen nur als schattenhafte Gestalt und blinzelte einmal. Dann sah ich ihn. Meine Größe und Statur, die Haare noch dunkler als meine, tiefschwarz. Undefinierbare, dunkle Augen und fast weiße Haut. Ich war einen Moment verwirrt, glaubte fast, er habe gar kein richtiges Gesicht, nur diese Augen auf Weiß. Dann klärte sich mein Verstand und ich erkannte ihn.

„Mein Gott, Thomas." Ich ließ die Waffe sinken und drehte mich zu Vera. „Alles klar, es ist ein alter Schulfreund von mir."

Sie entspannte sich sichtlich. „Schade, ich dachte zuerst, es wäre Nick Cave." Sie winkte den anderen, und die erhoben sich aus ihren Deckungen. Reaper knurrte immer noch. Ich tätschelte ihm den Kopf.

„Ruhig, Junge, das ist ein Freund."

Thomas schaute ihn an und lächelte. „Hey, sei mein Freund."

Reaper schnappte, bellte kurz und hörte auf zu knurren. Thomas und ich umarmten uns.

„Mann, wo kommst du denn her?"

Er wurde ernst. „Das ist eine ziemlich lange Geschichte. Ich war mit einer Gruppe unterwegs. Heute Nacht sind wir angegriffen worden. Ich glaube, ich bin als Einziger entkommen."

„In einem Haus am Wald, ein paar Kilometer nordwestlich von hier?" Ich hatte plötzlich einen Kloß im Hals.

Thomas nickte. „Ja."
Ich vermied es, ihn anzusehen. „Wie viele?"
„Mit mir neun."
„Dann sind alle tot", sagte ich seufzend. „Tut mir leid. Ich habe sie heute Morgen gefunden."
Er schluckte.
Ich legte ihm einen Arm um die Schulter und wir gingen zurück zu den anderen. „Komm mit uns. Hast du meine Wandzeitungen gelesen?"
„Ja. Und Annette hatte ... sie hatte noch einen von Matthias' Zetteln. Sie sagte, er wäre irgendwann im Sommer, ganz am Anfang, bei ihr gewesen und hätte ihn ihr gegeben. Aber damals war sie noch ganz ... na, ja, sie hatte gar nicht verstanden, was Matthias von ihr wollte." Er zog ruckartig die Luft ein. „Wir haben euch gesucht."
„Ach, er gehört gar nicht zu deiner Truppe?", mischte sich Vera ein. Sie hatte ich fast vergessen. Sie ging immer noch neben mir und hatte sich die ganze Zeit zurückgehalten.
Ich schüttelte geistesabwesend den Kopf, Erinnerungen strömten in mein Gedächtnis, als sei irgendwo eine Schleuse geöffnet worden. „Nein. Wir waren in einer Klasse, von der Fünf bis zur Zehn. Und die ganze Zeit die besten Freunde ..." Ein Wasserfall von Erinnerungen.
Thomas lächelte. „Und nach dem Abi haben wir uns dann aus den Augen verloren. Schade eigentlich. Ich habe ihn erst auf der Party wiedergesehen."
Ich grübelte. „Du warst auf der Party?"
Er schenkte mir einen verwunderten Blick. „Ja klar. Wäre ich sonst hier?"
„Ich kann mich ums Verrecken nicht dran erinnern." Ich kramte erfolglos in meiner Erinnerung, aber das war nicht weiter verwunderlich. Klare Eindrücke hatte ich nur noch von meinen Versuchen, Karikaturen zu malen und von Esther, immer wieder und noch und noch. Der Rest war verschwommen.
Thomas lachte. „Du kannst dich wahrscheinlich an gar nichts mehr erinnern. Du warst viel zu sehr mit Saufen und Anhimmeln beschäftigt. Du hast die Rothaarige angehimmelt, erinnerst du dich wenigstens daran? Geile Figur. Esther, oder?"

„Esther, genau", sagte ich schnappend. Und dann, versöhnlicher: „Wir leben zusammen." Woher sollte er auch wissen, dass ich da etwas empfindlich war.

„Oh. Entschuldigung." Thomas wirkte angemessen zerknirscht und Vera lachte. „Gibt es etwas Beschisseneres als Männergespräche?"

„Frauengespräche", schlug Thomas vor und zwinkerte ihr zu.

Vera grinste ihn an. „Oh, der Kampf der Geschlechter kommt zurück. Wie habe ich den vermisst." Sie streckte die Hand aus. „Vera."

„Thomas." Er nahm ihre Hand, drückte sie und hielt sie einen Moment lang. „Und ich erst."

Sie lachten beide. Ich selbst hatte den Kampf der Geschlechter nie vermisst.

Wir erreichten unseren Lagerplatz am späten Nachmittag noch vor der Dämmerung. Ich hatte Thomas inzwischen berichtet, was mit seiner Gruppe passiert war. Er erzählte, dass er in den Wald gerannt war, als sie die Fenster einwarfen. Offenbar hatten sie ihn nicht bemerkt. Er war ziellos durch die Dunkelheit geirrt, bis die Sonne aufging, und hatte sich dann eine Straße gesucht. Auf der hatte er uns von weitem gesehen und war uns gefolgt.

Wir schlugen im Keller unser Lager auf. Thomas und ich unterhielten uns noch eine Weile über alte Zeiten, dann schlief er ein. Alex und Lara lagen wieder in meiner Nähe, so dass wir uns noch ein Weilchen unterhielten, bis sie einschliefen. Auch ich fühlte endlich bleischwere Müdigkeit und ließ mich in den Schlaf ziehen. Im Traum saß ich an einem Feuer und sah hinein. Die ganze Nacht.

Am nächsten Tag gegen Mittag konnten wir von einem Hügel aus zum ersten Mal die hohe Palisade des Hofes über der schneebedeckten Landschaft sehen. Jetzt, in fertigem Zustand, sah sie wirklich beeindruckend aus. Zumindest, wenn man wusste, wie der Hof vorher gewirkt hatte. So offen. Und friedlich. Aufgeregt zeigte ich sie den anderen.

„Da drüben. Das ist unser Hof. Maximal 'ne Stunde, dann sind wir da."

Wir setzten uns wieder in Bewegung, und ich musste mich zurückhalten, um nicht zu rennen. In der Ferne tauchten vor uns auf der

Straße drei Gestalten auf. Sie bewegten sich zuerst auf den Hof zu, schienen uns dann aber zu bemerken, drehten um und kamen näher. Bald erkannte ich die Jäger. Ben trug ein Reh auf dem Rücken, und aus einem Sack, den Carmen über der Schulter hatte, ragten mehrere Fasanenschwänze. Christos trug die Gewehre.

Ben ließ ein Rehbein los und winkte fröhlich. „Hey, wenn das nicht der große Anführer ist. Und er führt schon wieder."

Ich lief auf sie zu und wurde geherzt.

„Schön, euch zu sehen!", sagte ich mit all der Begeisterung, die ich empfand.

„Schön dich zu sehen, Mann", erwiderte Christos. „Hast du die Kugeln und das Lametta?"

Ich sah ihn nur an. Inzwischen hatten die anderen aufgeschlossen. Ich stellte meine Gruppe kurz vor und versprach, die ganze Geschichte später in Ruhe zu erzählen. „Thomas kennt ihr ja noch, oder?", schloss ich. Sie schauten ihn kurz prüfend an, dann schnippte Ben mit den Fingern.

„Klar. Du warst auch in unserer Stufe, oder?"

Thomas freute sich sichtlich, erkannt zu werden. „Ja. In Daniels Klasse. Aber ich hatte später mit dir Englisch-LK, Carmen."

Sie nickte. „Klar. Bei Repnick, oder?"

Während die anderen sich ein wenig beschnupperten und kennen lernten, sah ich ungeduldig zur Palisade hinüber. Carmen bemerkte es.

„Wie wäre es, wenn du schon mal voraus reitest? Da wartet jemand auf dich. Wir können deine Freunde auch die letzten Meter führen."

„Ich weiß nicht." Ich schaute unschlüssig zwischen meiner kleinen Schar und dem Hof in der Ferne hin und her. Vera lachte.

„Mann, hau bloß ab. Wir sehen uns ja gleich wieder."

„Genau, bis gleich", bekräftigte Lara.

Ich schwang mich in den Sattel, gab Fog einen Klaps und galoppierte davon. Ich muss ein ziemlich malerisches Bild abgegeben haben, als ich so mit wehendem Mantel durch die Winterlandschaft ritt. Als wir durch das Palisadentor und in den Innenhof preschten, konnte ich ihn kaum bremsen. Halb rutschte, halb fiel ich aus dem Sattel, rannte an mehreren verdutzten Gesichtern vorbei auf unsere Hütte zu und lief durch die Tür. Da saß sie am Tisch in dem langen Kleid, das sie meistens trug, wenn sie im Hof mit ihren Patienten arbeitete, einen Schal um den Hals und las ein Buch. Sie war so versunken, dass sie den Aufruhr, den ich verursacht hatte, überhaupt nicht gehört hatte. Ich konnte nichts sagen. Sie schaute auf, stieß einen kleinen Schrei aus, warf den Tisch zur Seite, sprang drüber hinweg und schloss mich in die Arme.

15

Spät in der Nacht lagen wir vor dem Feuer. Sie zog gedankenverloren die Konturen meines Körpers mit dem Fingernagel nach und las meine Briefe. Nachdem ich in die Hütte gekommen war, hatten wir wenig gesprochen und uns sehr lange festgehalten. Dann hatten wir draußen meine neue Gruppe gehört, die in den Hof kam. Grim, der mit Daniela bei den Pferden gewesen war, begrüßte Reaper mit lautem Gebell. Ich nahm Esthers Hand.
„Komm, ich muss dir ein paar Leute vorstellen."
„Die, die dich so lange von mir ferngehalten haben?"
Ich drückte ihre Hand. „Genau die."
„Ich werde sie hassen", vermutete sie fröhlich.
Ich grinste. „Kaum."
Zumindest mit Vera verstand sie sich auf Anhieb. Und Lara freute sich so offensichtlich, sie kennenzulernen, dass Esther sie ebenso schnell ins Herz schloss, wie ich es getan hatte. Wir hielten eine improvisierte Ratssitzung ab, in der Vera förmlich um Aufnahme für sich und die Jugendlichen bat und Thomas für sich selbst sprach, was ohne Probleme und einstimmig gewährt wurde. Vorerst wohnte Vera mit ihrer Gruppe in den letzten drei freien Räumen des Hauses. Einen bezogen Lara und Alex, einen Anna und Farouk, den dritten Sabine, Merve und Vera. Thomas kam in Erkans ehemaligem Haus unter.
Esther und Ben führten danach Vera, die Jugendlichen und mich ein wenig rund und erklärten alles. Auch für mich war einiges neu, in den letzten Wochen war viel passiert. So war die Palisade aufgerichtet und außen mit scharfen Spitzen von Metallzäunen aus der Nachbarschaft

bewehrt worden. Sie wirkte von innen fast noch beeindruckender als von außen. Der Großteil unseres Lebens lag nun buchstäblich im Schatten unseres Verteidigungswalls. Im Moment bauten sie an Plattformen, die auf der Mauer verankert werden sollten und an Laufplanken, die diese verbinden und so einen durchgängigen Wehrgang entlang der Palisade bilden sollten. Lars konstruierte gerade Scheinwerfermasten, sobald die fertig waren, würde es meine Aufgabe sein, Lampen und einen weiteren Generator zu besorgen. Ein Graben um die Palisade war ebenfalls in Planung. Das klang nach einer veritablen kleinen Festung. Ich war erleichtert – und betroffen.

„Ist es so schlimm?", fragte ich.

„Noch nicht", antwortete Ben. „Aber es werden mehr, das können wir hören, und sie werden frecher. Wenn es dunkel ist, geht keiner mehr raus. Außer uns, natürlich. Aber wir lagern nachts auch nicht mehr im Wald."

Ich dachte an das Hundert-Tage-Feuer-Fest und seufzte. „Ist das nicht toll? Immer wenn man glaubt, schlimmer kann es nicht mehr kommen, macht man die Erfahrung: doch, es kann."

„Also, ich fühle mich hier viel besser als in unserem Schloss", meinte Alex. „Und nachts rausgehen konnte ich da auch nicht."

Ich musste ihm Recht geben. Aber es tat weh.

Natürlich gab es Wachen, jeweils zweimal vier pro Nacht, die sich im dreistündigen Rhythmus abwechselten. Zwei weitere Wachtürme waren geplant, sie sollten mit Suchscheinwerfern und Maschinengewehren ausgerüstet werden. Aber es gab auch Erfreuliches: Danielas und Simones Schwangerschaften waren bisher komplikationsfrei. Esther hatte es geschafft, Michael von einer schweren Grippe zu heilen, ohne dass sich jemand angesteckt hatte (sie hatte ihn in Quarantäne gesteckt und sich selbst vor jedem Besuch dicht vermummt). Matthias war kurz davor, den ersten Band unserer Chronik zu vollenden, die Vorratskammern waren gut gefüllt und ein großes Weihnachtsfest geplant. Nach dem gemeinsamen Abendessen im Gemeinschaftsraum nahmen Lars und Stefan die Neuankömmlinge beiseite, um mit ihnen über die Wohnungsplanung zu sprechen. Esther und ich tranken noch ein wenig mit den Jägern und gingen dann nach Hause. Wir waren noch nicht durch die Tür, als wir begannen, übereinander herzufallen. Das Feuer war ausgegangen und es war scheißkalt, aber ihre Wärme reichte mir. Schließlich sanken wir am Rahmen der Zwischentür herunter, keuchend und lachend und hielten uns aneinander fest.

„Oh, Himmel, wie habe ich das vermisst", japste sie.

Ich rang nach Luft. „Was meinst du, wie es mir ging?"

„Beschwer dich nicht. Du hattest ein Pferd, einen Hund, ein paar nette Mädchen und diese niedliche Lehrerin."

„Ich glaube, du bist pervers, mein Schatz." Ich küsste sie.

„Sie lächelte mich an. „Du hattest bisher keinen Grund zur Beschwerde, oder?"

„Nein", sagte ich, glücklich auf einer Woge aus überschwänglicher Liebe treibend, „ich bin nur dankbar."

Wir wurden träge, und nach einer Weile schlief Esther ein. Ich trug sie zu unseren Schlafsäcken und deckte sie zu, hängte mir meinen Mantel um, nahm etwas Holz vom Vorrat und entfachte das Feuer wieder. Ich öffnete die Tür, pfiff nach Grim und Reaper, aber sie kamen nicht. Wahrscheinlich schliefen sie im Stall. Esther wachte wieder auf und zog die Schlafsäcke und Decken in die Nähe der Feuerstelle.

„Lass uns hier schlafen."

„Okay. Ach ja, ich habe noch was für dich." Ich holte die Briefe aus dem Rucksack, wir legten uns zusammen in die Decken. Und sie begann zu lesen.

„Starker Tobak", sagte sie, als sie durch war.

„Ja." Mehr konnte ich nicht sagen. Sie nahm mich in die Arme und drückte sich an mich. „Das war verdammt knapp in dieser Nacht, oder? Fast wärst du nicht mehr zurückgekommen."

„Ja, ziemlich." In der Rückschau erschien es mir gar nicht mehr so schlimm, so gut und sicher hatten wir in dem kleinen Kühlraum geschlafen, so stark hatte ich mich gefühlt, als ich endlich wusste, dass wir in Sicherheit waren. Aber als ich in der dunklen Halle gestanden und überall das Klicken der Klauen gehört hatte, da hatte ich nicht gewusst, wie kompromisslos Reaper angreifen und wie gut Lara schießen würde. Und in der kleinen, dunklen Kammer hinter der Halle, da wusste ich nicht, dass eine sichere Zuflucht nur wenige Meter entfernt war, die uns retten würde. Ich hatte Todesangst durchgestanden und war jenseits davon angekommen, an den Punkt, an dem mir der eigene Tod so sicher schien, dass jede Angst sinnlos war und ich ganz ruhig und kontrolliert geworden war. In der Rückschau war das alles so klar, auch wenn ich immer noch eine Gänsehaut bekam, wenn ich daran dachte. In der Rückschau. Damals, in dieser Nacht im Schloss, war ich so beschäftigt gewesen, dass ich meine Gemütsverfassung nicht bemerkt hatte. Wie lange war das her? Erst eine Woche? Es kam mir wie ein Jahr vor. Aber die Zeit verging langsamer, neuerdings.

„Es muss der reine Horror gewesen sein." Sie war ehrlich entsetzt. Ich überlegte.

„War es, wenn ich jetzt darüber nachdenke. Aber in dem Moment habe ich nur daran gedacht, wie wir wegkommen. Und der nächste Morgen war auf seine Art schlimmer."

„Als ihr in diesen oberen Zimmern wart?"

„Ja." Ich blendete die Erinnerung schnell weg. Aber ich durfte ihre Namen nicht vergessen. Jennie und Tina. Kevin und Tom. Mehmet und Angela, die sie aus einem beschissenen Wandschrank gezerrt hatten, und Angelas Fingernägel, die in dem Schrank gesteckt hatten, ihre Fingernägel, weil sie sich so festgekrallt hatte, weil sie so schreckliche Angst gehabt hatte, weil sie …

„Ruhig, alles ist jetzt gut." Sie küsste mich und ich bemerkte erstaunt, dass ich weinte. Esther wiegte mich in ihren Armen. „Aber was die Kinder mitgemacht haben …", murmelte sie, „mein Gott, sechs von zweiunddreißig. Irgendwo haben wir bei dem ganzen Dreck noch Glück gehabt, oder?"

Ich lachte freudlos. „Kann man so sehen. Und ich habe immerhin dich."

Sie strich mir zärtlich durchs Haar, legte sich dann neben mich und schlief ein, den Kopf auf meiner Brust. Ich genoss es eine lange Zeit, sie einfach nur anzusehen und ihre schönen, roten Haare zu streicheln.

16

Wenige Tage später war Heiligabend. Wir versammelten uns um das große Feuer, Matthias erzählte tatsächlich die Weihnachtsgeschichte, wir sangen sogar ein paar Lieder und machten uns dann über das Wildbret her. Ich musste zwangsläufig an das letzte Weihnachtsfest denken. Ich hatte es mit meiner Familie verbracht, wie jedes Jahr, seit ich mich erinnern konnte. Es war sehr schön gewesen, ich hatte Weihnachten immer geliebt. Ich hätte gerne gehabt, dass Esther meine Eltern und meine Schwester kennen lernte. Die anderen mussten ähnlichen Gedanken nachhängen, denn die Gespräche wurden immer leiser. Nach und nach leerte sich die Tafel. Carmen und Ben kamen um den Tisch herum.

„Wenn ihr wollt, kommt doch noch zu uns rüber", schlug Carmen vor. „Wir feiern ein bisschen in Bens Haus."

Esther lachte. „Und da sollen wir stören?"

„Ich habe nicht gesagt, dass wir euch nicht irgendwann rausschmeißen", sagte Carmen grinsend. „Dann feiern wir nur für uns."

Ben sah erst Carmen an, dann Esther und mich. „Die stören jetzt schon."

Ich warf einen Knochen nach ihm. „*Go away!*"

Er lachte. „Okay, bis gleich bei mir, oder?"

Ich sah Esther an. Sie hatte verträumt ins Feuer geschaut, aber alles mitbekommen und nickte.

Bevor wir zu Carmen und Ben gingen, suchte ich Lara. Ich fand sie an der Stallmauer lehnend, in einem tiefen Kuss mit Alex versunken. Ich stellte mich in den Schatten. Es dauerte und dauerte. Irgendwann hustete ich. Sie schauten erschrocken auf. Lara sah mich.

„Wie lange stehst du da schon, du Arsch?", fragte sie, ein wenig entrüstet, ein wenig belustigt.

„Lange."

Sie stemmte die Fäuste in die Hüfte. Alex sah ein wenig schafsköpfig von ihr zu mir und zurück.

„Und was suchst du hier?", wollte Lara wissen.

„Meine Hunde. Mein Pferd", sagte ich beiläufig. „Nein, eigentlich suche ich dich. Oder euch."

Sie wirkte verdutzt. „Warum?"

„Ich wollte dir nochmal frohe Weihnachten wünschen. Dir auch, Alex. Und wann immer ihr etwas wollt oder braucht, kommt zu mir. Ich bin immer für euch da. Esther auch."

Sie kamen näher und stellten sich zu mir.

„Danke. Ich bin froh, dass ich dich damals nicht erschossen habe", meinte Lara.

„Oh, darüber freue ich mich auch immer noch", sagte ich lachend. Dann wünschte ich den beiden noch einen schönen Abend und ging. Plötzlich kam Lara hinter mir hergelaufen.

„Ach, Daniel?"

„Ja?"

Sie druckste etwas herum. „Du kennst Carmen und Ben doch recht gut, oder?"

„Ziemlich." Ich nickte und war gespannt, worauf das hinaus lief. Ich hatte so eine Ahnung.

Lara suchte nach den richtigen Worten. „Meinst du, sie haben was dagegen ... ob sie mich mal mitnehmen würden?"

Bingo. Aber ich ließ sie noch ein wenig zappeln. „Wohin?"

Sie sah mich so hoffnungsvoll an, dass ich fast ein schlechtes Gewissen hatte. „Wenn sie jagen gehen."

„Ich werde sie mal fragen. Und ich werde dich empfehlen."

Sie zappelte ausgesprochen niedlich herum. „Oh, du bist klasse."

Ich grinste. „Eben war ich noch ein Arsch."

„Ach was." Sie gab mir einen Kuss auf die Wange. „Frohe Weihnachten!" Damit rannte sie zurück zu Alex und ließ mich verdutzt stehen.

Später, bei den beiden Jägern, erzählte ich von Laras Wunsch. Wir hatten eine Riesenpfanne Maronen vertilgt (Ben wollte partout nicht verraten, wo er sie her hatte), und dazu einige Gläser Wein getrunken. Jetzt saßen wir, die Beine von uns gestreckt, ums Feuer, kraulten die Hunde und ließen es uns gut gehen. Ben überlegte.

„Eigentlich spricht nichts dagegen. Sie braucht sowieso eine Aufgabe, und wir könnten Verstärkung gebrauchen. Und du meinst, sie ist gut?"

„Sie ist gut im Anschleichen, Auflauern und sowas. Und sie ist verdammt gut mit der Waffe."

„Eine Maschinenpistole ist keine Jagdwaffe", meinte Ben.

„Pfft", machte Carmen. „Sturmgewehre auch nicht. Willst du den beiden erzählen, wie viele Viecher wir anfangs in unverzehrbare Einzelteile zerlegt haben oder bleibt das unser Berufsgeheimnis?"

„Berufsgeheimnis", murmelte Ben grinsend.

„Außerdem können wir sie am Gewehr anlernen. Ich bin dafür, dass wir sie mal mitnehmen. Mal auf Probe, einverstanden?"

„Ja, klar", sagte Ben.

„Ihr seid Schätze. Was wird Christos dazu sagen?"

Carmen zuckte mit den Schultern. „Der wird nichts dagegen haben. Warum auch."

Später, als wir alleine waren, schenkte ich Esther einen Glücksbringer, den ich schon vor Wochen in Wuppertal besorgt hatte, ein platines Ginkgoblatt an einer Halskette. Ich wusste, dass sie Ginkgos mochte.

Sie küsste mich lange und warm. „Das ist wunderschön, Daniel. Danke."

Ich küsste sie wider. „Du glaubst gar nicht, wie schwer es selbst heute noch ist, einen Juwelier zu knacken."

„Mein Held. Ich habe aber auch was für dich."

Was sie mir gab, war ein *Tanto*, ein japanisches Messer, passend zu meinem Schwert. Ich hatte es im Klingenmuseum gesehen, aber ich hatte ihr nie davon erzählt. Mir blieb die Luft weg.

„Esther, das ist wahnsinnig lieb."

Sie lächelte. „Ich weiß."

Wir bewarfen die Hunde so lange mit Hundekuchen, bis sie es leid waren, liebten uns und schliefen ein.

17

Das neue Jahr war zehn Minuten alt, und ich stand auf dem neuen Wehrgang, der nun rund um die Palisade lief. In der Ferne sah ich den Wald. Um Mitternacht hatten wir auf Jans Kommando aus allen Waffen Salut geschossen. Ich hatte mit einem brennenden Pfeil ein Minifeuerwerk beigesteuert. Ein paar Stunden vorher war Lara strahlend zu mir gekommen und hatte erzählt, dass Carmen, Ben und Christos sie dem Rat als vierte Jägerin vorschlagen wollten. Direkt nach Weihnachten war sie vier Tage mit auf der Jagd gewesen und hatte ziemlich beeindruckt.

„Die Kleine ist verdammt gut", erzählte Ben mir später. „Ich glaube, besser als Christos und ich und mindestens so gut wie Carmen. Sie muss nur noch etwas geduldiger werden."

So war das Jahr eins nach dem Ende der Menschheit zu Ende gegangen. In der Ferne hörte ich die Heuler. Esther stand plötzlich neben mir. Ich hatte sie gar nicht kommen hören. Wieder ein Heulen in der Ferne.

Ich seufzte. „Es gibt keine Hoffnung, oder?"

„Es muss welche geben." Sie drehte mich zu sich, gab mir einen langen Kuss und schaute mich aus ihren schönen, grünen Augen an.

„Ich bin schwanger, Daniel."

Das Ende des Weges

I hear hurricanes ablowin'
I know the end is coming soon
I feel rivers overflowing
I hear the voice of rage and ruin
(John Fogerty, Bad Moon Rising)

Found me with a preacherman confessin' all I done
Catch me with the devil playing 21
And a bad luck wind's been blowin' on my back
I was born to bring trouble wherever I'm at
(Glenn Danzig / Johnny Cash, Thirteen)

1

Ich lehnte neben dem Fenster und betrachtete, wie das warme Licht des Frühlingsmorgens auf Esther fiel. Es war, wenn wir richtig gerechnet hatten, der Morgen des fünfzehnten April, der Morgen nach ihrem dreißigsten Geburtstag. Wir hatten mit den anderen gefeiert, waren spät nach Hause gegangen und sofort eingeschlafen. Und da lag sie nun, immer noch schlafend. Mit nichts am Körper als dem Ginkgoblatt, das ich ihr geschenkt hatte, um den Hals, und einem feinen, rötlichen Schimmer unter der hellen Haut. Ich legte mich wieder zu ihr, schmiegte mich, Brust an Rücken, an sie und streichelte die leichte Wölbung ihres Bauches. Sie schnurrte.

„Hmmmm … Guten Morgen."

„Entschuldige, ich wollte dich nicht wecken." Ich kuschelte mich noch enger an sie. Esther gähnte und seufzte.

„Ich habe gar nicht richtig geschlafen."

Ich lachte. „Und ob."

Sie drehte sich zu mir um und küsste mich. „Ich liebe dich."

Ich küsste sie wider. „Ich liebe dich auch."

Wir lagen eine Weile einfach nebeneinander und ließen den Morgen in uns tropfen. Dann drehte ich sie sanft auf den Rücken und küsste ihr Gesicht, ihre Brüste und ihren Bauch.

„Das macht dich an, oder?" murmelte sie.

Ich legte den Kopf auf die Wölbung. Spürte ich etwas?

„Es ist einfach nur schön, Esther."

Sie lachte wieder und streichelte meinen Kopf.

„Und es macht dich an."

„Ja. Und wie." Unsere Münder flossen ineinander und ich ließ mich von ihr forttragen. Als wir wieder in der Lage waren, artikuliert zu sprechen, machte ich mir Sorgen. Sie atmete ziemlich schnell und ich stellte mir vor, dass der Alltag immer anstrengender für sie sein musste. Sex eingeschlossen.

„Vielleicht sollten wir einfach ein wenig kürzertreten", schlug ich vor.

Sie lachte japsend, was ihrer Atmung auch nicht zuträglich war.

„Vielleicht solltest du mir nicht soviel Spaß machen. Oder vielleicht solltest du einfach nicht soviel Quatsch reden, Blödmann", keuchte sie.

„Ich dachte nur, wegen des Babys."

„Keine Sorge um das Baby. Das schwimmt wahrscheinlich gerade in einer Soße von Glückshormonen und ist absolut *high*." Sie lachte wieder, atmete durch und sah mich liebevoll an. „Mach dir nicht so viele Sorgen. Ich bin schwanger, nicht zerbrechlich."

Sie stand auf und begann sich anzuziehen. „Ich gehe mal eben zur Dusche rüber, okay?"

Ich gähnte. „Okay."

„Was machst du heute?"

Ich überlegte kurz. „Matthias hat mich gestern wegen der Gemeinschaftsarbeit gefragt. Irgendwas am Graben."

„Hm", machte Esther nachdenklich. „Wolltest du nicht wieder losreiten? Morgen?"

„Ja, morgen. Aber es gibt nicht viel vorzubereiten, ich spreche heute Abend nochmal mit Micha. Im Grunde steht die Liste." Ich zuckte mit den Schultern. Tatsächlich war es so, dass meine Finderausflüge im Moment vor allem Routine waren. Ich war nur noch selten länger als eine Woche unterwegs, meist waren die Ausritte kürzer. Außerdem hatte ich inzwischen Unterstützung. Anfang Februar hatte ich Alex zum ersten Mal mit auf eine Tour genommen. Im Winter war viel kaputt gegangen und zerschlissen, nun im Frühling kam die Zeit, in der wir uns als Bauern würden bewähren müssen – eine Zeit, die wichtige Weichen für unsere Zukunft stellen würde. Viel Arbeit auch für mich, ich konnte Hilfe brauchen. Alex konnte schon reiten und musste es, im Gegensatz zu den anderen Neuzugängen, nicht lange lernen, der Hauptgrund, aus dem ich ihn gefragt hatte. Es stellte sich aber schnell heraus, dass wir einfach ein gutes Team waren. Auf seine und meine Bitte bestimmte der Rat ihn zum zweiten Finder.

Für alle Neuankömmlinge hatten sich schnell Aufgaben gefunden. Farouk hatte sich unseren Medizinern angeschlossen, er saß oft bei uns und lernte von Esther. Anna half beim Kochen und Konservieren, Sabine verstärkte unsere Pflanzenkundigen und Merve die Tierpfleger,

Vera pendelte als eine Art Assistentin zwischen Matthias' Bibliothek und Jans Waffenkammer. Auch Thomas unterstützte Jan bei seinen Verwaltungsaufgaben. Der brauchte die Hilfe ebenfalls dringend. Seit wir ernsthafte Verteidigungsplanung betrieben und uns nach Einbruch der Dunkelheit nicht mehr frei bewegen konnten, war einiges komplizierter geworden. Und natürlich gab es immer die Gemeinschaftsaufgaben.

„Und du willst am Graben arbeiten?" fragte Esther.

Ich lachte. „Ich will nicht, ich muss. Zusammen mit Thomas und Vera und vielleicht Alex und Matthias."

Esther war seltsam nachdenklich geworden. „Mit Thomas?"

„Ja. Klar."

Sie sah mich mit einem Blick an, den ich schwer deuten konnte, und dachte eine Weile nach.

„Warum denn unbedingt am Graben? Was gibt es denn da noch groß zu tun? Wäre es nicht besser, du würdest mit auf die Felder gehen?"

Ich wunderte mich, dass sie fragte. Das war doch offensichtlich. „Esther, ich war noch nie auf dem Feld und ich kann nicht regelmäßig aufs Feld, ich würde da nur im Weg rumstehen, sie müssten mir alles erklären. Wir sind Hilfsarbeiter, die Jäger, die Verwaltungsmokel, Alex und ich. Und dann buddel ich eben in dem Graben rum." Ich grinste. „Lars träumt immer noch von einer Leitung, mit der wir Diesel in den Graben laufen lassen können."

„Ja …", sie zupfte an ihrer Unterlippe, offensichtlich immer noch nicht zufrieden. Ich stand auf und nahm sie in die Arme.

„Ist doch eigentlich egal, was ich mache."

Sie schenkte mir einen langen Blick, der zu sagen schien, dass ihr das absolut nicht egal war. Aber sie sagte nichts mehr, sondern schmiegte sich nur kurz an mich. Dann löste sie sich zärtlich von mir und grinste mich an. „Na ja, ich geh dann mal duschen."

Sie warf mir eine Kusshand zu und tänzelte aus der Tür. Grim sprang unter dem Tisch hervor und folgte ihr.

Der Graben hatte den Großteil unserer Gemeinschaftsarbeit im Winter eingenommen, von den wenigen Wochen abgesehen, in denen der Boden zu hart gefroren war, um daran zu arbeiten. Ursprünglich hatten wir mit Maschinen arbeiten wollen und uns das Ganze ziemlich einfach vorgestellt. Aber dann hatte sich herausgestellt, dass niemand von uns wirklich wusste, welche Baumaschinen man dazu brauchte und wie man sie bediente. Wir hatten unser Leben lang unzählige Baustellen gesehen, Bagger und Raupen, Bauarbeiter mit Presslufthämmern und diversen anderen Maschinen, und nun stellten wir fest, dass selbst unsere Architekten nicht genau sagen konnten, welche davon man benutzte, um ein Loch auszuschachten. Vielleicht hatte irgendwer das irgendwo mal erwähnt – aber wen interessiert schon eine solche Nebensächlichkeit? Das Loch muss stabil sein und seinen Zweck erfüllen. Was sonst?

An große Maschinen trauten wir uns nicht heran, aber wir hatten kleine Bagger aus einem nahen Gartenbaubetrieb benutzt, der uns immer wieder wertvolles Arbeitsmaterial stellte. Dennoch war es oft genug Arbeit für Hacke, Schaufel und Spaten gewesen. Seit Anfang März war der Graben soweit fertig. Zu sagen, dass er unseren Hof umrundete, wäre etwas schmeichelhaft gewesen. Er bildete ein unregelmäßiges Oval, mit sehr zittriger Hand gezeichnet. An manchen Stellen – in der Nähe des Tores und auf der Straßenseite – kam er bis fast einen Meter an die Palisade heran, zum Wald hin entfernte er sich manchmal bis zu zehn Meter davon. An der tiefsten Stelle war er vier Meter tief, an der flachsten eineinhalb, die Breite am oberen Rand schwankte zwischen vier und sechs Metern. Die Wände waren abgeschrägt, um das Volumen und die abzudichtende Fläche gering zu halten, falls wir wirklich einmal Wasser oder gar Diesel hineinleiten wollten. Unser Tor hatten wir durch eine Zugbrücke ersetzt, die auf dem Flügel eines großen Metalltors basierte. Einst hatte er die Lagerhalle einer Maschinenfabrik verschlossen. Mit dem Abraum hatten wir die Palisade zusätzlich stabilisiert und einen losen Vorwall rings um den Graben aufgeschüttet, der dazu dienen sollte, die Heuler bei einem eventuellen Angriff zu verlangsamen und aus der Deckung zu zwingen. Im Laufe der Zeit wollten wir dieses Wällchen zusätzlich mit Stacheldraht bewehren, aber so weit waren wir noch nicht.

Jetzt standen wir in der Nähe des Waldes im und am Graben und schachteten einen schmalen Quergraben aus, in den Lars ein Leitungsrohr legen wollte. Grundsätzlich war das eine gute Idee. Alles, was die Heuler aufhalten würde, war eine gute Idee und wir hatten eine Menge davon, von Wehrtürmen mit Maschinengewehren und Scheinwerfern bis hin zu Kopien meiner fiesen kleinen Sprengfallen in Hilden. Aber der Boden hier war mit Kies und Mineralgemisch durchsetzt, der Abstand zur Palisade groß und die Arbeit daher anstrengend – zumal der Tag sonnig und warm war, der Boden aber noch schwer vom Regen der letzten Wochen. Thomas und ich trieben den Graben voran, er mit der Spitzhacke, ich mit dem Spaten. Alex und Vera schaufelten den Abraum in Schubkarren, die Matthias dann über eine wackelige Bretterkonstruktion auf die andere Seite und zum Vorwall und zurück brachte. Eigentlich hätte Thomas und mein Job der härteste sein müssen, aber wir hatten eine gute Arbeitsteilung gefunden. Ich stach die Form des Schachtes, die Lars mittels einer Schnur vorgegeben hatte, aus und lockerte den Boden. Thomas schlug ihn los und scharrte ihn nach hinten. Er schien unermüdlich, und er hatte eine Kraft, die man ihm nicht ansah. Als einziger von uns schwitzte er nicht, musste sein Arbeitstempo keinen Moment drosseln und unterhielt mich permanent mit Witzen und Anekdötchen. Mir war das ganz recht, ich brauchte meinen Atem, um den Spaten zu schwingen. Nach Konversation war mir nicht zumute.

„Hey, wartet mal", sagte Alex plötzlich.

Wir wandten uns erstaunt um. Thomas hatte mir gerade eine weitere witzige Begebenheit aus unserer gemeinsamen Vergangenheit ins Gedächtnis gerufen und ich hatte vor Lachen fast meinen Spaten verloren, als ich mich an diese verregnete Party und die Sache mit dem Handtuch erinnerte. Dabei waren wir offenbar sehr zügig vorangekommen, denn Alex war ein ganzes Stück hinter uns und beugte sich über Vera, die sich hingehockt hatte und den Boden vor sich anzustarren schien. Alex kniete sich neben sie und flüsterte mit ihr. Ich richtete mich auf und versuchte zu erkennen, was los war.

„Was ist mit ihr?"

„Weiß nicht", meinte Alex ohne aufzusehen. „Geht ihr nicht gut. Vera?"

„Bring sie doch in den Schatten", schlug ich vor und deutete auf den

Waldrand. „Soll ich Esther holen? Oder Mark oder Farouk?"

Vera schüttelte den Kopf und sprach leise mit Alex. Er half ihr auf. „Ich bringe sie rüber", sagte er. „Dauert nicht lange, meint sie."

Sie gingen auf die andere Seite des Grabens, wo sie Matthias, der gerade mit einer Schubkarre zurückkam, in Empfang nahm. Er gab Vera Wasser aus seiner Feldflasche zu trinken und führte sie mit Alex in den Schatten der Bäume. Dort legte sie sich auf den Boden, Matthias lagerte ihre Beine auf die umgedrehte Schubkarre.

Ich drehte mich zu Thomas um und wunderte mich über ihn. Vera und er waren sehr schnell ein Paar geworden, schon vor dem Jahreswechsel war sie zu ihm in Erkans ehemalige Hütte gezogen. Sie schienen recht glücklich miteinander zu sein, wenngleich Thomas' dezidiertes Gentlemanverhalten ihr gegenüber manchmal schon ein wenig anstrengend war. Jetzt allerdings beobachtete er das Grüppchen drüben am Waldrand mit einem seltsamen Interesse. Nicht wie jemand, dessen Geliebte gerade zusammengeklappt war, sondern mehr wie ein Forscher, der ein interessantes Verhalten bei einem Insekt entdeckt hatte. Als er meinen Blick bemerkte, schreckte er kaum merklich zusammen und schien aus einem tiefen Gedanken zurückzukommen.

„Hm?"

„Ich habe nichts gesagt." Dann kam mir etwas in den Sinn, dass mich schon länger beschäftigte. „Ist eigentlich irgendwas mit Vera?"

Er wirkte erstaunt. „Wieso?"

„Na ja, ich meine ..." ich versuchte meine vagen Eindrücke zusammenzusetzen, „sie ist so blass in letzter Zeit. Wirkt total ausgezehrt. Ich weiß, dass sie viel arbeitet, aber wenn ich daran denke, was sie schon alles mitgemacht hat ... sie ist doch eigentlich ziemlich *tough*. Und jetzt wirkt sie plötzlich so zerbrechlich."

Thomas nahm die Hacke wieder auf, drehte sich zu unserer Arbeit um und lachte. „Vielleicht ficke ich sie zu oft."

Mir fiel der Spaten aus der Hand. Ich starrte ihn nur an, öffnete den Mund – und schloss ihn wieder. Er wandte sich mir wieder zu und das Grinsen rutschte ihm vom Gesicht. Erst jetzt schien er zu begreifen, was er gesagt hatte.

„Scheiße, Daniel, ich bin ein Arsch, oder?"

Ich nickte mechanisch. „Kann man wohl sagen."

Er warf die Hacke hin, ging zum Rand des Grabens, setzte sich hin und vergrub sein Gesicht in den Händen. Ich setzte mich neben ihn. Nach einer Weile warf er wieder einen Blick auf den Waldrand, weich und sorgenvoll diesmal. Vera hatte sich aufgesetzt und redete mit Matthias und Alex. Einmal hörten wir sie lachen. Es schien ihr besser zu gehen. Sie sah zu uns hinüber und winkte. Thomas winkte zurück.

Ich fand wieder Worte: „Ich meine es ernst, Thomas. Sie sieht krank aus. Richtig krank."

Er schaute in die Luft und atmete durch. „Klar, du hast Recht", sagte er leise. „Ich mache mir wahnsinnige Sorgen. Ich habe keine Ahnung, was es ist. Sie ist immer so ... so müde. Und kaputt. Sie weint so oft. Vielleicht kommt das jetzt alles raus, was sie mitgemacht hat."

Ich sah ihn an, immer noch verwirrt. „Ist sie nur müde, oder so?"

Thomas seufzte. „Nein, sie hat manchmal auch Schmerzen. Kopfschmerzen. Und im Bauch. Oder Unterleib. Kann auch der Stress sein. Keine Ahnung. Ich habe ihr schon gesagt, sie soll mal zu Esther gehen, oder zu Simone, aber sie will nicht. Und zwingen kann ich sie ja nicht."

„Vielleicht sollte man mal mit Farouk sprechen", überlegte ich. „Er kennt sie lange. Und er hat schon eine Menge gelernt."

Thomas sah mich dankbar an. „Würdest du das tun?"

Ich war perplex. „Ich dachte eher an dich."

Er überlegte eine Weile. „Nein, besser du. Er mag mich nicht besonders, glaube ich. All die Kinder sind nicht so gut auf mich zu sprechen. Sie war ihre Anführerin. Ist es irgendwo immer noch. Aber du hast einen Draht zu ihnen."

Ich zuckte mit den Schultern. „Wenn du meinst."

„Danke, alter Freund."

Wir saßen noch eine Weile nebeneinander und starrten in den Graben. Dann stand er auf und schlug mir auf die Schulter. „Komm! Wir haben ein Loch zu buddeln."

Wir schachteten weiter aus und nach einer Weile kamen die drei wieder zurück. Vera sah besser aus, die Pause und das Wasser schienen ihr gut getan zu haben. Nach kurzer Beratung tauschte ich die Aufgabe mit ihr. Jetzt schaufelten Alex und ich gemeinsam, während Vera vor allem darauf achtete, dass Thomas die Spur hielt und nicht von der Richtung abwich, die Lars' Schnur vorgab. Obwohl das bedeutete, dass Thomas nahezu die doppelte Arbeit machen musste, ging das Werk uns jetzt flotter von der Hand. Thomas arbeitete noch schneller als zuvor, ohne seinen Redefluss merklich zu unterbrechen oder gar zu schwächeln. Vera, die nun in den Genuss seines unerschöpflichen Geschichtenfundus kam, lachte viel, und es tat gut, das zu hören. Der einzig Leidtragende war Matthias. Da Thomas schneller grub und Alex und ich schneller schaufelten, musste er auch schneller laufen – nicht unbedingt ein Vergnügen, aber er beschwerte sich nicht und keuchte nur mit jeder Tour etwas merklicher.

Wir kamen früher auf den Hof zurück als erwartet, aber da die meisten auf dem Feld waren, gab es kein gemeinschaftliches Essen, und unsere Arbeitskolonne löste sich auf. Matthias ging zum Haupthaus um Vollzug zu melden, Thomas brachte Vera in ihre Hütte, damit sie sich ausruhen und er sich um sie kümmern konnte. Sie war wieder blass, sah aber lange nicht so fertig aus wie noch am Vormittag. Auch Alex verabschiedete sich nach Hause. Die Jäger waren am Morgen zurückgekommen, aber er hatte Lara kaum gesprochen, da sie sofort ins Bett gegangen und eingeschlafen war. Jetzt wollte er nach ihr sehen. Ich selbst suchte nach Micha, aber er war nicht da und der Traktor ebenso wenig, daher ging ich davon aus, dass er auch auf dem Feld war. Ich ging also ebenfalls nach Hause.

2

Esther war nicht da, ich vermutete sie auf einem Krankenbesuch. In der Mitte unseres Tisches lag ein umgedrehter Topf und daran ein Zettel, auf dem stand:

Danke für die Pleks! Liebe Grüße. Carmen

Ich lächelte in mich hinein. Auf meiner letzten Tour nach Barmen hatte ich – eigentlich nur aus Neugier – einen Musikalienhändler aufgesucht. Ich war schon auf dem Rückweg gewesen, wollte Alex oben an der Autobahn treffen und wusste eigentlich gar nicht genau, was ich in dem Musikgeschäft wollte. Daher packte ich einfach ein paar handliche, kleine Dinge ein, die noch in die Taschen gingen, darunter auch eine Packung mit Plektren. Da Carmen unsere einzige Gitarristin war, hatte ich sie ihr ohne weiteres gebracht und sie war darüber in eine für mich schwer verständliche Verzückung geraten. Offensichtlich hatte ich da etwas Besonderes ausgegraben, Jacobs-Krönung-Plektren oder so. Sie versprach mehrmals hoch und heilig, sich zu revanchieren. Das war also nun die Revanche. Unter dem Topf lag, auf einem Teller, ein großes Stück Fleisch, sichtbar sehr frisch. Ich konnte es keinem Tier, geschweige denn einem Körperteil zuordnen, aber ich vermutete, dass Carmen irgendein feines Stück ausgewählt hatte. Es war länglich und schmal, also beschloss ich, es in Scheiben zu schneiden und zu braten. Wenn ich sofort anfing, war es sehr wahrscheinlich, dass das Essen rechtzeitig auf dem Tisch stehen würde. Ich ging also zum nächsten Wasserfass und wusch mir kurz die vormittägliche Arbeit vom Körper. Dann fachte ich die Glut in unserem Kamin an und legte den Rost auf, durchsuchte unsere Privatvorräte nach Beilagen und Gewürzen und machte mich an die Arbeit.

Esther kam tatsächlich genau zum richtigen Zeitpunkt. Sie trug ein Kopftuch, was mir sagte, dass sie auf dem Feld gewesen war. Das streifte sie nun ab und schnupperte laut.

„Hm ... riecht gut. Ist das der Rücken?"

Ich nahm die Pfanne vom Rost und trug sie zum Tisch. „Hat Carmen rübergebracht. Ist das ein Rücken?"

„Ja, sie hat vorhin gesagt, dass sie dir einen Rehrücken bringen will. Für die Pleks." Sie warf einen Blick in die Pfanne. „Wow. Rehrückenmedaillons. Mit Thymian. Was gibt's dazu?"

„Brot. Und nachher geröstete Körner mit Äpfeln und Zimt."

Sie küsste mich begeistert, legte Geschirr und Besteck auf, schnappte sich einen Krug und lief aus der Hütte. Als sie ihn mit Trinkwasser gefüllt zurückbrachte, hatte ich schon Fleisch auf die Teller gelegt und das Brot aufgeschnitten. Wir setzten uns und ich wartete kurz, während Esther schweigend betete. Ihre ruhige, unaufdringliche Religiosität hatte sich über die Monate verstärkt. In Merve hatte sie eine verwandte Seele gefunden, die beiden versuchten vorsichtig, eine aufgeklärte

Synthese aus Christentum und Islam zu destillieren, sozusagen eine Religion für die Nachapokalypse. Mir war sehr angenehm, dass Esther keine Anstalten machte, mich zu missionieren. Meine Einstellung zu allen metaphysischen Fragen ließ sich weiterhin in einem Wort zusammenfassen – Verwirrung.

Die Arbeit hatte uns hungrig gemacht, daher hauten wir erst einmal wortlos rein. Als mein Magen einen zufriedenstellenden Füllstand meldete, fiel mir die Frage wieder ein, die mir beim Anblick des Kopftuchs gekommen war.

„Du warst auf dem Feld?"

„Hmhm." Sie nahm einen Schluck Wasser und nickte. „Ja. Tanja ist mit dem Fuß umgeknickt, war aber nichts Schlimmes. Und Olli hatte Kreislaufprobleme." Sie schüttelte den Kopf. „Wie viele Monate sind das jetzt, das wir hier sind? Neun? Zehn? Und manche kapieren die einfachsten Dinge noch nicht. Viel trinken und in der Sonne 'ne Kopfbedeckung tragen. Ich versteh' das nicht." Sie schüttelte wieder den Kopf. „Und dann war ich noch kurz bei Lara."

Ich horchte auf. „Was ist mit Lara?"

Esther warf mir einen schnellen Seitenblick zu. „Nichts. Carmen hat mir gesagt, dass sie vorgestern draußen eine ziemlich knappe Heulerbegegnung hatte, sie war wohl ganz schön fertig. Hat geschlafen, bis kurz, bevor ich kam. Da war sie aber wieder auf und guter Dinge. Kein Problem, alles normal."

Ich wurde nicht ganz schlau aus dem, was sie sagte. „Wie, normal?"

„Ja, normal eben. Lara gesund. Punkt."

Aha. Ich war immer noch irritiert. „Und was war das mit den Heulern?"

Esther verzog das Gesicht. „Sie war wieder länger draußen als alle anderen, weil sie einer Spur gefolgt ist. Christos war mit ihr unterwegs gewesen, aber sie hatte ihn abgehängt. Carmen und Ben waren schon im Nachtlager, irgend so einer Villa im Wald …"

Ich nickte. „Bei dieser Talsperre, oder? Kenne ich."

Esther zuckte mit den Schultern. „Kann sein. Jedenfalls dämmerte es schon, und noch immer keine Lara und kein Christos. Ben ging raus, Carmen nahm eine Scharfschützenposition oben in dem Haus ein …"

„Ja, die Villa hat so ein Türmchen."

„… und suchte den Waldrand durchs Zielfernrohr ab, und irgendwann, es war schon fast dunkel und im Wald waren jetzt Heuler zu hören, da kamen sie dann zwischen den Bäumen raus gerannt. Ben hat sie in Empfang genommen und sie sind zusammen ins Haus und dann alle in den Keller, Carmen natürlich auch, und erstmal waren Lara und Christos nicht fähig, irgendetwas zu sagen. Sie hatten natürlich wieder nichts gesehen, aber gehört. Von allen Seiten – auch vor sich. Das muss scheiße knapp gewesen sein. Carmen hat erzählt, dass sie so sauer war, dass sie Lara am liebsten aus dem Team geschmissen hätte, wenn sie nicht so verdammt glücklich gewesen wäre, sie gesund wieder zu haben. Und dann …" Esther begann zu lachen, „… weißt du, was danach das erste war, worüber die Kleine gesprochen hat? Wildschweine. Sie habe garantiert einen Platz gefunden, wo Wildschweine gewühlt hätten, ganz frisch, und da sollten sie doch unbedingt mal hin, sie hätten so lange keine Wildschweine mehr erwischt, Wildschweine, Wildschweine, Wildschweine." Sie lachte wieder. „Sie war wohl ganz besoffen davon. Kein Wort mehr von Heulern. Aber sie hat lange gezittert und wohl auch sehr, sehr schlecht geschlafen. Christos allerdings noch schlechter. Sagt Carmen."

Ich grinste halb. „Lara hat eine ganze Menge mehr erlebt als wir, Esther. Sie ist eher an Heuler gewöhnt als wir, sie kann sie vermutlich auch besser einschätzen." Meine erste Nacht im Schloss fiel mir ein. Als Vera sie vom Fenster hatte wegziehen müssen. „Aber sie geht schon verdammte Risiken ein. Puh …"

„So kann man das sagen. Und das bei ihrer … na, ist ja auch egal." Esther schüttelte lächelnd den Kopf.

Mir fiel etwas ein, das sie früher gesagt hatte. „Olli hatte Kreislauf?"

Sie schnaubte. „Olli hat Hirn! April hin oder her, es ist doch bescheuert, sich bei der Wärme …"

Ich unterbrach sie lachend. „Nein, ich habe nur gefragt, weil Vera vorhin auch zusammengeklappt ist."

Esther verlor augenblicklich jeglichen Humor. „Was? Und das sagst du mir jetzt? Hat Mark nach ihr gesehen? Oder Simone oder Farouk? Was …"

„Es war wegen der Arbeit", versuchte ich sie zu beruhigen. „Sie hat am Aushub geschaufelt und zu wenig getrunken. Alex und Matthias haben sie in den Schatten gebracht und ihr zu trinken gegeben, und dann war alles wieder gut."

Sie funkelte mich an. „Alles wieder gut, ja? Bist du jetzt Arzt, oder was?"

„Esther, ehrlich, ich dachte nicht …"

„Nein, lass mal, tut mir leid", sie winkte müde ab. „Aber mit Vera stimmt irgendwas nicht, Daniel. Ich wünschte, ich könnte mehr sagen, aber sie will nicht, dass ich ihr helfe. Oder Mark oder Simone …", sie schüttelte resigniert den Kopf.

„Ja, habe ich auch schon gemerkt. Und Thomas natürlich auch. Er meint, vielleicht sollte Farouk mal mit ihr sprechen. Weil er sie so lange kennt und so."

„So, meint Thomas", schnappte Esther. „Wie interessant."

Ihre Reaktion verwirrte mich. „Glaubst du, Farouk hat das noch nicht drauf?"

„Was, mit Vera reden?" Sie lachte bellend. „Klar hat er das drauf. Er könnte auch Symptome notieren und die dann mit Mark und mir besprechen, wäre gut. Fragt sich nur, ob sie ihn lässt. Oder …" sie schüttelte den Kopf. „Ach, egal. Ich frage Farouk mal. Vielleicht haben wir ja Glück."

Ich war immer noch durcheinander. Ich verstand nicht, warum Esther so allergisch auf Thomas reagierte – obwohl mir schon aufgefallen war, dass Lara, Alex, Anna, Farouk, Merve und Sabine ihn genauso wenig mochten. Mark und Simone schien es ähnlich zu gehen. Dann erinnerte ich mich an seine bizarre Reaktion auf Veras Schwächeanfall. Wenn sie ihn einmal so erlebt hatten … Sie kannten ihn ja nicht so gut wie ich. War er früher schon so gewesen? Meine Erinnerungen an ihn waren manchmal etwas nebelhaft, aber ich konnte mich an keinen Streit erinnern, nicht einen. Vielleicht brauchten sie alle nur etwas Zeit, sich aneinander zu gewöhnen.

Den Nachmittag verbrachten wir zusammen an unserem Tisch, still nebeneinander arbeitend. Sie schrieb etwas aus einem Buch über Heilpflanzen ab und ich studierte meine Karten. Als die Schatten immer länger wurden, beendete sie ihre letzte Abschrift, heftete sie in einen Ordner und sah neugierig zu mir rüber.

„Morgen geht's also wieder los?" fragte sie.

Auch ich begann, die Landkarten zusammenzupacken und faltete meine Notizen. „Ja."

Esther warf einen Blick auf meinen Notizzettel. „Und du willst jetzt doch nach Wuppertal?"

„Ja", sagte ich, „ist wohl am sinnvollsten. Wuppertal mit der Uni zuerst, dann die Kaserne und zurück."

„Nimmst du Alex mit?"

„Mal sehen", meinte ich zweifelnd. „Lara ist erst heute Morgen zurückgekommen, mal wieder knappes Heulererlebnis … Eigentlich wollte er mit, aber wenn die beiden ein paar Tage für sich haben wollen, könnte ich das verstehen."

Esther nickte. „Könnte ich auch verstehen. Wäre gar nicht schlecht, glaube ich."

Ich stand auf und streckte mich. „Ich gehe mal zu Micha und kläre den Rest." Mit Michael ging ich in die Scheune und stellte meine Ausrüstung zusammen.

„Ich bräuchte auch mal Nähzeug", sinnierte ich.

„Nähzeug? Mal sehen, was ich am Lager habe." Er suchte geschäftig und gab mir dann ein kleines Etui. Während ich mich gebührend freute, kam Alex in die Scheune.

„Wolltest du mich morgen nicht mitnehmen?"

„Ich dachte, Lara und du wolltet vielleicht ein paar Tage füreinander haben", schlug ich vor.

Er seufzte. „Ach, ich weiß nicht. Ich komme lieber mit dir."

Ich fasste ihn scharf ins Auge. „Was ist los?"

Er sah Michael an. Der verstand den Wink. „Ja, ja. Ich bin schon weg. Bringt mir bloß nichts durcheinander."

Wir setzten uns auf eine Kiste.

„Okay, erzähl."

Er brach in Tränen aus. Seinen geschluchzten Worten entnahm ich, dass sie in letzter Zeit „total komisch war", ihn „kaum noch anfasste und „ihn nicht mehr liebte"."

„Hat sie das gesagt?" fragte ich. Ich konnte es mir nicht vorstellen.

„Nee. Aber ich merke es doch. Ich glaube, sie hat was mit Christos."

Ich konnte nicht anders, ich musste lachen. „Das ist Schwachsinn."

„Sagst du", schluchzte er. „Die sind doch ständig draußen im Wald."

Ich schüttelte den Kopf. „Glaub mir, wenn was mit Lara und Christos wäre, wüsste ich es."

„Ja?" Der hoffnungsvolle Blick, mit dem Alex mich ansah, wäre zum Brüllen gewesen, wenn es ihm nicht so verzweifelt ernst gewesen wäre. Er hatte sich offenbar in die Idee verrannt und war wirklich verzweifelt.

„Sicher", versuchte ich zu ihn beruhigen. „Ich spreche doch ständig mit Carmen und Ben."

Das beruhigte ihn etwas. Aber nicht sehr. „Was ist dann mit ihr? Vielleicht kannst du mal mit ihr reden?"

Diese Sorgenonkel-Geschichte hing mir ein wenig zum Halse raus, aber er sah zu verzweifelt aus. Außerdem ging es um Lara. Ich stand auf. „Okay."

Er atmete tatsächlich auf. „Wann?"

„Jetzt. Ich will wissen, ob du morgen dabei bist oder nicht."

Ich ging über den Hof und pfiff nach Reaper. Er kam aus Richtung des Pferdestalles angelaufen. Vor der Tür des kleinen Blockhauses, in dem Lara und Alex wohnten, blieb ich stehen und klopfte.

„Ja?" antwortete Lara.

Ich öffnete die Tür mit der Stiefelspitze und schob Reaper rein.

„Oh, hallo Reaper", rief sie. „Das ist aber schön. Aber du hast nicht geklopft, oder?"

„Nein, das war ich." Ich trat ein. Sie kniete vor dem Ecktisch, den die beiden sich gebaut hatten, und streichelte meinen Hund. Es roch nach Waffenöl. Auf dem Tisch lag ein zerlegtes Gewehr. Offenbar war sie gerade beim Reinigen gewesen. Ihre Maschinenpistole hing an einer Stuhllehne.

Lara lächelte mich fröhlich an. Nicht wie eine Frau, die vorhat, sich von ihrem Partner zu trennen. „Hallo, Daniel. Wolltest du dich verabschieden?"

Ich schüttelte den Kopf. „Nein, das mache ich morgen."

„Reitet Alex mit dir?" fragte sie beiläufig und knuddelte weiter an Reaper herum.

„Das wollte ich dich eigentlich fragen."

„Oh, ich weiß es nicht. Frag ihn besser selbst, er schwirrt irgendwo auf dem Hof rum."

„Genau genommen sitzt er in der Scheune und heult", sagte ich langsam.

Sie stand auf. „Wieso?"

„Er glaubt, du liebst ihn nicht mehr."

Ihr Gesicht verschloss sich, sie drehte sich zu dem Tisch mit den Waffen. „Das ist Quatsch."

„Ja?"

Sie drehte sich schnell um und funkelte mich an. „Schickt er dich? Weil er sich selbst nicht traut? Dann kannst du gleich wieder gehen, Daniel!"

Ich hob beschwichtigend die Hände. „Teils, teils. Er hat mich gebeten, mit dir zu reden, ja."

Sie sagte nichts.

„Okay, vergiss es", sagte ich, nachdem ich lange gewartet hatte. „Ich lasse Reaper noch hier und sage dir morgen Tschüss, okay?"

Sie schüttelte den Kopf. „Nein, bleib hier. Setz' dich, wenn du willst."

Ich setzte mich, betrachtete die Waffenteile vor mir und wartete. Sie setzte sich neben mich.

„Nun?", fragte ich nach einer Weile.

„Er ist total feige, Daniel", sagte sie mit trauriger Wut.

„Feige?"

„Ja", sagte sie nachdrücklich. „Dass er dich schickt, anstatt selbst zu fragen und so."

Alex tat mir wirklich leid. Woher dieser Zorn? „Er hat Angst, Lara."

„Soll er", schnaubte sie.

Ich war völlig durcheinander. „Was ist denn los?"

Sie sah mich mit feuchten Augen an, drückte sich an mich und ließ sich umarmen.

„Ich bekomme ein Kind", schluchzte sie.

Das wuchs sich ja langsam zur Epidemie aus.

„Und wo ist das Problem?" Ich hatte den Satz kaum gesagt, als mir auffiel, wie blöd er war. Sie war derselben Meinung.

„Problem? Wo das Problem ist?" Sie riss sich los und sprang auf. „Ich bin fünfzehn, verdammte Scheiße. Fünfzehn, fünfzehn, fünfzehn!"

„Du wirst dieses Jahr sechzehn." Noch so eine clevere Bemerkung. Im Geiste ohrfeigte ich mich. Lara beließ es bei Sarkasmus: „Oh, super. Toller Trost."

Ich versuchte, meine Gedanken konstruktiver zu fassen. „Mein Gott, Lara, was ist denn so schlimm daran? Esther ist auch schwanger. Und Daniela. Und Simone."

Sie schaute mich fast mitleidig an. „Das ist ja wohl was anderes."

„Weil du …"

„Weil! Ich! Erst! Fünf! Zehn! Bin!" Sie schrie jedes Wort. Reaper verzog sich vorsichtshalber unter den Tisch. Mein riesengroßer, heulerkillender Rottweiler.

„Ja, und?", konterte ich. „Hast du jetzt Angst, die Schule nicht zu Ende machen zu können, oder was? Kein Studium? Keine Karriere?"

Sie starrte mich erbost an. „Oh, ja, verarsch du mich auch noch."

„Ich verarsche dich nicht", sagte ich sanft. „Sag mir nur, wo das Problem liegt."

Lara setzte sich wieder und dachte nach. Offenbar versuchte sie wirklich, mich zu verstehen. „Ich bin einfach zu jung, Daniel. Und ich weiß nicht, ob ich in dieser Heulerwelt überhaupt Kinder haben will."

Ich strich ihr übers Haar. „Ich verstehe dich total, Lara. Wir sind im selben Boot. Aber wir haben leider keine andere Welt. Und du hast doch immer gesagt, dass du mal Kinder willst."

„Mal. Nicht jetzt." Aber ihr Trotz begann zu schmelzen.

„Du bist aber nun mal jetzt schwanger."

Sie lachte bitter. „Ja. Leider."

Wir schwiegen einen Moment.

„Wie weit bist du denn?" nahm ich den Faden wieder auf.

„Siebzehnte Woche. Sieht man das denn nicht?" Lara schüttelte den Kopf. „Weihnachten", murmelte sie, „gleich beim … Danach hatten wir immer Gummis." Sie lachte bitter.

Ich betrachtete sie genau. Wenn man es wusste, konnte man es sehen, aber wenn nicht, freute man sich nur, dass sie nicht mehr so mager war. Ich sagte nichts. Sie seufzte.

„Klar, ich bin ungerecht. Ja, ich habe ihm nichts gesagt. Aber der Trottel läuft doch blind durch die Welt. Macht Witze darüber, dass ich zunehme. Arsch!"

„Wer weiß es denn überhaupt noch?" fragte ich.

„Simone. Und Vera. Und Esther."

Mir gingen mit einem Mal eine ganze Menge Lichter auf. „Oh, die hat aber gut dicht gehalten", sagte ich nur.

„Hat sie mir auch versprochen. Wir bekommen sie ja fast zusammen, ihr seid, glaube ich, acht Wochen früher dran oder so. Dann können sie immer miteinander spielen. Würdet ihr euch um das Baby kümmern? Wenn ich mal nicht da bin?" Lara bekam wieder feuchte Augen.

„Lara, hier auf dem Hof werden sich alle um die Kinder kümmern", versuchte ich sie zu beruhigen.

Sie brach wieder in Tränen aus. „Ich will aber weiter jagen", rief sie.

Ich verstand sie sehr gut. „Kannst du doch!"

„Wie denn?" schluchzte sie.

„Das Modell *Mama bleibt zu Hause, Papa geht in die Firma* gibt es nicht mehr, Lara. Wir werden auf dich als Jägerin nicht verzichten können, und nicht auf Alex als Finder. Da werden wir Lösungen finden."

Der Gedanke gefiel ihr offensichtlich. „Meinst du?"

„Ja, klar. Und Alex weiß ja noch nicht mal, dass er Vater wird."

„Vater, pfft. Der." Sie lachte, aber nicht mehr ganz so gallig.

„Um mal zu meiner Ausgangsfrage zurückzukommen", sagte ich vorsichtig. „Liebst du ihn noch?"

Lara sah mich sehr irritiert an. „Ja, klar. Das weiß er auch."

„Weiß er nicht. Ich habe ihm ausreden müssen, dass du was mit Christos hast."

Sie starrte mich an und ich wusste nicht, ob sie wütend oder belustigt war. Sie lachte und schnappte nach Luft.

„Christos? Christos? Meine Güte, der ist ja noch blöder als ich gedacht habe. Christos … Überhaupt nicht mein Typ. Und schwul. Meine Güte."

Jetzt war ich verdutzt. „Christos ist schwul?"

Lara schenkte mir einen schmerzhaft mitleidigen Blick. „Du merkst auch nicht sooo viel, oder?"

„Ich bin ja nicht so oft hier", sagte ich lahm.

Lara zwinkerte mir zu. „Immerhin hast du die Entschuldigung. *The only Gay in the Village* und ich, meine Güte." Sie schüttelte den Kopf und lachte eine ganze Weile vor sich hin.

„Und jetzt?", fragte ich irgendwann.

„Geh in die verdammte Scheune und sag' dem Idioten, er soll herkommen", knurrte sie.

„Wie wäre es, wenn du hingehst?"

„Soweit kommt das noch. Er soll gefälligst zu mir kommen."

Ich lachte und stand auf. Reaper kam unter dem Tisch vor. Sie hielt ihn zurück.

„Nee, du bleibst hier. Du frisst ihn, wenn er frech wird."

Bevor ich aus der Tür ging, lief sie hinter mir her und gab mir einen Kuss auf die Wange. „Danke, Daniel. Gute Nacht."

Ich küsste sie wider. „Nacht."

Dann ging ich zurück zur Scheune, wo Alex immer noch auf der Kiste saß, als warte er auf seine Hinrichtung. Tat er wohl auch. Als ich hereinkam, sprang er auf.

„Und?"

„Mach dir keine Sorgen. Aber du wirst dir einiges anhören müssen. Also, hau ab."

Er rannte an mir vorbei. Ein paar Minuten später, als ich die Satteltaschen packte, hörte ich sie über den ganzen Hof brüllen. Es war nicht zu verstehen, was sie sagte, aber wie, das war ziemlich deutlich. Sie war immer noch nicht fertig, als ich nach Hause ging. Esther lag schon auf dem Lager und schlief. Jedenfalls sah es so aus. Als ich mich zu ihr legte, merkte ich, dass sie nur zu schlafen versuchte.

„Was zur Hölle ist da draußen los?"

Ich lachte. „Lara versöhnt sich mit Alex. Sie hat mir gesagt, dass sie schwanger ist. Jetzt sagt sie es ihm."

Esther grinste sardonisch. „Hm. Da hast du wohl den besseren Part erwischt, oder?"

Irgendwann gelang es uns doch, einzuschlafen.

Am nächsten Morgen stand ich früh auf, frühstückte mit Esther, packte meine Sachen und holte Fog aus dem Stall. Im Innenhof wartete eine kleine Gruppe, um mich zu verabschieden, Simone, Carmen und Ben, Jan, Vera, Merve, Thomas. Und Esther natürlich. Wir unterhielten uns ein wenig, Jan ging noch einmal die Liste mit mir durch. Ich sah mich nach Reaper um. Er war nicht da. Ich pfiff ein paar Mal, da sah ich, dass er mit Lara und Alex vom Stall herüberkam. Alex führte sein Pferd. Er hatte es Spiderman genannt. Ich sah von ihm zu Lara. Sie verstand die Frage und antwortete, indem sie ihm einen langen Kuss gab.

„Bring ihn mir zurück", sagte sie, als sie sich wieder zu mir drehte.

„Er kann ganz gut auf sich selbst aufpassen", sagte ich, obwohl er im Moment aussah, als könnte er sich nicht einmal alleine die Stiefel schnüren.

Sie sah ihn an. „Na ja."

Ich weckte Alex aus seiner Seligkeit. „Wenn du mitkommst, können wir ja ein paar Sachen umpacken."

„Oh – ja klar."

Ich sah ihm prüfend in die Augen. „Bist du fit?"

Er nickte. Wir packten um und verabschiedeten uns von unseren Freunden und unseren Frauen.

„Bleib nicht so lange", sagte Esther leise.

Ich küsste sie. „Nein. Jetzt, wo Alex mitkommt, wird es nicht lange."

„Und pass gut auf dich auf."

„Mache ich immer." Ich streichelte ihr Gesicht und ihren Bauch. „Tschüss, ihr zwei."

Wir küssten uns noch einmal lange, dann saß ich auf. Auch Alex löste sich von Lara und stieg in den Sattel. Ich pfiff nach Reaper, der noch immer zwischen Esther und Lara hin und her rannte, dann ritten wir durchs Hoftor. Als ich mich nochmal umdrehte, ging Jan schon in Richtung Haus. Die anderen standen im Halbkreis, Thomas war neben Esther und tätschelte ihren Bauch. Sie schob seine Hand weg und winkte. Vera lachte. Ich warf Esther eine Kusshand zu, drehte mich um, passierte das Palisadentor und war wieder unterwegs.

3

Am Abend lagerten wir im gut erhaltenen Keller eines alten, abgebrannten Hauses, der nur über eine verschließbare Tür aus schweren Holzbohlen zu erreichen war. Wir saßen im Licht zweier Taschenlampen und löffelten kaltes *Nasi-Goreng* aus Dosen. Feuer konnten wir hier nicht machen. Es schmeckte aber trotzdem leidlich. Ich ging mit Alex die Liste durch.

„Willst du dich um die Maschinengewehre, die Munition und den Generator kümmern? Dann hole ich die Sachen aus der Stadt und der Uni", schlug ich vor.

Er nickte. „Gut. Und ich reite zur Kaserne. Ist mir, ehrlich gesagt, auch lieber."

„Wieso?" fragte ich erstaunt. Er hatte die deutlich längere Strecke.

„Die Kaserne ist sicher und gemütlich. Du wirst mindestens eine Nacht in der Uni verbringen müssen. Drumherum ist doch alles abgefackelt."

Er hatte Recht, unterhalb der Universität waren im Moment des Verschwindens mehrere Autos ineinander gefahren, darunter offenbar auch mindestens ein Transporter mit brennbarer Ladung. Genaues war dem verschmolzenen Knäuel aus Fahrzeuggerippen nicht zu entnehmen. Das folgende Feuer hatte das gesamte Wohnviertel um die Uni niedergebrannt. Der Hauptcampus der Hochschule selbst aber war, abgesehen von den tiefer gelegenen Studentenwohnheimen und der Uni-Halle, verschont geblieben. Aber das kannte ich schon.

„Ist kein Problem."

Er wanderte mit dem Finger die Liste herunter. „Goldene Ohrringe. So'n Scheiß. Wer will denn sowas?"

„Thomas. Sie sind für Vera, denke ich."

Er schnaubte verächtlich. „Vera macht sich nichts aus Schmuck."

„Ich habe Esther das Ginkgoblatt geschenkt. Sie hat sich tierisch gefreut", erinnerte ich ihn. Alex schüttelte den Kopf.

„Das ist nicht dasselbe, du hast dir doch echt Gedanken gemacht. Und Esther trägt öfter mal eine Kette oder ein Armband oder so. Aber was soll der Quatsch denn hier? Goldene Ohrringe. Er hat nicht mal gesagt, was für welche. Und du kannst dich wieder an 'nem Juwelier abmühen." Er ging weiter die Liste durch.

„Eine Menge Bücher diesmal. Willst du deshalb zur Uni?"

„Ja." Ich grinste. „Sie haben sich, glaube ich, in den Kopf gesetzt, die Heuler zu erforschen."

Alex sah mich zweifelnd an. „Meinst du, das hat Sinn?"

„Nein", sagte ich entschieden. „Wie willst du was erforschen, das du nicht siehst? Und suchen gehen wird sie ja wohl keiner."

Er lachte. „Nee. Ich jedenfalls nicht."

Ich klopfte ihm auf die Schulter. „Aber der Rat beschließt, und wir führen aus, *compadre*. Außerdem weiß ich ja nicht, ob ich Recht habe."

„Du hast Recht", sagte Alex ohne aufzusehen und las weiter vor: „Buch über Hexentränke oder Ähnliches. Wozu das?"

„Das ist für Esther. Alte Rezepturen für Medizin und so."

„Klingt logisch. Nimmst du Reaper mit?"

„Ich dachte eher, er bleibt bei dir. Du bist näher am Wald. Er kann dich warnen."

Alex sah mich erstaunt an. „Und was ist mit dir?"

„Ich bin mitten in der Stadt", sagte ich, sehr überzeugt. „Du wirst ihn eher brauchen."

Wir planten noch ein wenig und rollten uns dann in unsere Schlafsäcke. Reaper diente mir wieder als Kopfkissen.

„Alles wieder in Ordnung mit Lara und dir?", fragte ich, als er sich zurechtgelegt hatte.

„Ja." Er stützte sich hoch und sah mich an. „Danke, Mann."

Ich grinste. „Dafür nicht. Und was wird jetzt?"

„Was soll werden? Wir bekommen ein Kind." Er lächelte unsicher. „Sie hätte es mir eher sagen sollen. Aber ich habe mich auch scheiße benommen. Ich habe sie zuletzt sogar *mein Dickerchen* genannt. Klar war sie sauer. Aber wer rechnet auch mit sowas?"

Ich lachte. „Tja. Nochmal Glück gehabt. Schlaf gut."

Ich träumte vom Meer.

4

Drei Tage darauf regnete es. Ich saß in der ehemaligen Pressestelle der Uni und ließ es mir gut gehen. Ich hatte mein Tagwerk getan und in der Bibliothek so viele Bücher gesammelt, dass ich befürchtete, den armen Fog zu überlasten. Selbst für Esthers ausgefallenen Wunsch waren zwei dabei. Draußen ging ein Gewitter nach dem anderen nieder, begleitet von pfeifendem Wind und prasselndem Schlagregen, aber ich fühlte mich wohl.

Der große Raum bot eine Menge Amüsement, denn in einem Regal fanden sich Stapel alter Zeitungen – das heißt, damals waren sie aktuell gewesen. Mit einer gewissen zynischen Veranlagung konnte man sich darüber durchaus amüsieren, vor allem über die Analysen und Kommentare. Niemand hatte in seine Überlegungen die Möglichkeit einbezogen, dass die Menschheit sich mitsamt ihrer Querelen und Probleme einfach in Luft auflösen würde. Ich saß in einem bequemen Bürostuhl zwischen zwei Tischen mit großen Computermonitoren – dem Aussehen nach der Arbeitsplatz eines Graphikers – hatte die Füße auf einen dritten gelegt, löffelte eine Dose Ravioli. Als ich aufgegessen hatte, stöberte ich gewohnheitsmäßig in den Schreibtischen und Schränken nach Brauchbarem, fand aber nichts. Visitenkarten mit Namen, die mir nichts sagten, diverser Papierkram, Stifte, Umschläge, leere Flaschen, Bürozeug eben. Eine Kamera weckte fast verschüttete Erinnerungen und ich sah sie lange an, bevor ich sie behutsam in die Schublade zurücklegte. Im kleinen Raum nebenan, offenbar das Büro des Chefs, war auch nur unnützer Plunder.

Als ich zurück in den größeren Raum ging, glaubte ich, auf der Balustrade vor dem Fenster eine Bewegung wahrzunehmen. Ich zog mein Schwert und rannte zum Fenster, aber da war nichts. Nur Regen, Regen, Regen und nasser Beton. Ich nahm meine Sachen und ging ein Stockwerk tiefer. Dort hatte ich in einer abgelegenen Ecke einen kleinen Raum gefunden, der einen Kopierer beherbergte – und außerdem mit einer schweren Metalltür versehen war. Ich hatte in den benachbarten Büros gesucht, eine Menge Schlüssel gefunden und so lange probiert, bis ich den richtigen hatte. Jetzt schob ich den Kopierer raus und richtete mich für die Nacht ein. Ich schrieb meinen Brief, las noch ein wenig im *Silmarillion* und legte mich schlafen.

Ich wachte auf und wusste, dass es noch Nacht sein musste. Dem Gefühl nach konnte ich höchstens drei Stunden geschlafen haben. Draußen war etwas. Ich lauschte angestrengt. Leise, leise …

Klick.
Klick.
Klick.

Ein Heuler. Ganz nah. Ich spürte, wie sich meine Kopfhaut zusammenzog. Alle Härchen an meinen Armen stellten sich auf. Mein Gott, hatte ich die verdammte Tür abgeschlossen?

Klick.
Klick.
Klick.

Kam näher. Auf mich zu. Ich zog langsam, vorsichtig, leise, leise mein *Tanto*. Das Schwert würde mir nicht helfen, der Raum war so verdammt eng.

Klick.
Klick.
Klick.

Direkt vor der Tür. Etwas klackte zweimal leicht dagegen. Ich hörte auf zu atmen. Die Klinke bewegte sich. Leicht. Einmal. Zweimal. Dreimal, viermal, fünfmal. Ich hatte abgeschlossen, Gott sei Dank. Draußen hörte ich ein Geräusch, das ein bisschen wie das nachgemachte Miauen einer Katze klang: „Meeeejaaau?"

Es klang enttäuscht. Und ein bisschen nachdenklich. Wieder klopfte etwas leicht gegen die Tür. Ich unterdrückte krampfhaft den hysterischen Drang *Herein!* zu rufen. Ich saß ihm wahrscheinlich direkt gegenüber, Auge in Auge, getrennt nur durch ein paar Zentimeter Stahltür. Ich zitterte.

Nochmal „Meeeejaaau", dann
Klick.
Klick.

Entfernte er sich wieder. Ich atmete tief durch, als er plötzlich
Klick.

Klick.
Klick.
Klick.

Schnell zurückkam und sich mit gewaltigem Poltern gegen die Tür warf. Ich prallte zurück und stieß einen kleinen, wimmernden Schrei aus, den der Lärm des Aufpralls gottlob übertönte. Ich hörte ihn draußen an der Tür kratzen und bemühte mich nach Kräften, ruhig zu atmen. Bloß nicht keuchen. Bloß nicht schreien. Ich zitterte so sehr, dass mein Messer fast zu Boden gefallen wäre, und zwang mich zur Ruhe. Das Geschöpf vor der Tür heulte frustriert auf und entfernte sich klickend, diesmal offenbar endgültig. Ich hörte auf meinen Herzschlag und bemühte mich, Fassung zurückzugewinnen.

Und mit einem Mal kamen mir ein paar Gedanken.

Ich hatte vorher nichts gehört. Kein Heulen in der Nähe oder Ferne. Nichts hatte auf das Frustgeheul geantwortet.

Was wusste ich über Heuler? Sie kündigten sich immer mit großem Geschrei an. Die einzige Ausnahme, die ich kannte, war der Generalangriff auf das kleine Schloss gewesen und da hatte ein Plan hinter gesteckt. Ein – für ihre Verhältnisse – raffinierter Plan, den sie sicher lange ausgeheckt hatten. Und noch nie hatte ich einen Heuler rufen hören, ohne dass andere antworteten. Aber was wusste ich schon über Heuler? Ich lauschte angestrengt.

Heuler kommen nie alleine.

Oder?

Ich lauschte wieder. Nichts.

Angenommen vielleicht, er war ein Kundschafter, wie ich.

Oder ein Ausgestoßener.

Wo würden Heuler einen Kundschafter hinschicken? Oder einen Ausgestoßenen hin verbannen? Wo gingen Heuler nicht gerne hin? Wohin verirrten sie sich nur zufällig?

In die Städte.

Und wir waren hier im Herzen einer Stadt. Ich hatte plötzlich keinen Zweifel mehr. Er war alleine. Ich erinnerte mich an die Nacht in der Halle. Reaper hatte einen Heuler angefallen und getötet, ohne auch nur einen Kratzer davonzutragen.

Ein Sechzig-Kilo-Rottweiler mit einem scharfen Gebiss.
Ein Achtzig-Kilo-Mensch mit einem scharfen Schwert.
Sah gar nicht so schlecht aus, oder?

Ich schloss – langsam, ganz langsam, leise, ganz leise – auf und drückte die Klinke herunter. Schob mit einem Stiefel die Tür auf. Steckte das Schwert raus. Kam mit angehaltenem Atem hinterher. Nichts. Der Gang vor mir war leer. Ich huschte ein paar Schritte, bis ich um die Ecke bog und in einer Art Rondell stand. Von hier führten je zwei Treppen nach oben und unten und drei Gänge in verschiedene Trakte: einer an der Bibliothek vorbei zum nächsten größeren Gebäude und dem Ausgang, einer in einen Flur mit Seminarräumen und Büros, einer in den Verwaltungsflur, wo ich die Schlüssel geholt hatte.

Ich lauschte.

Nichts.

Der Gang an der Bibliothek vorbei schien mir plötzlich richtig, also öffnete ich die schwere Feuertür, schob mich durch, passierte eine mit Zetteln übersäte Anschlagtafel, drückte mich durch eine weitere Feuertür und war in dem Gang. Links von mir die Regale der Bibliothek, durch große Glaswände zu sehen, rechts die Fenster zum Innenhof, durch die weißblaues Mondlicht fiel. Das Unwetter hatte sich verzogen. Vor mir tropfte Wasser von der Decke und sammelte sich zu einer beträchtlichen Pfütze auf dem gefliesten Boden. Ich schlich den Gang entlang, das Schwert locker in beiden Händen, und kam zu einigen Hörsälen, aber deren Türen waren verschlossen. Gut. Wo ich nicht rein konnte, konnte er wohl auch nicht rein. Ich schlich weiter und fand an einer Wand hinter einer weiteren Tür zwei Getränke- und einen Snackautomaten. Der Snackautomat war eingeschlagen und schwer verwüstet. Sollte ich es mit einem Heuler zu tun haben, der auf Snickers stand? Ich folgte dem kurzen Rest des Ganges, vorbei an einem Kopierer und durch zwei weitere Türen und stand wieder in einem Rondell. Auch hier vier Treppen und drei Gänge: Der, aus dem ich gekommen war, einer rechts davon, der zum Ausgang führte, einer links, wieder zu Seminarräumen oder Laboren oder was auch immer.

Ich lauschte wieder – und hörte ihn.

Auf einer der Treppen, die nach oben führten.

Klick.
Klick.
Klick.
Er kam herunter.
Auf mich zu.
Ich fasste das Schwert fester und huschte an dem Treppenaufgang vorbei vor eine Aufzugtür. Wenn er die Treppe herunterkam, würde er an mir vorbei müssen, und ich konnte ihn von hinten mit dem Schwert treffen. Wenn ich gut traf, wäre er tot, bevor an Gegenwehr überhaupt zu denken war.
Wo trifft man einen Heuler gut?
Egal. Hauptsache treffen.
Meine Kiefermuskeln zogen sich zusammen, meine Hände wurden feucht, aber diesmal nicht vor Angst. Vor Erwartung.
Klick.
Klick.
Klick.
Komm runter, Vieh, und du bezahlst. Bezahlst für Annette und Manuela. Für Christoph, dessen Kopf ich nie gefunden habe. Für Angela und Mehmet, die deine beschissene Brut schreiend aus einem Wandschrank gezerrt hat. Für all die anderen Kinder. Für meine alten Freunde auf der Autobahn. Für Grims und Reapers Rudel. Komm, und du bezahlst.
Klick.
Er stand auf einer kleinen Plattform zwischen den Stockwerken.
Und zögerte.
Komm!
„Miiiiiiiijaaaaaah?"
Komm!
Klick.
Ich hielt den Atem an. Noch drei oder vier Schritte.
Klick.
Und plötzlich merkte er es, woran auch immer. Ich glaube, den Luftzug spüren zu können, als er herumwirbelte und die Treppe wieder hoch hastete.

Klick.
Klick.
Klick.
Klick.
Klick.
Klick.
Klick.
Ich schoss aus meinem Versteck und hetzte ihm nach. Im nächsten Stockwerk sah ich die Tür noch zufallen, durch die er geflohen war. In den Gang an der Bibliothek entlang, über dem, durch den ich unten gekommen war. Was hatte er gemerkt? Und warum war er geflohen und hatte nicht angegriffen? Ich hörte ihn, nicht weit vor mir.

„Mijäääääääääääääh!!!"

„Hast du Angst?" brüllte ich hinter ihm her, während ich lief. „Hast du Angst, ja? Du Scheißvieh? Kindermordendes, blutrünstiges Scheißheulerpack? Ich komme und hole dich! Ich schlitz dich auf, ich bringe dich um, du verdammtes Drecksvieh!"

„Mijäääääääääääääääääääääh!!!!!!!!"

Ich rannte und schrie, riss Türen auf und stand plötzlich in dem Rondell über jenem, von dem aus ich meine Suche gestartet hatte. Links von mir hörte ich ihn klickend die Treppe hinunter laufen. Ich schnappte zwei-, dreimal nach Luft und setzte ihm nach. Als ich plötzlich merkte, dass ich ihn nicht mehr hörte, war ich schon auf den letzten Stufen. Ich bremste abrupt. Oh nein! Ich würde nicht in dieselbe Falle laufen, der er eben entkommen war. Rechts von mir schoss etwas durch einen kreisförmigen Durchbruch in der Wand des Treppenhauses und traf mich am Arm. Ich schrie vor Schmerz und Überraschung, ließ das Schwert fast fallen, fing es wieder auf und stieß es mit der Klinge nach unten durch die Öffnung. Und traf etwas.

„Miiiiiiiiiiiiiiiiiiii!!"

Ich hatte ihn. Ich sprang die letzten Stufen hinunter, wirbelte um die Ecke und prallte in etwas Pelziges. Es roch wie ein Teppich, auf den mehrere Generationen gepinkelt hatten und schmeckte nicht viel besser. Ich sah und hörte nichts mehr, wurde nach hinten gerissen, fiel zu Boden und erwartete den tödlichen Schlag, als es über mich hinwegfegte und verschwand. Ich rappelte mich auf, hörte Türen klappen, fluchte, spuckte Haare aus und rannte hinterher. Mein rechter Arm pochte und brannte, aber das war mir herzlich egal. Ich hörte ihn wieder vor mir und rannte den Gang entlang, vorbei an den Regalen der Bibliothek, den Hörsälen, den Automaten, dem Kopierer. Die Tür rechts von mir bewegte sich, ich rannte durch, durchquerte einen Vorraum mit einer Pförtnerloge und stand vor dem Ausgang. Die Tür zitterte noch. Ich riss sie auf und hörte ihn links, den Grifflenberg hinunter, verschwinden.

„Mijääääääääääääääh!" Es verlor sich in der Ferne.

Ich fluchte, trat gegen einen Geldautomaten an der Wand und fluchte nochmal, weil das weh tat. Weiter vor mich hin schimpfend ging ich zurück zu meinem Zufluchtsraum. Sollte das Vieh Brüder haben, wollte ich nicht hier draußen erwischt werden, wenn es sie mitbrachte.

Zurück in dem kleinen Raum untersuchte ich im Licht der Taschenlampe zuerst meinen Arm und dann mein Schwert. Die Wunde war ein tiefer Kratzer, den ganzen Unterarm entlang, vom Ellenbogen bis zum Handgelenk. Hässlich, schmerzhaft, aber nicht wirklich gefährlich, es sei denn, Heuler waren giftig. Aber das hatten sie wohl nicht nötig. Ich frickelte mein Verbandset aus dem Rucksack, kippte tüchtig Mercurochrom in die Wunde und verband sie. Ich konnte sogar der Ansicht sein, noch Glück gehabt zu haben, immerhin hatte das Mistvieh mir nicht die Klamotten zerrissen. Ich hatte ein paar Blutflecke auf der Hose, aber die Ärmel meiner Feldjacke waren aufgekrempelt gewesen. Gut. Ich nähte nicht gerne.

Dann betrachtete ich das Schwert näher und musste mir eingestehen, dass ich keine neue Kerbe in meinen Bogen machen durfte. Es waren zwar Blut und Fell daran, aber nichts davon an der Spitze und auch nur recht dünn an der Klinge. Ich hatte ihm vermutlich einen netten Schnitt verpasst, hässlich, schmerzhaft, aber nicht wirklich gefährlich. So gesehen waren wir quitt. Aber ich hatte einen toten Heuler gewollt, und den hatte ich nicht bekommen. Andererseits war es mir gelungen, ihn zu verjagen. Zum ersten Mal war ein Heuler vor mir weggerannt, nicht umgekehrt. Ich beschloss, es so zu betrachten und schlief halbwegs zufrieden ein. Er kam nicht zurück, und mein Schlaf war traumlos.

5

Das Erste, was ich am nächsten Morgen versuchte, war, mich zu erinnern. Was hatte ich gesehen? Frustrierend wenig. Eigentlich gar nichts. Einen großen Schatten, Millisekunden, bevor ich mit ihm zusammengeprallt war. Es war zum Weinen. Ich wusste jetzt, wie Heuler schmeckten, aber immer noch nicht, wie sie aussahen. Ach ja, sie waren behaart. Braun. Eine dürftige Ausbeute. Ich frühstückte karg, packte meine Sachen zusammen und belud mein Pferd, das ich im Garten hinter dem Universitätskindergarten gelassen hatte. Ich ritt zu dem Treffpunkt, den ich mit Alex ausgemacht hatte, einem Baumarkt, der über einen gut zu sichernden Lagerraum verfügte. Alex kam am späten Nachmittag. Er hatte aus einem großen Handkarren eine Art Zugwagen gebaut, und ihn mit Stangen an Spidermans Sattel befestigt. Auf dem Wagen lagen zwei kleine Dieselgeneratoren und zwei lange Pakete. Das Ganze sah ziemlich wackelig aus, hatte aber immerhin von Hilden bis hierher funktioniert. Reaper trottete nebenher. Ich betrat den Parkplatz, als er ankam, und stieß einen Pfiff aus.

„Das sieht aber hübsch aus."

Alex grinste. „Na ja. Aber anders konnte ich sie nicht transportieren."

Ich besah mir seine Ladung. „Wo hast du die Generatoren her?"

„Waren in 'nem Keller in der Kaserne. Und mit Munition hatte ich auch Glück …"

Die Generatoren sahen gut aus. Was für mich bedeutete, dass sie sauber waren. Ich verstand nichts von sowas.

„Sehen gut aus. Jan wird sich freuen."

„Ja, oder?" Alex schaute mir über die Schulter. Ich lugte unter die Planen. Guter Junge. Er hatte zwei Maschinengewehre mitgebracht und eine Menge Munition.

„Das dürfte für ein paar Monate reichen", meinte ich.

„Ja", sagte er bitter, „oder für einen großen Heulerangriff."

Ich sah auf. „Hattest du Ärger?"

Alex schüttelte den Kopf. „Nee, gar nicht. Nicht einmal. Du?"

„Letzte Nacht. Es war einer in der Uni."

Er starrte mich an. „Au, Scheiße. Und?"

„Erst bin ich vor Angst fast gestorben. Aber dann habe ich gemerkt, dass er alleine ist. Und dann habe ich ihn gejagt." Ich wunderte mich, wie einfach das klang. Alex konnte es nicht fassen.

„Gejagt? Du ihn?"

„Ja."

„Geil", freute er sich. „Und?"

„Na ja, er ist mir entwischt. Er hat mir das hier verpasst", ich schob den Ärmel meines Mantels hoch und zeigte ihm den Verband, „und ich habe ihn dafür mit dem Schwert erwischt. Aber wohl nicht richtig." Ich erzählte ihm die ganze Geschichte.

„Ah, *shit*", sagte er danach aufgeregt. „Wäre ich doch dabei gewesen. Zu zweit hätten wir ihn gehabt. Mit Reaper erst recht."

Ich nickte. „Ja, wahrscheinlich."

Alex schlug sich mit der Faust in die Hand. „*Shit, shit, shit*. Und du hast ihn nicht gesehen?"

„Nein."

„Mist. Was meinst du, warum er alleine war?"

„Keine Ahnung. Vielleicht haben die anderen ihn ausgestoßen. Oder er hat etwas gesucht oder so."

Wir unterhielten uns noch eine Weile und waren in ziemlich guter Stimmung, während wir aus- und umpackten. Später, beim Essen, fragte er:

„Und, hast du Ohrringe?"

Ich lachte. „Ja."

„Zeig!"

Ich zog zwei riesige goldene Creolen aus der Brusttasche. Alex sah sie angewidert an.

„Ach du Scheiße. Die sind ja eklig."

Ich zuckte mit den Schultern, zog ein zweites Päckchen heraus und schüttelte zwei winzige Steckerchen auf meine Handfläche. Er nickte mit säuerlichem Gesichtsausdruck.

„Die sind besser. Aber wenn's nach ihm geht, trägt sie bestimmt diese Monsterdinger."

Dieses ständige Thomas-*Bashing* ging mir langsam auf den Geist.

„Was hast du eigentlich gegen ihn?"

„Er ist komisch."

„Er ist mein Freund", sagte ich entschieden.

„Ja, ist er?" entgegnete Alex scharf. „Ich dachte, Ben wäre dein Freund. Oder ich."

Das saß und ich war für einen Moment verwirrt. Er hatte irgendwo Recht – Thomas und ich hatten wirklich wenig gemeinsam und meine Zeit verbrachte ich selten mit ihm. Dennoch …

„Aber ihn kenne ich ewig."

„Ich finde, ihr habt nichts gemeinsam", sagte Alex, als habe er meine Gedanken gelesen. Vielleicht reagierte ich deshalb so scharf: „Meinst du, das kannst du beurteilen?"

Er nickte. „Allein schon, wie du mit Esther umgehst und er mit Vera. Hast du sie dir in letzter Zeit mal angesehen?"

„Klar. Sie ist krank."

Alex schnaubte. „Oh, gut beobachtet. Ich will dir mal was sagen, Daniel: Ich kenne sie seit fünf Jahren. Ich hatte sie immer mal als Lehrerin, und dann habe ich mit ihr diese ganze Scheiße durchgemacht. Und sie sah nie so aus wie jetzt. Nie. Sie ist total stark. Sie war mal traurig oder nicht gut drauf, aber nie so … so … so weg wie jetzt. Die ist doch total durch den Wind."

„Hast du mal drüber nachgedacht", entgegnete ich, „dass diese ganze Scheiße, wie du sagst, vielleicht jetzt erst rauskommt? Du hast Lara. Ich habe Esther. Sie hat ihren Freund verloren, als alle verschwunden sind, ist misshandelt und missbraucht worden und musste euch dann durchbringen und mit ansehen, wie die Heuler fast alle von euch umgebracht haben. Und jetzt kommt sie endlich zur Ruhe. Vielleicht kann sie jetzt erst anfangen, richtig zu trauern."

Er schüttelte den Kopf. „Quatsch. Sie hat die ganze Zeit getrauert. Wie wir alle."

„Also ist Thomas schuld. Basta."

Er sah mich trotzig an. „Ja. Basta."

Ich schüttelte den Kopf und wir starrten eine Weile beide nur in unsere leeren Konservendosen.

„Vielleicht sollten wir schlafen gehen", schlug ich irgendwann vor.

Er sagte nichts.

Ich sah ihn offen an. „Alex, ich will keinen Streit mit dir. Aber er ist mein Freund. Schon seit ewig."

„Wie viel hattet ihr denn in letzter Zeit miteinander zu tun? Vorher, meine ich. Vielleicht hat er sich verändert, seit damals."

Ich überlegte. Wie war Thomas früher gewesen? Ich hatte wenig konkrete Erinnerungen, aber ein gutes, warmes Gefühl, wenn ich an ihn dachte. Natürlich war er in den vergangenen Wochen verletzend gewesen. Und geschmacklos. Aber ich kannte ihn besser. Ich wusste, wie er wirklich war.

„Er ist nicht so, wie ihr alle denkt. Ich kenne ihn besser."

Er schüttelte den Kopf. „Mag sein, Daniel. Aber du kennst schon die Sache mit dem Geisterfahrer, oder?"

„Was?"

„Na ja, der Typ fährt so auf der Autobahn rum und hört im Radio, dass ein Geisterfahrer unterwegs ist. Und er guckt so durch die Scheibe und denkt: *Einer? Hunderte!*"

Ich sah ihn an und schüttelte den Kopf.

„Denk mal darüber nach", sagte er.

Wir betrachteten wieder eine Zeit lang unsere Konservendosen. Irgendwann lachte er und hielt mir die Hand hin.

„Ja, Mann, ich kann ihn nicht leiden, aber das muss ja nicht zwischen uns ausgetragen werden, oder?"

Ich schlug ein. „Liegt mir nur nicht ständig alle in den Ohren damit."

6

Hätte ich an diesem Abend, als ich mit Alex zusammensaß, über mein Leben nachgedacht, so hätte ich wohl gedacht, dass ich begann, dieses völlig neue, dieses bizarre und mit allem vorher nicht mehr zusammenpassende Leben in den Griff zu bekommen.

Etwas Unbegreifliches und Erschütterndes war geschehen. Jenseits aller Vorstellung. Ich hatte mich darin eingerichtet. Dann waren die Monster gekommen. Ich hatte gelernt, ihre Existenz hinzunehmen. Ich hatte eine Aufgabe, ich hatte eine Frau, bald würde ich eine Familie haben, ich hatte so etwas wie eine Zukunft. Meine Hoffnung war immer noch ausgesprochen dünn, aber die gestrige Nacht hatte mir, wenn auch sonst nichts, eins gezeigt: Man konnte sie nicht nur töten, man konnte ihnen auch Angst machen. Vielleicht gab es irgendwo ein Level, auf dem man in ein Gleichgewicht mit ihnen kommen konnte. Und sich dann darin einrichten, so wie wir uns seit dem Sommer in jedem Wahnsinn eingerichtet hatten. Leben. Wie früher. Völlig anders als früher. Aber irgendwo eben doch wie früher.

Aber dies alles war ein Irrtum. Fast alles. Und das sollte ich bald lernen. Der Frühling war nun hoch und hier, die Zeit des Blühens. Die Zeit der Erneuerung. Bald würde die Zeit der Antworten kommen. Aber ich hatte immer noch nicht die richtigen Fragen gestellt.

7

Wir ritten auf den Hof und ich wusste, dass etwas nicht stimmte. Alleine die Tatsache, dass der Platz fast leer war, erschien mir seltsam. Nur Ben, Carmen und Lara saßen am großen Tisch und planten offenbar eine Jagd. Christos war nicht da. Dafür aber Simone. Sie saß dabei und rauchte. Meine besten Freunde. Alle. Seit wann rauchte Simone? Sie war schwanger, verdammt.

Wir waren laut. Die Hufe unserer Pferde klopften den Boden, Alex' Karren und der Generator und die Waffen darauf rappelten und klapperten, wir mussten einen Höllenlärm veranstaltet haben. So seltsam still, wie der Hof jetzt war, mussten sie uns schon vor Minuten gehört haben. Trotzdem wandten sie sich uns wie überrascht zu, als wir durch das Tor kamen. Ich drehte mich zu Alex um.

„Hier stimmt doch was nicht."

Er nickte.

Etwas stimmte nicht in diesem Bild. Jemand fehlte. Wo war Esther?

Ich glitt aus dem Sattel. Wie auf Kommando standen alle vier auf und kamen auf mich zu. Auf mich. Lara hatte nicht einen Blick für Alex.

„Hallo, Da ..." begann Carmen.

„Wo ist Esther?"

Sie sahen sich an.

„In eurem Haus", antwortete Simone. Sie kam auf mich zu. Ich bekam Angst, eine tiefe, uralte, unerklärliche Angst, und wich einen Schritt zurück. Meine Hand wanderte zum Schwert, aber ich konnte mich noch fangen.

„Bleib, wo du bist! Was ist mit ihr?"

Sie sahen sich wieder an.

„Scheiße", flüsterte Lara.

Ich griff sie mir mit den Augen. „Was ist mit ihr, Lara? Ist sie tot? Dann sag es mir besser gleich!"

Sie prallte zurück. „Nein. Nein, sie ist nicht ... es ist nur ..."

„Was ist nur? Was?" Ich schrie. Und merkte es erst, als ich mein eigenes Echo hörte.

„Sie hat das Kind verloren", sagte Simone kaum hörbar.

Ich gefror. Ich war Eis.

„Wie?" fragte Alex. „Warum?" Er sprang vom Pferd und nahm die völlig aufgelöste Lara in den Arm.

„Es war einen Tag, nachdem ihr weggeritten seid", erzählte Simone. „Sie ging einfach nur über den Hof. Und plötzlich blutete sie wie ... als ob sie ..." sie sah mich an und brach ab. „Dann ... brach sie einfach zusammen. Wir haben sie in euer Haus gebracht. Sie hat immer weitergeblutet und bekam plötzlich auch noch Fieber. Wir haben gedacht, sie stirbt uns weg. Daniela und Merve sind sofort mit den Pferden hinter euch her, aber sie haben euch nicht gefunden."

Ich begriff langsam. Ganz langsam. Kind. Verloren. Blut. Fieber. Stirbt. Esther. Meine Esther. Esther ...

„Was ist mit ihr?" hörte ich mich fragen.

„Sie hat immer wieder geblutet. Und das Fieber ist immer höher gestiegen. Aber sie lebt. Seit gestern sinkt das Fieber. Und sie hat seit gestern auch nicht mehr geblutet. Sie ... ist schwach, Daniel. Wahnsinnig schwach."

Ich drehte mich weg und lief nach Hause.

Sie lag auf unserem Lager, Mark war bei ihr. Als er mich reinkommen sah, ging er wortlos zur Seite. Ich sank neben ihr auf die Knie. Ihre Augen waren geschlossen, sie schwitzte und murmelte vor sich hin.

„Ich bin hier, Esther."

Sie nahm mich nicht wahr. Ich streichelte ihr Gesicht, ihre Haare, ihre Arme.

„Sie schläft", sagte Mark.

„Kannst du im Moment was für sie tun?" fragte ich ohne aufzublicken.

„Nein."

„Dann geh", sagte ich. „Danke für alles, was du für sie getan hast, geh. Ich rufe, wenn ich euch brauche."

Er zögerte. „Ich weiß nicht …"

„Mark!"

„Okay. Aber ruf mich wirklich." Er ging.

Ich streichelte sie wohl ein paar Stunden und sagte gar nichts. Sie wachte nicht auf. Draußen wurde es dunkel. Irgendwann hörte ich die Tür hinter mir klappern.

„Wer ist da?"

„Wir. Alex und Lara." Sie klang ängstlich. „Dürfen wir ein bisschen hier bleiben?"

Ich schwieg so lange, dass sie hinter mir zu tuscheln begannen. Alex versuchte Lara zum Gehen zu überreden. Aber das hatten sie nicht verdient.

„Bleibt ruhig."

Sie brach in Tränen aus. „Oh, Daniel, es tut mir leid. Es tut mir so leid. Es ist so ungerecht. Esther hat sich so gefreut und jetzt … Das habt ihr nicht verdient."

Jetzt drehte ich mich doch um. War es wirklich möglich, dass gerade sie nach all dem, was gewesen war, noch an so etwas glaubte? „Man bekommt nicht, was man verdient, Lara. Nie. Und wenn doch, dann durch Zufall."

„Das ist nicht gerecht!" beharrte sie trotzig.

„Lara … bist du das, Kleines?" Dünn und kratzig. Neben mir! Ich drehte mich blitzschnell wieder um. Da schaut man nach ein paar Stunden einmal weg … Sie war aufgewacht und sah mich an.

„Da bist du ja", krächzte sie.

Ich versuchte sie zu streicheln, aber meine Hände zitterten plötzlich so sehr. „Ja, da bin ich."

„Hast du Wasser?"

Ich hatte immer noch eine Feldflasche am Koppel. Ebenso wie eine Tasche, das Schwert, das *Tanto* und alles, was ich auf Reisen dort trug. Ich riss die Flasche ab und gab Esther Wasser.

„Das ist gut." Ihre Stimme klang etwas normaler. Ich streichelte sie vorsichtig.

„Es ist schön, dass du wieder da bist", sagte sie.

„Es tut mir leid … Es tut mir so leid, dass ich so lange weg war", sagte ich keuchend und drehte mich zu Lara und Alex. „Holt Simone. Schnell!"

Alex rannte davon. Lara blieb sitzen. Ich sah sie an und liebte sie, für ihren Trotz und ihr Beharren und ihre Freundschaft. Ich hatte mit dem Rest der Menschheit auch eine Schwester verloren. Nun verstand ich, dass ich eine neue bekommen hatte. Ich schaffte ein Lächeln.

„Tut mir leid, dass ich vorhin im Hof so hart war."

„Ist schon gut." Sie kam näher, setzte sich neben mich.

„Wie geht es dir, Esther?"

„Beschissen." Sie versuchte tatsächlich zu lachen.

Simone kam rein und drängte sich zwischen Lara und mich.

„Da bist du ja wieder", sagte sie leise.

„Wie geht es mir?" wollte Esther wissen.

Simone lachte erlöst. „Gut, gut, wenn du sowas fragen kannst." Sie fasste ihr an Stirn, Hals und Brust. Was ich als glühend heiß empfunden hatte, zauberte ein glückliches Lächeln auf ihr Gesicht. „Das Fieber geht weiter zurück, dafür brauche ich kein Thermometer. Wir haben dich wieder, Maus." Sie küsste Esther auf die Stirn.

„Kann ich was für sie tun?" fragte ich.

„Ja. Sei bei ihr. Gib ihr zu trinken. Sei einfach bei ihr."

Simone stand auf und ging zur Tür. Esther setzte sich ein Stück auf.

„Simone?"

Sie drehte sich an der Tür um und sah Esther an. Sie wusste, was sie fragen würde.

„Nie wieder, oder?"

Simone presste die Lippen zusammen und schüttelte den Kopf. Dann ging sie schnell hinaus. Esther sank zurück in die Kissen. Alex kam rein und legte einen Arm um Laras Schulter. „Komm, Lara, wir gehen."

Lara warf uns einen langen, traurigen Blick zu und folgte ihm.

Als wir alleine waren, fiel alle Stärke von Esther ab und sie begann, entsetzlich zu weinen. Ich hielt sie lange im Arm und wartete. Auf was auch immer.

„Es ist weg, Daniel. Unser Kind ist tot."

Ich konnte nichts sagen und hielt sie nur fester. Nach langer, langer Zeit beruhigte sie sich. „Was machen wir denn jetzt?" fragte sie.

Ich suchte nach Worten. „Esther, wir … wir sind immer noch da. Du bist noch da. Heute Mittag dachte ich, du wärst tot. Ich bin so froh, dass du noch lebst."

Sie lächelte. „Ja, ich lebe noch." Sie schwieg eine Weile. „Und du bist auch zurückgekommen. Ich habe immer solche Angst um dich."

„Es tut mir leid, dass ich nicht da war. Es tut mir so …" Ich schüttelte den Kopf und presste die Lippen zusammen. Sie legte ihre Lippen auf meinen Arm, ein rauer, liebevoller, tröstlicher, Kuss. Wie schaffte sie es, mich jetzt zu trösten?

„Du konntest es ja nicht wissen. Wie auch?"

Ich sagte nichts, ich wollte nicht nach Trost angeln. Wichtig war, dass ich nicht da gewesen war, als sie mich gebraucht hatte.

„Ich werde nie mehr Kinder bekommen können, Daniel", sagte sie plötzlich.

Ich nickte. Ich hatte es mir gedacht.

„Du wolltest doch immer welche."

Ich küsste sie. „Du lebst. Ich will dich, Esther. Quäl dich nicht."

„Legst du dich zu mir?"

Ich stieg aus meinen Reiseklamotten, legte mich neben sie und nahm sie wieder in den Arm.

„Bleibst du bei mir?" fragte sie nach einer Weile sehr ruhig.

Was für eine Frage. „Immer, wenn du willst."

Sie legte ihren Kopf auf meine Brust.

„Ja."

Wir schliefen ein. Ich träumte vom Meer. Mitten in der Nacht wachte ich auf und sah, dass sie neben mir im Bett saß. Sie glühte längst nicht mehr so wie heute Mittag.

„Was ist, Esther?"

„Ich weiß nicht", sagte sie nachdenklich. „Ich habe was geträumt. Ganz komisch. Von einem großen Vogel. Der Menschen frisst."

Mich schauderte. „So einen Traum hatte ich auch schon mal. Im Winter, als ich mit Vera und den Kindern unterwegs war."

„Ja, Vera ...", sie dachte nach. „Hast du mir das Buch mitgebracht?"

„Zwei sogar."

Sie strich mir zärtlich über die Wange. „Zu spät. Für mich. Aber nicht ganz zu spät."

Ich verstand nicht. „Was meinst du?"

Sie schüttelte den Kopf. „Vergiss es. Ich schlafe noch halb." Sie drehte sich zu mir und streichelte wieder sanft mein Gesicht.

„Hast du deine Flasche noch hier?"

Ich langte nach meinem Koppel, zog die Flasche wieder ab und gab sie ihr. Sie nahm einen langen Schluck.

„Ich wollte dich nicht mit so trockenen Lippen küssen", sagte sie.

Die folgenden Wochen waren bitter. Sie hatte immer wieder Schmerzen. Und wir spürten den Verlust unseres Kindes. Es war nicht so, als wäre es nie da gewesen. Es war bei uns gewesen, wir waren eine Familie gewesen und nun waren wir alleine zurückgeblieben. Und es stimmte nicht. Es war nicht richtig. Es stimmte einfach nicht.

Nach außen kam Esther sehr langsam über den Verlust hinweg. Ich glaube, ich wirkte auf die anderen abgebrühter. In Wirklichkeit sind wir beide nie darüber hinweg gekommen. Ich träume bis heute jede zweite oder dritte Nacht von unserer Familie. Esther spricht manchmal mit ihm. Oder ihr.

Aber als Lara und Alex im Mai ihren Jahrestag feierten, feierten wir mit. Um diese Zeit begann Esther auch, sich wieder um ihre Patienten zu kümmern. Die meiste Zeit aber saß sie in einem Berg von Büchern zu Hause und machte sich Notizen. Sie schien etwas zu suchen, fieberhaft. Und sie war ihm offenbar auf der Spur. Wenn ich zurück denke, dann hatte ich das Gefühl, dass Esther nach etwas jagte. Und was immer es war – es floh. Später bekam ich auch eine Ahnung davon, was sie gejagt hatte. Damals aber hatte ich nur das vage Gefühl, dass alles begann, schneller zu werden. Die Zeit selbst floh vor ihrer verwundeten Jägerin.

Aber sie konnte wieder lachen. Wir lachten viel zusammen, als der Frühling ging und der Sommer kam, denn wir lebten. Und irgendwann wollte sie mit mir schlafen. Während der ganzen Zeit wagte niemand, von mir zu verlangen, dass ich ausritt.

8

Und dann kam der Krieg. Vielleicht musste so etwas irgendwann geschehen. Vielleicht sind Menschen so. Aber wenn ich mich frage, seit wann ich sicher bin, dass es für uns Menschen letztlich doch keine Hoffnung gibt, in welche Richtung auch immer, dann, seit wir den Krieg gewonnen haben. Oder besser – seit der Krieg gewonnen wurde.

Eines Spätnachmittags in den letzten Maitagen kamen die Jäger von einem Beutezug zurück und führten einen gefesselten Mann zwischen sich. Es war ein schöner, warmer Abend, ein leichter Wind ging, der Großteil des Tagwerks war getan und auf dem Hof herrschte eine sehr entspannte Geschäftigkeit. Alex und ich saßen am Gemeinschaftstisch, er übertrug Notizen in eine Karte für unsere nächste Tour, ich hatte meinem Bogen eine neue Sehne gegönnt, mein Schwert und das *Tanto* gepflegt, untersuchte nun die Pfeile auf Schäden und ordnete sie vor mir auf dem Tisch nach verschiedenen Brauchbarkeitsklassen. Neben mir saßen Mark und Farouk und sprachen leise über den Inhalt eines medizinischen Fachbuchs, das zwischen ihnen lag. Ich erkannte es wieder, es war eines von denen, die ich im letzten Sommer in Barmen eingesammelt hatte. Am Tag darauf, eine Nacht voll Todesangst später, hatte ich mir das Schwert geholt. Jan blätterte neben Alex in einem Stapel Papiere und murmelte vor sich hin. Vor dem Haupthaus standen Lars und Stefan und diskutierten angelegentlich. Lars hielt einen großen Plan in der Hand, auf den Stefan immer wieder tippte. Die beiden hatten das Haus inzwischen dreimal gemessenen Schrittes umrundet, und ihre Diskussion war dabei immer hitziger geworden. Anna hockte in der Nähe des Gemeinschaftsfeuers und schnippte Holzstückchen hinein. Über dem Feuer hing an einem Dreibein ein großer Topf, in dem sie mit Kathrin das Gemeinschaftsessen zubereitet hatte, einen Eintopf, der nun garte und aus dem sich nachher allen, die wollten, ein oder zwei Schalen würden nehmen können. Ich hatte auch vor, das Abendessen für Esther und mich aus dem Topf zu holen. Sie hatte am Morgen eine Runde über den Hof gemacht, die sehr kurz ausgefallen war – niemand war krank. Danach hatte sie sich in den Büchern vergraben und genauso wenig Zeit zum Kochen gehabt wie ich, daher erfüllten mich die vielversprechenden Düfte, die vom Feuer hinüber wehten, schon mit Vorfreude. Vera und Thomas saßen vor ihrer Hütte in der Sonne und unterhielten sich lachend. Vera schien es in letzter Zeit wieder etwas besser zu gehen, aber sie wirkte immer noch seltsam ausgezehrt und krank. Dennoch hatte sie auch Farouks Hilfsangebot freundlich, aber deutlich abgelehnt. Die Dusche plätscherte, davor standen diejenigen im Kreis und schwatzten, die auf dem Feld oder mit den Tieren gearbeitet hatten und nun darauf warteten, dass sie mit Duschen an die Reihe kamen. Die anderen waren in ihren Hütten, an ihren Arbeitsplätzen oder sonst irgendwo unterwegs, der Tag klang aus wie so viele vorher.

Alex sprang freudig auf, weil Lara auf den Hof kam, und stoppte mitten in der Bewegung, als er den Gefangenen sah. Es war ein stämmiger Mann, etwa in unserem Alter, mit stoppelkurzen, blonden Haaren. Sie hatten ihm die Hände auf den Rücken gefesselt, mit Kabelbindern von der Sorte, die sie sonst für die erlegten Tiere verwendeten. Die Augen des Mannes waren verbunden – mit Carmens Lieblingskopftuch, wie ich bemerkte. An seinem Gürtel hing ein leeres Pistolenhalfter. Die Pistole steckte in Christos' Koppel. Ein ziemlich beeindruckender Trommelrevolver. Als sie fast bei uns am Tisch waren, legte Ben dem Gefangenen die Hand auf die Schulter und brachte ihn so zum Anhalten. Carmen ging zu Jan.

„Wir müssen sofort eine Versammlung abhalten", sagte sie. Jan sah den gefesselten Mann an, mit einer bitteren Art von Nachdenklichkeit im Gesicht, die ich bei ihm noch nie gesehen hatte.

„Schlechte Neuigkeiten?"

Carmen schenkte dem Gefangenen einen langen Blick. „Weiß nicht genau. Keine guten jedenfalls."

„Sind wir da?", fragte der Mann. „Nehmt mir die Augenbinde ab."

„Noch nicht", sagte Ben.

„Unterwerft euch!", rief der Gefangene. „Ihr habt keine Chance."

Lara stieß ihm unsanft den Lauf ihres Gewehres in die Rippen und er verstummte. „Er nervt mich schon die ganze Zeit mit der Kacke", sagte sie entschuldigend zu Alex und mir gewandt.

Carmen erkletterte inzwischen den mittleren Turm, unseren ursprünglichen Aussichtsturm, der jetzt zwei kleinere, mit den Maschinengewehren bestückte Brüder hatte. Dort hing unsere Glocke. Carmen schlug sie mehrmals und rief so laut, dass es über den ganzen Hof schallte: „Versammlung! Kommt in den Gemeinschaftsraum! Alle!"

Zehn Minuten später saßen wir alle im Gemeinschaftsraum. Niemand hatte sich die Zeit für den üblichen Halbkreis genommen, wir saßen wie gewürfelt durcheinander und sahen auf das kleine Podium, die „Bühne", die wir für die Versammlungen gebaut hatten. Dort saßen Jan und Thomas, die Jäger und der Gefangene. Ben nahm ihm die Augenbinde ab. Er sah uns mit klaren blauen Augen an.

„Ich bin Thorsten, ein Bote von König Horst dem Ersten, Herrscher über Hamburg, Bremen, Friesland, Meck …"

Der Rest ging in allgemeinem, brüllendem Gelächter unter. „König Horst von Hamburg!", prustete Esther neben mir. „Gott im Himmel!"

Das hatte er gehört. Er vergaß seine Situation und sprang auf.

„Pass auf, was du sagst, du Miststück! Wir werden …"

Ich war sofort auf den Beinen, aber Thomas war näher dran und schneller. Er packte den Gefangenen mit der Linken am Hals, so fest, dass ihm die Augäpfel vorquollen, und drückte ihn in den Stuhl.

„Pass du auf, was du sagst, Thorsten, Bote von Horst!", zischte er.

Er ließ den Boten los, der sich den Hals rieb und panisch nach Luft schnappte, drehte sich zu mir um, zwinkerte mir grinsend zu und setzte sich wieder. Esther lachte immer noch, dass ihr die Tränen durchs Gesicht flossen, sie schien den Zwischenfall gar nicht bemerkt zu haben und beruhigte sich nur langsam. Ich setzte mich ebenfalls.

„König Horst der Erste", kicherte sie neben mir. Der Bote warf ihr einen giftigen Blick zu. Ich zog das *Tanto* ein paar Zentimeter aus der Scheide und sah ihn fragend an. Er sah schnell weg.

„Also", meinte Jan, ebenfalls ein Grinsen unterdrückend, „nachdem wir jetzt alle unseren Spaß hatten, soll Carmen bitte erzählen, wie wir zu unserem – äh … Gast – gekommen sind."

Mit derselben Arroganz, mit der er gefesselt im Hof stehend Unterwerfung gefordert hatte, hatte er am Mittag das Lager der Jäger betreten, wo Carmen und Ben gerade beim Essen saßen. Er forderte sie lautstark und mit vorgehaltener Pistole auf, die Hände zu heben, was sie erstaunt taten. Lara und Christos, die ein paar Meter entfernt durch dichtes Laub verborgen an einem Bach gehockt und ihr Feldgeschirr gewaschen hatten, hörten das Gebrüll des Boten und schlichen sich an das Lager. Thorsten merkte erst, dass er sich verrechnet hatte, als er unter jedem Ohr einen Gewehrlauf spürte.

„Tolle Art, mir meine letzte Jagd vor dem Kind zu versauen", grollte Lara. Carmen, die neben ihr saß, klopfte ihr auf die Schulter.

„Danke nochmal. Na ja, Lara und Christos haben die Situation dann jedenfalls schnell geklärt." Sie zwinkerte Lara zu. „Er wollte seine Waffe nicht sofort fallen lassen. Lara hat ihn aber überzeugt."

Der Bote verzog das Gesicht. „Ich war halt sauer", murmelte Lara.

„Und dann", setzte Carmen ihren Bericht fort, „hat er uns eine ehrenvolle Kapitulation vorgeschlagen. Unsere ehrenvolle Kapitulation, wohlgemerkt. Was meintest du eigentlich mit ehrenvoll?" Sie sah den Boten giftig an, der schaute unglücklich auf den Boden vor ihm. Carmen erzählte weiter. Er hatte immer wieder gefordert, die Jäger sollten sich seinem König unterwerfen. Irgendwann hatten sie seinem Gerede entnommen, dass er Siedlungen suchte.

„Na ja", schloss sie, „und da er uns nicht wirklich sympathisch war, dachten wir, es ist besser, wenn er uns nicht selbst findet. Also haben wir ihm die Augen verbunden und ihn hergebracht."

Alex und ich tauschten einen unglücklichen Blick. Wo immer wir gewesen waren, hatten wir weiterhin Nachrichten und Wegbeschreibungen im Riesenformat hinterlassen. Da Thorsten im Wald über unsere Jäger gestolpert war, statt direkt hierher zu kommen, hatte er diese offenbar übersehen. Aber dazu gehörten schon eine Menge Pech oder Blödheit. Wenn jemand in dieser Gegend nach Siedlungen suchte, musste er uns finden. Wir hatten nie damit gerechnet, dass es größere Menschengruppen geben würde, die keine freundlichen Absichten hatten. Mit einem Mal kam ich mir unsagbar naiv vor. Hatte ich denn nicht zugehört, bei den Geschichten von Paul und seinem Gefolge oder den Männern im Hürtgenwald? Zugehört, ja. Aber verstanden?

Jan nickte. „Okay. Also, Bote Thorsten, was ist deine Geschichte?"

„Mach dich nicht über mich lustig!", plärrte er trotzig.

„Denk über deinen Ton nach, Freund", empfahl Thomas leise.

Thorsten zuckte zusammen und begann zu erzählen. Dieser Horst war ursprünglich Anführer einer etwa sechzigköpfigen Gruppe in Elmshorn gewesen, die das große Verschwinden überstanden hatte. Nach internen Querelen, über die Thorsten nichts wusste, waren sie noch etwas mehr als vierzig und hatten sich in einer abgelegenen Kaserne einquartiert. Thorsten war im Herbst dazu gekommen, sie hatten ihn halbverhungert in Hamburg gefunden.

„Ich war am Ende", erklärte er fanatisch. „Aber die Männer des Königs haben mich gerettet, und seine Frauen haben mich gepflegt. Jetzt geht es mir gut. Wir haben immer genug zu essen. Ich bin gesund, und Frauen kann ich haben, soviel ich will. Fast wie der König selbst."

Er war erbärmlich. Wie konnte man nur so dämlich sein? Ich sah, wie Carmen und Lara sich auf der Bühne finstere Blicke zuwarfen. Alex' Gesicht war versteinert, Esther zischte neben mir etwas Böses. Das allgemeine Gemurmel wurde bedrohlich, Jan sah uns eindringlich an und machte beschwichtigende Gesten – gleichzeitig schaute er entschuldigend zu Danni hinüber. Die saß, gemeinsam mit der ebenfalls hochschwangeren Simone, auf einem bequemen Sofa in der hintersten Ecke und starrte den Boten an wie ein ganz besonders widerliches kleines Tier. Thorsten bemerkte die feindselige Stimmung, verstand aber nicht, welchen Grund sie hatte.

„Aber unseren Frauen geht es auch gut", versuchte er zu beschwichtigen. Er warf einen offenen, freundlichen Blick auf Lara. „Und der König würde niemals zulassen, dass einer so ein kleines Mädchen schwanger macht wie dich."

Carmens und mein Arm schossen gleichzeitig vor, sie hielt Lara zurück, ich Alex. Das war nicht so einfach. Lara brüllte dem völlig verdutzten und erschrockenen Thorsten etwas gänzlich Unverständliches ins Gesicht, ihr Speichel flog und sie wand sich so heftig in Carmens Griff, dass diese sichtbare Schwierigkeiten hatte, sie zu halten. Alex versuchte jedes Mal aufzustehen, wenn ich den Druck etwas lockerte. Die Adern an seinem Hals traten hervor, etwas, das ich bei ihm noch nie gesehen hatte, aber er sagte nichts. Gerade das fand ich bedrohlich.

Jan stand auf, packte Thorsten und zog ihn aus dem Stuhl. Ihre Gesichter waren Zentimeter voneinander entfernt, und wir hörten nicht, was Jan flüsterte. Aber danach kroch der Bote in seinem Stuhl zusammen und sah uns panisch an. Jeden Blick in Richtung der Jäger vermied er. Alex entspannte sich langsam. Ich ließ ihn los und klopfte ihm beschwichtigend auf die Schulter. Er stieß scharf die Luft aus, sagte aber immer noch nichts. Carmen hielt Lara im Arm, freundschaftlich jetzt.

„Und?", wandte sich Thomas grinsend an Thorsten. „Erzähl doch weiter, du Idiot."

„Thomas, lass ihn", sagte Jan halblaut. Thomas lachte schief.

Thorsten zuckte bei der Beleidigung zusammen, aber er versuchte nun merklich, uns zu besänftigen und einfache Fakten zu berichten. Offenbar konnten sich Horst und seine Leute in ihrem Gebiet so ziemlich alles erlauben. Durch ihre schiere Masse hatten sie kleinere Gruppen dazu gebracht, sich *anzuschließen*, wie er es nannte. Es war offensichtlich, dass sie sie einfach mit Waffengewalt unterworfen hatten.

„Wir haben Boten ausgeschickt, nach ganz Deutschland", schloss er. „Aber sie sind nicht zurückgekommen. Ich gehöre zur zweiten Gruppe. Und mir folgt eine Armee. Unterwerft euch jetzt, und ich vergesse, wie ihr mich behandelt habt. Dann gehört ihr zu unserem mächtigen Reich."

„Was hat man dem denn gefüttert?", raunte Stefan hinter mir.

„Ihr habt sonst keine Probleme?", fragte Jan vorsichtig. „Ich meine, außer, dass eure Boten verschwinden? Ihr hört nicht manchmal komische Geräusche oder so?"

Thorsten kratzte sich verständnislos am Kinn. „Ich versteh' nicht, was du meinst. Natürlich hören wir Tiere … Wir haben keine Angst vor Tieren."

„Sie kommen von Süden", erklärte Jan an uns gewandt. „Ich hatte sowas schon mal vermutet. Und im Winter sind sie offenbar nicht weitergezogen." Carmen und Ben nickten.

„Wer?", fragte der Bote. „Die Wölfe? Die hören wir manchmal. In Brandenburg soll es ja auch Wölfe geben, sagen manche. Sie heulen immer."

„Ja, genau", sagte Jan. „Um die Wölfe geht's. Wir haben ein paar Leute durch sie verloren." Er sah Vera entschuldigend an.

Für einen Moment verschwand die Mischung aus Angst und Überheblichkeit aus dem Gesicht des Boten und machte echter Freundlichkeit Platz.

„Ja, dann kommt doch zu uns. Wir sind viele, fast hundert. Wir haben ein gut befestigtes Lager. Da traut sich kein Wolf ran."

Jan nickte. „Okay, wir werden über deinen Vorschlag nachdenken. Was ist denn die Alternative?"

„Wie?"

„Was passiert, wenn wir nein sagen?"

Sein Gesicht verschloss sich wieder. „Unsere Armee ist jetzt nach Süden unterwegs. Wir haben einen Schützenpanzer, viele Reiter und gute Waffen. Wir werden euch erobern. Aber natürlich wollen wir es lieber friedlich."

„Wie nett", sagte Jan. Er nickte Carmen zu, sie fesselte Thorsten wieder und brachte ihn nach draußen. Er ließ es, mit erstauntem Gesicht, widerstandslos geschehen. „Ich bewache ihn", sagte sie über die Schulter, als sie aus der Tür ging, „Ben kann für mich abstimmen."

„Mann", sagte Jan, als sie draußen waren, „was für ein Trottel."

„Sie werden nicht gerade die Unersetzlichen geschickt haben, nachdem sie die ersten verloren haben", vermutete Lars.

„Trotzdem", meinte Jan, „sein Vorschlag hat schon was für sich. Wir sind keine dreißig und müssen uns im Grunde ständig verkriechen. Das ist keine tolle Zukunft. Auch nicht für die Kinder." Er sah Daniela an. Sie starrte ungläubig zurück.

„Also, wenn du von unserem Kind redest, dann möchte ich nicht, dass es irgendwo aufwächst, wo eine Gestalt wie der so viele Frauen …" Sie brach ab und schüttelte sich.

„Vielleicht hat er nur Sprüche gemacht", überlegte Jan. Wir quittierten es mit bitterem Geraune und Hohngelächter. Jan hob die Hände. „Ich meine ja nur."

„Und ob dreißig oder hundertdreißig", sagte Vera, „das ist scheißegal, wenn die Heuler erstmal bis zu ihnen kommen. Würdest du hier nachts rausgehen, wenn wir hundert Leute mehr wären?"

Jan schüttelte den Kopf. „Hey, ich sage ja nicht, dass wir es tun sollen. Aber es ist eine Überlegung wert."

Lara schüttelte heftig den Kopf. Ihr Gesicht war immer noch ungesund weißgrau. „Ist es nicht. Wenn ihr das macht, gehe ich. Du auch, Alex, oder?"

Er nickte nur.

„Ich auch", riefen Sabine und Merve. Farouk und Anna sahen sich kurz an, nahmen sich bei der Hand, tauschten einen Blick mit Alex und nickten ebenfalls, wortlos und entschlossen. Simone, Kathrin, Mark und Olli hatten die Köpfe zusammengesteckt und tuschelten. Kathrin sah zu Christos hinüber, ebenfalls Bewohner des Gruppenblockhauses, der bei Ben und Lara auf der Bühne saß. Er machte eine unentschlossene Geste. Jan sah erschrocken, was passierte, und hob beide Hände.

„Hey, hey, stop! Niemand will das. Aber es ist euch schon klar, dass wir wahrscheinlich werden kämpfen müssen, wenn wir nein sagen? Ich denke, dass er mit der Armee nicht gelogen hat. Und sie haben einen Schützenpanzer. Ich spiele nur *Advocatus Diaboli*."

„Brauchst du nicht", entgegnete Thomas, den das Ganze immer noch zu amüsieren schien. „Wir haben den Graben. Lasst ihn uns noch ein paar Meter breiter machen. Wenn wir dann Diesel rein leiten, wie Lars geplant hat, und das Ganze anzünden, will ich den Schützenpanzer mal sehen."

Jan sah ihn zweifelnd an. „Stell dir das mal nicht so einfach vor. Und wie gesagt – wir werden kämpfen müssen. Gegen Menschen, nicht gegen Heuler."

„Das haben wir zweimal gemacht", schaltete Vera sich ein, „das machen wir auch noch ein drittes Mal." Sie schaute in die Runde. Die Jugendlichen nickten unisono.

„Ihr versteht offenbar gar nicht, was ihr hier habt, oder?", sagte Vera, an alle gewandt. „Ihr habt so verdammt viel Glück, dass hier alles so *easy* ist. Alle Freunde, alles gut, wenn ihr mal streitet, dann über lächerliche Kleinigkeiten. Ihr habt keine Ahnung, was möglich ist … Ich bin vergewaltigt worden, von einem Mann, den ich für einen anstrengenden Kollegen, aber netten Familienvater gehalten habe, und von einem ehemaligen Schüler, der meinte, noch was gut bei mir zu haben, abwechselnd, stundenlang, immer wieder, und im Raum nebenan habe ich ein Mädchen schreien und weinen hören, mit dem ich keinen Monat vorher noch eine Schnitzeljagd für die ganze Klasse organisiert habe. Ich habe gesehen, wie sie einen lieben, klugen, etwas tollpatschigen Jungen johlend erschossen haben, weil der verdammte, beschissene KAFFEE, den er ihnen machen musste, nicht geschmeckt hat! Ich habe … ich habe …" Sie zitterte und stammelte. Anna legte ihr einen Arm um die Schulter, drückte sie und flüsterte ihr etwas zu.

„Und das war keine Übermacht", fuhr Vera nach einer Weile etwas ruhiger fort. „Das waren nur vier! Ihr lebt hier in Frieden, stimmt über alles ab, löst alles in Freundschaft, ihr habt wirklich keine Ahnung. Ich glaube diesem blöden Arschloch da draußen jedes Wort! Ich bin bereit, für das, was wir hier haben, zu kämpfen, und ihr solltet es auch sein. Ich bin auch bereit, dafür zu sterben, lieber so und für so etwas, denn irgendwann kommen die Heuler doch sowieso."

Jan sah sie nachdenklich an und begann zu klatschen. Wir fielen ein, alle, mit Ausnahme der Jugendlichen, die schon während Veras Rede aufgestanden waren und bereit schienen, auf ihren Befehl hin sofort ihre Sachen zu packen oder die Türme und Plattformen zu bemannen, so oder so. Der Beifall kam klappernd und hart, aber er dauerte lange.

„Gut", sagte Jan, als der Applaus abflaute, „also nicht anschließen. Gegenstimmen?"

Er schaute in die Runde. Wir schauten zurück. Er nickte. „Alles klar. Also kämpfen. Dann sollten wir sofort überlegen, wie wir …"

„Warte. Da bleibt noch ein Problem", sagte Thomas leise. „Was machen wir mit Thorsten, dem Boten?"

Jan zuckte mit den Schultern. „Ich schlage vor, dass wir ihn in den Wald bringen, am besten mit den Pferden, und da aussetzen."

„Nein, nein." Thomas schüttelte entschieden den Kopf. „Er weiß, wo wir sind. Grob jedenfalls. Wenn er sie führt, finden sie uns bald, oder?" Er sah mich direkt an.

„Ja, leider. Es gibt hier überall unzählige Wände, Dächer, Plakatständer, auf denen genau steht, wo wir zu finden sind." Ich zuckte unglücklich mit den Schultern. „Menschen zu finden ist meine wichtigste Aufgabe."

„Ja, aber was sollen wir denn sonst machen?", fragte Ben. „Wir können ihn ja schlecht einsperren. Er wäre immer eine Gefahr."

Thomas sah ihn lange an und schaute dann in den Raum. „Genau. Er ist immer eine Gefahr, draußen oder drinnen. Wir sollten ihn erschießen."

Stille.

„Was?", fragte Esther irgendwann.

„Erschießen", sagte Thomas und nickte nachdrücklich. „Die einzige Möglichkeit, so übel es klingt."

„Wir können ihn nicht einfach abknallen", meinte Alex. „Das geht doch nicht."

„Ach? Aber diesen tumben, ahnungslosen Trottel in einem Wald voller Heuler aussetzen, das geht, ja?" Thomas schüttelte den Kopf.

„So hat er wenigstens eine Chance. Vielleicht kommt er bis zu seinen Leuten. Er hat es ja auch bis zu uns geschafft", entgegnete Matthias, betroffen von Thomas' plötzlicher Heftigkeit.

„Und", fragte der süffisant, „wollen wir denn, dass er zu seinen Leuten kommt? Ich beantrage, ihn zu exekutieren. Jetzt. Sofort."

„Nach allem, was Vera eben gesagt hat", schaltete Esther sich ein, „wären wir auch nur einen Dreck besser als die, wenn wir ihn einfach erschießen? Nur weil er, verdammt noch mal, dumm ist? Kämpfen – ja, absolut. Ich bin dabei. Morden – nein."

„Das ist was anderes", murmelte Vera. Anna nickte heftig.

„Ist es nicht", sagte Esther entschieden.

Farouk versuchte zu vermitteln: „Aber Thomas hat doch Recht, es wäre wirklich grausam von uns – und dumm. Wenn ihn die Heuler kriegen … und im Grund wollen wir doch, dass ihn die Heuler kriegen. Wir wollen doch nicht, dass er zu seinen Leuten zurück findet, oder?"

Zu meiner Überraschung war es Merve, die widersprach: „Das liegt nicht bei uns. Nicht wir entscheiden das. Wir haben auch mal gedacht, dass wir nur die Wahl haben zwischen Verhungern und Gefressen werden, oder? Und dann ist Daniel gekommen. Wenn der Typ seine Leute nicht findet, kommen sie wahrscheinlich trotzdem hierhin, wie Daniel gesagt hat, oder? Alex?"

Alex nickte düster.

„Also ist es egal", fuhr sie fort, „ob er sie findet oder nicht, wir werden kämpfen müssen, wenn sie wirklich so sind, wie er gesagt hat. Und da hat Vera Recht – ich glaube jedes Wort. Wahrscheinlich ist es noch schlimmer. Und hier behalten können wir ihn nicht, also bringen wir ihn weg. Was dann mit ihm wird, entscheidet … entscheiden wir nicht."

Das war eine sehr lange Rede für Merves Verhältnisse, und sie bewirkte eine Menge Gemurmel und Rumoren, aber es war klar, dass wir keine einheitliche Meinung finden würden. Jan wartete einen Moment, dann sagte er: „Ich denke, wir werden abstimmen müssen, oder?" Er wartete einen Augenblick und nickte mit saurer Miene. „Gut, also dann. Unsere Vereinbarung erlaubt Enthaltungen bei jeder Abstimmung, aber hier geht es um ein Menschenleben, ich möchte euch bitten, euch zu entscheiden. Thomas hat Erschießung beantragt. Wer ist für den Antrag?"

Thomas hob die Hand. Vera folgte. Und Sabine, Farouk und Anna. Jan rief zur Gegenprobe auf, und wir anderen stimmten komplett dagegen. Thomas schüttelte lächelnd den Kopf. Jan wirkte erleichtert.

„Ich beantrage", sagte er dann, „ihn mit verbundenen Augen einen halben Tagesritt von hier wegzubringen, nicht nach Norden, und ihn auszusetzen."

Der Antrag fand eine einstimmige Mehrheit, auch die, die für die Erschießung gestimmt hatten, stimmten nun dafür. Jan atmete durch.

„Okay. Wer übernimmt das?"

„Ich", sagte Ben. „Kommst du mit, Christos?" Christos nickte.

Jan überlegte einen Moment. „Ich denke, wir brauchen etwas Ruhe. Die sollten wir uns nehmen. Morgen früh, nach dem Frühstück, treffen wir uns alle wieder hier und planen unsere Verteidigung. Einverstanden?"

Am Abend, im Bett, quälte mich die Frage, ob wir das Richtige getan hatten.

„Welche Chance hat er denn da draußen?", fragte ich Esther. „Es wäre wirklich gnädiger gewesen, ihn zu erschießen."

„Ja, klingt logisch", sagte sie.

„Meinst du auch?"

Esther lachte verächtlich. „Logisch. Er hat dieselbe Chance im Kleinen, die wir alle im Großen haben. Es wäre durchaus logisch, Daniel, uns alle selbst umzubringen. Oder haben wir etwa eine Chance?"

Ich wusste keine Antwort. Sie küsste mich und schlief ein. Als ich endlich Ruhe fand, träumte ich wieder vom Meer.

9

Am nächsten Morgen ritten Ben und Christos davon, Thorsten saß gefesselt und mit verbundenen Augen vor Christos auf dem Pferd.

Als wir in den Gemeinschaftsraum kamen, erwartete uns eine Überraschung. Die Stühle und Sessel standen in drei ordentlichen Reihen hintereinander. Auf der Bühne, an zwei Kartenständern, die wir normalerweise für Vorträge über Nutzpflanzen, Hüttenbau oder ähnliches nutzten, hingen Landkarten, eine der näheren Umgebung, eine von dem Gebiet, das einmal Nordrhein-Westfalen geheißen hatte. Auf der Bühne stand Jan, alleine, in einem sauberen, tarngefleckten Feldanzug. Das war verwunderlich, denn er, der ehemalige Offizier, hatte bisher Militärkleidung eher gemieden. Jetzt aber steckte sogar ein zusammengerolltes rotes Barett in seiner Schulterklappe. Er hielt einen

Teleskopzeigestock in der Hand und wartete, bis wir uns alle gesetzt hatten. Dann ergriff er das Wort.

„Ich habe diesen Aufzug gewählt", erklärte er, „um euch den Ernst der Lage klar zu machen. Wir werden jetzt, in gewissem Sinne, alle Soldaten sein müssen. Und wir brauchen einen Befehlshaber. Blöderweise bin ich am qualifiziertesten dafür. Seht ihr das auch so?"

Wir murmelten zustimmend, einige lachten auch. Jan seufzte tief. „Das bedeutet, ich treffe die militärischen Entscheidungen. Nur die militärischen, und nur so lange, wie es nötig ist. Aber ich muss sie treffen, und ihr müsst mir dann folgen. Wollt ihr das?"

„Was ist denn eine militärische Entscheidung?", wollte Matthias wissen. Jan schaute ihn offen und traurig an.

„So wenig wie möglich. Ehrlich. Ich hatte gedacht, ich hätte genug militärische Entscheidungen getroffen. In Kundus … egal. Ich hatte gedacht, ich hätte das hinter mir."

„Wir vertrauen dir, Jan", sagte Esther. Matthias schaute verwundert, widersprach aber nicht. Jan sah dankbar aus, sie lächelte. „Das hast du dir verdient, in der ganzen Zeit. Mach dir keine Sorgen. Wir vertrauen dir."

„Danke." Er überlegte kurz. „Noch eine Frage: Ist jemand hier, der nicht kämpfen will? Jemand, der nicht töten will?" Er schaute in die Runde. Wir tauschten unbehagliche Blicke, schwiegen aber alle. Jan wartete eine lange Weile, dann seufzte er wieder, zog den Zeigestock auseinander und wandte sich den Karten zu.

„Also, Kameraden …"

Generell wollten wir uns auf unsere Befestigungen verlassen. Der Graben sollte abgedichtet werden, Lars' Leitungssystem war schon so gut wie fertig, wir wollten es beenden und dann zusätzliche Dieseltanks besorgen, um den Graben so weit zu füllen, dass er brennen würde. Noch am selben Tag wollten wir Stacheldraht, Panzerfäuste, Handgranaten und weitere zusätzliche Waffen, Munition, Helme und Splitterschutzwesten aus der Kaserne holen. Munition wollten wir ständig auf der Plattform deponieren und hier und da einen Molotow-Cocktail, um den Diesel im Graben anzuzünden. Am späten Vormittag setzten Esther und ich uns zu Jan ins Führerhaus des Unimog. Auf der

Ladefläche saßen Thomas, Carmen, Alex, Farouk, Anna, Micha, Gina und Olli. Wir fuhren zu einem benachbarten Bauernhof, wo es einen Toyota Pick-Up gab.

Carmen und Alex stiegen aus, Carmen zückte den Zündschlüssel, der sich schon lange in unserer Sammlung befand, und die beiden fuhren mit dem Toyota hinter uns her zum nächsten Wagen. So kamen wir schnell auf eine kleine Kolonne, die gegen Mittag in Hilden ankam. Jan und ich entschärften meine Sprengfallen am Tor, dann öffneten wir es, und der Konvoi fuhr hinein. Mir versetzte das einen kleinen Stich. Für mich war die Kaserne schon lange so etwas wie ein zweites Zuhause. Es störte mich nicht, dass die anderen hier waren. Aber es störte mich, wie wir in meinen Hof fuhren und anfingen, planmäßig, ruhig und effektiv, so ganz anders als vor gut einem Jahr, zu plündern. Ich hätte lieber mit den anderen Billard gespielt und ihnen meine Bibliothek gezeigt. Und ich vermisste Reaper, die Kaserne fühlte sich falsch an, ohne ihn. Die ganze Zeit über, während wir einsammelten und aufluden, standen zwei von uns am Kasernentor und sicherten es.

Als wir am frühen Abend wieder auf den Hof fuhren, waren auch Ben und Christos zurück. Sie verkündeten uns halb belustigt, dass der Bote uns im Namen von König Horst den Krieg erklärt hatte. Während wir abluden und unsere Beute unter Michaels Anleitungen auf die Gebäude verteilten, nahm Jan mich beiseite.

„Kommst du gleich mal in den Gemeinschaftsraum? Esther sollte auch mitkommen."

„Okay", sagte ich verwundert.

Als wir ins Haupthaus kamen, waren Carmen, Ben, Mark und Christos schon da. Kurz nach uns kamen Lara und Alex. Wir saßen locker beieinander, Carmen und Ben auf der Fensterbank, wie in alten Zeiten, Lara und Alex auf dem Kartentisch, und tauschten unsere Verwunderung aus. Jan kam herein und setzte sich zu uns.

„Also", begann er, „ich sage sofort, worum es geht. Wir haben doch heute Morgen über einen Spähtrupp gesprochen, wisst ihr noch? Ich habe das bewusst vage gehalten, erstmal, aber es ist sehr wichtig. Wir brauchen Leute, die diesen Horst und seine Armee finden und uns sagen, was wir davon zu halten haben. Wenn wir Glück haben, hat der

Idiot gestern ja völlig übertrieben und wir können uns entspannen."

Carmen lachte bitter. „Glaubst du das?"

Jan verzog das Gesicht. „Nein. Glaube ich nicht. Umso wichtiger ist es, dass wir sie ausspähen."

„Und an wen hattest du gedacht?", fragte ich.

„An dich", sagte er ohne Umschweife. „Und an Alex, Carmen, Christos und Ben. Die Leute, die sich draußen am besten zurecht finden." Er sah Lara entschuldigend an. „Ich glaube, du fällst diesmal aus."

Sie strich über ihren Bauch und nickte säuerlich.

„Warum so viele?", wollte ich wissen. „Alex und ich sind ein eingespieltes Team. Und ihr werdet die Jäger hier vielleicht brauchen."

Jan sah mich mit bitterer Miene an. „Weil es schief gehen kann, Daniel. Das müsst ihr verstehen. Da draußen gibt es jetzt Menschen, die unsere Feinde sind. Was ist, wenn ihr auf eine feindliche Patrouille trefft? Da wäre mir wohler, wenn ihr mehr Leute seid, und wenn ihr eine Schützin wie Carmen auf eurer Seite habt."

Mir stieg ein bitterer Geschmack in den Mund. So hatte ich es noch nicht betrachtet. „Dann sollte Alex vielleicht hier bleiben", sagte ich. „Immerhin wird er bald Vater."

Alex und Lara sahen sich lange an. „Nein, ich möchte mitkommen", sagte er schließlich. „Gefährlich wird es ja auch hier." Lara nahm seine Hand und nickte.

„Wie ihr wollt", sagte Jan leise. „Dann bräuchten wir noch jemand vom medizinischen Personal. Falls es wirklich zu Kämpfen kommt und jemand verwundet wird. Mark oder dich, Esther. Simone fällt aus und Farouk ist noch nicht so weit, glaube ich."

„Ich", sagte Mark, bevor Esther auch nur den Mund aufmachen konnte. Er lächelte sie entschuldigend an. „Du hast mehr Praxis als ich und verstehst auch mehr von der Naturheilkunde. Wenn unterwegs was passiert ... also, auf dich können wir am wenigsten verzichten."

„Aber bei dir gibt es dasselbe Problem wie bei Alex", entgegnete sie sanft.

„Oh, das ist gar nicht so sicher", sagte Mark fröhlich. „Also, Olli und Simone haben in der Zeit auch viel ... na, egal. Wird sich vermutlich zeigen, wenn das Kind da ist, oder?" Er lachte.

Jan schüttelte grinsend den Kopf. „Das war etwas mehr Information, als ich brauchte. Gut … dann also Mark. Morgen und übermorgen brauchen wir hier noch alle Hände für den Graben und den Stacheldrahtverhau, aber danach … ich würde vorschlagen, dass ihr in drei Tagen aufbrecht, ganz früh am Morgen."

Drei Tage später beluden wir im Morgengrauen unsere Pferde. Jan hatte uns ein paar letzte Instruktionen gegeben und sich dann völlig übermüdet nach Hause getrollt. Er war ausgerechnet in dieser Nacht Vater geworden. Daniela hatte ein kleines Mädchen bekommen, sie hatten es Lisa-Maria genannt. Ich war der Einzige aus unserem Spähtrupp, der weder Splitterschutzweste noch Helm trug – bei meinen Waffen wäre diese Ausrüstung im Ernstfall eher hinderlich. Die anderen verließen sich auf Sturmgewehre, nur Alex trug seine Maschinenpistole. Carmen hatte ein G36 über der Schulter, aber in einem Futteral hatte sie auch ihr bestes Jagdgewehr am Sattel befestigt.

Esther zog mich ein wenig beiseite. Wir hatten uns in der Nacht so lange und heftig geliebt wie seit dem Verlust unseres Kindes nicht. Den naheliegendsten Gedanken dazu hatte ich lieber verdrängt. Jetzt schmiegte sie sich an mich und küsste mich.

„Ich liebe dich", sagte sie. „Ich brauche dich. Pass gut auf dich auf."

„Mache ich." Was sollte ich auch sonst sagen? Sie lachte hart.

„Der Mann zieht in den Krieg, das Weibchen bleibt bangend zurück. Was für 'ne beschissene Klischeeszene."

„Mark hat Recht, Esther." Ich küsste sie. „Sie brauchen dich hier."

„Ja", sagte sie nachdenklich. „Mag sein." Dann wurden ihre Augen schmal und sie schaute über meine Schulter. „Was will der denn hier?"

Thomas und Vera kamen Hand in Hand auf uns zu. Er trug ebenfalls Schutzweste und Helm, ein G3 in der Hand. Vera führte eines der Pferde am Zügel. Sie sah unglücklich aus, er grinste fröhlich.

„Was dagegen, wenn ich mich euch anschließe?", fragte er in die Runde. Wir schauten uns verwundert an, Ben zuckte mit den Schultern. „Was meint denn Jan …"

„Oh, der war ganz zufrieden mit der Idee", sagte Thomas aufgeräumt. „Und ich kann gut reiten und schießen."

„Es geht mehr ums Reiten und Spähen", sagte Lara, die gekommen war, um Alex zu verabschieden.

„Auch gut." Er machte Anstalten, ihren Bauch zu tätscheln, aber Lara wich zurück und er ließ es. Esther drückte krampfhaft meine Hand. Ich sah sie an, sie war bleich geworden.

„Nein!", flüsterte sie.

Thomas schien sie nicht gehört zu haben. Er lächelte in die Runde. „Also, wie ist es? Nehmt ihr mich mit?"

Wir sahen uns unschlüssig an. „Ich glaube, jeder Mann mehr ist gut", sagte Mark schließlich. Thomas nickte zufrieden, gab Vera einen schnellen Kuss und schwang sich auf sein Pferd. Esther sah mich eindringlich an.

„Pass gut auf, Daniel. Komm zurück."

„Ich komme immer zurück", sagte ich. Sie küsste mich lange. Dann saß ich auf und ritt mit den anderen über die Zugbrücke.

10

Wir ritten den ganzen nächsten Tag in scharfem Tempo nach Norden. Wir vermuteten, dass sie über die A1 kommen würden, daher hielten wir uns in der Nähe der Autobahn. Am folgenden Tag begannen wir unsere Suche. Wir ritten langsam und in einer langen Kette, gerade so, dass jeder von uns die Reiter neben sich eben noch sehen konnte. Es war Nachmittag, als Alex rechts neben mir das Handzeichen gab. Da ich auf der äußersten Linken ritt, musste ich niemanden benachrichtigen, ritt zu ihm und dann gemeinsam mit ihm zu Christos, der Alex das Zeichen gegeben hatte. So kamen wir schließlich alle zu Carmen, die ganz rechts in der Kette geritten war. Als wir bei ihr waren, deutete sie auf eine niedrige Hügelgruppe, ganz in der Nähe.

„Wofür würdet ihr das halten?"

Thomas spähte angestrengt auf die Hügel. „Dazu braucht man kein Fernglas. Das ist Rauch. Verdammt, so nah sind sie schon?"

Tatsächlich stieg hinter den Hügeln Rauch auf. Und nicht mal dünn. Sie mussten sich wirklich verdammt sicher fühlen. Wir berieten kurz, dann ritten Carmen und ich zu den Hügeln. Wir versteckten unsere Pferde im Stall eines Bauernhauses und bewegten uns dann, abseits der Wege, auf den Rauch zu. Als wir über den mittleren Hügel kamen, sahen wir das Lager, keinen Kilometer von uns entfernt, auf einer Wiese. Es grenzte von zwei Seiten an lichte Waldstücke, die beiden anderen lagen an zugewucherten Feldern. Eines der Wäldchen zog sich den Hügel hinauf, über den wir gekommen waren. Wir pirschten uns näher heran, bis Carmen mich in eine mit dichten Büschen bewachsene Mulde zog. Dort lagen wir nebeneinander auf dem Bauch und spähten hinunter auf das Lager, ich durch mein Fernglas, sie durch ein Zielfernrohr, das sie von ihrem Jagdgewehr abmontiert hatte.

Ich ließ meinen Blick über das kleine Camp schweifen und konnte kaum glauben, was ich da sah. Zelte! Acht Zelte insgesamt, offenbar hatten sie schon ihr Lager für die Nacht aufgeschlagen. Ein Feuer brannte, um das acht Männer saßen. Ein weiterer lehnte etwas abseits an einem Baum und las in einem Buch. Ein zehnter Mann ging gemächlich in einigem Abstand um die Wiese. In der Hand trug er ein Gewehr. Offensichtlich eine Wachstreife. Ich zählte auch zwei Frauen. Nach Thorstens naiver Erzählung hätte ich fast erwartet, sie in Ketten zu sehen. Stattdessen standen sie an zwei Holzkohlegrills und bereiteten Fleisch zu. Ich war froh, dass der Wind in die andere Richtung stand, ich war schon hungrig genug. Die Frauen brachten den Männern am Feuer das Fleisch und lachten mit ihnen. Allerdings setzten sie sich nicht hin, sondern schleppten nur immer wieder Essen und Feldgeschirr hin und her. Das Geschirr wuschen sie in einem Bach hinter dem Lager. All diese Menschen, das war auffällig, trugen Feldanzüge. Mein Blick wanderte immer wieder zurück zu den Zelten. Es war unglaublich. Die hatten wirklich noch nie von den Heulern gehört.

„Was siehst du?", flüsterte Carmen nach einer sehr langen Weile. Ich zuckte zusammen, ich hatte sie neben mir fast vergessen.

„Also, entweder dieser Thorsten hat gewaltig übertrieben, oder es ist nur 'ne Vorhut. Zehn Männer, zwei Frauen. Und Pferde. Kein Panzer oder sowas."

„Sehe ich auch nicht", raunte sie. „Aber da sind noch welche in den Zelten. Vier, schätze ich."

Ich schaute noch einmal genau hin. Sie hatte Recht, da war Bewegung in den Zelten.

„Wie können wir sicher sein, wie viele es sind?", fragte ich.

„Gar nicht", sagte Carmen. „Wir warten."

Sie behielt Recht. Aus einem der Zelte kam nach einer Weile ein Pärchen, etwas älter als Alex vielleicht. Einer der Männer am Feuer, ein großer, breiter Typ mit grauem Vollbart, ging auf die beiden zu und unterhielt sich mit ihnen. Sie lachten. Dann gab das Mädchen dem Jungen einen Kuss und ging zu den anderen Frauen an den Bach. Der Junge setzte sich zu den Männern. Als nächster kam ein hochgewachsener schlanker Mann aus einem der Zelte. Er trug ein schwarzes Barett und die Rangabzeichen eines Bundeswehrhauptmanns auf der Schulter. Keiner der anderen hatte Rangabzeichen. Der Hauptmann ging zunächst ans Feuer, unterhielt sich kurz mit den Männern dort, rief dann den Wächter zu sich und sprach mit ihm, bevor er sich neben den Leser unter den Baum setzte und ein Gespräch begann. Als letzter kam ein Mann aus einem der Zelte, der offenbar geschlafen hatte. Er taumelte zu einem Baum am Rand des Lagers, pinkelte dagegen und verschwand wieder im Zelt. Mehr Menschen schienen dort nicht zu sein.

„Wie können wir sagen, ob das wirklich die Leute sind, von denen der Typ gesprochen hat?", flüsterte ich.

Carmen schüttelte kaum merklich den Kopf. „Weiß nicht. Was meinst du?"

„Na ja", überlegte ich, „sie sehen wie eine Militärtruppe aus, oder? Keine Gruppe wie unsere oder wie Veras Schüler. Alle in Uniform … ein Kommandant … keine Nutztiere außer den Pferden …"

„Ja", sagte sie. „Und sie kommen von Norden, knechten ihre Frauen und haben keine Angst vor Heulern. Der Zufall müsste schon gewaltig sein."

„Gut. Also zurück?"

„Warte noch einen Moment." Sie drehte an ihrem Zielfernrohr, dachte kurz nach, murmelte ein paar Zahlen und nickte. „Alles klar. Lass uns abhauen."

Wir fanden die anderen, gut versteckt, in einer Baumgruppe jenseits der Autobahn und berichteten, was wir gesehen hatten. Ben kaute auf seiner Unterlippe.

„Also nur eine Vorhut ... Und ihr seid sicher, dass es die Leute sind, nach denen wir suchen?"

„Na ja", sagte Carmen, „sie tragen kein Banner, auf dem *Horst's Army* steht oder so. Aber wir sind ziemlich sicher, ja."

„Und was machen wir jetzt?", fragte Alex. „Ich meine – wenn das nicht die Hauptmacht ist, müssen wir doch weiter suchen, oder? Sollen wir sie umgehen?"

„Nein", sagte Thomas. „Wir können sie nicht so einfach durchlassen."

Ben sah ihn an. „Ich weiß, was du sagen willst."

„Ja!", bekräftigte Thomas. „Wir können nicht riskieren, dass sie jetzt schon den Hof finden. Wir müssen sie ausschalten."

Wir sahen uns betreten an. Ich dachte an diese Menschen, an das junge Pärchen, an den Mann, der so friedlich unter dem Baum gesessen hatte, und ich zermarterte mir das Hirn, aber mir fiel kein Argument dagegen ein. Den anderen ging es offensichtlich ähnlich.

„Was meint ihr, wann?", fragte ich schließlich. Ich hätte es gerne hinausgezögert, aber Thomas' Logik blieb zwingend.

„Heute Nacht", sagte er ruhig.

„Er hat Recht", meinte Carmen. „Es kann nur bei Nacht sein. Wir können keinen Hinterhalt legen, wir wissen nicht, wo sie hinwollen."

Alex und ich sahen uns ungemütlich an. Erst jetzt schaltete sich Mark ein und sprach das aus, was ich gedacht hatte. „Und was ist mit den Heulern?"

„Schicksal", entgegnete Thomas. „Wenn hier welche sind, werden sie uns vielleicht erwischen, aber dann werden sie uns auch die Arbeit abnehmen. Aber ich habe gestern keine gehört, ich glaube, wir müssen es riskieren."

Wir warteten, bis es dunkel war und riskierten es. Wir ritten bis zu dem Bauernhaus vom Nachmittag, banden die Pferde dort an und inspizierten das Haus kurz. Es hatte mehrere heulersichere Räume im Keller und eine Garage mit Metalltor, wir hatten also einen Rückzugsraum.

Dann schlichen wir die Hügel hinauf, bewegten uns kurz unterhalb des Hügelkammes, schlugen uns dann in den Wald und beobachteten erneut das Lager. Der Großteil der Truppe schlief in den Zelten, nur drei Männer saßen am Feuer. Die Wache, eine andere als am Nachmittag, drehte ihre Runde. Die Pferde, die in der Nähe angepflockt waren, schnaubten und wieherten ein wenig, aber das zog nur verärgerte oder belustigte Kommentare nach sich. Ja, sie fühlten sich sicher.

Wir zogen uns für eine kurze Beratung tiefer in den Wald zurück. Der Plan war sehr einfach und er bedeutete plötzlichen, hinterhältigen und mörderischen Angriff aus dem Dunkel auf völlig Arglose. Wir hatten uns unser Vorgehen schon vorher zurecht gelegt und besprachen einige letzte Details. Dann gingen Carmen und ich vor. Die anderen folgten in einigem Abstand. Wir kamen zu der Mulde, von der aus Carmen und ich am Nachmittag das Lager ausgekundschaftet hatten. Carmen kroch hinein und zog ihr Gewehr aus dem Futteral. Ich hatte es schon oft gesehen, den kurzen, stumpfen Lauf, die Schulterstütze, die wie ein Gummistiefel aussah, das übergroße Zielfernrohr. Warum kam es mir plötzlich so hässlich und gemein vor? Sie fixierte die Waffe auf dem Rand der Mulde, sank noch tiefer hinein und gab mir das vereinbarte Zeichen. Nun war es an mir, das Morden zu beginnen.

Ich nahm meinen Bogen und schlich mich an. Eine Art Erregung befiel mich, die mich kurz befremdete, bevor ich sie widerwillig genoss. Ich kniete mich halb hinter einen Baum. Dort unten kam der Wächter. Meine Beute. Zwischen ihm und dem Lager lagen etwa hundert Meter freies Feld, und wenn er uns entdeckte, verloren wir das Überraschungsmoment, unseren einzigen Schutz gegen die Übermacht. Hundert Meter waren hundert Meter. Es war ein kleiner, drahtiger Mann, vermutlich Mitte vierzig. Über seiner Schulter hing ein G36. Er passierte das Feuer, rief denen, die dort saßen, etwas zu, lachte über die Antwort und kam näher, dann passierte er mich, ohne mich zu bemerken.

Ich spannte den Bogen. Jetzt. So lange er im Schatten der Bäume ging. Mein Herz schlug schneller. Meine Kiefermuskeln zuckten. Ich leckte mir die Lippen. Er trat in den Schatten. Ich vergaß den Bogen, ich vergaß den Pfeil. Ich vergaß die Wache. Ich vergaß die Welt. Eine Ewigkeit verging. Ich hörte den Bogen nicht. Ich spürte nicht, wie der

Schuss von mir abfiel. Ich sah erst wieder, als der Mann, der die Wache gewesen war, tot am Waldrand lag, hinter den Bäumen, für die Augen derer, die am Feuer saßen, verborgen. Ein Pfeil steckte in seinem Rücken, ein zweiter im Hinterkopf. Ich hatte zweimal geschossen? Ich musste unglaublich schnell gewesen sein, vom Rand des Schattens bis zu dem Punkt, wo ich ihn getroffen hatte, konnte er keine fünf Schritte gegangen sein. Alles war lautlos vonstatten gegangen, die Männer am Feuer redeten immer noch lautstark und ausgelassen. Ich starrte auf die Leiche und begriff es kaum. Ich war völlig stumpf. Die anderen huschten an mir vorbei.

Sie gingen schnell und geduckt gegen das Lager vor, die Waffen im Anschlag. Ich zog mein Schwert und schloss mich ihnen an. Wir hatten das Camp fast erreicht, als einer der Männer am Feuer aufsprang. Es war der Anführer, der mit den Rangabzeichen. Von einem Moment auf den anderen war es still, nur das Feuer prasselte. Er fuhr herum, sah in unsere Richtung und öffnete den Mund. In diesem Augenblick krachte ein einzelner Schuss, laut und endgültig, das Gesicht des Hauptmanns verschob sich auf unbegreifliche Weise und er kippte seitlich in die Flammen. Für einen Moment waren wir ebenso geschockt wie die Männer am Feuer. Dann griff einer von ihnen nach dem Gewehr, das neben ihm stand, ein zweiter Schuss krachte, auch dieser Mann fiel mitten aus der Bewegung nach hinten und blieb liegen. Und am Rand des Lagers eröffneten meine Freunde das Feuer aus ihren Schnellfeuerwaffen.

Ben rannte auf das Lagerfeuer zu und erschoss den dritten Mann mit einem langen Feuerstoß. Aus dem ersten Zelt kamen zwei weitere Männer. Den einen erschoss Ben sofort, der andere hob eine große Pistole und legte auf ihn an. Ein weiterer, trockener Krach aus Carmens Jagdgewehr, die Brust des Mannes wurde eingedrückt, die Pistole flog ihm aus der Hand, er taumelte drei Schritte und fiel zu Boden. Alex und Christos rannten an einem Zelt vorbei, als sich etwas darin bewegte. Sie wirbelten herum und schossen hinein. Eine Frau fiel tot heraus. Aus dem hinteren Ende des Zeltes kroch ein Mann und rannte davon. Ich erkannte die tote Frau – es war das Mädchen, das ich am Nachmittag gesehen hatte.

„Nein! Trini! Nein!"

Der Schrei hinter mir war so verzerrt von Entsetzen und Trauer, dass ich die Worte kaum verstand. Ich wandte mich um. Wenige Meter von mir entfernt stand der Mann mit dem grauen Bart. In der Hand hielt er eine große Axt. Wo kam er her? Sein Blick flog von der Leiche vor dem Zelt zu mir, über meine Schulter hinweg und zurück zu mir. Für den Bruchteil einer Sekunde hoffte ich auf Carmen und ihr Gewehr, aber im selben Moment wurde mir klar, dass sie mir nicht helfen konnte, wir standen direkt unter den Bäumen. Ich starrte ihn an, er erwiderte mit blanken, flackernden Augen meinen Blick, und mit einem Mal liefen Filme in meinem Kopf an, Filme, die sich überlagerten, verwischten und ineinander verschwammen. Der Mann mit dem Bart, wie er ein Baby auf dem Arm hielt, dann war das Baby ein kleines Mädchen mit einer Schultüte, auf der in dicken rosa Buchstaben der Name *Trini* prangte. Das Mädchen, wie es mit dem graubärtigen Mann lachte. Wie es den Jungen küsste. Wie es als totes, blutiges Bündel aus dem Zelt fiel. Eine Armee von Menschen in Feldanzügen, die unseren Hof stürmten, ein Panzer, der über die Zugbrücke walzte, Blockhütten in Flammen. Esther und Lara, an einen Grill gekettet, fettes Fleisch grillend für eine johlende Horde gesichtsloser Männer. Und dann wieder: das tote Mädchen vor dem Zelt. Was tat ich hier eigentlich? Warum stand ich inmitten von Schüssen und Schreien und Feuer und Blut mit einem Schwert in der Hand? Was war bloß geschehen?

Der Mann starrte mich immer noch an, die Axt in seiner Hand zuckte. Ich war unfähig, mich zu bewegen.

Und dann fiel plötzlich alles von mir ab. Die Filme waren fort. Der Mann hörte auf, ein Mann zu sein. Er war gar kein Mensch. Er war eine Aufgabe, die es zu lösen galt. Ich war auch nicht mehr Daniel. Ich war ein Aufgabenlöser. Und angesichts meiner Erfahrung war das hier eine ziemlich einfache Aufgabe. Ich täuschte einen Ausfallschritt an, mein Gegner wich wie erwartet aus und öffnete mir dadurch seine rechte Seite. Ich hob das Schwert und schlug schnell und entschlossen zu. Die Waffe war wirklich gut, die Wunde so tief und zerstörerisch, dass er fast augenblicklich starb. Ich schlug das Blut vom Schwert und wandte mich um, auf der Suche nach einer neuen Aufgabe.

Thomas stand hinter mir, das Gewehr locker in der Hand, und zwinkerte mir zu. Ich schenkte ihm nur einen kurzen Blick und rannte weiter, auf die Schüsse zu, die sich nun etwas entfernt hatten. Nur bei den hintersten Zelten wurde noch gekämpft. Ein Mann sprang mir in den Weg, wohl eher aus Zufall, als mit Absicht. Ich holte aus und zog ihm das Schwert mit voller Wucht über Gesicht, Hals und Oberkörper. Er sackte zusammen. Alex und Ben standen jeweils vor einem Zelt und schossen, während die, die dort drin waren, versuchten, rauszukommen. So starben die beiden Frauen und ein weiterer Mann. Zwei weitere Leichen lagen vor einem Zelt, an dem ich vorbei lief, in einer erkannte ich den Wachposten vom Nachmittag. Es war nun fast vorbei. Noch einmal knallte ein Schuss aus Carmens Gewehr und traf einen Mann, der versuchte, sich von jenseits des Feuers an uns heranzuschleichen. Oder hatte er zu fliehen versucht?

Hinter einer Kiste kauerte der Junge. Nachdem er aus dem Zelt geflohen war, hatte er sich wohl dort versteckt. Aber anstatt davonzulaufen, schoss er nun mit einer Pistole zurück. Er war der Einzige, der überhaupt dazu kam, sich zu wehren, und er traf Mark zweimal – in den Arm und in den Kopf. Unser ehemaliger Medizinstudent brach neben dem Feuer zusammen, er war ebenso schnell und plötzlich gestorben wie alle, die wir umgebracht hatten. Mit einem unglaublich langen Satz sprang Thomas über die Kiste und den Schützen. Er packte den Jungen bei den Haaren, riss ihm die Pistole aus der Hand und drückte ihm die Mündung an die Stirn.

„Wo ist eure Hauptmacht? Wo?"

Der Junge wimmerte etwas, das ich nicht verstand.

Thomas lachte. „Vielen Dank." Und er drückte ab.

Mit einem Mal war es wieder still. Nur das Feuer prasselte, wie vor wenigen Minuten, bevor Carmen den Anführer erschossen hatte. *Aber damit hat es nicht angefangen*, sagte eine böse Stimme in meinem Kopf. Richtig. Es hatte damit angefangen, dass ich die Wache getötet hatte. Ich bekam einen galligen Geschmack in den Mund, wandte mich von dem Blutbad ab, taumelte auf den Waldrand zu, lehnte mich an einen Baum und atmete schwer. Carmen kam zwischen den Bäumen hervor, ihr Gewehr in der Hand. Auch sie ging unsicher und war so bleich, dass ich es in der Nacht erkennen konnte. Wir standen uns gegenüber und sahen uns lange an. Dann nahm ich sie in den Arm und ließ mich von ihr halten. Wir sprachen kein Wort. Thomas kam zu uns und klopfte mir auf die Schulter.

„Das war ein Kampf, oder, alter Freund? Mann oh Mann." Er holte tief Luft und grinste breit. „Gut gemacht, Daniel. Und Carmen", er deutete eine Verbeugung an, „was für eine Scharfschützin. Dein Liebster kann sich bei dir bedanken."

„Lass mich", sagte Carmen heiser.

Thomas lächelte und zuckte mit den Schultern. Ich sah ihn an.

„Der Junge, Thomas – war das nötig?"

Er tippte an meine blutverschmierte Schwertklinge. „War das hier nötig, alter Freund?" Damit ließ er mich stehen.

Wir löschten das Feuer und ließen den Ort des Massakers zurück. Als wir bei dem Bauernhaus ankamen, war es noch nicht einmal Mitternacht. In dieser Nacht träumte ich von mir und meinem Schwert und dem Blut auf der Klinge. Und auch im Traum schlug mir jemand auf die Schulter, und jeder Schlag war dumpf und endgültig.

11

Am nächsten Morgen ritten Carmen, Ben, Christos und Thomas mit dem toten Mark zurück nach Hause, während Alex und ich uns aufmachten, die Hauptmacht auszuspionieren. Jetzt, da wir wussten, wo wir suchen mussten, war eine kleine Zahl an Spähern günstiger, um nicht aufzufallen. Ich nahm Ben beiseite, bevor wir uns trennten. „Wenn ihr zum Hof kommt, sollten Carmen oder du vorausreiten und Simone Bescheid geben. Oder noch besser Christos. Ich möchte nicht …"

„Schon gut", sagte er. „Ich auch nicht."

Ich seufzte. „Mark hat gestern Nacht nicht einen Schuss abgegeben."

„Ich möchte nicht über gestern Nacht reden, Daniel."

Ich nickte, drückte ihm die Hand, ging zu Fog und saß auf. Thomas schlenderte heran. „Soll ich nicht doch mitkommen? Ich habe die Wegbeschreibung immerhin aus erster Hand."

Ich sah ihn schweigend an. Er lachte leise. „Ich glaube, du möchtest mich nicht dabei haben, was, alter Freund?"

Ich sagte immer noch nichts. Er klopfte mir freundschaftlich ans Bein. „Na, dann eben nicht. Wir sehen uns später."

Ich gab Alex ein Zeichen, und wir ritten davon. An diesem Abend übernachteten wir in einer großen Garage. Kurz vor der Dämmerung wurden wir von Heulern geweckt. Der ganze Himmel war erfüllt von entferntem Geheul. Es musste eine gewaltige Horde sein. Sie zog westlich an uns vorbei. Wir rechneten damit, am folgenden Tag auf die Armee zu stoßen, aber so sehr wir auch suchten – wir fanden nichts. Weder Horsts Truppe selbst, noch irgendwelche Spuren, die darauf hindeuteten, dass sie uns passiert hatten. Sollte der Junge Thomas getäuscht haben? Im Angesicht des Todes? Wir richteten uns für die Nacht im Lager eines Farbgroßhandels ein. Ich schlief unruhig und fürchtete, dass wir einen Fehler gemacht hatten. Am nächsten Morgen beratschlagten wir unser Vorgehen.

„Er hat gesagt, sie hätten ein großes Lager vor Münster", rekapitulierte Alex. „Und dann?"

„Sie wollten auf der A1 weiter nach Süden ziehen." Ich zuckte mit den Schultern. „Wir hätten sie schon längst sehen müssen."

„Ja." Alex studierte die Karte. „Wir sind doch schon ganz in der Nähe von Münster."

„Wir sind gestern beim Suchen ziemlich weit querab gekommen. Vielleicht sollten wir erstmal zurück zur Autobahn", schlug ich vor.

„Damit wir ihnen gleich in die Arme laufen?"

„Nein", ich schüttelte den Kopf. „Die wandern langsam. Sie haben vielleicht Patrouillen, aber denen können wir ausweichen. Außerdem glaube ich inzwischen, dass sie noch vor Münster sind. Wir hätten doch sonst gestern zumindest Spuren gefunden. Ich glaube, sie warten auf ihren Spähtrupp."

Er verzog unbehaglich das Gesicht. „Okay. Dann zurück zur Autobahn."

Wir waren noch nicht weit geritten, als Alex plötzlich hielt. Ich schloss zu ihm auf.

„Was ist?"

Er schaute mich mit einer schwer zu deutenden Mischung aus Angst und Ekel im Gesicht an.

„Riechst du das?"

Ich schnupperte. Da hing ein öliger, süßer Geruch in der Luft.

„Ja. Ich rieche es."

Er deutete auf ein helles Band in der Ferne. „Das ist die Autobahn, oder?"

Ich bejahte. Alex spähte durch sein Fernglas hinüber.

„Daniel, was ist das?"

Ich nahm meinen eigenen Feldstecher und sah zur Autobahn. Da war eine große Ansammlung dunkler Klumpen, aber es war unmöglich zu sagen, was das war. Autos vielleicht. Aber wenn, dann waren es sehr viele und von seltsamer Form. Mein Blick wanderte weiter nach links, weg von der Autobahn, an einem Wäldchen und einigen Feldern vorbei ... und plötzlich wurde mir sehr kalt.

„Scheiße", wisperte ich. Alex schaute mich erstaunt an.

„Was ist?"

„Hast du die Pferde gesehen?"

Er spähte in die Richtung, die ich anzeigte. Dort graste eine große Herde Pferde, fünfzig Tiere oder mehr, friedlich, auf einer ausgedehnten Wiese etwa auf halbem Weg zwischen der Autobahn und uns. Die meisten trugen Zaumzeug und Sattel.

„Ist das das Lager?" Auch Alex flüsterte unwillkürlich.

„Ich weiß nicht", sagte ich gepresst. „Da bewegt sich doch gar nichts." Wir ritten los.

So fanden wir Horst den Ersten von Hamburg und seine große Armee. All unsere Ängste waren umsonst gewesen. Ebenso das Gemetzel. Nicht die Menschen entschieden heutzutage die Kriege. Wir hätten es wissen müssen. König Horst und sein Gefolge hatten es nicht wissen können. Vermutlich hatten sie nie die Zeit gehabt zu verstehen, was mit ihnen geschah. Das große Lager um die Autobahn war eine Hölle aus Blut, Chaos und Gestank. Wahrscheinlich war es die große Heulerschar gewesen, die wir zuvor gehört hatten. Kaum eine der vielen Waffen schien abgefeuert worden zu sein. Wir wagten uns nur so weit hinein, wie wir es ertragen konnten, und wir versuchten nicht, die Leichen zu zählen. Wir sahen auf den ersten Blick allein mehr als fünfzig. Armee samt Tross. Wir fanden ein lächerliches Banner – eine gelbe Krone über einem gelben *H* auf rotem Grund. Wir fanden einen vierschrötigen Mann, der eine vermutlich echte, goldene Krone trug. Unterhalb des Nabels hatte er keinen Körper mehr. Wir fanden Frauen. Wir fanden Männer. Wir fanden Kinder. Wir riefen und suchten nach Überlebenden, wir fanden nur noch mehr Tote. Auf einem Parkplatz, ein paar hundert Meter entfernt, fanden wir tatsächlich auch den Schützenpanzer, einen Marder. Der hintere Ausstieg war offen. Einige hatten hier hinein fliehen wollen, aber sie hatten die Tür nicht mehr rechtzeitig schließen können. Am Abend gaben wir die Suche auf und ritten schnell davon.

So endete dieser kurze, seltsame Krieg. Wir hatten gewonnen.

12

Als wir zwei Tage später zurück zum Hof kamen, waren mir meine Freunde fremd. Sie bejubelten unsere Rückkehr. Sie bejubelten die Nachricht, die Alex und ich zu verkünden hatten. Doch wir brachten sie nicht wie Herolde eines großen Sieges. Wir ließen uns zunächst schweigend von unseren Pferden rutschen. Als sie mich nach der großen Armee fragten, konnte ich nicht mehr sagen als:
„Alle tot."
Ich muss gerecht bleiben. Sie bejubelten nicht den Tod so vieler Menschen. Sie glaubten, das, was wir uns aufgebaut hatten, sei gerettet. Und ich war einer der Retter für sie. Ich würde ihnen sagen müssen, dass es keine Rettung gab. Aber nicht jetzt. Lara sah, wie es um Alex stand, nahm ihn bei der Hand und führte ihn schweigend fort. Ben und Carmen standen wie Geister am Rande des Jubels und sahen mich aus unendlich traurigen und erschöpften Augen an. Ich suchte Esther. Jemand sagte, sie sei bei Simone.

In der großen Hütte herrschte kein Jubel. Simone saß in einem Bett, Christos lag in einem anderen, schlafend. Kathrin und Olli saßen, in eine leise Unterhaltung vertieft, an dem großen, runden Tisch der Kommune, einem Beutestück, das ich vor Monaten für sie in Remscheid gefunden hatte. In einer Wiege neben Simones Bett schlief ihre Tochter. Sie hieß Marka, nach ihrem Vater. Er war in der Nacht gestorben, in der sie geboren wurde.

Esther saß an Simones Bett, als ich herein kam. Sie verstand mit einem Blick, kam zu mir und schloss mich in die Arme.

Ich atmete durch, dann ging ich zu Simone. Ich sank vor dem Bett auf die Knie und stammelte Bitten um Verzeihung. Sie strich mir über den Kopf.

„Es war doch nicht eure Schuld", flüsterte sie.

Ich sah wieder die tote Wache, so meisterhaft und still mit zwei Pfeilen getötet. Den unglücklichen Mann im Lager, der den Fehler gemacht hatte, mir in den Weg zu laufen. Und den Graubärtigen, den ich im Moment seiner Verzweiflung und Trauer kalt erschlagen hatte. Mark hatte keine Schuld auf sich geladen, soviel war richtig. Aber ich ahnte, dass wir erst angefangen hatten zu bezahlen. Wir würden alle bezahlen, und die Rechnung war geschrieben, lange bevor wir die Schuld gemacht hatten.

Bald danach berief ich eine Versammlung ein und schilderte, was Alex und ich gefunden hatten. Ich erzählte, so viel wie ich konnte und ersparte dem Jungen seinen Bericht. Danach war es sehr lange sehr still. Sie hatten es alle verstanden. Es gab keine Hoffnung, wenn wir einfach warteten. Für einen Moment waren wir alle völlig hoffnungslos. Dann ergriff Esther das Wort.

„Lasst uns fliehen", sagte sie leise. „Fort von hier. Weit fort. Lasst uns ein Meer zwischen sie und uns bringen."

Jan sah sie zweifelnd an.

„Welches Meer? Wie willst du das machen?"

„Wir gehen nach Holland", sagte Esther. „Oder nach Belgien. Ans Meer. Und dann rüber nach England. Vera und Stefan können segeln." Sie sah die beiden an, sie nickten. „Christos und Daniel auch ein bisschen, und du doch auch, Jan."

Er schüttelte den Kopf. „Esther, ich habe mal einen Lehrgang auf einem Optimisten gemacht, weil das damals gerade schick war unter

Fähnrichen. Ich weiß nicht, ob ich ein Schiff über den Ärmelkanal segeln könnte, ich glaube, eher nicht. Und wie sollen wir die Pferde transportieren, die Schweine, unsere Waffen, unsere Chronik, die Maschinen ... wie soll das gehen?"

„Wir müssen das alles zurück lassen", entgegnete Esther. „Vielleicht können wir ein paar Pferde mitnehmen, zumindest bis zur Küste. Autos wären vielleicht nicht so klug, das würde die Heuler erst recht auf uns ziehen. Aber den Esel und die Hunde. Sonst nur leichtes Gepäck. Wir brauchen doch nicht viel, es liegt doch ...", sie lachte bitter, „es liegt doch alles rum."

Jan war nicht überzeugt. „Aber wofür das alles hier zurücklassen, Esther? Alles, was wir uns aufgebaut haben nach ... nach ... nachher. Und wer sagt uns denn, dass sie in England nicht sind? Denk an den Tunnel! Wir sollten hier bleiben, halten, was wir haben. Wir haben jetzt viele gute Reiter, Thomas, Vera, Merve, Farouk, Eva, Kathrin ... sie können Daniel und Alex helfen. Wenn dieser König Horst andere Gruppen gefunden hat, dann können wir das doch auch. Das Ruhrgebiet könnte voll von ihnen sein, denk an die vielen Menschen, die da gelebt haben. Wenn wir gezielter suchen – nichts für ungut, Daniel – dann können wir mehr werden, hier. Wir können uns wehren. Wir können unseren Hof halten."

Schon während die beiden gesprochen hatten, hatte sich Gemurmel erhoben, das jetzt tumultartig zu werden drohte. Die Gruppen, die den unterschiedlichen Argumenten zuneigten, schienen etwa gleich groß zu sein, und die Diskussion wurde schnell hitzig. Bevor es zum offenen Streit kommen konnte, sprang Thomas auf.

„Wartet! Wartet! Keinen Streit! Lasst uns doch einen Kompromiss finden!" Die Wortgefechte ebbten ab, alle sahen ihn an. Er hob beschwichtigend die Hände. „Wir können doch gar nicht wissen, wer Recht hat. Esther, wenn wir wirklich keine Chance gegen die Heuler haben, ist das, was du sagst, das einzig Vernünftige. Natürlich ist England sicher, zumindest vorerst, wie sollen sie denn über den Kanal gekommen sein, wenn nicht mal wir wissen, ob wir das schaffen können? Vergiss den Tunnel, der ist ewig lang, wahrscheinlich stecken da Züge drin ... und es ist fast ein Jahr her, ohne Wartung. Der ist doch längst geflutet. Aber wenn es eine Möglichkeit gibt, sie abzuwehren, durch bessere Verteidigung und mehr Leute, dann hat natürlich Jan Recht. Dann sollten wir unser Zuhause hier nicht aufgeben. Wie wir es drehen und wenden – wir müssen mehr über die Heuler erfahren. Sonst können wir nicht wissen, was richtig ist. Und dann fallen wir auseinander, und das ist auf jeden Fall die schlechteste Lösung."

Dafür erntete er viel Zustimmung, sogar vereinzelten Applaus. Jan blieb skeptisch.

„Wie willst du denn mehr über die Heuler herausfinden?"

Thomas seufzte. „Ja, das ist der schwierigere Teil. Wir werden sie suchen müssen. Wir müssen noch einmal Spähtrupps ausschicken, diesmal, um Heuler zu suchen. Mir ist klar, was das bedeuten kann." Er schaute in den Saal. „Ich melde mich freiwillig dafür."

Jan musterte ihn nachdenklich. „Macht Sinn", knurrte er schließlich widerwillig. „Esther, was meinst du?"

Aber sie hatte das Gesicht in den Händen vergraben und sagte nichts. Ich wäre gerne von der Bühne gegangen, um sie zu trösten, doch ich verstand sie selbst nicht. Thomas' Vorschlag erschien auch mir vernünftig. Jan sah sie lange an, dann sagte er zögernd: „Okay ... ähm ... du bist also nicht dagegen, oder?" Sie reagierte immer noch nicht. Er nickte. „Gut, also ... wie fangen wir es an?"

Wir berieten lange. Letztlich kamen wir zu dem Plan, drei Dreierteams auszuschicken, Richtung Süden, Osten und Westen. Alle meldeten sich freiwillig und keiner wollte wirklich. Schließlich schlug Jan vor, dass wir Lose ziehen sollten. Simone und Daniela nahmen wir aus, ebenso die Jugendlichen, obwohl alle sechs, auch Lara, heftig protestierten.

Zuerst meldete sich niemand, als es darum ging, wer die Lose ziehen sollte. Allen war klar, dass vielleicht niemand von den neun zurückkommen würde. Sich erfolgreich vor den Heulern verstecken war eine Sache. Ihnen nachzugehen, sie zu suchen und zu beobachten, eine andere. Dann stand Thomas auf.

„Ich mache es."

Ich saß inzwischen wieder neben Esther. „Nein", flüsterte sie hilflos. „Oh nein."

Er konnte es nicht gehört haben. Aber er zwinkerte ihr zu.

„Okay, dann Thomas", sagte Jan erleichtert.

Matthias schrieb siebzehn Namen auf kleine Zettel und warf sie in einen Topf.

Thomas schloss die Augen, legte den Kopf in den Nacken und begann zu ziehen. Zuerst bestimmte er das Ost-Team. Er zog Michael, Lars und Carmen.

Ben keuchte, Carmen zog ihn an sich. Gina begann zu weinen.

„Zweites Team. Süden", sagte Jan düster.

Thomas zog Tanja, Christos und Oliver.

„Drittes Team. Westen."

Thomas rührte sehr lange, zog das erste Los und gab es Jan.

„Ben."

Ben lachte gallig und sah Carmen an. „Also beide." Sie schüttelte den Kopf.

Thomas zog erneut und reichte das Los weiter. Jan öffnete es.

„Daniel."

Esther stieß ein unartikuliertes, gänzlich verlorenes Wimmern aus und klammerte sich an mich.

Er zog das letzte Los – es war sein eigenes.

„Thomas", verkündete Jan. Thomas atmete auf, als sei eine schwere Last von ihm genommen.

Für den nächsten Tag war der Aufbruch geplant.

13

Wir gingen schweigend zu unserer Hütte, Carmen und Ben neben uns. Als wir uns trennen mussten, umarmte ich die beiden.

„Gute Nacht, Daniel", sagte Ben. „Ich bin froh, dass wir wenigstens zusammen gehen."

Carmen hielt mich lange im Arm und sagte nichts.

In unserer Hütte lagen Esther und ich lange schweigend nebeneinander und hielten uns im Arm.

„Was wirst du tun?", fragte Esther.

„Heuler suchen."

Sie nickte. „Vertraue Thomas nicht. Keine Sekunde."

„Esther …"

„Keine Diskussion. Sag, dass du es nicht tust. Du wirst nicht folgen, wenn er führt. Du wirst ihm nicht vertrauen."

„Er …"

„Sag, es! Wenn du mich liebst, dann sag es!"

Sie meinte es ernst. Todernst.

„Ich werde ihm nicht vertrauen", versprach ich.

„Gut. Und jetzt versprich mir, dass du wiederkommst."

Ich starrte sie hilflos an. „Du weißt, dass ich das nicht kann."

„Doch!", sagte sie entschieden. „Du kannst. Du musst. Versprich es."

Sie blitzte mich aus ihren schönen, grünen Augen an. So tiefe Augen. So tief.

„Ich verspreche es", hörte ich mich sagen.

„Gut." Sie gab mir einen endlosen Kuss.

Ich fragte mich, wie oft dieses Versprechen in dieser Nacht gegeben wurde, um gebrochen zu werden.

14

Die Abschiede am nächsten Tag waren viele und tränenreich. Carmen, Ben und Christos verabschiedeten sich lange von Lara. Ich genauso.

„Alles Gute für das Baby", sagte ich.

Sie schluchzte nur, umarmte mich und sagte nichts. Es waren viel zu viele Abschiede. Ich streichelte Reaper lange. Thomas kam vorbei, und mein Hund knurrte ihn an.

„Hey", sagte Thomas, „sei mein Freund."

Er bellte. Thomas lachte und ging weiter.

Ich wollte Esther nicht loslassen. Aber irgendwann musste ich. Ich saß auf, als Alex nochmal zu mir kam. Er klopfte mir ans Bein. „Denk an Wuppertal. Du kannst es."

Ich lachte gallig. „Genau."

„Ach, und – Daniel?" Er sah mich lange an, ein kluger Junge, viel zu alt für seine sechzehn Jahre. „Denk an den Geisterfahrer."

Esther ging noch bis zum Tor neben Fog und mir her. Dann beugte ich mich runter und wir küssten uns.

„Ich liebe dich. Komm zurück. Du hast es versprochen."

Wir ritten zuerst alle neun gemeinsam. Bei Remscheid trennten wir uns. Carmen und Ben hielten sich lange, bevor sie nach Osten und er mit uns nach Westen zog.

Wir schliefen nun am Tage und ritten in der Nacht. Zwei Nächte lang folgten wir gelegentlichem Geheule, erst im Tal zwischen Remscheid und Wermelskirchen, dann in der Nähe der Sengbachtalsperre. Aber wir hörten es nie auch nur in der Nähe. In der dritten Nacht schlug Ben eine Änderung der Taktik vor. Von da ab ritten wir nachts getrennt und trafen uns morgens wieder, um ein größeres Gebiet abzudecken. So streiften wir mehrere Nächte hin und her, langsam Richtung Westen. Der Rhein, so beschlossen wir, sollte die Grenze sein, an der wir entscheiden würden, ob wir einen neuen Plan brauchten.

Und eines Nachts befand ich mich wieder auf altvertrauten Pfaden, dort, wo alles begonnen hatte. Für den Morgen hatten wir das Leichlinger Naturfreundehaus als Treffpunkt ausgemacht. Wir trennten uns abends in Burscheid und ich folgte die halbe Nacht einer Heulerstimme um Leverkusen herum. Immer hörte ich ihn kurz, und dann war er wieder weg. Irgendwann fand ich mich im Bürgerbusch wieder und hörte gar nichts mehr. Ich sah, dass die Dämmerung nah war und beschloss, die Suche für diese Nacht abzubrechen. Ich ritt durch die Straßen, durch die ich mit Esther gegangen war, sah ein paar der Fenster, die wir eingeworfen hatten. Ich ritt an der Quettinger Kirche vorbei, an der nun Efeu wucherte, der die weiße Wand zuzudecken begann. Wie hatte sie geleuchtet, damals, als Esther und ich dem Klang der Glocke nachgelaufen waren.

Ich ritt die Quettinger Straße entlang, dann zur Autobahnzufahrt und vorbei an der Auffahrt, die wir genommen hatten *(Ich komme mir vor wie ein Telefondesinfizierer)*, über die Wupper, die Hardter Straße entlang in Richtung Leichlingen. Einmal hörte ich in der Ferne Schüsse, aber ich konnte nicht bestimmen, aus welcher Richtung sie kamen. Ich folgte der Straße neben der Autobahn her, dann bog ich ab, kam auf die Immigrather Straße am Ende des Weges, ritt an den letzten Häusern vorbei und in den Wald. Als ich das Naturfreundehaus erreichte, waren die anderen beiden noch nicht da, also zündete ich mir eine Zigarette an und schlenderte ein wenig herum. Ich kam gerade an dem Spielplatz hinter dem Haus vorbei, als ich meinen Namen hörte.

„Daniel?" Ganz leise. Schwach.

Ich folgte dem Laut ein paar Schritte, und hinter einer Biegung des kleinen Weges lehnte Ben an einem Baum. Er blutete aus vielen Wunden. Jemand hatte auf ihn geschossen und zwar so, dass er unweigerlich sterben würde – aber nicht schnell.

„Ben! Um Gottes Willen."

Ich kniete mich neben ihn.

„Ja, um Gottes Willen." Er lachte und spuckte etwas Blut aus.

„Wer war das?"

„Thomas." Er hustete Blut.

„Was?" Ich sah völlig verzweifelt auf seine Wunden, versuchte hilflos, sie mit den Händen abzudecken und merkte nur, wie sinnlos das war.

„Ja, Thomas!", antwortete Ben. „Und ... ich soll dir was ausrichten."

„Was?" Ich verstand nichts von alledem.

„Du sollst ihn ..." Er hustete und spuckte, Blut lief ihm aus Mund und Nase. „Du sollst ihn treffen. Geh an der ... an der Autobahn entlang in den Wald, bis ...", er hustete wieder und sah an sich herunter. „Oh, Scheiße ... Also, bis zur ersten Kreuzung ... bis zur Kreuzung, dann links, über die Autobahn, dem Weg folgen. Wenn er sich gabelt, wieder links und bis der Wald beginnt. Dort will er ... warten. Hast du das verstanden?"

„Ja."

„Wieder ... wiederhol es."

Ich wiederholte es.

„Gut." Er stöhnte und sank ein wenig tiefer am Stamm des Baumes herunter.

„Ich kann ihm nicht folgen, Ben", sagte ich verstört. „Ich habe Esther versprochen, ihm nie zu vertrauen."

Er lachte so heftig, dass er einen ganzen Schwall Blut ausspuckte und glasige Augen bekam. Ich dachte, es wäre vorbei, aber er holte sich wieder zurück.

„Na, ich wusste ja immer, dass sie die Clevere von euch beiden ist." Er zog pfeifend Luft ein und hustete wieder. „Diese Atmerei ist scheiße. Ich glaube, ich lasse es einfach bleiben."

„Ben ..."

„Nein, hör mir ... hör mir zu." Er packte meinen Arm. „Ich bitte dich auch darum, ihm zu folgen! Ich. Aus anderen ... Gründen. Du musst herausfinden, was er ist. Es gibt ... gibt keine Chance ... nur diese eine."

„Wie, was er ist?"

Er lächelte mich lange an und sah dabei so unverletzt aus, abgesehen von dem Blut in seinem Gesicht, dass ich fast vergaß, wo ich war und dass er starb. Für einen Moment glaubte ich, wir säßen in seiner Hütte, irgendwann im September vielleicht. Bevor wir die ersten Heuler gehört hatten. Bevor ich Thomas getroffen und mitgebracht hatte. Bevor mein Kind gestorben war. Bevor alles den Bach runter gegangen war.

„Es gibt keinen Thomas, Daniel. Es hat nie einen gegeben. Ist dir das denn immer noch nicht klar?"

Ich starrte ihn an. „Aber ..."

„Ich ... ich ... kann dir nicht mehr erklären. Keine Zeit. In der Jugendherberge ... mein Rucksack. Ich habe was gesucht ... in Opladen. Beweise. Gefunden. In meinem Rucksack. Er hat ihn nicht genommen ... nach ... nachdem er mich erschossen hat. In meinem Rucksack. Keine Zeit ... Fotos ..."

„Fotos?", fragte ich wie in Trance.

„Ja, verd ..." Er hustete, aber nur noch schwach.

„Soll ich Carmen noch irgendwas ausrichten?"

Das brachte ein paar letzte Lebensgeister zurück. Er lachte und grinste mich gespenstisch an.

„Die sehe ich eher als du. Sie ist tot. Genauso tot wie ich gleich."

„Was? Woher ..."

„In meiner Lage weiß man so einiges, Daniel. So einiges. Geh jetzt."

Ich hielt seine Hand und schüttelte den Kopf. Er löste sich sanft.

„Geh bitte. Ich habe wahrscheinlich noch zehn Minuten, oder so ... aber ich habe keine Lust mehr. Es tut so beschissen weh. Außerdem wartet Carmen. Also ... geh bitte." Er zog sein Gewehr heran. Ich sah ihn an, nickte, drehte mich um und wollte gehen.

„Dani ... el?"

Ich drehte mich noch einmal um. Er hatte das Kinn schon auf die Mündung gestützt.

„Ja?"

„Du warst ein ... wirklich ... guter Freund. Danke."

„Ich danke dir." Ich weinte, ich wusste nicht, wie lange schon.

Er lächelte und sah fast zufrieden aus. „Na, dann. Gute Nacht. Grüß ... Esther."

Ich ging. Ich war noch keine drei Schritte um die Ecke, als ich den Schuss hörte.

Im Naturfreundehaus öffnete ich seinen Rucksack und fand drei Fotoalben. Meine Fotoalben. Die mein Vater für mich angelegt hatte, meine Kindheit und Jugend. Daniel IV, Daniel V und Daniel VII. Ben war in meiner Wohnung gewesen. Ich blätterte die Alben durch. Und ich stellte mit wachsendem Entsetzen fest, dass es nicht ein Foto von Thomas gab. Mein ältester Freund. Auf keiner Geburtstagsfeier. Auf keiner Party. In keinem Urlaub (*was war mit unserer Interrail-Reise?*). In ein Album hatte mein Vater unser Abi-Jahrbuch geklebt. Da waren sie alle. Jan. Ben. Carmen. Esther. Ich. Alle. Kein Thomas. Und noch jemand fehlte, aber das merkte ich erst später. Als letztes fiel ein gerahmtes Foto heraus, das ich mit den Alben aus dem Rucksack gezogen hatte. Das war nicht von mir. Ich hatte keine Ahnung, ob Ben es in dieser Nacht gefunden oder schon lange bei sich hatte. Unser Abi-Jahrgang. Kein Thomas.

Es gab keinen Thomas.

Ich atmete ein paarmal durch, dann stand ich auf, nahm meinen Bogen, löste mein Schwert in der Scheide und ging. Ich dachte an den Geisterfahrer.

15

Ich kannte die Stelle, an der er mich treffen wollte. Von dort aus hätte ich schon wieder die Straße sehen müssen. Aber da war keine Straße. Der Weg führte nur immer tiefer in den Wald hinein. Er war nicht da, also folgte ich dem Weg. Lange, lange Zeit. Die Bäume wurden immer höher und dichter. Das war definitiv nicht mehr Leichlingen. Dann endete der Wald, und vor mir führte der Weg einen karg bewachsenen Hügel hinauf. Dort endete er, und dort saß Thomas und blickte über den gewaltigen Abgrund, der auf der anderen Seite der Hügelkuppe gähnte. Er hörte mich und drehte sich um. Sein Lachen war offen, freundlich und einladend.

„Ah, da bist du ja endlich. Setz dich."

Ich blieb stehen. „Was bist du?"

Er lächelte nur noch breiter. „Setz dich doch, alter Freund."

„Ich will wissen, was du bist."

Er seufzte. „Bleib doch einfach bei Thomas."

„Ich habe nicht gefragt, wie du heißt."

„Ja, genau. Also gut, was bin ich?" Er lachte. „Ein Forscher."

Ich starrte ihn verständnislos an. „Wie, Forscher?"

„Ja, ein Forscher eben. Ich forsche, experimentiere, stelle Thesen auf, suche Lösungen. Was Forscher eben so tun."

„Und ... was erforschst du?"

Er sah mich mitleidig an. „Was stellst du nur für langweilige Fragen? Echt, Daniel, du bist verdammt langweilig, weißt du das? Und dabei so eifrig, großer Finder. Immer suchen, immer finden, hm? Stell doch mal die richtigen Fragen."

Ich schluckte und versuchte, den Sinn hinter den Beleidigungen zu verstehen. „Welche Fragen ..."

Er lachte. „Echte Fragen. DIE Frage, verdammt noch mal. Fragst du wirklich nur noch belangloses Zeug, was Heuler sind, ob die Kleine ihr Balg gesund zur Welt bringt, ob es deiner Liebsten gut geht ... ist das wirklich alles? Hast du so viel vergessen?"

„Esther ...", stammelte ich.

„Ja, ja", sagte er mit der höhnischen Karikatur eines Lächelns.

„Deiner Süßen geht es gut. Keine Sorge. Hast du sonst keine Fragen? Dann lass uns gehen, du hast mich echt enttäuscht, alter Freund. Lass uns nach Hause gehen. Zu Esther."

Aus meiner Verwirrung tauchte eine Frage auf, eine Frage, die der Finder kaum noch stellte. Aber irgendwo, tief, tief in mir lebte der Daniel, der Fotograf war. Fan des FC St. Pauli. Der gerne in Schottland Urlaub machte und keine Folge von *Monk* und *Babylon 5* verpasste. Der Johnny Cash verehrte, Metallica und Tom Waits. Der Bruder und Sohn war.

„Was hast du mit all den Menschen gemacht?", krächzte ich, bevor ich begriff, was ich sagte. Aber diesmal lachte er nicht. Er sah fast ein wenig zufrieden aus.

„Na also, geht doch." Er tat so, als müsse er kurz seine Gedanken sammeln, aber ich begann zu begreifen, dass das alles Imitation war. Eine Imitation des Menschlichen.

„Du musst", begann er, „verstehen, dass nicht ich die Menschen habe verschwinden lassen. Das kann ich gar nicht und ich war auch echt etwas ... na ja, enttäuscht, als es dann wirklich so weit war. Ich wusste zwar, dass es so weit kommen würde, aber ich dachte, dass ich noch etwas Zeit hätte. Und vor allem dachte ich nicht, dass ich übrig bleibe." Er schaute mich an und weidete sich an meinem Unverständnis. Aber für einen Moment hatte die Maske einen Riss bekommen, und ich hatte etwas dahinter gesehen, das echt war und das ich nicht verstand. Es sah aus wie allertiefste Verzweiflung.

„Es ist wirklich eine lange Geschichte", fuhr er fort. „Für dich die Kurzversion: Ich bin alt. Und ich bin mächtig. Wir kommen von ... wie soll man das sagen ... von anderswo. Und wir sind die letzten. Wir haben nicht mehr viel Zeit, wie wir es sehen. Eine Ewigkeit für dich. Aber unser ... Anderswo darf nicht unbewohnt sein. Das ist sehr wichtig. Für alles. Also brauchen wir Wesen, denen wir unser Anderswo übergeben können. Wir versuchen, uns diese Wesen zu schaffen. Wir können uns nicht so vermehren wie ihr. Untereinander sowieso nicht und mit ... Wesen wie euch auch nicht. Es macht Spaß, aber es bringt nichts. Und irgendwie tut es euch nicht gut." Er lachte.

Ich sah mich mit ihm am Graben stehen. Ich hatte ihn gefragt, was mit Vera sei. *Vielleicht ficke ich sie zu oft,* hatte er gesagt.

Er sah mich an und ich erkannte den Blick. Als wäre ich ein interessantes Insekt.

„Ich sehe, du verstehst", sagte er leise. „Nun, stell es dir als Experiment vor. Du nimmst irgendeine Welt. Diese hier zum Beispiel. Guckst dir ein bisschen an, was so darauf rumwuselt und was man daraus machen kann. Nimmst ein bisschen Erbmasse, mixt sie mit deinen eigenen Zutaten", er zwinkerte mir zu, „der göttliche Funke, sozusagen, und schaust, was daraus wird. Deine Hoffnung ist natürlich, dass etwas Großes daraus wird. Etwas, das du dir gleich machen möchtest. Aber es gibt nur eine Enttäuschung nach der anderen. Zu doof, zu schwach, zu lieb, zu streitsüchtig. Das Letzte wart ihr. Ein Fehlschlag auf der ganzen Linie. Das war schon vor zwei-, dreitausend Jahren klar, und irgendwann hat jemand beschlossen, das es jetzt langsam mal reicht und wir mussten das Labor aufräumen, für das nächste Experiment."

„Das Labor aufräumen?", fragte ich, während mir das Ungeheuerliche dämmerte.

„Ja. Vor ziemlich genau einem Jahr."

Ich begann langsam zu begreifen.

Er schaute in die Ferne. „Wir sind immer sehr gründlich. Aber es gibt natürlich immer ein paar Krümel, ein paar Grüppchen, die übrig bleiben. Geht ja gar nicht anders. Aber das ist nicht schlimm. Die neuen Wesen verdrängen die alten immer recht schnell."

Alles in mir glich einem Gedankenrausch. Neue Wesen?

„Die Heuler", hörte ich mich sagen.

„Genau." Er nickte.

„Was wird aus den älteren Wesen?"

„Oh, das kommt auf die Neuen an. Manchmal bleiben ein paar übrig, manchmal nicht. Nimm den Yeti. Da sind ein paar übrig geblieben. Aber ihr ... wird schwer. Die Neuen haben ziemlich schnell begriffen, dass es heißt *die oder wir*. Ich habe gehört, wie jemand einen Heuler, wie du sie nennst, verfolgt hat. Ein Heulerkind übrigens, vergleichsweise etwas jünger als dein kleiner Schützling Lara. Es hatte sich verirrt, der arme Wurm. Dieser Jemand hat rumgebrüllt, von wegen kindermordend, blutrünstig und so. Die Yetis haben damals auch rumgebrüllt. Hatten aber leider keine Waffen, um deinen keulenschwingenden Vorfahren heimzuleuchten. Zu lieb eben. Sind lieber abgehauen, in die Wälder, in die Berge. Vielleicht findest du ja welche, wenn ihr euch verkriecht. In den Wäldern. In den Bergen."

Er lachte. Bitter, wie ich erstaunt feststellte.

„Die Heuler sind euch in jeder Hinsicht überlegen. Stärker. Schneller. Tödlicher. Besser. Haben die Keule sozusagen eingebaut. Gib ihnen ein paar tausend Jahre, dann haben sie auch ihr armes, kleines, schwammiges Gehirn soweit trainiert, dass es eurem noch ärmeren, noch kleineren und noch schwammigeren haushoch überlegen ist. Sie werden sich übrigens von den Lemuren ableiten. Verbuddele ein paar Fossilien, buddel ein paar andere aus … Sie werden sich von den Lemuren ableiten und glauben, ihre Wiege stehe in Südeuropa. So wie ihr euch von den Affen ableitet und glaubt, eure Wiege stehe in Ostafrika. Sie werden euch jagen, wo sie euch finden, sie werden euch töten, wenn sie euch fangen. Ausmerzen. Ausrotten."

„Warum hasst du uns so sehr?"

Er schenkte mir einen überaus angeekelten Blick. „Hassen? Wieso sollte ich euch hassen? Ich bin euer überdrüssig, Mensch. Ihr wart mein Lebenswerk, nach Äonen des Versagens hatte ich endlich meine Idee, doch ihr habt versagt, und es reicht mir. Ich will nicht noch einen Versuch mitansehen und noch einen und noch einen noch mehr Ideen, noch mehr Fehlschläge. Ich will endlich nach Hause. Komm nach vorne, Mensch, komm her und schau dir das an."

Ich trat an den Abgrund. Da unten erstreckte sich eine Landschaft von unbegreiflicher Schönheit. Es war eigentlich eine ganz normale Flusslandschaft. Aber sie war richtig. Alles war richtig. Alles war gut dort. Mir war klar, dass es keine Landschaft war, die irgendwo auf der Welt, die ich kannte, existierte. Das war meine Landschaft, meine Idee von Frieden und Perfektion. Von Glück. Ich sah sie und wollte dort sein. Für immer.

Er zog mich weg und verstellte mir den Blick. Ich ertrug es kaum.

„Das hättet ihr haben können", sagte er düster. „Ich weiß nicht, was du da siehst, Mensch. Eine schöne Frau? Einen tiefen See? Ein

Schlachtfeld? Ich sehe alles, was ich je wollte. Das ist mein Zuhause, ich will wieder dorthin. Und dabei dürfte ich nicht einmal hier sein, wo wir jetzt sind. Bald, Daniel, bald werden sie uns finden, wenn ich nicht vorher mit dir zurückgehe. Bald."

„Ist das ... ist das hier wirklich?", wollte ich wissen. „Ist das die Realität?"

„Realität!" Er spuckte das Wort aus, als habe er auf etwas besonders Widerliches gebissen. „Meinst du denn wirklich, mit deinen jämmerlichen Sinnen und deinem armseligen Gehirn kannst du auch nur einen Zipfel der Wirklichkeit erfassen? Realität ... was für ein Schwachsinn."

Eine andere Frage kam mir in den Sinn. „Was ist aus all den Menschen geworden?"

„Was weiß ich. Willst du wissen, wo ihr hingeht, wenn ihr tot seid? Ich mag dir wie ein Gott vorkommen, aber ich bin keiner. Wo geht die Ameise hin, die du zertrittst? Der Vater, den du erschlägst? Ich habe keine Ahnung. Es ist mir egal, es ist mir so unendlich egal, ich will nur nach Hause. Und ich darf nicht."

Er wandte sich zu mir um und sah mich lange an.

„Aber das ist die gerechte Strafe fürs Versagen, oder? Ich gehe zurück in mein Labor und mache wieder Hilfsdienste. Bin wieder der Knecht. Immerhin, vielleicht darf ich ja noch ein wenig spielen. Ich spiele gerne, weißt du?" Er lächelte das Thomaslächeln, das ich so gut kennen gelernt hatte. „Hübsches Blutbad haben wir da angerichtet, oder? Unser kleiner, feiner Späh- und Mordtrupp. Und manchmal, alter Freund, manchmal mache ich beim Spielen auch einfach was kaputt. Ups ... tut mir leid."

Er schaute mir tief, tief in die Augen und ein Bild tauchte auf. Alex und ich ritten aus dem Tor. Unsere Freunde winkten. Thomas tätschelte Esthers Bauch. Ich spürte, wie das Blut aus meinem Gesicht wich. Mir wurde kalt, so fürchterlich kalt.

„Ach, verstehst du das jetzt endlich auch? Handauflegen. Kann so oder so funktionieren."

Ich versuchte, nach meinem Schwert zu greifen, aber es ging nicht. Er sah mich düster an.

„Ah, du würdest mich gerne töten, Mensch? Aber du kannst es nicht. Dort sowieso nicht, aber nicht einmal hier. Es sind die Augen, weißt du? Es geht einfach nicht. Das ist der wahre Kern der Medusasage."

Mein Hass war schwarz und grenzenlos, aber meine Hand hing bewegungslos über meinem Schwertgriff.

„Deine Esther", sagte er leise, fast wie zu sich selbst. „Die ist wirklich etwas Besonderes. Für eure Verhältnisse. Früher hat man solche Frauen verehrt. Oder verbrannt, je nachdem. Dann kam die Zivilisation und machte aus ihnen normale, kleine Frauen, die sich in trottelige Fotografen verlieben. Aber nimm ihnen die Zivilisation weg, und sie beginnen, sich zu erinnern. Ich wollte sie eigentlich mit wegnehmen, einfach, um dich noch ein wenig mehr zu … motivieren. Aber andererseits schätze ich einen guten Gegner, weißt du? Ehrlich. Und es gibt so wenige davon. So nah dran wie Esther war lange niemand mehr, ein guter Gegner zu sein."

„Warum erzählst du mir das alles?", presste ich hervor.

Er schüttelte den Kopf. „So dumm. So dumm. Nun, weil ich es will. Und gleich werde ich dir tief in die Augen sehen, mein alter Freund, und du wirst dich an nichts mehr erinnern. Außer an das, was ich dir hier unten gezeigt habe."

Ich wich zurück. Er sah mich mit Verachtung an. Und dann wandte er sich wieder dem Abgrund zu, langsam, ganz langsam. Dabei sprach er unverwandt weiter.

„Und dann müssen wir zurück. Aber die Sehnsucht wird dich verzehren. Und ich werde wieder dein alter Freund sein, wir werden gemeinsam reiten, und wenn sie mich noch ein wenig spielen lassen, werde ich vielleicht euer Anführer werden und noch eine Menge Spaß haben."

Er hatte sich ganz umgewandt, stand nun wieder mit dem Rücken zu mir und schaute auf den Abgrund hinaus. Ich spürte, wie der Bann langsam von mir abfiel. Ich fühlte die Kraft in meinem Arm, meiner Hand, meinen Fingern, und ich fühlte das Schwert an meiner Seite.

„All das", sagte er voll Bitterkeit, „all das hättet ihr haben können. Hätte ich mit euch haben können. Dafür habe ich euch beschützt. eure Gestalt angenommen. Euch angeleitet. Euch geliebt. Ich bin wahrhaftig ein gefallener Engel."

Meine Hand zuckte.

Wie gefährlich ist Medusa, wenn sie dich nicht ansieht?

Er hatte mein Kind getötet.

Ich zog mein Schwert mit einer einzigen, glatten Bewegung und schlug ihm den Kopf ab. Es war geschehen, bevor ich es selbst gemerkt hatte. Der Körper stürzte in den Abgrund. Der Kopf rollte mir vor die Füße und sah mich an, und niemals vorher oder nachher habe ich einen Ausdruck so grenzenlosen Glücks und unendlicher Erleichterung gesehen. Dann wich dieser Ausdruck, die Augen erloschen und dahinter nahte etwas unsagbar Großes, etwas Schreckliches. Ich schrie auf und fiel zu Boden. Halb von Sinnen versuchte ich, zum Abgrund zu kriechen, noch einmal, einmal hinunter zu sehen, aber die Welt wurde finster und ich glitt in die Dunkelheit.

16

Ich wachte auf dem Waldboden auf. Es war Nacht. Jemand saß neben mir. Ich erkannte ihn.

„Erkan? Ist das ein Traum?"

Er zuckte mit den Schultern. „Was weiß ich? Ich möchte dir etwas zeigen. Wenn du es noch sehen willst. Die Heuler."

Ich nickte.

„Komm mit."

Ich folgte ihm lange und verlor bald die Orientierung. Die Nacht schien nicht zu enden. Endlich bedeutete er mir, mich auf den Boden zu legen. Gemeinsam krochen wir auf die Spitze einer kleinen Anhöhe.

„Schau nach unten. Vorsichtig. Wenn sie dich sehen oder auch nur spüren, bringen sie dich um."

Ich sah hinunter. Unter mir befand sich eine Art Lagerplatz. In dem Hügel, auf dem ich lag, war eine Höhle. Davor spielte sich eine Familienszene ab: Mehrere große Heuler aßen von einem erlegten Reh. Einmal sauber in der Mitte aufgeschlitzt, keine Spur von Zerreißen und Köpfen. Die Kleinen spielten um sie herum. Ich weiß nicht, was ich erwartet hatte. Monster. Was ich sah, waren schöne, schlanke Wesen mit langen Armen und Beinen und sehr großen, warmen, dunklen Augen. An jedem Arm und an jedem Bein wuchs über der Hand beziehungsweise dem Fuß eine große Klaue aus dem braunen Fell, flach und gebogen. Eine mörderische Waffe, wie ich wusste, aber sie verletzten sich gegenseitig nie damit, obwohl sie sich ständig anfassten, streichelten, umarmten und tief in die Augen sahen. Es war fast schon zu niedlich, um wahr zu sein. Die perfekte Idylle. Mir war schlecht.

„Was Thomas dir nicht gesagt hat, ist, warum sie euch wirklich überlegen sind", raunte das Erkan-Wesen mir ins Ohr. „Er hat es dir nicht gesagt, weil er es nicht verstanden hat. Ihr seid seine Geschöpfe. Sie sind anders. Was du für Esther empfindest, ist viel für einen Menschen. Für einen von ihnen ist es das Minimum. So begegnet er jedem Fremden seiner Art. Was für sie Liebe bedeutet, würdest du nie ermessen können."

„Aber sie sind grausam", hörte ich mich sagen.

„Ja. Gegen alles, was sie bedroht. Sie könnten den Gedanken nie ertragen, dass auch nur ein Mensch in Sicherheit lebt. Sie verstehen noch nicht viel, aber sie haben begriffen, dass ihr die größte Gefahr für sie seid. Und deshalb werden sie euch töten, wenn sie nur können. Sie werden euch überall aufspüren und vernichten."

„Keine Hoffnung?"

Er schwieg lange. „Ich kann eure Zukunft nicht sehen. Aber ich denke, alles, was ihr euch ertrotzen könnt, ist Zeit. Sie werden euch ausrotten. Heute, morgen, in tausend Jahren. Was spielt das für eine Rolle?"

Ich sagte nichts.

„Wir werden dich nicht mit Vergessen schlagen", fuhr er fort, „Aber all dies, alles, was du heute erlebt hast, wird verblassen, wie eine Geschichte, die du vor Jahren gehört hast. So wirst du weiterleben können. Ohne, dass Sehnsucht oder Wissen dich vernichten."

„Habe ich ihn wirklich getötet?", wollte ich wissen.

Er lächelte. „Er hat uns ... sagen wir, ausgetrickst. Wir haben auf ihn geachtet, natürlich. Nicht auf dich. Manchmal ... manche Dinge sehen wir nicht scharf. Und er hat dich dorthin gebracht, wo du tun konntest, was du getan hast. Getötet ... was heißt das? Wir glauben

jetzt, dass du uns einen Dienst getan hast. Er hatte die Kontrolle verloren, und er hat es gespürt. Sonst hätte er nicht so geredet. Sonst hättest du es nicht gekonnt. Er ist nun anderswo. Wir sind dir dankbar."
„Wer seid ihr?", fragte ich.
„Schlaf!", sagte die sanfte Stimme.
„Sind wir wirklich nichts als ein misslungenes Experiment?"
„Schlaf!"

17

Natürlich fand ich nie heraus, was wirklich geschehen war. Ich zerbrach mir den Kopf und tue es bis heute. Wenn dir im Traum jemand sagt, der Traum wird dir wie ein Traum erscheinen, ist es dann ein Traum oder nicht? Was ist ein Traum?

Egal, letztlich. Was wirklich war, war Bens Leiche, die ich am Morgen fand. Nachdem ich in einer heulersicheren Garage in der Nähe des Naturfreundehauses aufgewacht war, hatte ich nachgesehen. Ja, da lag er immer noch. Sein Rucksack in der Jugendherberge war verschwunden, ebenso die Fotoalben, aber er war noch da. Ich begrub ihn und hoffte, dass er wirklich bei Carmen war. Anderswo vielleicht.

Dann stieg ich auf Fog, der ebenfalls am Naturfreundehaus gewartet hatte, und ritt den Weg nochmal ab, den ich am Tag vorher genommen hatte. Ja, da waren die Kreuzung, die Brücke über die Autobahn, die Weggabelung, der Beginn des kleinen Waldstücks. Und natürlich führte der Weg nicht in einen tiefen Wald und zu keinem Abgrund. Ich konnte die Straße sehen. Wie immer. Ich überlegte, ob ich zu meiner alten Wohnung reiten sollte, um die anderen Alben anzusehen. Aber ich entschied mich dagegen und ritt zur Autobahn.

Nach Hause.

18

Zuerst roch ich es. Der fette Geruch von verbranntem Diesel. Und darin etwas anderes. Verbrannte Haare. Verbranntes Fleisch. Ich sah die Palisade in der Ferne. Schwarzer, nebelhafter Rauch stieg um sie auf. Die Silhouette stimmte nicht. Nur zwei Türme. Wo war der dritte?

Es war Mittag. Ich war am Tag zuvor bis Wuppertal geritten, hatte in der Uni übernachtet, in dem sicheren, kleinen Raum, der mir einst als Symbol eines Sieges erschienen und der nun doch nichts weiter als ein sicherer, kleiner Raum war. Ich hätte fast ein Heulerkind getötet. Das bereue ich nicht, ich hatte zu viele tote Menschenkinder gesehen. Aber selbst, wenn ich es getötet hätte, wäre es nur ein weiterer Kreis gewesen. Auge um Auge. Kopf um Kopf. Kind um Kind. Ich hatte also dort die Nacht verbracht, ohne irgendeine Störung, und war gleich am Morgen weiter geritten.

Ich näherte ich mich dem Hof, passierte den Vorwall und die Stacheldrahtverhaue. Die Zugbrücke war heruntergelassen. Aus dem Graben stieg träge der Rauch. Und dann fiel mich die Stille an. Vögel im Wald. Das Rauschen der Bäume im leichten Frühsommerwind. Das ferne Plätschern eines Baches. Kleine Tiere im Gras. Knackende Glut im Graben.

Nichts sonst. Kein Hundegebell, kein Reaper, kein Grim, der mir entgegen stürmte. Kein Laut von Arbeit oder Muße, von Gesprächen, von Gelächter. Niemand, der vor das Tor lief um zu sehen, wer da kam. Gar nichts.

Der Gestank war widerlich. Ich holte mein *Bandana* aus der Tasche, tränkte es mit Wasser und zog es über Mund und Nase. Das half ein wenig. Je näher ich der Zugbrücke kam, desto bedrückender war das Schweigen des Hofes. Ich hatte so etwas schon einmal erlebt, fast genau vor einem Jahr. Noch einmal würde ich es nicht ertragen.

Als ich über die Brücke ging, warf ich einen kurzen Blick auf den Graben. Er war angefüllt mit schwarzen, verschmierten Dingen, die mein Gehirn langsam und widerwillig in unzählige, verkrümmte, immer noch schwelende Heulerleichen ordnete. Als ich es begriff, schaute ich schnell weg. Es hatte einen Kampf gegeben, einen Angriff auf den Hof. Der Graben hatte gebrannt, und viele Heuler waren darin gestorben. Aber was würde ich finden, wenn ich durch dieses Tor ging? Ich blieb stehen, wandte mich ab, meine Brust wurde eng. Ich dachte an das Schloss. An das Haus am Wald. An die Autobahn. Was würde ich dort finden? Nun, ich würde mich umdrehen müssen, nicht wahr? Ich würde durch dieses Tor gehen müssen. Nur wie?

Ich suchte einen tröstlichen Gedanken und fand ihn. Was immer ich finden würde – dort waren Gewehre und Pistolen. Ich war nicht auf mein Schwert angewiesen, ich konnte es schnell und schmerzlos erledigen. So zu Esther gehen, wie Ben zu Carmen gegangen war, wenn ich das glauben wollte. Und auch wenn nicht – irgendein Gewehr würde mir jede Frage schnell, gnädig und endgültig beantworten. Ich wandte mich um und schritt durch das Tor.

Drinnen war diese monolithische Leere und Stille, die ich in den Städten kennen gelernt hatte. Das hier war nicht mehr unser Hof. Es war nur eine weitere Provinz des großen Verschwindens, aber sie erzählte eine Geschichte. Der Boden war übersät mit Patronenhülsen. Einer unserer Wehrtürme war zusammengestürzt, mit Gewalt zusammengeschlagen, von großen Klauen, wie es aussah. Überall getrocknetes Blut, Lachen und Spritzer, und ich konnte nicht sagen, ob es menschliches Blut war oder anderes. Fellfetzen, nicht von unseren Hunden, der Farbe und Beschaffenheit nach, sondern von Heulern. Ich fand kaum Waffen und keine Pferde, keine Hunde und keine Menschen – tot oder lebendig. Langsam keimte Hoffnung in mir. Und dann fand ich die Gräber.

Sie hatten die Erde im hinteren Teil des Hofes aufgehackt, sie hatten tief gegraben, damit die Steine und Tafeln tief verankert waren. Falls sie kämen, um alles zu zerschlagen und die Gräber zu schänden. Aber das taten sie wohl nicht. Waren sie nicht Tiere? Noch?

Neun Gräber. *Michael & Gina* stand in eine der schweren Holztafeln gebrannt, aus einer Tischplatte gemacht. Die Namen umrahmte ein Herz. *Jan, Daniela, Lisa-Maria* auf einer anderen. Und in einer anderen Schrift darunter *Drei Engel mehr*. Ich fand den Grabstein von Farouk und Anna. Jemand hatte sich die Mühe gemacht, etwas unter

Farouks Namen zu meißeln, das wie arabische Schriftzeichen aussah. Mein Herz schlug schneller. Da war ein Lichtschein. Nur eine von uns konnte ein wenig Arabisch schreiben. Merve hatte noch gelebt, als sie diesen Stein graviert hatte. Ich fand das Grab von Eva und Lars. Kathrin. Sabine. Tanja. Oliver. Christos. Und Carmen.

Nicht mehr. Ich sank vor Carmens Stein, einem kleinen, schweren Findling zusammen. Ich streichelte das Grabmal, ich erinnerte mich an all die Abende, die wir zusammengesessen hatten. Wie wir gelacht hatten. Was für eine gute Freundin war sie doch gewesen. Und in meiner Trauer wuchs die Hoffnung und wuchs und wuchs. Und endlich wagte ich mich nach Hause.

Unsere Hütte sah geradezu aberwitzig friedlich und normal aus. Unser Geschirr stand ordentlich an seinem Platz. Die Feuerstelle war gelöscht, unser Lager abgeräumt, wie stets über Tag. Und dann doch nicht wie stets – das Regal mit den Vorräten war ebenso leer wie das mit den medizinischen Büchern. Ihre Waffe, ein G36, das sie nie im Ernst benutzt hatte, fehlte. Und dann fiel mir ein, was da draußen im Hof war. Wahrscheinlich hatte sie es zuletzt doch benutzt.

Der Tisch war sauber und leer. Abgesehen von dem Umschlag, der in der Mitte lag, und den drei Steinen, die ihn beschwerten. Ich öffnete ihn, darin war, eingenäht in einen Plastikumschlag, eine Nachricht, in vielen unterschiedlichen Handschriften:

„Wenn ihr dies findet, sind wir weiter gezogen.

Wir waren sechsundzwanzig Menschen und haben hier gelebt, nachdem alle verschwunden sind. Die Feinde haben uns angegriffen. Wir haben sie vertrieben. Aber wir können nicht hier bleiben.

Unsere Toten:

Jan

Er hat uns geführt und starb am Handrad. Er hat Diesel in den Graben geleitet und uns alle gerettet.

Daniela und Lisa-Maria

Danni hat uns reiten gelehrt. Sie starb mit ihrer Tochter.

Farouk und Anna

Sie haben hier gemeinsam gelebt und sie sind gemeinsam gestorben, als die Feinde über die Palisade kamen. Sie waren unsere Freunde.

Eva und Lars

Sie haben sich schon geliebt, bevor alle Menschen verschwanden. Eva starb, als wir die Feinde im Hof zusammentrieben. Lars war einer unserer Späher. Die Feinde haben seinen Körper mit sich gebracht. Sie haben all unsere Späher mitgebracht, die nach Osten und Süden gegangen sind:

Carmen, Christos, Tanja, Oliver, Michael

Wir haben sie hier begraben. Es tut uns so leid, dass wir sie hinausgeschickt haben.

Gina

Sie liebte Michael. Sie konnte es nicht ertragen, als sie ihn über die Palisade warfen. Sie starb an der Zugbrücke.

Kathrin

Sie war eine wunderbare Köchin und eine liebe Freundin. Sie starb neben Eva, als wir die Feinde zur Palisade trieben.

Sabine

Die Feinde haben sie als Letzte umgebracht, als sie versuchten, unseren Kreis zu durchbrechen. Sie hat ihren Platz bis zum Ende gehalten. Deshalb konnten die Feinde nicht fliehen.

Wir sind die Überlebenden

Esther, Vera, Matthias, Merve, Lara, Alex, Stefan, Simone und Marka.

Wir vermissen unsere Späher aus dem Westen:

Daniel und Ben

Den, der mit ihnen nach Westen gegangen ist, wollen wir nie wieder sehen. Wer immer du bist, halte dich von uns fern. Du bist uns nicht willkommen. Wir werden dich töten, wenn wir dich sehen.

Wer immer dies liest: Wenn ihr uns suchen wollt, wir sind auf dem Weg zum Meer. Wir fliehen nach England. Schließt euch uns an, wenn ihr in Frieden kommt, wir würden uns freuen. Wir werden Nachrichten hinterlassen."

Ich las die karge Totenliste stumpf und fügte sie dem hinzu, was ich draußen im Hof gesehen hatte. So war das also gewesen. Was wäre geschehen, wenn Thomas nicht gewesen wäre? Wären wir dann sofort Esthers Plan gefolgt? Hätte die Gruppe sich gespalten? Würden einige unserer Freunde dort draußen noch leben? Carmen und Ben bestimmt. Christos wahrscheinlich. Anna und Farouk? Olli? Kathrin? Sabine? Müßige Gedanken. Thomas war da gewesen, er hatte mich zu seinem Werkzeug erkoren, und um mich zu hämmern und zu schärfen, hatte er Tod und Verderben über meine Freunde gebracht. Aber sie lebte. Sie lebte. Also durfte ich auch leben.

Ich drehte das Papier unschlüssig in der Hand und fand zu meinem Erstaunen noch einen Satz auf der Rückseite. Eine schmale, gestochene Handschrift. Ich hörte ihre Stimme, als sie sagte:

„Du hast es versprochen!"

Wenige Minuten später ging ich durch das Tor, stieg auf Fogs Rücken und ritt davon. Auf Carmens Stein hatte ich, neben ihren Namen, mit wasserfestem Edding geschrieben: *und Ben. Anderswo.*

19

Ich folgte ihnen viele Tage lang nach Westen, vorbei an vielen Orten, mit denen mich Erinnerungen an unser gemeinsames Leben verbanden. Wuppertal. Haan. Hilden. Langenfeld. Leverkusen. Köln.

Ich ging noch einmal über die Brücke und in den Dom. Dort hing nun ein neues Transparent:

„Wir gehen ans Meer. Zeeland oder Belgien.

Folgt uns nach England. Sucht Nachrichten.

Esther, Lara, Alex, Merve, Stefan, Matthias, Vera, Simone und Marka"

Die Welt war so leer wie nie zuvor. Jetzt erst merkte ich, wie wichtig mir der Hof gewesen war, wie sehr ich diese Gemeinschaft, vor der zu fliehen ich geglaubt hatte, gebraucht hatte, um frei sein zu können. Jetzt spürte ich die Apokalypse wirklich, jetzt drückte mich die große Leere nieder, machte mich heulen und jammern. Ich sprach viel mit Fog.

Aber die Nachrichten, die ich immer wieder fand, auf Hauswänden, an Brücken oder mitten auf der Autobahn, hielten meinen Verstand zusammen und meine Hoffnung oben. Und dann, viele Tage später, blieben die Nachrichten aus. Ich war inzwischen in Belgien, in einer Gegend, in der kaum ein Wegweiser mir etwas sagte und in der ich kein Schild verstand, die Landschaft war ein Brei um mich herum, Häuser und Landschaft, Landschaft und Häuser und Städte und Landschaft und Häuser. Ich suchte hilflos herum, versuchte dabei, mich weiter in Richtung Meer zu halten, die Schilder in Richtung Antwerpen leiteten mich grob. Aber ich verlor immer mehr meine Richtung und mein Ziel, ich fand keine Nachrichten mehr, und mehr als einmal hatte ich mich nun auf meiner Suche im Kreis bewegt.

Eines Mittags schlief ich erschöpft in einem Gebüsch nahe einer Tankstelle an der Autobahn ein. Dieselbe Tankstelle hatte ich Tage zuvor schon einmal gesehen, aber das war mir inzwischen gleichgültig. Ich hatte in der Nacht kaum geschlafen. Heuler überall, und auch wenn mein Unterschlupf sicher gewesen war, hatte ich mir krampfhaft die Ohren zugehalten und gewimmert und gebetet, dass sie aufhören mochten. Sie hörten am Morgen auf, wie immer. Ich ließ mich von Fog ein paar Stunden durch die Gegend tragen, hielt dann bei der Tanke, gönnte mir Mineralwasser, Chips und Dosenfleisch und schlief unter dem Gebüsch ein.

Ein seltsam vertrautes, grollendes Geräusch weckte mich.

„Ruhig", wisperte eine Stimme, „bleib!" Da war ein Mensch auf der Autobahn! Ich versuchte mich aufzurappeln, stach mich an dem Gebüsch und fluchte leise. Der Mensch auf der Autobahn hatte es gemerkt: *„Who is there?"* Eine Frau. Jung, dem Klang der Stimme nach.

Ich versuchte eine Antwort, bekam aber nur ein Krächzen heraus.

„I'll count to three", sagte sie scharf, *„then I'll shoot and my dog will attack you!"*

Déjà Vu.

„One.

Two.

Thr ..."

„Nicht, Lara", rief ich heiser. „Nicht schießen! Ich bin's. Daniel."

Lara starrte mich an wie eine Erscheinung, Reaper nahm mein Auftauchen ziemlich gelassen. Dann explodierte sie schier vor Freude und ich fürchtete bei all den Umarmungen um ihr Baby. Sie plapperte und

315

lachte und ich badete in diesem Wasserfall aus Wiedersehensfreude. Ich wusste nicht, was ich entgegnen sollte, ich konnte mein Glück kaum fassen. Dann erinnerte sie mich ziemlich undiplomatisch daran, dass ich meine Körperpflege in letzter Zeit stark vernachlässigt hatte. Ich fand es plötzlich wichtig, nicht stinkend und bärtig zurück zu Esther zu kommen, also deckte ich mich in der Tankstelle mit Seife und Rasierschaum ein und reinigte mich an einem Bach, der unter der Autobahn verlief und ganz in der Nähe aus einem Rohr hervor plätscherte. Während ich das tat, blieb Lara in der Nähe. Wir mieden alles, was mit der Schlacht um den Hof, meiner letzten Mission oder Thomas zu tun hatte. Stattdessen erfuhr ich, dass ich meine Freunde, denen ich zu folgen glaubte, irgendwo kurz hinter der niederländisch-belgischen Grenze überholt haben musste und seither vor ihnen her geritten war. Die Gruppe, so erzählte Lara, hatte etwas Zuwachs bekommen. Zwei ältere Männer und eine Frau hatten sich in der Nähe von Köln angeschlossen. In Belgien waren zwei junge Frauen und acht Kinder zwischen vier und sechs Jahren dazu gestoßen – die Reste einer Kindergartengruppe.

„Esther führt uns jetzt an", sagte Lara. „Sie macht uns immer Mut, Daniel. Und sie hofft immer noch, dass du zu ihr zurückkommst. Sie … sie tat uns allen so leid, weil niemand … Niemand hat geglaubt, dass du zurückkommst." Sie schwieg verlegen. Ich hatte mich inzwischen rasiert, gewaschen, abgetrocknet, saubere Klamotten angezogen und fühlte mich wie ein neuer Mensch.

„Ich auch nicht", sagte ich.

Wir gingen zurück zur Tankstelle, ich nahm Fog am Zügel und sah sie fragend an.

„Wohin jetzt?"

Lara deutete auf einige Häuser in der Ferne und sagte einen flämischen Namen, der mir völlig unbekannt war.

„Wir sind gestern da angekommen und wollten noch ein paar Tage bleiben. Guter Platz, sichere Räume, Obstgärten in der Nähe, Kirschen ohne Ende! Wusstest du, dass die *Kersen* heißen? Die Kleinen haben gestern kaum was anderes gesagt." Sie lachte.

Ich schaute sie belustigt an.

„Und was machst du dann hier? Warum bist du so weit weg von den anderen?"

„Schon vergessen?" Sie zwinkerte mir zu. „Ich bin die Späherin."

So kam ich nach Hause. Die Hofschaft, in der sie lagerten, glich in vielem unserem Hof, so wie er einmal gewesen war. Keine Palisade, kein Graben, kein Stacheldraht, keine Zugbrücke. Auf einer benachbarten Wiese grasten die Pferde und Hannibal, unser Esel. Grim kam bellend aus dem Tor gestürmt, um Reaper zu begrüßen.

„Es ist Daniel!", rief Lara. „Esther! Esther! Es ist Daniel!"

Esther kam aus dem Tor und blieb stehen wie starr. Ich ging auf sie zu. Ging schneller. Begann zu laufen. Sie stand nur da, starrte mich an. Tränen flossen über ihre Wangen. Ich war bei ihr, sie legte die Arme um mich und presste mich an sich.

„Du hast es versprochen", flüsterte sie.

„Ja." Ich küsste ihr nasses Gesicht, vergrub die Hände in ihren Haaren, versenkte meinen Mund in ihrem. „Du hast es versprochen", sagte sie nach einer endlosen Zeit. „Und du hast es gehalten."

Epilog: Am Anfang

If you want a father for your child
Or only want to walk with me a while
Across the sand
I'm your man
(Leonard Cohen, I'm Your Man)

Schottland
Das Meer.

Ich sitze am Meer und rauche. Immer noch Bensons. Es ist fast zwei Jahre her, dass wir hier angekommen sind. Bald werden wir wieder aufbrechen. Über das Meer. Schritt für Schritt. Nach Orkney, dann zu den Shetlands, den Färöer-Inseln, nach Island. Und dann? Weiter, hinüber nach Kanada und dann nach Süden. Können wir das? Vielleicht.

Antwerpen war keine gute Wahl, ein grausiger Friedhof riesiger Schiffe, die uns schon unbegreiflich fremdartig waren, gewaltige Artefakte einer mythischen Vergangenheit. Wir zogen weiter nach Zeeland, vorbei an Vlissingen und Middelburg. In Zierikzee trafen wir auf fünf besoffene Holländer, zwei Männer und drei Frauen, und sie hatten Glück, dass Merve und Alex sie nicht über den Haufen schossen, als sie eines Morgens johlend – vor Freude, wie sich später herausstellte, weil sie seit mehr als einem Jahr keine fremden Menschen gesehen hatten – aus einem heulersicheren Versteck gestürmt kamen.

Als sie wieder nüchtern waren, schlossen sie sich uns an und wir hatten ebenfalls Glück. Sie waren Menschen, sie waren freundlich, und drei von ihnen, Morton, Svantje und Ida, sind außerdem erprobte und erfahrene Segler. Sie fanden unseren Plan grandios und machten in einem nahen Hafen drei Schiffe klar, die groß genug für uns alle, Gepäck und Waffen, den Esel und ein paar Pferde waren. Und unsere Chronik, natürlich. Matthias schreibt sie immer weiter. Ich werde ihm diese Blätter bald geben.

Wir sind die Küste entlang gesegelt, bis wir diesen kleinen Platz am Meer gefunden haben. Keine Gräben. Keine Palisade. Hier sind sie noch nicht. Aber sie werden kommen. Irgendwann.

Wir haben nur einmal Menschen getroffen, als wir um Kent segelten. Dort gab es eine kleine Siedlung in der Nähe von King's Lynn. Wir wurden sehr freundlich aufgenommen. Aber unsere Heulergeschichten haben sie nicht wirklich geglaubt. Wir haben ihnen empfohlen, wachsam zu sein. Als sie hörten, dass wir über das Meer wollen, haben sich zwei von ihnen uns angeschlossen, Clara und Nigel, ein Paar Mitte dreißig. Sie war früher Stewardess, aber das ist nicht weiter tragisch.

Er war Marineoffizier.

Wir hatten etwas Zeit, zur Ruhe zu kommen. Keine Verluste mehr, aber weiterer Zuwachs. Im September des Jahres Zwei nach neuer Zeitrechnung hat Lara ein Mädchen geboren, Carmen. Dieses Jahr haben Alex und sie einen Sohn bekommen und ihn Ben genannt. Vera hat ein Kind von Matthias, einen Sohn namens Jan. Der Kreis beginnt sich zu schließen.

Aber er wird sich natürlich nie mehr richtig schließen, nicht wahr? Sie sind dort, im Dunkeln hinter uns, und sie kommen näher. Und es gibt keinen sicheren Ort.

Sie werden uns finden.

Sie werden uns töten.

Heute. Morgen. In tausend Jahren.

Aber ist das nicht egal? Wichtig ist, dass Esther dort, hinter den Hügeln, auf mich wartet.

Und ich komme immer zurück.

Sie wollen mehr über Daniel, den Finder, und die Geschichten von Michael Schreckenberg erfahren?

Dann schnell ins Internet gehen auf www.juhrverlag.de oder www.gardez.de:
- **Die Idee zum Buch**
- **Die Kurzgeschichte „Im Block"**
- **Geschnittene Szenen aus dem Buch**

Viel Spaß mit den guten Geschichten!

Weitere Buchtipps finden Sie auf den folgenden Seiten.

Andreas Schmidt: Mein ist die Nacht

Ein teuflisches Grinsen huschte um seine blutleeren Lippen, als er ruhelos durch die Räume schlich. Er war zu einem Wesen der Nacht geworden und er war sicher, dass sich sein Wille, so zu leben, heute Nacht manifestierte. Komplett aufgegeben hatte er sich in den letzten Wochen. Für verrückt hatte man ihn erklärt. Er hatte sich zurückgezogen. Enttäuscht, verbittert.
Nein, er war nicht verrückt.
Er war *anders*.

Ein Wahnsinniger hält die bergische Metropole Wuppertal in Atem. Er missbraucht junge Frauen und tötet sie auf bestialische Weise, indem er sie zu Tode beißt. Das neue Ermittlerteam Franka Hahne und Michael Stüttgen ist ihm auf den Fersen, aber der mysteriöse Unbekannte entpuppt sich als Phantom, das immer neue falsche Fährten legt. Binnen drei Tagen zieht er seine Blutspur durch die Stadt und bereitet seinen Opfern und seinen Verfolgern einen Albtraum nach dem nächsten ...

Andreas Schmidt, Autor der bekannten Wupperkrimis, schlägt mit diesem düsteren, packenden Thriller eine ganz neue Richtung ein. Er zeigt finstere Seiten der menschlichen Seele und taucht ein in das kalte, nächtliche Leben einer Stadt.

ISBN 978-3-89796-220-0, 292 Seiten Broschur, Preis: 9,90 Euro

BERND GEISLER: DAS BUCH DEBORAH

Sie schaute an die Decke und rieb sich ihr Kinn.
„Ich muss das Rezept noch von ihr besorgen. Und eine Zeugnismappe, die ich ihr geliehen habe. Ich habe sie noch nicht zurückbekommen."
„Kein Wunder", sagte Kommissar Saupe. „Das könnte schwierigst werden." Seine Zunge zischte.
Der Mann regt mich auf, dachte Deborah. Er lispelt. Und was soll dieser nervtötende Superlativ?
„Wieso schwierigst?", fragte sie.
„Im zentralsten Abflussrohr des Hauses liegen Leichenteile."
Das Klo. Jetzt wusste Deborah, warum es verstopft war.

Die junge Deborah Goldmann will sich in Bergisch Gladbach ein neues Leben aufbauen. Aber damit hat es sich, als in ihrem Mietshaus Leichenteile gefunden werden. Die Spur führt bald zu einer Sekte, die bundesweit operiert: Die Hilfe der Heiligen. Deborah kommt den seltsamen Mitgliedern viel näher als ihr lieb ist: Sie sehen in ihr eine Anführerin. Und sie selbst merkt gar nicht, in welche Gefahr sie sich bereits begeben hat ...

Nach seinem erfolgreichen Romandebüt „Der geschmackvolle Tod" legt Bernd Geisler nach: Er präsentiert einen brisanten Sektenthriller. Kontrovers, voller Wendungen und spannend bis zum überraschenden Ende.

ISBN 978-3-89796-219-4, 304 Seiten Broschur, Preis: 9,90 Euro

WERNER GEISMAR: KÖLNER SAMBA

Er hörte das Zischen von Shaka, der Schlange, die sich immer fester um seinen Leib wickelte. Er bekam sie hinter dem Kopf zu fassen und drückte sie von seinem Körper weg. Sie zog ihre Muskeln zusammen und Bruno spannte seine an. Der Schlange war es gelungen, ihren Kopf aus Brunos Griff zu befreien. Er bekam die Schlange, als ihr Kopf vorstieß, wieder zu packen. Er drückte den Kopf der Schlange zurück. Aber Shaka verstärkte den Muskeldruck auf seinen Brustkorb. Er spürte einen Schmerz und erwartete das Knacken, mit dem die Rippen brachen ...

Der Straßenkarneval in Köln zeigt dem Anwalt Bruno Böllmann sein anderes Gesicht: Mord und Totschlag, eine Leiche, die spurlos verschwindet, und den Tod seiner Katze. Als er das Gefühl hat, dass ihn sein Freund und Chef der Mordkommission nicht ganz ernst nimmt, ermittelt er auf eigene Faust und gerät in die dunkle Welt der afrobrasilianischen Kulte, die seine gut bürgerliche Anwaltswelt aus den Fugen geraten lässt. Aus Jäger werden Gejagte und ein unerbittliches Schicksal scheint sich an Bruno Böllmann zu erfüllen.

Ein Multi-Kulti-Krimi, der seine Spannung aus dem Aufeinandertreffen zweier Welten gewinnt: dem Frohsinn des Kölner Karnevals und den dunklen Geheimnissen des afrobrasilianischen Umbanda-Kultes. Atemlos, pulsierend und voller Sprachwitz.

ISBN 978-3-89796-218-7, 232 Seiten Broschur, Preis: 9,90 Euro